豐子愷集

第九卷 书信

人民文学出版社

1918年5月24日在杭州，弘一将入山修梵行，携弟子刘质平（左）、丰子恺（右）合影

1945年春与夏宗禹在重庆

1956年与葛祖兰、内山完造等在上海万国公墓

1965年与广洽法师在日月楼横额下

书信、日记、诗词、歌词卷说明

书信部分，第一辑致家人书信195通（其中新收集到的27通），第二辑致广洽法师书信200通（其中新收集到的11通），第三辑致师友书信362通（其中新收集到的165通）。共计757通（其中新收集到的203通）。

本卷收录的书信，年代跨度从1928年到1975年，历时近半个世纪。除能查阅到的正式发表的书信外，多数系各方搜求得来。但不少亲友所藏旧信已毁，诚为一大憾事。

信中所提及的人物的注释，在《丰子恺文集》的基础上尽量通过各种渠道寻找资料再作充实，使大多数人物都有生卒年代及简短的介绍。

从作者在十年浩劫时期所写的信中可以看出，有因胆小而说的违心之言（包括叮嘱受信人阅后毁弃的话），也有为安慰对方而说的与事实不符的话，这些，相信读者会加以分析揣度。

在第一辑"致家人"中，为便于幼子丰新枚学习日语，部分书信为日文撰写。早在1992年出版的《丰子恺文集》中，已由丰子恺的女儿丰陈宝、丰一吟译为汉语。本卷仍以日文信呈现，译文附后，以方便读者阅读。

第二辑为"致广洽法师"。作者与广洽法师同为弘一法师弟子，交往甚笃，书信达200通之多，往来数十年之久，因此单设一辑。

第三辑为除上述两辑外的所有收集到的现存书信，皆为师友往来之作。

日记部分收作者1938年10月24日至1940年2月2日的日记，记录了作者抗战期间真实的教学避寇生活状况。诗词部分收作者1918年至1975年所作诗词，歌词部分收作者1932年至1957年所作歌词15篇。

目录

/ 书信

第一辑　致家人___1

致宋慕法、宋菲君（六通）___3
致丰新枚、沈纶（一百八十通）___9
致丰元草（二通）___219
致丰宁馨（七通）___222

第二辑　致广洽法师___227

致广洽法师（二百通）___229

第三辑　致师友___407

致汪馥泉（三通）___409
致唐正方___412
致于石泉、于梦全（十二通）___413
致舒新城（五通）___419
致钱歌川（二通）___423
致弘一法师（五通）___425

致赵景深（七通） 431

致尤其彬（二通） 436

致钱普容（三通） 438

致张院西（四通） 441

致谢颂羔（七通） 444

致钟器（二通） 452

致陶亢德（二通） 454

致覃恒谦 456

致徐一帆 458

致夏丏尊 459

致柯灵（二通） 461

致竺摩法师 463

致刘模良 464

致姜丹书、姜书梅（五通） 466

致《黄埔》周刊编辑 469

致蔡慧诚 470

致性常法师 472

致王质平（二通） 474

致汪子豆 476

致刘以鬯（二通） 477

致黎丁、谢琇年（七通） 479

致熊佛西 487

致华开进（五通） 488

致孙音 491

致夏宗禹（三十四通）___492

致蔡介如___533

致《导报》编者（四通）___535

致周天籁（二通）___540

致郑蔚文___542

致福善法师___543

致阮毅成（三通）___544

致常君实（十五通）___546

致郑晓沧（三通）___557

致王伯祥___560

致朱镜宙___561

致陈无我___562

致堵申父___563

书　信

第一辑　致家人

子愷

致宋慕法、宋菲君[1]（六通）

一

慕法：

得信全家大喜。（老实说，她初产，住在荒村[2]中，我们实担心，以前信中皆慰情语耳。）商量起名，至今决定，另写一纸附去，菲是芳菲之意，因其清明日生。芳菲之君，又含平凡的伟大之意，以前取名，大都有封建思想，今新时代之人，宜力避免也。阿先产后可吃补品，徐徐自能复健。盼望满月后可见见菲君。即问

近好

恺　泐

〔1942年〕四月九日〔重庆沙坪坝〕

---

[1] 宋慕法（1916—2008），作者次女丰宛音之夫，退休前任上海教育学院英语副教授。宋菲君，生于1942年，宋慕法之长子。毕业于北京大学物理系，光学专家，中国科学院研究员，博士生导师。小名安凡。

[2] 荒村，指贵州湄潭县东北之永兴镇，当时宋慕法任教的浙江大学分校所在地。

二

慕法：

　　阿先二日长信（女工事）及你四日信，同时（六日上午）收到。本定今午汇叁佰万元，作为"催生"[1]。款未汇而孩已出世，真是喜出望外。

　　今下午付汇，此信到后，就可收到。

　　……

　　孩子我正在取名，不久寄你们。

　　菲君有你与阿姜顾到，甚慰。

恺　字

〔1948年〕二月六日午〔上海〕

三

安凡：

　　小娘姨[2]本来要打电话给你，我有信，她不打了。告诉你：后天（星期五）我和小娘姨两人要到崇德[3]去，要下星期一二回上海。你们这星期日倘来此，我不在，《古诗十九首》不能读。最好再下星期日来，把"十九首"背给我听，我再替你上新诗。"十九首"中有许多字难读，难解说。现在我写一张给你，可参

---

[1] 催生，是指催其次子宋雪君生。

[2] 小娘姨，指丰子恺幼女丰一吟。

[3] 崇德，今名崇福，属桐乡县。

考。"十九首"要多读几遍,要背得熟。

我们到乡下去,一定买些东西来给你和小冰。暑假中一定带你和小冰到外埠去玩一趟。

这星期倘你来,有一册书你可看看:此书是俄文版的《小学图画》。放在我书桌右手的绿书架的顶上,很大,你可看图。有许多写生画图,对学画是有益的。(此书是出版社要我和小娘姨译的。)

外公 字
〔1952年〕五月十四日〔上海〕

四

菲君:

前几天你母亲说,你上学期在校里,学业成绩好的,品行评语不好,是四分。我希望你本学期会改进。小娘舅[1]去年冬天的评语也不好,说"用功是否为自己个人?"后来我教导他一番,这学期(今年夏天)就全都很好。说他"用心功课,遵守规则,热心群众事业,帮助同学,思想前进……"现在我也教导你一番,你下学期也会好起来的。

我想,大约你在学校里最聪明,知识最多,见识最广,因此你看不起教得不好的先生和呆笨的同学,因此他们评你四分。这的确是不好的品性。一个人越是聪明,应该越是谦虚,越是守规则。列宁小时候,在学校里成绩最好,但他绝不看轻同学,

---

[1] 小娘舅,指丰子恺幼子丰新枚。

他常常早半小时到学校,用这时间来帮助同学补习数学。上课的时候,他最坐得端正,最守规则。(将来你学会俄文,可在教科书里读到。)我们都要向他看齐。

我欢喜快乐,所以有时到杭州,有时到苏州,有时星期天去游玩,吃东西。但同时又欢喜做个守规则的好人:在社会中不犯法,热心公众事业;在学校里不犯校规,热心团体事业。这样,游玩的时候更加开心。你常常跟我去游玩,同时也要常常做守规则的好孩子。不然,别人看来,外公教坏了你。

小娘舅申请入团,已经批准了。不久宣誓,正式成为团员了。你将来也要如此,所以本学期起,要特别注意自己的行为。一个人,行为第一,学问第二。倘使行为不好,学问好杀也没有用。……反之,行为好,即使学问差些,也仍是个好人。所以你在初中期间,特别要注意自己的行为。其次注意学问。

听说开学延迟了(格致九月七日),你校倘也延迟,你在开学前还可来这里住几天。小娘姨也欢迎你来。

外公 字

〔1955年〕八月廿九夜〔上海〕

五

菲君:

你的诗已经有些像样,然而有两处毛病。我替你改了。说明如下:第一二句"数柳花"和"学种瓜"是对,上面最好也对。故改作"茅舍檐前"。(那时里西湖八十五号屋很坏,可说是茅舍。)第三四两句形式上很好,但意义上不对:既说"是儿家",不应说"客里"。故改为"春到"。

我把你的原信剪寄,你保留作纪念。

做旧诗是好的,但我们只能学古人的文体"格式",不可学古人的"思想"。(例如隐居、纵酒、颓废、多愁、悲观等,都不可学。)毛主席也做旧诗词,但思想是全新的。你以后倘有空做旧诗,也要如此。

你不去杭州,我已去信告诉姑外婆。你在此时独自去,的确不很好。以后跟我同去。

外公 字

〔约1960年〕八月十一日〔上海〕

六

慕法:

林先[1]

来信收到。你们为我祝贺,一片好心。林先提议会餐,太过夸张,不甚相宜,或者,稍迟再说可也。房屋归还或他迁,现尚未定,正在从长计议。电视已归来,每夜在三楼开放,邻里都来借看,非常热闹,盖弄内唯有此一电视也。林先说永不

---

[1] 林先,作者次女丰宛音。

喝酒,何必!少饮清欢可也。余后述。

恺 字

〔1973年〕一月十一日〔上海〕

致丰新枚、沈纮[1]（一百八十通）

一[2]

　　君の手紙が今日午後着きました。今日は労働節で私共は皆北京飯店の六階の露台の上で観礼します。遊行の行列が非常に長くて賑かなので、上海の五一節より大層偉大です。凡午前十時から午後一時まで，皆で三時間掛ります。私共が宿屋に帰る時はもう一時半でした。御飯二時で済みます。私は午睡して、只今目覚ます。起きますと、君の手紙が服務員から送られまして、今すぐ返事を書きます。
　　上海の家は無事に過しますと云う便は私共を大層慰めます。華瞻兄様と嫂様昨日家で宿りますので君が寂くなくなります。誠

---

[1] 丰新枚（1938—2005），作者之幼子。毕业于天津大学，退休前任香港永新专利公司高级经理。小名恩哥、恩狗。沈纮（1938—2004），丰新枚之妻，曾任英语教师等职。又名佩红，小名咬毛、咬猫。"文革"中为避"影射"之嫌，曾改称好毛、好猫。

[2] "一"至"二十一"、"二十三"、"二十五"、"二十八"原为日文信，均用"历史假名"。为便于懂现代日语的读者阅读，今将"历史假名"全部改去。原信全部用片假名或部分用片假名的均保持原样不改。估计那是作者有意让新枚多一些机会辨认假名。现再附上译文，以方便读者阅读。

に宜しいです。私は特別な手紙がないので、私は非常に安心します。

　私共はここにきてから、雨が降ったことが一度も有りません。しかし今日午前九時頃は忽ち雨が降りました。その時、遊行の隊伍未始めませんが観礼の人々は皆露台に集りまして、露台の欄干の旁（最も好いところ）は皆人に占められて、私共は欄干に凭ることが出来ません。しかし雨が降ると、欄干の旁の人は皆逃げまして、室内で雨を避けます。その時阿姉と阿哥は雨を顧みなく、早速欄干の旁の位置を占めました。それで私共は皆好い座位を得ました。しかも雨がすぐ晴れました。私共は雨降の為で好い座位を得ました。もし雨が降らなかったら、私共は始終好い座位を得られないのです。

　明日は、頤和園を遊ぶ積です。私の風引は少し癒りました。けれども北方は風燥の為に私は毎晩酷く咳まして眠れない。上海を懐しく思います。私の観礼証は今君に遣ります。

　新枚へ

愷　手啟

〔1959年〕五月一日午後四時〔北京〕

[附译文]

　　你的信今天下午收到。今天是劳动节，我们[1]都在北京饭店六楼的露台上观礼。游行的队伍又长又热闹，比上海的五一节更壮观。游行一直从上午十时到下午一时，历

---

[1]　丰子恺携妻女同到北京。

时三小时。我们回到宿处已是一点半了。两点吃罢午饭，我午睡了一会儿，现在刚醒来。起床后，服务员送来了你的信，现在马上给你写回信。

听说上海家中平安，我们很放心。华瞻哥嫂昨天在家里宿，你不会寂寞了，真太好了。我因为没有收到有特殊情况的信，感到非常安心。

我们来到这里后，没有下过一场雨。但今天上午九点左右忽然下起雨来。那时游行的队伍还没有到，观礼的人们都集中在露台上。露台的栏杆边上（最好的地方）都被人占了，我们不能凭栏观看。但是一下雨，栏杆旁的人都逃到室内来躲雨了。这时你阿姐和阿哥[1]不顾下雨，赶快去占了栏杆旁的位置。我们这才得到了好座位。而雨马上停了。我们因为下雨而得到了好座位。如果不下雨，我们始终得不到好座位。

明天我们准备去游颐和园。我的感冒稍微好了一些。但因为北方气候干燥，我每天晚上都因为咳嗽厉害而睡不好。很想念上海。现在把我的观礼证送给你。

致新枚

恺 手启

〔1959年〕五月一日下午四时〔北京〕

---

[1] 阿姐指丰子恺幼女丰一吟（同去北京者），阿哥指在京工作之次子丰元草。

二

新枚：

　　今日私共は天壇と云うところを遊びました。それは昔封建皇帝が豊年を祈る處で、いまは風景の一つとなりました。その壇は圓い形になって三階に積む。君屹度写真或は絵で見たことがありました。天壇の旁に一ツ珍しいものがあります、それは"廻音壁"です。その壁は圓い物で餘り高くない。もし口を壁に付いて何かを呼んだら、向こうの方の人は耳を壁に付くと、はっきり（清楚）と聞き取れます。図の如く：

　　若一人が口をＡの處に付いて、何か呼ぶ。又一人は耳をＢの處に付くと、はっきりと聞き取れます。これは物理の作用があるからです。けれども非常に面白い。阿姉はＡの處で"ム――マ――"と呼ぶ。母様は"一吟は我が旁に居るか"と感じます。

　　午後は私共は東安市場と云う處を訪ねました。それは上海の城隍廟とよく似て居る。澤山の店が色色の物を発売して居ます。昨日の手紙に云った"孫の手"は、もう三ツ買った。値段は二十九銭ずつです。

　　　　　　　　　　　　　　　　　　　　　父より
　　　　　　　　　　　　　　　〔1959年〕五月四日〔北京〕

［附译文］

新枚：

　　今天我们去天坛玩了。那是从前封建皇帝庆祝丰收的地方，现在成了一个风景点。那个坛由圆形的三层组成。你一定在照片或画上见过。天坛旁有一样稀罕的东西，那便是"回音壁"。那壁是圆的，并不高。如果用嘴对着壁喊些什么，对面的人把耳朵贴在壁上可以清楚地听到。如图所示。如果一个人把嘴对着A处喊些什么，另一人把耳朵贴在B处能清楚地听到。这是物理作用造成的现象。非常有趣。阿姐在A处喊"姆——妈——"，姆妈觉得"一吟就在我旁边"。

下午我们去逛了东安市场。那地方跟上海的城隍庙很相似。许多店里卖各种各样的东西。昨天信中提到的"孙子手"[1]已买了三个。二角九分一个。

父 字

〔1959年〕五月四日〔北京〕

三

五月七日朝：

　　これはさいごのにほんごてがみかもしれない。わたくしどもは十二日（げつようび[2]）ごぜん九時半きっと上海につきます。そのときみはていしゃばへむかえに行きましょう。

---

[1] 日文称老人搔痒用的"痒痒耙"为"孙子手"。

[2] **げつようび**应作**かようび**（星期二）。

さくじつ私共は萬里長城をみにいきました。ちいさいじどうしゃでいきます。あさ九時しゅっぱつして、ごご四時かへります。じどうしゃちんは四十圓二十錢。私と姉と母様のほかにまた黎丁の奥様、即ち琇年も一緒にいきます。

　　長城はあまりたかくない、母様と姉様と琇年は、いちばんたかいところにのぼりました。私は頂點に行かない、その途中で休んでおります。さくじつはすいようびですから、あそぶひとはすくない、私共のほかただ五六人のロシャ人です。

　　説明書によるとこの長城は戦國の時既に建築始めました。秦始皇はこれを拡げました。明代は元代の蒙古人を長城の北へ駆逐して、長城を増修して、蒙古人の再び来るを防ぐのです。この城は西、嘉峪関から東、山海関まで、その直線距離は四千里です。しかしその蜿蜒曲折の長度は皆で萬里です。

　　きのうは風はない。だから私共の旅は無事になされました。只、最も高いところには、その梯子段は随分高いでずから登る時非常に骨折ります。女牆から眺めると、漠北の群山は波の如く、遠いところの長城は、蛇の如く横たわる、誠に世界の偉観です！

　　昨夜非常につかれる、けさ六時半起きます。朝食の前でこの手紙を書きます。その時姉様は未眠って居ます。

　　今日は再度頤和園へ遊びに行く積りです。明日は動物院へ、明後日は景山公園等へ（景山は即ち明、崇禎皇帝は頸を縊るところ）、遊程はこれで終ります。旅は餘り長いですから僕はかえりを望みます。風引は大分直りました。毎日朝沢山の水を呑むと風引は容易に直ります。

新枚へ

父様より

〔1959年，北京〕

[附译文]

五月七日晨：

　　这也许是最后的日文信。我们于十二日（星期二）上午九点半一定到达上海。那时你去火车站接我们。

　　昨天我们去看了万里长城。坐小汽车去的。早上九点出发，下午四点回来。车钱是四十元二角。除了我、阿姐和姆妈，还有黎丁的妻子即琇年也一起去。

　　长城不是很高，你姆妈、阿姐和琇年都登上了最高点。我不去顶点，在中途休息。昨天是星期三，所以去游玩的人不多，除了我们，只有五六个俄罗斯人。

　　说明书上说，这长城在战国时代就已开始造了。秦始皇把它扩建。明朝将元朝的蒙古人驱逐到长城以北，便增修长城，以防蒙古人再次入侵。这座长城西起嘉峪关，东至山海关，其直线距离为四千里。加上它的蜿蜒曲折，一共有一万里。

　　昨天因为没有风，我们的游玩很顺利。只是最高的地方，石级很高，登上去非常吃力。从女墙处眺望，漠北的群山如波浪起伏，远处的长城像蛇一样横亘着，确实是世界一大壮观！

　　昨晚很累，今晨六点半起身。早饭前写这封信。这时阿姐还在睡觉。

　　今天准备再度游颐和园。明天去动物园，后天去景山公园等处（景山就是明崇祯皇帝自缢之处），游程到此结束。因出门时间太久，我盼望着早日回家。感冒已好了大半。每天早晨喝大量的水，这样感冒容易痊愈。致新枚

父　字

〔1959年，北京〕

四

　　君が行くことは内に大い影響を及ぶ。これからわがうちは簡単化しました。詳しいことは姉様の手紙に書いて居る。私はここに言はない。只君は今までまだ伊呂波歌を暗誦することは出来ないですから、今私は君の床頭の紙を取落して、郵便で送くる、是非暗誦して呉れ。

ちちより

〔1959年〕八月廿七夜〔上海〕

[附译文]

　　你的出门[1]给家里带来了很大的影响。从今以后我家简单化了。详情写在阿姐的信里。我就不写了。只是你至今还未背诵出《伊吕波歌》，所以我现在揭下你床头那张纸，随信寄去，务必背诵出来。

父　字

〔1959年〕八月廿七夜〔上海〕

五

　　君の扇は既に見付けました。君の床の下に落ちて居る。今、新しい扇は有ったから、此の扇君に送らない、暫くここに置く。今は二十九日の夕方で、君入學の第一日です。未だ君の手紙を受け取らない。途中には葉書を書かないかと思います。

〔1959年8月29日，上海〕

[附译文]

　　你的扇子已经找到了。掉在你的床下。现在有了新扇子，这把就不给你了，暂时放在这里。现在是二十九日傍晚，是你入学的第一天。还没有收到你的信。不知在途中会不会写明信片来。

〔1959年8月29日，上海〕

---

[1]　新枚于此年入天津大学精密仪器系求学。

六

九月一日夜：

　　初は君南京発手紙を待ち、後は君徐州或は濟南発手紙を待ち、終には君天津発手紙を待つ。けれども今日は九月一日で、未君の手紙を受取らない。姉様は電話で史君の姉様を尋ねる。史君の姉様は矢張其弟の手紙を一も受取らない。それで皆は安心した。してみれば、天津から上海までの手紙は四日かかります。恐明日は屹度君の手紙は着きます。

　　以上のことは、君長く家に住み、忽ち家を離れて、遠い處へ行って、家の人は非常に君を思うことを証明する。だから君は必大切に気を付かすければならない。第一は健康、第二は交際、第三は自分の日常生活の取扱う。凡そ衣物、用品、食事、皆自分ご注意しなければなりません。

〔1959年，上海〕

[附译文]

九月一日夜：

　　最初等你在南京发的信，后来又等你在徐州或济南发的信，最后等你在天津发的信。但今天已九月一日，还没有收到你的信。阿姐打电话问史君的姐姐。知道史君的姐姐也没有收到弟弟的一封信。这才安心下来。看来，从天津到上海的信需要四天时间。也许明天你的信一定到了。

　　以上情况说明了因为你长住在家而忽然离家远行，所以家里人非常想念你。所以你务必多加保重。第一是健康，第二是交际,第三是处理自己的日常生活。凡是衣物、用品、饮食,都必须自己注意。

〔1959年,上海〕

七

　　三十一日御便は三日午前姉様に読まれた（母と姑母と僕三人其を聴く）。君の経済報告は僕ら自から同意するけど、僕は餘り控目[1]の見積り[2]と思います。我が内はそんな貧乏には決してならないから君の毎月の払い[3]数は限らなくても構はない。凡そ毎月皆なで二十五元を越えなければ結構です。蓋しこれまで君が内に居る時、母の支払いはずっと多い、君が離れてからは母の支払いは大に省りました。その省かった数は、二十五に下らないのです。況んや君自分も銀行に預金[4]が今シチヒャクエンに登ります。だから姉様が君の手紙を読んで笑って"それではそのピアノを売ったら君畢業までの費用は最早足りました"と冗談[5]に云います。それは冗談であるけれども確なことです。

　　蚊屋が入りますか？君の手紙に言わない、今日姉様は一

---

[1] 节约。——作者原注。

[2] 估计。——作者原注。

[3] 付出。——作者原注。

[4] 存款。——作者原注。

[5] 戏言, 开玩笑。——作者原注。

ッを買った（七圓餘）。今日（九月三日午後）郵便小包(こづつみ)で寄ります、けど着く時は恐(おそ)らく十日或は二週間も知らない。若し着く時蚊已無くなったらば、君此の蚊屋を箱(はこ)に貯えて、来年用いましょう。

小包(こづつみ)は急に送りますから外の事は後(あと)で話(はな)しましょう。

〔1959年〕九月三日午後父より〔上海〕

[附译文]

你三十一日来信，阿姐三日上午读给我们听。（姆妈、姑母[1]和我三人一起听。）我们当然都同意你的经济报告，但我想这是较节约的估计。我们家决不会穷到这种程度，所以你不必限制每个月的开支数。大致上每月的总数不超出二十五元就可以了。因为以前你在家时，姆妈的开支要大得多。你离开之后，姆妈的开支大大节省。这省下的数目不下于二十五元。何况你自己银行里的存款现在已达到七百元。所以阿姐看了你的信笑着说了一句开玩笑的话："这样的话，把钢琴卖了就足够维持到你毕业的费用了。"虽然是开玩笑，事实确是如此。

蚊帐需要吗？你信里没有提起。今天阿姐买了一顶（七元多）。今天（九月三日下午）用小邮包寄去。但到达恐怕要十天或两星期左右。如果邮包到时蚊子已没有了，你

---

[1] 姑母，指丰子恺的三姐丰满（1890—1975），也曾皈依弘一法师，法名梦忍。即信中的满娘。

就把这蚊帐放到箱子里，明年再用。

因为小包急着付邮，别的事以后再说吧。

〔1959年〕九月三日下午父字〔上海〕

八

新枚へ

　　今日（九月三日）姉様が百貨公司で蚊屋を買って郵便局で小包を送り出す時、郵便局の職員は小包は手紙と同じく快いので四五日天津に着きましょうと言いました。君何時受取るか？後の手紙で話して呉れ。

　　この姉様は確に君を可愛る。君は如何しても忘れてはならない。彼女は君のこと詳しく関心する。君は家に居るときいつも油断[1]ですから、彼女は非常に心配して居る。今日君の手紙を読んで、君が自分で着物を洗う、又鞄革[2]に錠を下す[3]などを知って、大分安心しました。

　　家の二ツの大いソファ（陽台に置く物）は先日売りました。二ツ共んなで三十元を得た。この二ツの大いものは狭い部屋に相応しく[4]ないから思い切て[5]売って仕舞いましたのです。

　　今日邱祖銘さんが尋ねて来た。彼の二人の息子は矢張大

---

[1] 疏忽。——作者原注。

[2] 皮箱。——作者原注。

[3] 上锁。——作者原注。

[4] 适宜。——作者原注。

[5] 决心。——作者原注。

學入學試驗を受けた。その一人は二十五日にしらせ[1]を受取る。外の一人は、九月一日始めてしらせを得る。その子はもう絶望したが意外に大學生となった。けれども大學ではない、体育學校です。彼の二十四個志願の中では本体育がない。成績が悪いから、強て[2]体育學校に這入ると云うのです。

邱樣は又珍しいことを話して呉れた：彼の親類は某工廠の職員です。或る日、アモニアを入るから、アモニアの瓶を開ける。その時は恰度天気の一番熱い時(98°)、瓶の栓を抜くと、中のアモニアはブーと噴き出す。彼の面は一面[3]アモニアに塗られた。早足病院に送って、急救して貰うが眼の中にアモニアが染込んで到頭一ツの眼は盲になった。——恐ろしい話です。君も化學と関係はあるから、よく注意しなければならない。薬品を取扱う時は如何しても油断してはならない。けど邱樣の親類のことは又例外なので。普通の場合には、アモニアは爆発することはない。只天気の餘り熱い時は爆発する。邱樣は薬品は成可[4]冰箱に貯える方は安全ですと云います。

精密儀器製造の本は日本屹度澤山有る。昨年内山は澤山の書店目録を私に寄した。その中必ずこの類の本は有る。只この目録は今葛祖蘭樣に貸して居るから、未調べ[5]ない。葛

---

[1] 通知書。——作者原注。

[2] しい（强迫）。——作者原注。

[3] 满面。——作者原注。

[4] 最好，务必。——作者原注。

[5] 待查。——作者原注。

様は返してから、私はよく調べて、東京へ注文[1]しよう。
　外國人との通信はこれから約束し[2]てよい。凡そ資本主義國家の人は、成可[3]通信しない方が好い。我家は郵便局との交渉餘りに多く、如何手紙も構はないが學校の學生としては、郵便局の注意を引くかもしれないから気を付けなければいかん。
　君が黒板に書いた詩（応嫌屐齿）今日まで留めて居る。
　姑はこの月の十日杭州へ歸る積りで、姉様は彼女を伴っ[4]て行くと申します。もしそうすれば、彼の時家には只私と母と女中三人許り居る、大分寂しい。
　君の丁字尺は、姉様が菲君に遣りました。天津にこのもの有りますか？心配して居る。機会有れば北京へ遊に行け。國慶節は汽車餘り込合ふ[5]ので行けない。外の休日行ってもよい。
　天津はいいところです。私は一寸憧憬る[6]。何時か屹度遊びに行こうと思います。そのとき君は案内人として迎えましょう。

〔1959年〕九月五日上午まで〔上海〕

---

[1] 订购。——作者原注。
[2] 此处疑有误。
[3] 最好，务必。——作者原注。
[4] **ともなう**。——作者原注。
[5] 拥挤。——作者原注。
[6] 向往，羡慕。——作者原注。

[附译文]

新枚：

今天（九月三日）阿姐在百货公司买了蚊帐到邮局去寄时，邮局的职员说，小包和信件同样快，四五天便可到天津。你什么时候收到，以后来信告诉我。

这个姐姐实在喜欢你。你无论如何不能忘记她。她真是无微不至地关心你。你在家时总是疏忽大意，因此她非常担心。今天读了你的信，知道你自己洗衣服，还把皮箱锁上，感到很放心。

家里的两只沙发（放在阳台上的）前两天卖掉了。两只一共卖了三十元。这两件大家伙不适宜于狭窄的房间，所以下决心卖掉了。

今天邱祖铭[1]先生来访。他的两个儿子还是考了大学，其中一人二十五日接到了通知书。另外一人到了九月一日才接到通知书。这个儿子已经绝望了，意外地当了大学生。但不是大学，是体育学校。在他的二十四个志愿中本来没有体育。因为成绩差而被强迫进体育学校。

邱先生又讲了一件稀奇古怪的事：他的一个亲戚是某工厂的职员。有一天，因为需要阿莫尼亚，便打开阿莫尼亚的瓶盖。那时正逢天气很热（98°），一拔出瓶盖，里面的阿莫尼亚就一下子喷了出来。他的脸上全部溅满了阿莫

---

[1] 邱祖铭，浙江德清人。是作者在浙江省立第一师范学校的同学。曾任外交官二十余年。

尼亚。赶快送到医院抢救，但因阿莫尼亚已进入眼睛，一只眼睛终于瞎了。——真是可怕的事。你也和化学有关系，所以务必注意。处理药品时无论如何不能大意。不过邱先生亲戚的事毕竟是个例外。一般情况下，阿莫尼亚是不会爆发的。只因天气太热，才爆发了。邱先生说，药品最好是放在冰箱里比较安全。

精密仪器制造的书，日本一定很多。去年内山寄了很多书店目录给我。其中一定有这一类的书。只是这些目录现在葛祖兰先生[1]借去了，所以没有查过。葛先生还来后，我好好查一查，向东京去订购。

与外国人的通信，今后约束为好。凡是资本主义国家的人，尽可能少通信为妙。我家同邮局交往甚多，随便什么信都没关系，但作为学校的学生，邮局也许会加以注意，所以必须小心。

你写在黑板上的诗（应嫌展齿[2]）现在还留着。姑妈打算本月十日回杭州去，阿姐说要陪她去。那么，到时候家里只剩我、姆妈和女工三人，很寂寞。

你的丁字尺，阿姐送给了菲君。这东西天津有吗？很挂念。如有机会，去北京玩玩吧。国庆节火车太挤，不要去。

---

[1] 葛祖兰（1887—1987），浙江慈溪人。作家、翻译家，上海文史馆馆员。日本留学回国后历任两广优级师范学校、两广高等工业学校教授，商务印书馆编辑等职。

[2] 应嫌，也作应怜。全诗如下："应怜展齿印苍苔，小叩柴扉久不开。春色满园关不住，一枝红杏出墙来。"（宋叶绍翁作，诗题为《游园不值》）

其他的假日去，较好。

　　天津是个好地方。我一直向往。什么时候一定去玩。那时你要作为导游来接我了。

〔1959年〕九月五日上午写毕〔上海〕

九

九月八日下午

　　學校の地図を付けた手紙は今日ごぜん読んだ。今伍拾圓の為替[1]を差出す、これは君自分の金で、自由に使え。家の金は毎二個月ずつ送り出す、この伍拾圓はその中に入らず。家を離れて他郷に居る時、まさか[2]の時が有るから、貯えなければならない。

　　國慶の時若し機会が有れば、北京へ行って好い。流石に[3]兄様のところ部屋が有る。汽車乗られば外に不便はない。

父より

〔1959年，上海〕

[附译文]

九月八日下午：

　　今天上午读到了附有你们学校地图的信。现寄去五十

---

[1] 汇票。——作者原注。

[2] 万一，缓急（无汉字）。——作者原注。

[3] 反正。——作者原注。

元汇票，这是你自己的钱，可自由使用。家中每二个月给你寄一次钱，这五十元不要混在一起。离家客居他乡，会有急需之时，所以必须储备一些。

　　国庆时如有机会，去一趟北京也好。反正阿哥处有住所，乘火车去，其他也没有什么不方便。

父　字
〔1959年，上海〕

十

新枚：

　　この画は国慶を祝う示しで、若し君の床頭空いた壁があれば、これで飾ると綺麗になる。

　　姑母と姉様は、今日早晨七時五十分の汽車で杭州へ行く。姉様は、三日滞在して上海へ帰る。その間家には只三人ばかりある。随分寂しいです。

　　先日の為替は受取ったと思います。

　　この金は定期預金[1]にしなけれ、成可く[2]當座預金[3]にする方が宜しい。當座預金はまきかの[4]とき何時も取れる。上海もう涼しかった。近頃毎日八十一、二度で愉快な御天気だ。

---

[1] 定期存款。——作者原注。

[2] 务须。——作者原注。

[3] 活期存款。——作者原注。

[4] 万一。——作者原注。

家は皆無事息災[1]で。猫様も前よりずっと肥くなった。

父より

〔1959年〕九月十一日晨〔上海〕

[附译文]

新枚：

　　这画是表现国庆节的，如果你床头壁上有空的话，可用这画装饰，很美观。

　　姑母和阿姐今天早上乘七点五十分的火车去杭州。阿姐准备逗留三天回上海。这期间家中只有三人，很寂寞。

　　前两天的汇票想必已收到。

　　这笔钱你不要存定期存款，务须作活期存款比较合适。活期存款可在发生意外情况时随时提取。上海已很凉快，近来每天八十一、二度，这种天气很舒服。家中一切平安，猫伯伯[2]也比以前胖得多了。

父 字

〔1959年〕九月十一晨〔上海〕

十一

九月十四日夜：

　　手紙二通リ皆讀ミマシタ。冬休二週間アルノハ誠ニ嬉イ

---

[1] 平安。——作者原注。

[2] 猫伯伯，在作者故乡，大约对于特殊而引人注目的人物，都可讥讽地称之为伯伯，如"鬼伯伯""贼伯伯"。家中的黄猫因此得名。

ダ。ソノトキ君是非御歸レ。學生の割引切符[1] イケナイ。又二日三夜掛リマスカラ。成可普通ノ急行車ヲ乘レ。オ錢ハ吝ツカナイ[2] 樣ニ。

　　邱祖銘樣ノ二人ノ子ハ，一人醫學院ニ入ル。又一人ハ本體育學校ニ入ッタガ彼ノ體重ハ五十公斤ニナラナイカラ、入學資格ハナイト言ウ。今困ッテ居ル。邱樣昨日私ニ商談シテ私ハ仕方ナイ。到頭教育界ノ友達ヲ紹介シテ。他ノ學校ヘ轉學スル積リノ頼[3] ヲシテ居ル。出來ルカ、出來ナイカ未分ラナイ。外ノコトハ姉樣書キ上ゲマス。

新枚へ

父より

〔1959年，上海〕

[附译文]

九月十四日夜：

　　两封信都收到了。寒假有两星期，真高兴！那时你一定回来。学生打折扣的票要坐两天三夜，不行。尽可能乘一般的快车。别节省钱。

　　邱祖铭先生的两个儿子，一个进了医学院，还有一个本来要进体育学校，但他的体重不够五十公斤，说是没有

---

[1] 割引 = 打折扣，切符 = 车票。——作者原注。
[2] 吝ク（自，四）= 节省。——作者原注。
[3] 请托。——作者原注。

资格入学。现在很尴尬。邱先生昨天找我商量,我也无能为力,终于我还是给他介绍了教育界的朋友。请托设法转到其他学校去。成功不成功还不知道。其他的事情阿姐会写信告诉你。

致新枚

父 字

〔1959年,上海〕

十二

九月廿三日夜:

　　長い日本語手紙は今日午前読んだ。(今度の手紙が以前よりずっと優しくなった。間違いところは一つもない。)君の思い出は私共を喜ばした。昔の人は"最小偏憐"と云う。君は我家で最小だから皆は君を愛がる。此の事君よく悟るから皆嬉しいだ。

　　今日私は肺病を診察貰った。今日はＸ光攝片だから、病状はまだ知らない。大分変らないだろう。私と姉様は病院で君の朋友を出会った。其の人は謝春(?)生と云う。君の初級中學の同窓だと言った。この人も近頃肺病を罹った。彼は君の地址を聞く、僕等は知せた。彼は以前私共の家に来たことが有ったから、僕と姉様を見て直ぐ分るのだ。彼は今某大學(西安)の學生だそうだ。

　　北京の兄様は、昨日手紙来た。彼の云うところをよると、國慶の時は、北京人口限制だから公用(公事)でなければ進口出来ないと言う。そうすれば君國慶日北京行くことは出来ないのだ。

　君の同窓陆金鑫君は先日(せんじつ)ここに来てハルモニユアム(Harmonium, 手风琴)を借(か)りたいと言う。御母様は手紙を書いて、陆様をして姑母(おば)(姨母)のところへ行ってその楽器を取る。だからこの楽器は今陆様のところにある。(承わるに听(うけたま)说陆様の家は姑母の近所(きんじょ)にある。)

　内の猫(ねこ)は近頃大変肥(ふと)った。英娥はそれを秤(はかり)で計(はか)って九斤にもなった，だから君が歸る時は屹度死なない。死ね憂(うれえ)はない。近頃副食品段段多くなって、魚も時時買はれる。だから猫の食物はいつも澤山だ。

　家には一向変(かわ)りはない。何(なん)でも君の居る時と同じだ。只窓の前蝉(せみ)の聲(こえ)はもうない。そのかわりに蟋は毎晩鳴(な)く。江南の秋(かわい)は可愛がる。草草(そうそう)。

新枚へ

父より

〔1959年，上海〕

[附译文]

九月廿三夜：

　　很长的日文信今天上午收到。(这次的信比以前好得多了，一个错误也没有。)你有这样的想法，我们很高兴。古人有"最小偏怜"之说。你是我们家里最小的一个，所以大家都喜欢你。你能明白这一点，大家很高兴。

今天我去看肺病，今天是拍X光片，所以还不知道病情如何。大概没有什么变化。我和阿姐在医院里遇见了你的朋友。这人好像叫谢春（？）生。他说是你的初中同学。他最近也患了肺病。他问起你的地址，我们告诉了他。他以前来过我们家，所以一见我和阿姐就认得。据说他现在是某大学（西安）的学生。

北京的阿哥昨天有信来。据他说，国庆节北京限制人口出入，不是因公不能随便进出。那样的话，你国庆节就不能去北京了。

你的同学陆金鑫前几天来此，说要借手风琴。你母亲便写信叫陆君去姨母处取这乐器。所以现在乐器在陆君那里了。（听说陆君的家在姨母家附近。）

家里的猫近来胖了许多。英娥[1]拿来称了一下，已有九斤重。所以你回来时一定不会死。不必担心它会死。近来副食品越来越多，鱼也时常能买到。所以猫食一直很多。

家里没有什么变化，一切都和你在时一样。只是窗前的蝉声没有了。代之而起的是每晚蟋蟀的叫声。江南的秋天很可爱。草草。

致新枚

父 字

〔1959年，上海〕

---

[1] 英娥（也作应娥），家中女工，亦是乡亲。

十三

九月廿五夜：

　　書簽附く手紙が今日着きました。書簽はもう芳芳にやりましに、彼女は非常に嬉くてその一ッを兄様に遣ると云う。

　　ここはもう國慶の盛典になった。淮海路の到るところに五色電灯が輝いて居ます。今日午後私は姉様と一緒に城隍廟へ遊びに行きましたが、そこは全く変りました。昔の狭い麗水路は今廣い大道になって何も認められなかった。廟の中でも處處変りました。九曲橋の池には蓮が植えて居る。そして噴水が有る。澤山のこどもが九曲橋の上で見て居ます。金曜日でも非常に賑やかで押分けられない程です。日曜日の賑やかは云うまでもない。

　　あの跛者（×××か？）の家は、このあいだ（此間）移転（迁居）しなければならないと言う。承るに（听说）その母は屋賃（房租）を二千餘元を欠きましたから、房管處は強いて徐家匯の長屋（不好的弄堂房子）に移轉させます。これは隣の張師母から聞取るのです。これから君暫く間彼と通信しない様に願います。その母は確に悪い人で、張師母の言うところに据ると、彼女は非常に雄弁で何しても移轉したくない、けれども里弄の羣衆は公憤を起って彼女は服従しなければならないのだ。あの跛者は實に可憐相です。君が通信する時は、上述のことは云わなくて好い。

　　君が風引がもう直りましたか？皆心配して居る。大事にして呉れ。私共は今、そんな積りです：来年四月政協大会の時、全家（滿娘ともに）北京へ行く。（承るに家族も公費だ。）歸る時天津へ遊びに行く。天津は確(たし)に好(い)い處(ところ)で、私は昔(むかし)から憧憬(あこがれ)る。李叔同先生は天津の生(う)れですから。四五月の時は天津の気候(きこう)が悪(わる)くない思います。

　上海は久(ひさ)しく涼(すず)しくなったが昨日は忽(たちま)ち熱(あつ)くなって、窓前(きまえ)の樹(き)に名残(なご)り（最后）の蝉(せみ)が鳴(な)きました。中秋過(ちゅうしゅうす)ぎ後未(あとまだ)蝉が死(し)なないのは珍(めずら)しいです。

　副食品はいよいよ多くなった。統戦部の肉(にく)と蛋(たまご)は毎月(まいげつ)送(おく)り来るので、母は嬉(うれ)しいです。草草。

新枚へ

　　　　　　　　　　　　　　　　父より

　　　　　　　　　　　　　　〔1959年，上海〕

[附译文]

九月廿五夜：

　　附书签的信今天收到。书签已给芳芳[1]。她非常高兴，说要把一枚送给她哥哥。

　　这里已是国庆盛典的打扮。淮海路上到处都挂着辉煌的彩灯。今天下午我和阿姐一起去城隍庙玩，那里完全变了样。从前窄狭的丽水路现在变成了宽阔的大道。竟认不出了！庙里也处处变了样，九曲桥的池塘里种着莲花。还有喷泉。有很多小朋友在九曲桥上。就连星期五也非常热

---

[1] 芳芳，邻家女孩张莉芳的小名，有时也叫阿芳。其妹叫平平（萍萍）。

闹，挤不过去，更不用说星期天热闹的景象了。

那个跛子（是×××吧？）的家必须从此地迁走了。听说他母亲欠了二千多元房租，房管处强迫他们迁到徐家汇不好的弄堂房子里去。这是邻居张师母说的。今后你暂时不要与他通信。他母亲确实不是好人。听张师母说，她非常强辞夺理，怎么也不肯搬家，但碍于里弄群众的公愤，只得服从。那跛子实在很可怜。你和他通信时，最好不要提起上述情况。

你感冒痊愈了吧？大家都很担心。要多保重。我们现在这样打算：明年四月开政协大会时，全家（包括满娘）都去北京。（听说连家属也是公费。）回来时去游天津。天津确是个好地方，我向往已久，因为李叔同先生在天津出生。四五月时，天津的气候料想不错。

上海已凉快了很久，但昨天突然热起来，窗前树上最后的蝉叫起来。中秋过后蝉还未死，真是少有的。

副食品越来越多了。统战部每月送来肉和蛋，你母亲很高兴。草草。

致新枚

父　字
〔1959年，上海〕

十四

九月廿九夜：

二十六日手紙が今日（二十九）午後着きました。游行の時、出来る丈新しい着物を着るそうと、君の"寿衣"を持って来ないのを悔みましょう？冬休には必ずそれ取って行く。十周年が過ぎても外に新しい着物を入る機会が有るから。上海はもう認められませんでした。到處電灯と新立物（建築）は澤山！私は曾て南京路と淮海路を見に行きました。随分賑やかで押分けられませんですから、見て直ぐ歸る。今日下午私は建國十周年慶祝會に詣りました。外賓は澤山！だから三時から五時まで直ぐ散会します。レニンカラから来た外賓は澤山の御土産を持って来た。其の中に大い花盆があります。

　　私は到頭肺病診察に行きました。けれども矢張昨年と同じく悪くもなければ善くもならない。これから矢張雷米丰を飲むのです。君の風引はもし直らなければ診察を怠る可からず（不可怠于看病）。青年の肺は弱いですから。

　　今日は火曜日で、私はこの手紙を書く時、下は、姉様ら五人仏蘭西語と独逸語を學んで居ります。

新枚へ

父より

〔1959年，上海〕

[附译文]

九月廿九夜：

　　二十六日信今天（二十九）下午收到。游行时，关照要尽量穿新一点的衣服，你的"寿衣"[1]没带去大概后悔了

---

[1] 家人戏称最好的衣服为"寿衣"。

吧？寒假一定带去。因为即使过了十周年，也会有需要穿新衣服的其他机会。上海已完全变了样。到处有许多电灯和新建筑物。我曾经到南京路和淮海路去看过。热闹得很，挤不过，所以看一下立即回家。今天下午我参加了建国十周年的庆祝会，外宾多得很！因此从三点开始到五点就散会。从列宁格勒来的外宾带来了很多礼物。其中有很大的花瓶。

我终于去检查了肺病，还是和去年一样，不好不坏。还是吃雷米丰。你的感冒如果还没有好，千万不可怠于看病，因为年轻的人肺较弱。

今天是星期二，我在写此信时，阿姐他们五人在楼下学习法语和德语。

致新枚

父 字

〔1959年，上海〕

十五

九月卅日夜：

今晩は御祝（節日）の気分は非常に濃い。全市の電燈は数えられない。何百萬も有ろう。今（晩七時）母、姉様、联阿娘、咬毛、細毛、阿芳六人は遊に行きました。私一人は内に休んで居ります。寂くて此の手紙を書く。

咬毛は、今日朝七時上海に着いたのです。彼女は内を恋しく思って、僅の三日の休は必ず内に歸りたい。けれども内は彼女を歡迎しない。可憐相です。彼女はここで夕飯を食べます。すると内に秋姉が電話が来た。姉様は電話で秋姉と話して居る時、私は咬毛に"君、姉様と話したいか？"と云う。咬毛は欲しくない様子で、けど到底電話口に行きました。けど自分は話しない。始終秋姉の話を聴く。聴いてから、食卓に歸る時は、泣出しました。蓋し秋姉は電話の中で咬毛を苛みました（苛ム＝责备）。何故なら？咬毛が歸えると、金を費すから。（联阿娘家の日用は大半秋姉の負担だから。）私と姉様は皆秋姉を答む。御祝の日に人を苛むことは不可ませんです。兎に角その悲劇は金の祟（作怪）（祟,音细。日本是动词,自四。タタル）です！だから私は、当晩咬毛に五円遣りました。今晩、咬毛は我家に宿ります。自分の家は面白くないから。彼女は明後日無錫へ歸るのです。邱祖銘の息子は到頭高等學校（体育）に入る事は出来ません。今家で讀學して居る。即ち君の昨年と同じです。

　　今日、北京の兄様が手紙来た。承るに、君の學校に反動標語が出て居る。それは思い掛けない（想不到）ことです。工業の學校は、成可（务求）反動分子のない様に思います。

　　江湾の兄様は、今日電話来ました。十月二日、彼全家ここに来ると云う。宝姉、先姉家もその日来る相です。その時、大層賑かになりましょう。宛も元日（元旦）の様だ。

　　日本に精密儀器に関する書物は屹度澤山有る。私は日本書物目録澤山有る。けど皆人に貸しました。先日民望兄様に聞くと、彼のところには、只だ音楽書の目録有る。されば外の目録は、屹度葛祖蘭様或は呉朗西様の處に有る。後で葛と呉を尋ねましょう。目録が有れば、その中から君の需る本を選んで日本へ注文しましょう（注文＝订购）。けどそのことは今未だ早いです。序に（顺便）一事を話して上げます：その内山完造様は、九月二十日、北京で死にました。彼は建国十周年の御祝の為で中国に来たので、けど脳充血で北京で死にました。誠に残念です！彼の骨灰は此の間上海へ運び来るので、私は上海公墓へ見舞い（吊）に行きましょう。彼は今年七十四才です。今は"有為の奥山を越へ"ました！満娘はあの女中（女仆）と度度喧嘩をしますと云う。その女中は満娘を嫌い。上海へ歸るのを希望して居る。（彼満娘が客様だと思います。）満娘は大分困りました。その女中は自分で退職しようと云う。満娘は直ぐ同意しました。けど彼女は愚図愚図して離れない。それは一層困ります。兎に角石門湾の俗語"先进山门为大"です。もし彼女が来た時、満娘が杭州に居なれば，そんなことは有るまい。彼女は満娘は外婆として御客様に杭州へ行くのと思います。且杭州大學の外婆は多く女中同様です。してみれば人の世は色色の事が有る。誠に餘に複雑です！

　　昨夜先姉、宋姉夫、毛頭、小冰、ここに宿る。餤火を眺めて十一時寝る。全市は狂歡して居る。今日は中中に御天気で珍しいことです。（過去の国慶はいつも雨。）

新枚へ

父より

〔1959 年，上海〕

［附译文］

九月卅日夜：

今晚节日的气氛非常浓厚。全市的电灯数也数不清。大约有几百万只。现在（晚七时）姆妈、阿姐、联阿娘、咬毛、细毛[1]和阿芳六人去玩了。我一人在家休息。觉得寂寞，就写此信。

咬毛今天早上七点到达上海。她大概想家，只有三天休息也要回来。但是家里并不欢迎她。怪可怜的。她在这里吃晚饭。这时秋姐[2]打电话来了。阿姐和秋姐在电话里说话时，我对咬毛说："你要和阿姐讲话吗？"咬毛好像不想讲的样子，但终于还是去接电话了。只是她自己不讲话，始终听秋姐讲话。听完以后，回到餐桌边时，她哭了起来。大概秋姐在电话中责备了咬毛。因为咬毛回来，要多费钱了。（联阿娘家费用大部分由秋姐负担。）我和阿姐都怪秋姐。节日里不可责备人。总之，这种悲剧都是金钱在作祟[3]！（祟音细。日本是动词，自动词四段活用。）所以我当晚给了咬毛五块钱。今晚咬毛宿在我们家，因为自

---

[1] 联阿娘，作者之妻妹徐警民（1904—1979），又名联珠，新枚称她"联阿娘"或"联娘"。联阿娘三女沈纶（后为新枚妻）小名"小毛"，因家乡话常称"小"为"咬"（ào），亦称其为"咬毛"；四女沈敏，小名"细毛"。

[2] 秋姐，咬毛的大姐沈国驰，生于1926年，内科医师。

[3] 联阿娘多子女，生活拮据，全仗已出嫁之长女沈国驰（号佩秋，即秋姐）协助理家。正如此处所说：金钱作祟。其实母女姐妹感情极好。

己家没有趣味。她后天回无锡去[1]。邱祖铭的儿子到底没能进高校（体育）。现在在家里自学，和你去年一样[2]。

今天，北京的阿哥来信。据说你的学校出现了反动标语。那是想不到的事情。我以为工科学校总是没有反动分子的。

江湾的哥哥[3]今天来电话，说十月二日他全家要来这里。据说宝姐、先姐家也要在这一天来。那时一定很热闹，像元旦一样。

在日本，有关精密仪器的书一定很多。我有很多日本文版书目。但都被人借去了。前几天问过民望哥，他那里只有音乐书目录。那么别的目录一定在葛祖兰先生处或吴朗西先生[4]处。以后我问问葛和吴。如有目录，可从中选出你所需要的书向日本去订购。但这事现在还早。顺便说一件事：那位内山完造先生[5]于九月二十日在北京去世了。他为了庆祝建国十周年来到中国，但因脑溢血在北京去世。遗憾之至！他的骨灰这几天运来上海，我要去上海公墓吊唁。他今年七十四岁。现在是"扰攘红尘界，从今当隔离"[6]

---

[1] 她当时在无锡轻工业学院读书。

[2] 新枚在入天津大学之前，因患肺病，曾在家休养一年（自学）。

[3] 指新枚的大哥华瞻。

[4] 吴朗西（1904—1992），编辑家、出版家、翻译家。

[5] 内山完造（1885—1959），日本冈山人，1916—1947年一直居住在中国，主要经营内山书店。内山完造是鲁迅先生的挚友，也是作者之好友。晚年从事日中友好工作。

[6] 这是日本《伊吕波之歌》中的一句（原文此句中还有"今日"二字）。丰子恺曾在《琐记》一文中将此句译成"扰攘红尘界，从今当隔离"。

了!听说满娘时常同女仆争吵。那女仆很讨厌满娘,希望她回上海。(她以为满娘是客人。)[1] 满娘十分苦恼。那女仆自己提出辞职,满娘马上同意。但她又拖拖拉拉地不走。这就更尴尬了。正如石门湾的俗语所说:"先进山门为大。"如果她来时,满娘正在杭州,就不会有这事了。她把满娘当作来杭州作客的外婆。而杭州大学的外婆有很多跟女仆一样。看来人世间有各种各样的事,真是复杂得很啊!

十月二日晨:昨晚先姐、宋姐夫、毛头和小冰都来这里住宿。看烟火看到十一点才睡。全市都在狂欢。今天天气非常好,真是少有的。(过去国庆总是下雨。)

致新枚

父字

〔1959年,上海〕

十六

十月六日夜:

　二日の手紙昨日着く。その中に誤りが有る。

　(1)"はんを食る"の"はん"は、普通話さない。"御飯"と云う。この"御"が敬話ではない。已習慣になりました。

　(2)"附近"は普通用いない。"近所"と云う。

　(3)"子新枚叩"は日本式ですい。中国式です。日本で

---

[1] 满娘在杭州依女儿而居,但常到上海丰子恺家。女工则以为她在沪依弟而居。

は"息新枚拝上"と云う。若し友達なら、"拝上"と云わなくて、"拝啓"と云う。

　君の手紙のなかに"海参"を食べると云った。海参は私の好物で。昨日薛佛影様は来て私にこの物を食ると勧めます。だから若し天津に売る物が有れば、君些と買って置く。冬休の時家に持って歸へる。何の店で買うか、天津土着（本地人）の同窓に聞いて呉れ。

　薛様はその息子萬竹と一緒に来るので、萬竹は毎週日曜日家に歸ると云う。彼の口は又吃りました。私を"伯伯"と呼ぶ時、父の助でようやく呼び出しました。彼は未君の手紙を得ないから宛名（地址）を聞くに来たのです。私は已君の宛名を書いて彼に遣りました。彼日停車場で林檎を落して澤山の人の込合う中に踏潰した事を話して遣りました。且感謝の意味を表しました。

　今日、民主德國成立十周年で、私は出席しました。すると、文化局長と会いました。畫院院長の事を再申出しました。私は堅く拒絶したが彼人は已國務院へ申報しましたと云う。兎に角この事は免れない様です。私は到頭院長になろう！けど俸給を取らない積りで、今後忙しくならないのです。

　近頃月珠大姨（母様の姉様）が来ました。君の床に宿ります。だから些と賑やかです。

新枚へ

父より

〔1959年，上海〕

[附译文]

十月六日夜：

二日的信昨天收到。其中有一些错误。

（1）"吃饭"的"饭"一般不这样讲。称为"御饭"。这个"御"不是敬语，已成了习惯。

（2）"附近"一般不用。称为"近所"。

（3）"子新枚叩"不是日本式的，是中国式。日文应用"息新枚拜上"。如果是朋友，不用"拜上"，而用"拜啟"。

你信上讲到吃海参。海参是我喜欢吃的东西。昨天薛佛影先生[1]来，劝我吃这东西。所以如果天津有卖，你买一些放着。寒假时带回来。什么店里有卖，向天津的本地同学打听一下。

薛先生是同儿子万竹一起来的。据说万竹每星期天都回家。他仍然口吃，叫我"伯伯"时，在父亲的帮助下好容易叫出来。他还没收到你的信，所以来问你的地址。我已把你的地址写给了他。他说那天在火车站苹果落在地上，因为人多拥挤，被踏坏了。他表示了感谢的意思。

今天是民主德国建国十周年，我出席了大会。在会上碰见文化局长。他又谈起画院院长的事。我虽坚拒，但他说已向国务院申报。看来这件事无论如何推不掉了。我还

---

[1] 薛佛影（1905—1988），上海工艺美术研究所雕刻工艺师，国家文化部授予特级工艺美术大师。

是要当院长了！但打算不受工资，今后不会很忙。

　　最近月珠大姨（母亲的姐姐）[1] 来了。睡在你的床上。所以家里热闹了些。

致新枚

父　字

〔1959年，上海〕

十七

十月十三日：

　　昨日、××が手紙来た："私は今悔改めました。何卒、許して下さい。子供六人は毎日飢る。冬が近付きました。着物が無い。何卒子供の為に三十円貸して下さい"と云う。寳姉は"十円遣る"と云う。けれ私はそんな便利はないと思って、返事に如此云う："君悔改めたら、私屹度許す。けど昨年、君が詐取する。内の者は皆腹立った。ことに（尤其是）華瞻は二度君の山師（流氓）に手紙を書く、今まで憤る。だから君華瞻に謝ら（道歉）なければ誰も郵便局へ行って為替をしたくない。"若し彼は華瞻に謝りの手紙が来たら、私は十五円を遣る積りです。

　　今日滄祥電話で知らせる："嘉林大伯は昨日死にました。年は八十三。"滄祥は今朝の汽車で歸りました。私共は十円の為替で弔います。（弔＝見舞い）

---

[1]　是堂姐。

内山完造様は，此頃北京で死にました。その弟は既香港に着く。北京へ行って、内山の遺骸を迎えて上海公墓に葬りましょう。その時私も出席？しましょう。

日本本の目録は、葛祖蘭様のところに居る。この内英娥を行かせて持って歸りましょう。（葛は年取ったから、重い本は持って来られない。）来てから、君の入る本が有れば、その目録を君に寄る。君自から選びましょう。内山が死にましだがその弟内山嘉吉が東京で内山書店を遣って居る。これから本を買う時嘉吉へ手紙を差して宜い。買うことは矢張出来ます。

新枚へ

父より

〔1959年〕十月十三日〔上海〕

[附译文]

十月十三日：

　　昨天，××来信说："我悔改了。请原谅我。六个孩子每天挨饿。冬天近了。衣物没有着落。请看在孩子们面上借给我三十元。"宝姐说："给他十元。"但我想，没有那么容易。回信这样说："你有悔改之意，我一定原谅。但去年你敲诈，家里人都很气愤。尤其是华瞻两度写信给你这流氓，至今还在气愤。因此，如果你不向华瞻道歉，谁也不愿意到邮局去汇款。"如果他给华瞻写来了谢罪的信，我打算寄他十五元。

今天沧祥来电话通知：嘉林大伯[1]昨天去世了。终年八十三岁。沧祥今晨坐火车回去。我汇十元去吊慰。

　　　内山完造先生最近在北京去世。他的弟弟已抵香港，要到北京去把内山的遗骸迎来上海公墓安葬。到那时我也将参加。

　　　日本书的目录在葛祖兰先生处。日内叫英娥去取回。（葛上了年纪，不能拿重的书来。）取来之后，如果有你所需要的书，就把目录寄给你。内山虽去世了，他弟弟内山嘉吉仍在东京主持内山书店。以后要买书时，可以写信给嘉吉，仍旧可以买。

致新枚

父　字

〔1959年〕十月十三日〔上海〕

十八

十月二十八日午後：

　　　昨日は私の誕生日(タンジョウビ)です。上海は相変(アイカワ)らず（照旧）副食品の缺乏ですから、料理屋へ行かなく、内で客様を招待しました。客様は、朱幼蘭、聯阿娘、月珠大姨、奎娘舅、寶姊等です。

　　　内山の骨灰は先日来ました。一昨日萬国公墓で埋葬しました。私は見舞いに行きました。その弟内山嘉吉も来る。君の買いたい書は（並びに民望哥も音楽書を買いたい）嘉吉に

---

[1]　丰嘉林是丰子恺的堂兄，沧祥是其长子。

頼みました。嘉吉はその内日本へ歸ります。

　姉様は云う：君の新しい卡其制服は、脱ぐ時他人の衣物と混ぜる憂があるから、その上に字を書かなければならない。帽子なら、裏の處に萬年筆で書く、上衣は、襟（領头）の中に書く、ヅボン（袴子）なら、袋の中に書く。そうすれば他人のと混ぜられない。

　画院院長の事は愈愈事實になる様でした。私は既に同意したが俸給（薪水）を受け取らないと云い、條件を持ち出しました。けど文化局はその條件に同意しない"貴方自から内で工作して宜い、俸給は必ず差し上げます"と云いました。もしそうしなければならなくなら、私も争はない積りです。

　聯阿娘は近頃病気になりましたから、自分の内で食事を作ることは六ケ敷しいですから、細毛と二人我が内に宿りました。聯阿娘は君の床（bed）に、細毛は床（地板）に眠る。

　芳芳と平平は毎日夜屹度ここに来ます。姉様は平平を大分可愛がる。芳芳の昔の地位は、今平平に奪われました。性格について云えば確に平平は芳芳より宜い。芳芳は林黛玉式で、平平は薛寶釵式だ。二人の女の子は（有時、その弟維維も一緒に来る……）毎晩八時までここで遊ぶ。八時になるとその父は来て彼等を呼んで歸える。君の母は或時私と姉様の芳芳平平を可愛がることを嫌いと思います。特に食べる物を遣る時。母は親類と隣人の分別を分明と見定ります。もし朝嬰或は"弟弟"なら、親く思いますが、芳芳平平なら、親まないと思います。これも可笑い。

君は未(マダ)北京へ行くことはない。だからもし暇(ヒマ)が有れば北京へ一度行って宜(ヨロ)しい。例(タトエ)ば土曜日午後行く、日曜日の夜汽車で歸へる。金を費(ツイヤ)すことも多くない。兄様のところに宿(トマ)って，一日の遊びができる。十円(ジュウドル)にならないでしょう。兄様に案内せられて主(オモ)なる處を遊ぶことが出来る。けど先(サキ)に兄様と約束(ヤクソク)をしなければならない。

　前の手紙に海参を買(イリコ)うことを云います。けど承(ウケタマワ)るに國慶節には供応(キョウオウ)多く、國慶の後は矢張少(スクナ)くなった。だから君もう買(カ)わ勿(ナカ)れ。これは私が大好(ダイスキ)のものでない。

新枚へ

父より

〔1959年，上海〕

[附译文]

十月二十八日下午：

　　昨天是我的生日。上海还是缺乏副食品，所以不去饭店，在家里招待客人。来客是：朱幼兰、联阿娘、月珠大姨、奎娘舅和宝姐等人。

　　内山的骨灰前两天运来了。前天埋葬在万国公墓。我去参谒了。他弟弟内山嘉吉也来。你要买的书（连民望哥要买的音乐书），我拜托了嘉吉。嘉吉不日将返回日本。

　　阿姐说：你的新卡其制服脱下后会与他人的衣物混错，所以要在上面写个字。如果是帽子，在里面用钢笔写；上衣则在领头里面写，裤子写在袋里。这样就不会和他人的混错了。

画院院长的事看来就要成为事实。我已经同意了,但提出不受薪水的条件。只是文化局不同意这条件。他们说:"你可以在家里工作,但薪水一定要送。"如果非这样不可,我也就不打算再争了。

联阿娘最近生病了,在自己家里烧饭有困难,所以和细毛两人宿在我们家里。联阿娘睡你床上,细毛睡地板上。

芳芳和平平[1]每天晚上一定来这里。阿姐很喜欢平平。芳芳昔日的地位现在被平平夺去了。从性格上讲,平平确实胜于芳芳。芳芳是林黛玉式的,平平是薛宝钗式的[2]。两个女孩(有时她们的弟弟维维也一起来……)每晚在这里玩到八点。一到八点钟,她们的父亲会来喊她们回去。你姆妈有时嫌我和阿姐太喜欢芳芳平平,尤其是给她们食物的时候。妈妈把亲戚和邻人分得很清。如果是朝婴或"弟弟"[3],她认为是亲密的,而芳芳平平就不亲密了。这也很可笑。

你还没有到过北京。如有空闲,不妨到北京去一趟。例如星期六下午去,星期天晚上火车回来。花的钱也不多。你可在阿哥处住宿,作一日游。用不了十块钱吧。由阿哥

---

[1] 芳芳平平的母亲因短期外出服务,将芳芳(当时读小学)托住在隔壁的丰一吟照顾。后来妹妹萍萍(尚未上学)也常来玩。

[2] 奇怪的是二人长大后性格与小时完全不同了。

[3] "弟弟"是杨朝婴的弟弟,但家里无论老幼都称他为"弟弟"。

为你导游，可以游玩一些主要的地方。但事先必须与阿哥约好。

　　上一封信提到买海参的事。但听说国庆节供应多，国庆以后又会少了。所以你不要再买了。这不是我十分喜欢吃的东西。

致新枚

父 字

〔1959年，上海〕

十九

十一月四日：

　　日本へ注文する本は、昨日航空郵便で送り出しました。君のは皆なで22冊、けど全部買わないかも知れない。約一個月餘返事が有る。その値段（ネダン）は皆で三十円位です（日本百五十円＝人民幣一圓）。

　　内には皆変りがない。皆健康が宜しい。

　　小包（着物）は着きましたが先月月末の為替（ツキヅエ）（カリセ）（42円）は着きましたか？最近の手紙に云はなくて、姉様が心配して居る。もし忙（イガ）しくならば、毎週葉書（ブンツウ）で文通して宜い。長い手紙は時間掛（カ）りますから。

　　上海近頃、袂時計（タモトトケイ）（手表）が売って居りますが機会（キカイ）は中々得られない。(券（ケン）なければ買（カ）われない。)私は文史館の贔負（ヒイキ）(照顾)で一ツの券を得た。その内一ツ瑞士袂時計を買積（ウチ）りです。私の懐中時計（カイチュウトケイ）はあまり重くて不便（フベん）ですから。

先日は一人の、前に知らない青年は我家に宿りました。その人は劉孔菽と云って江西省吉安県の人です。中中絵を好き、特に私の絵を喜ぶ。今年僅に十九才で、美術天才中中豊富、これまで私は見たことのない程です。彼は吉安から上海に着いて直私を訪問する。彼は杭州藝専に這入る積りですが公用（公事）で試験期限を後くれた。今組織上の紹介書をもって杭州藝専へ交渉し度いです。けど杭州へ行って學校と交渉すると、迚も出来ません。吉安の人は此間の消息を知らない、"組織上の紹介書あれば何時も入學が出来る"と思います、可笑いではないか？そしてこの人は已を得ず、再度杭州から上海へ返る、私を二度訪問して、南京で船に乗って江西へ歸る積りですが杭州停車場で旅客を写生する（絵を描く）とき、蝦蟆口（銭包）が泥棒に取られた。その汽車切符も蝦蟆口の中に這入ってる。慌てて警察に告げる。けど身の上に一文もないから、已を得ず、警察局に宿りました。次日、警察はある掏摸（扒手）を捉りました。切符は當日退った外に金は皆動かずに返した。この人は貧乏ですから、警察は切符の値段（三円餘）をこの人に償いました。今世の警察、今世の社会秩序は誠に宜いですな！

　この人は我家に二晩宿って、今日歸りました。私は彼は可憐い相ですから、十円を遣りました。彼は来年夏、又杭州へ試験を受ける積りです。

　姉様はそう云う：冬になったら、冷水浴は風引の憂が有るから不可ませんと。君、自分注意して呉れ！

華瞻兄様は近頃南匯へ労動に行きました。二週間許で、餘り苦労もなかった。北京の兄様も労動へ行きましたが痔疮病が復発して病気になりました相です。君が手紙で見舞いする筈です。

新枚へ

父より

〔1959 年，上海〕

　　芳芳、平平は毎晩あいかわらずここに来て遊びます。
　　君の日漢字典は餘り小さいと思いますが、若し詳しいのを要るなら、上海で新しく出版した日漢辞典を買って送りましょう。廣洽法師が贈る金はちょうど足りますから。

父より

[附译文]

十一月四日：

　　向日本订购书的信，昨天航空寄出了。你的一共二十二册，也许不能全部买到。大约一个月后有回音。价格大约一共三十元光景（日本一百五十元＝人民币一元）。

　　家里一切照旧。大家都很健康。

　　小包（衣服）收到了，上月底的汇款（四十二元）收到了吗？最近的信里没有提到，阿姐很担心。如果忙，每星期写一张明信片即可。写长信费时间。

　　上海最近有表卖，但很难得到机会。（没有券不能买。）

我因为文史馆的照顾,得到一张券。日内想买一只瑞士表。因为我的怀表太重,不方便。

前几天有一个本来不认识的青年在我家住宿。这人名刘孔菽,是江西省吉安县人。很喜欢画,特别爱好我的画。今年才十九岁,美术天才很丰富,我从未见过这样的人。他从吉安一到上海,立刻来访问我。他想进杭州艺专,但公开的考试期限已过。现在带着组织上的介绍信,想去杭州艺专交涉。但去杭州向学校交涉,无论如何不行的。吉安人不知此间消息,以为"只要有组织上的介绍信,随时可以入学",岂非可笑?所以此人不得已,再度从杭州回上海,再次访问我,打算在南京乘船回江西。但在杭州火车站对着旅客作写生画时,钱包被人偷窃去。火车票也放在钱包里。连忙向警察报案。但身上一文不名,不得已,在警察局宿了一夜。次日,警察捉住了那扒手。除了车票当天已退掉外,钱都没有动用,全还他了。此人很穷,所以警察把车票的价钱(三元多)偿还给了他。现今的警察、现今的社会秩序,实在太好了!

这人在我家宿了二夜,今天回去了。我看他可怜相,送了他十元。他打算明年夏天再来杭州考试。

阿姐说:冬天到了,洗冷水浴恐怕会伤风,不可再洗。你自己注意。

华瞻哥最近去南汇劳动。只有两个星期,不太辛苦。听说北京的阿哥也去劳动,但痔疮复发,生病了。你该去信问候。

致新枚

父 字

〔1959年，上海〕

芳芳平平照旧每晚来此玩。

我看你的日汉字典太小了吧？如你想要详细的，我买一本上海新出版的日汉辞典给你吧。广洽法师送的钱正好够用。

父 字

二十

手啓十一月十七日：

　　《日漢辞典》一冊は、今日郵便で送ります。このじびきは非常に詳くて一番好しいと私は思います。その引き方は、概に新しいので、即ち："ヂ""ジ"は用いなくて、"ジ""ズ"を用いる。"ワ"と発音の"ハ"、"イ"と発音の"ヒ"、"ウ"と発音の"フ"、"ェ"と発音の"ヘ"、"オ"と発音の"ホ"は、皆"ワイウエオ"を用います。このじびきの後に"漢字索引"が有ります。これは大変甲斐（効用）が有る。例ば"蟹"と云う物は日本で何と云いますか分らなくなら、その索引四十九画を調べ（査）れば、直"カニ"と解ります。

　　このじびきの値段（价值）は、十三元です。廣洽法師の送る金は丁度足りますので、姉様は最早君の預金（存款）から払い（付）ました。凡そ機械系の用いる本は皆家から払い、その外の本は、君自分の金で払うのです。

此處は皆無事息災に（平安）暮しますので、二月後は君の歸るを待って居ます。座敷（客堂）のピアノも君の歸るを待って居ます。このピアノは君が去ってから引く（弾）人は一人もない。只有時芳芳は来て、下手（蹩脚）な小曲を弾くのみです。
新枚へ

父より

〔1959年，上海〕

[附译文]

手启（十一月十七日）：

　　《日汉辞典》一册，今日由邮局寄出。这辞典十分详细，我觉得极好。其查法大概是新的，即："ヂ""ジ"不再使用，而改用"ジ""ズ"。发"ワ"音的"ハ"、发"イ"音的"ヒ"、发"ウ"音的"フ"、发"エ"音的"ヘ"、发"オ"音的"ホ"，都改用"ワイウエオ"了。在这辞典后面有"汉字索引"。这很有用处。例如如果不懂得"蟹"这东西在日本称什么，在这索引的十九画里一查，立刻知道是"カニ"了。

　　这辞典的价格是十三元。广洽法师送的钱正好够用，所以阿姐已从你的存款中支付了。凡机械方面用书，都由家中支付，其他的书则从你自己的钱中支付。

　　此处诸人皆平安度日，候你两月后归来。客堂里的钢琴也在等你归来。你离去之后，这钢琴没有一个人弹。只有偶尔芳芳来弹弹蹩脚的小曲。

　　致新枚

父　字

〔1959年，上海〕

二十一

ジューイチガツ、ニジュウゴニチ：

　　テンシンハ、ソンナニサムクナリマシタカ？ワタクシハ、ビックリシタ。ココハ、マダ、ロクジュウドウ（度）トイウ（云）アタタカイトキデス。ライネン（来年）ノハルハ、ワタクシドモ（ハハトネサントオバ〔姑母〕）ペキン（北京）ヘイクトキ、カナラズテンシンヘアソビニイキマショウ。トナリノフタリ（二人）ノコドモハ、マイニチノヨル、ココニキテ、アソビマス。ソノコドモガナケレバ、ホントウニサビシイデス。ガッコウノショクジ（食事）ハショクドウセイ（食堂制）ニカワリマシタラ、キミナルベタエイヨウ（栄養）ノイイモノヲエラベ！ケンコウ（健康）ハイチバンデスカラ。

シンマイヘ

チチヨリ

〔1959年，上海〕

[附译文]

十一月二十五日：

　　天津已这样冷了吗？我感到惊讶。这里还是六十度的和暖日子。明年春天我们（姆妈、阿姐和姑母）去北京时一定去天津玩。邻居两个孩子每晚来此玩。如果没有这两个孩子，实在寂寞。学校的伙食如果变了食堂制，你要尽可能选营养好的菜来吃！因为健康最重要。

致新枚

父 字

〔1959年，上海〕

二十二

新枚：

你们苏先生来信谢我所赠书扇，其信附去，你看后不要了。另附一信，你便中送去。苏信上言，你校近来重务实，想课业必忙。菲君不知何故，不得上级信任。时多苦闷，此实非始料所及。最近他来信，说好转些。以前有一时，他生病（泻疾），常不蒙照顾，北大有此种不合理情况，我未敢相信也。菲君说：国庆节他去找草娘舅，下乡去了。他就到黎丁家，黎留他宿夜，并招待他饮食，黎丁真要好子[1]。此人古道可风。琇年亦好客。我也常常寄信或送东西给他们。

家中一切照旧，我杭州决定不去。你在家时，他们来言院长薪俸尚未批准，至今仍无消息。听人说，是不能不受的，但即使受了，我也不去办公。

父 字

〔1960年〕十月十二日

---

[1] 要好子，石门一带方言，意即殷勤。

朱先生[1]之表已修好，完全同你的一样，他很高兴。写许多字送广洽师。

二十三

十一月廿一夜：

　　君は書法を習う志は非常に好い。けどこれは必ず基本練習から務める。君は過去私の字を真似る（模倣）。私は月儀に基けるのですから、君も月儀を習はなければならない。月儀と云う物は、晋の索靖と云う人が書いたもので。一番活発の行書、古今以来其の類がない。今、私は月儀一冊と私の習い物若干、別に郵便で送ります。暇の有時は、よく習って見なさい。一年の後は必ず成績が有りましょう。

新枚へ

父より

〔1960年，上海〕

[附译文]

十一月廿一夜：

　　你有志学习书法，甚好。但这事必须从基本练习做起。你以前摹仿我的字。我是以月仪为基础的，所以你必须练月仪。月仪这字帖是晋朝一个叫索靖的人所写的。是最活泼的行书，古今以来无有可类比者。现在我把月仪一册以

---

[1] 朱先生，指朱幼兰。

及我临写的若干张另邮寄你。有空时好好练练吧。一年后必出成绩。

致新枚

父 字

〔1960年，上海〕

二十四

新枚：

听阿姐读你信，知你们学生食事看重。此乃新时代新现象。从前青年不辨菽麦，不知稼穑艰难。今日青年都知道"一粥一饭，来处不易"（朱子家训中语）。此乃人生极有意义之一种考验。但今年奇荒，所以如此。明年但得稔熟，必不如此紧张。

你有时间学外文，甚好。但勿妨碍务虚。今日中国，譬如造屋，现在正在筑基地，打夯（音 han[1]），需要有大力之人平地，而暂不需要造屋、筑墙、制窗门、制木器，乃至作壁上书画装饰之人才。所以"务实"暂不被重视。但基地筑成后，要造屋时，自然需要上述各种人才也。此喻甚切，可三思之。

画院今日送工资，正院长每月二百二十元，从七月份送起。我再三辞谢，被四个人强迫，只得受了。但照旧不去办公，有事由该四人来我家报告。因此，此工资等于退休金也。今将二十元封在此信内，给你作为"阳历压岁钱"（与按月汇款无关，乃额外）。本想邮汇，恐你在校中招摇，故违邮章封入信内。

---

[1] Han，非汉语拼音，是英文。

但压岁钱作别论，也许不能说犯邮章。你在津年余，尚无熟悉之友朋家。否则可以托转。明春我到津后，你一定有更多熟人。以后寄物便当些。

旧历年无论几天，你决定南返一次。据菲君言，因欲省煤，假期并不短。

华瞻哥今日迁屋，较宽敞，不久他们迁回江湾。我们这里又清爽了。荷大伯[1]前日来此。满娘要管临君，走不开，阴历年来否亦不可知。

父　字
〔1960年〕十二月六日夜〔上海〕

收到后即来一明片，言压岁钱收到。以免挂念。

此款可作阳历年游北京之用。阿哥看来不下放了。至今未定。

二十五

元旦午後手啟：

　　北京から歸ってからの手紙は読みました。兄様も手紙が来た。兄様の言ところによると、君は何も食べる（オヨ）；凡そ人の食べる物は、食べないものはない。又、君は辺幅（ヘンプク　オサ）を修まらない（即ち二個月一度理髮（リハツ）する等。不修边幅，即落拓）ことは兄様よりも甚（ハナハダ）しい。前者（ゼンシャ）は好いですが後者（コシャ）は宜（ヨ）くない。自轉車（ジテンシャ）の運送賃（ウンソウチン）六十錢だけは易（ヤス）いです。

---

[1]　荷大伯，名丰月秋，丰子恺堂姐。

今日、宝姉、先姉、華瞻兄皆ここに来る。非常に賑かです。今皆歸りました。今年年賀状は非常に多い。月暦も澤山送られた。今其の中の最も良いものを一枚君に遣る、この手紙の中に入れて居ります。これは桌の上に置くことが出来る。

　　天津で自轉車を走る時は上海よりも一層気を付けなければならない。人は毎に小都市だから油断する。これは不可ない。日本に"油断大敵"と云う話が有る。油断は人の大きい敵ですと云う意味です。

新枚へ

父より

〔1961年，上海〕

[附译文]

元旦下午手启：

　　你从北京回来后写的信收到了。阿哥也来信了。据阿哥说，你什么都吃，凡是人吃的东西，你没有一样不吃。又，说你不修边幅（即两个月理一次发等。不修边幅，即落拓），比阿哥更甚。前者甚好，后者不宜，自行车运费只六角，真便宜。

　　今天宝姐、先姐、华瞻哥都来这里。十分热闹。现在都已回去。今年贺年片很多。月历也送来很多。今将其中最佳的一个寄你，附此信中。这是可以放在桌上的。

　　在天津骑自行车时，要比在上海时格外小心才是。人们往往以为是在小都市里，便粗心大意了。不可这样。日本有一句话叫"油断大敌"。意即疏忽是人的大敌。

致新枚

父 字

〔1961年,上海〕

二十六

新枚:

我廿八日返上海。途中曾发烧三十八度,在兴国滞留,一医生,一小包车陪我,准备乘飞机先返上海,终于次日退烧,仍上井冈山。但西药及打针力大,不胜疲乏。返沪后即赴华东[1]诊治,吃中药调养。今已渐渐复原。同行二十九人中,有三四人(老人)患病,但皆无恙,顺利返沪。此行经七八地方,行六千余里。共三星期,收获丰富(文材、画材不少,待健康后写出来),但十分劳倦。我平生首次经验也。

大会听说在十一月中。可以多休息,也好。

国庆节,此间来了七个乡下客:阿七等三人,圣高[2]及其妹等四人。今已大半回去。乡下人生活丰富,钞票甚多,故多出游。

满娘的脚至今未愈,不久要来上海医治,临君正在设法交托儿所。

荷大伯听说也要来。

---

[1] 华东,指上海华东医院。
[2] 阿七,名蒋镜娥,作者之妹丰雪珍(雪雪)之女。圣高,姓钟,是丰子恺之母的侄孙。

途中作诗甚多,今抄数首给你。

父 字

〔1961年〕十月四日晨〔上海〕

二十七

恩狗:

明片收到。我大约十一月下旬内到北京,确定日子后再告。王绍棠的东西,你带到北京,由我带回上海。我有人代提行李,不须自己费力。

锁买不到。不必说数目字的,普通的也买不到。且随时留意。倘买到,我带给你。房间里会遭窃,真了不得。你只有随时当心,衣物不乱放的习惯养成,倘再失窃,就怪不得你了。万一你也遭窃,也不必深惜痛悔。添置衣物等事,我们总有办法的。

近日南颖在此。雇一临时保姆,所以大家并不忙。我近日甚空,天天看《源氏物语》。因为赴北京之前,要参观上海各机关,而我没有参加参观(老弱者自由参加)。

九月廿六(十一月四日)那天[1],我们在功德林办三桌酒,诸亲戚都全家到。天气很好。你在天津遥祝,很好。五十元一桌的素菜,等于从前二十四元的。

你劳动结合业务,很有兴味,甚好。弄机械要当心危险。

父 字

〔1961年〕十一月十四晨〔上海〕

---

[1] 农历九月廿六日是丰子恺生日。

二十八

新枚：

　　御手紙先日届けました。杭州行の切符は姐様が買って上げましょう。返事時の切符は、もう黄鳴祥さんに頼んで居りましたから御安心！

　　私と母は二十八日（水曜）南頴をつれて先に行く。願うことは君も姉様と一緒に行く。しかし汽車の込合うことは免れない、心得て下さい。

　　和歌四曲、私の好物で君に遣ります。

父より

〔1965年4月〕二十四日〔上海〕

[附译文]

新枚：

　　你的信前几天收到。去杭州的车票，阿姐替你买好。回来的车票，已托黄鸣祥先生买，你可放心。

　　我和姆妈二十八日（星期三）带了南颖先去。希望你与阿姐一起去。但火车难免拥挤，要当心。

　　和歌四首是我喜爱之物，送给你。

父 字

〔1965年4月〕二十四日〔上海〕

二十九

别后我早出晚归,平安无事。因重点在公安六条,与我无关。近日则集中力量于"五一"庆祝,我有时帮助贴标语,只做小工,并不吃力。"五一"调休,星期日上班,星期三、四放假二天。母亲因管南颖而身体健康了。阿姐因管小明而身体健康了。我因天天上班而身体健康了。近来只觉得烟、酒、饭,都味美,此即健康之证。故我希望"文革"延长,我永远上班,则永远健康。走去车回,天天如此。

来信已报告烟的情况,未报告酒的情况,以后打听一下。窝窝头,我是一定吃得惯的,只要有酒。明年此日,我与母一定已到过石家庄了。

经布[1]永不来,但有一对来过二三次,肃静数小时,悄悄地离去。

"调笑集"(手写)一卷已寻着,在姐书架内。

〔1968年4月,上海〕

三十

连环诗词句(五言)[2]

寥落古行宫花寂寞红豆生南国破山河在山泉水清泉石上流光不待人闲桂花落月满屋梁上有双燕燕尔勿悲风过洞庭中有奇

---

[1] 经布,即织布。织布时梭子穿来穿去。此处指一个"造反派"一度占用丰家二楼北房用于谈情说爱。因似穿梭般经常来,丰子恺为其取名"经布"。

[2] 集五言古诗句而成,前句之末字为后句之首字。

树下即门**前**年过代**北**风吹白**云**深不知**处**处湘云**合**欢尚知**时**时误
拂**弦**上黄莺**语**罢暮**天**钟声云外飘飘何所**似**听万壑松月夜窗**虚**名
复何**益**见钓台**高**台多悲**风**雨送归**身**载人别离人心上**秋**风吹不尽
日栏干头上何所**有**弟皆分**散**步咏凉**天**意怜幽**草**色洞庭**南**北别离
情人怨遥**夜**久语声**绝**域阳关**道**路阻且**长蘷**知有恨别鸟惊心远地
自**偏**惊物候**新**人不如**故**国梦重归来报明**主**称会面难得有情**郎**骑
竹**马**来者日以**亲**朋无一**字**字苦**参商**略黄昏**雨**后却斜阳春二三月
是故乡**明**月出天**山**中方七日日**人**空**老**至居**人**下山逢故夫婿轻薄
儿女共沾襟

我接不下去了，看你有何办法。须注意：不可重复。且襟字太难。我本想使之首尾相接，只有用"龙宫俯寂寥"，才可与第一个"寥"字相接，但龙字不易接，就此作罢。[1]

抽水马桶，出三元五角，已修好（挖出"坑仁"——读如"宁"——几公斤），甚快。我已习惯于此种生活，七天一休息，亦觉快适。第一注意饮食起居，身体健康。也许今秋可到石看你。母希望暑假中同南颖到石，但未能定。

这是你们结婚时的红烛的泪珠，尚有一个烛头我保存着[2]（一点红蜡泪，不久落脱了。这是好兆。）将来带到石来给你们。

叫阿姐到石当女工，我很赞成，索性我与母大家做了石人，

---

[1] 新枚在信末续成连环诗词句如下：下窥指高**鸟**道高原**去**也不教**知**是落谁**家**住水东**西**北是长**安**禅制毒龙。

[2] 原信此处有铅笔横断面大小的一滴红烛油痕迹。

也很好。但这是愿望而已,不知能成事实否。

马一浮[1]诗,实在有好的。有一次我说:诗可否不用古典,他说:白描何尝不可,就送我一首诗(时在四川),内有二句云:"清和四月巴山路,定有行人忆六桥。"四月,称为清和月。巴山即四川。此二句甚好。所以他回杭后,住在苏堤蒋庄。可惜迟死了一年,以致被逐出,去年才死。

〔1968年5—6月,上海〕

三十一

新枚:

你一定天天候好音,等得不耐烦了。所以我今天把详情告你,以资慰藉。并有好消息,即林×××报告中提及:"资产阶级学术权威,或一批二看,或一批二用,或一批二养,不作为敌我矛盾,而作为内部矛盾。"(大意如此,想你已看到了。)近一二月来,变化甚多,总之是一步一步地使斗批对象与群众接近:起初拆牛棚,与群众住在一起;改请罪为请示;改三鞠躬为一鞠躬;与群众一起学习;今天又废止劳动(本来每天早上劳动半小时,我是揩玻璃窗),前天起,大家戴像章。——总之,是渐渐地使我们与群众相融合。看来是逐步进展,直到解放。前天有工宣队声言,即日要定性定案,但二三天来杳无消息,想来是被"九大"耽搁

---

[1] 马一浮(1883—1967),号湛翁、蠲叟等。国学家、书法家、篆刻家,近代新儒家学派的代表人物之一。建国后历任浙江文史馆馆长、中央文史馆副馆长等职。

了。总之,时间不会长了。我身体甚好,每天早上六时四十分出门,廿六路电车常有座位。星一、三、四、六,五时下班。星二、五,八时下班。但今天(星二)忽然六时下班了,可见此例也将改变。贺天健[1]每天来,有时请病假。陈××捉进派出所了。马公愚[2]病死了,此外无变化。我每天廿六路去,四十二路回家。走资派程亚君[3]隔离了一年多,最近放出来了,和我们住在一起。

附告,隔壁阿芳,今天到黑龙江去了,昨夜来辞行。我近日闲想,将来迁居到石家庄,同你住在一起。我不在乎吃食。天时不如地利,地利不如人和也。

我闲时常背诵《金缕曲》,喜爱的有六首:"季子平安否","我亦飘零久","披发佯狂走"(李叔同),"秋老江南矣"(李),"绿树听啼鴂"(辛),"深阁垂帘绣"。大概你都知道了。

〔1969年4月28日,上海〕

三十二

新枚:

我很健康。生活也习惯了。北面房间,上星期已还给我,现在家里很舒服,我同母睡在北室,前室作吃饭间,阳台空着。可惜你不来看看。我单位"文革"进行迟缓,别的单位也如此,

---

[1] 贺天健(1891—1977),江苏无锡人,画家、书法家。
[2] 马公愚(1893—1969),浙江温州人。上海中国画院画师,上海文史馆馆员。
[3] 程亚君(1921—1995),安徽歙县人。擅长版画、中国画。曾在部队任美术工作,新中国成立后任上海人民美术出版社副总编辑等职。

听说五月内要定性定案,但是否实现,很难说。总之,我现在不希望它早结束,反正总有结束的一天。林×××报告第四部分中指出对于资产阶级反动学术权威一段,你想必看到了。这证明党处理从宽。我放心了。我近来相信一条真理:退一步海阔天空。退一步想,对现在就满足,而心情愉快。例如你,远在石家庄,不得见所亲的人,但退一步想,如果到了更远的地方,还要苦痛,则现住石家庄,可满足了。你不在此,家中全靠阿姐,凡对外对内种种事体,都是阿姐主持。她近日观察,她不会下放插队落户。故可放心。我劝她重温日本文,因俄文无用,而英日文尚有用,是毛主席说的。

我们请罪已改为请示,鞠躬取消,身戴像章,劳动废止,与群众混处一起。只欠缺"解放"二字。由此看来,这不是一刀两断的,而是逐渐逐渐的,近日来,我完全无事,全面交代早已通过。现在天天看别人交代,也快交代完了,故前途看来不很远了。总有一天将好消息报告你。

今天是阴历四月初二,即所谓"清和四月",是最好的天气,与三秋一样可爱。希望三秋时能到石家庄见你。一定可能。

忽忆:昔在重庆,马一浮先生有诗云:"清和四月巴山路,定有行人忆六桥",好句也。所以他回杭时居蒋庄(六桥),可惜不早死,在"文革"中被迫迁出,死在城中陋屋内。

〔1969 年 5 月 17 日,上海〕

三十三

十八日下午信,今(廿二,星日)上午收到。我解放已不成问题，唯拖延至今，真不可解。现廿四人中已解放十二（一半），余十二人，看来不久即解决。我无疑是"一批二养"。且有补发工资，归还抄去存款之说。故我很乐观。你说退休问题，只要解放，出外即无问题，用请假亦可出外也。前告我"解放"之人，今见我，摇头皱眉，表示他不料如此拖延也。

我下乡，是"看劳动"，故全不吃力。只是坐田陌上，戴凉帽，在太阳下，很热。夜卧门板上，很硬。饮食全靠馒头腐乳，余皆有肉，我不能食也。归家后，一直健康。前日稍觉疲劳（乃夏至之故，二至二分，老弱者必疲劳），去看病，沈医生给我病假三天，故在家休息，后天再去上班。六月底以前，看来可以解决，届时电告你可也。你处有绍酒，九角一斤，很好。火油有办法，很好。秋天我一定可到你处。"沓"字，查《学生字典》，音"枢"（"曰"），是仄声。

你写字太贪懒，例如"高"写成"彡"，太简了。"数"字写成"攵"，亦难解。后宜改之。

今日南颖生日（十岁），华瞻全家来，我初见菊文，以奶粉一瓶为"见仪"。又买衣送南颖。好毛调职到石家庄事，宜抓紧。希望你俩早日团聚。

满目江山忆旧游，汀花汀草弄香柔，长亭叙住木兰舟。好梦易随流水去，芳心空逐晓云愁，行人莫上望东楼。

旧小说所载鬼词。（见《广四十家小说》第四册。）

今日华瞻全家来此，我忽忆昔日画题句："满眼儿孙身外事，闲梳白发对斜阳。"（见《随园诗话》）阿姐说我并不当作"身外事"。诚然。

〔1969年6月22日，上海〕

三十四

你的信（关于装电线的）我看到了。囡[1]想已回津。我十六起又请假一星期，因腰痛，但甚微。在家无事，闲看日本字典。"况"是いはんや（その上、まして），但"岂"字竟无。恐日本是不用此字的？我的假齿破了，明晨去装新假齿，廿元，甚廉，但不知货好否耳。"文革"还有一年，我也听人说，但恐不确。有人言，廿年国庆大赦，不知是实否。我已习惯此种生活，故有思想准备，随便他何日解放，总之是"一批二养"耳。画院还有十二人未解放，但昨天有二人交代（我早已交代过），看来还在进行，似乎不会十分拖延也。后室解放后，家中住屋很宽敞，我与母宿后室，前室是吃饭间，阳台空着，放缝纫机，可惜你不来住。秋天如果我不能到石。要等你同囡探亲返沪了。你们何日能调在一处团圆，我很怀念。囡产期返沪，你能否同来？产后婴孩如何处置？都是问题。母想同南颖、意青到杭州去，因软姐下乡，满娘不能来沪，所以母去看她。秋姐遭变[2]，大家说最好与联阿娘同居。但现在闻冯的兄妻（即秋的"大娘"）要与秋同住，如此也好。画院前日宣布：已解放者，原薪一百元

---

[1] 一吟的女儿有一蓝洋娃娃，称之为蓝囡。后来新枚以此称其妻，简称"囡"。

[2] 秋姐遭变，指秋姐丧夫（"文革"中迫害致死）。

以下者,恢复原薪(例如原薪八十元,后减为五十,解放后恢复八十),原薪在一百以上者,暂付一百,以后再补。又听说贺的存款(共有二万多)已发还。如此,我的存款将来也会发还。阿姐说,钱君匋[1]解放了,恢复原薪二百零八元,各单位办法不同,真看勿来了。

平上去入句,我又想出两个:"三九廿七""油断大敌",后者是日本格言"油断大敵"(ユウダンダイテキ),油断是疏忽,意谓疏忽是人生之大敌,此格言常贴在各学校的教室中。

〔1969年7月〕十七日上午书〔上海〕

三十五

新枚:

久未写信给你,有许多话想对你讲,拿起笔来不知从何说起。

首先:政策拖延,上周解放了三人,我不在内。还有十二人未解放,不知何日轮到我。反正时间问题,我现在也不盼望了。我把上班当作日常生活,注意健康,耐心等候,我准备等过国庆,等到春节。

秋天到石家庄,已成泡影,明春一定可靠。其间,好毛要来生产,你要来探亲,见面有期了。今天阿姐说,她也许要派外码头工作。我劝她要求派到石家庄,我与母跟她走。倘能如此,我们可以长久团聚了,至于石家庄物质生活条件,我实在

---

[1] 钱君匋(1906—1998),作者在上海专科师范时的学生,后为金石书画家。

看得很轻，不成问题的。只要有酒（威士忌也好），我就满足了。近我酒量甚好，每日啤酒一瓶，黄酒半斤。一边喝，一边讲《水浒传》给南颖、意青听。（二孩已住我家，华瞻哥正在准备迁市内，未定。）

唐云[1]撤销隔离已久，我与他很投合，互相勉励，得到安慰。我们近来星一、二、三到博物馆，四、五、六到药厂或画院劳动。劳动很轻便，而且有兴味，往往三四点钟下班。我闲时用各种方法消遣，有时造"平上去入"四言句（前已告你），有时做"一声诗"，即个个字用平声，或上声，或去声，或入声。古人有"全仄诗"："月出断岸口，影照别舸背。且独与妇饮，颇胜俗客对。月渐入我席，暝色亦已退。此景最可爱[2]……"以下忘了。我近作了"去声诗"："种豆又种菜，处处要灌溉……"未完，真乃无聊消遣也。

前日有人评一画，写"停车坐爱枫林晚，霜叶红于二月花"，画一人坐看红叶，是画错了。因为"坐"是"为了"之意，非真坐也。例如"坐罪下狱"，即为了犯罪而下狱也。此"坐"字我过去亦不解，以为真坐也。

我上月装新牙齿，只出廿四元，很好。现在一切东西都咬得开，这对健康很有益，我很满意。母患眼疾，已好得多了，为根除，要开刀。开刀并不苦痛，但须住院数日，母正在考虑中。

---

[1] 唐云（1910—1993），浙江杭州人。书画家，曾任上海中国画院副院长、上海博物馆鉴定委员等职。

[2] 末二句应为："岂必在秉烛，此景亦可爱。"

余后述。

〔1969年〕八月廿三夜〔上海〕

星六，阿姐同三孩到宝姐家去了，我写此信，一边喝酒。

三十六

今日星期，华瞻一家来，去望母亲。母昨日开刀，经过良好。坤荣[1]宿在医院陪夜。大约再住几天可出院。今天宝姐白天去陪。

八·二八命令后，加紧战备，诸事延搁，我已有思想准备，耐性等候，并不烦恼。听说，"退休"之风盛行。则我问题解决后，即可求退休，大愿遂矣。

你诗兴好，集"一"字起的七十多句，我无暇补集，想来可得一百句。我亦集句如下：新丰老翁八十八，儿童相见不相识，爱闲能有几人来，古来征战几人回，诗家清兴在新春，能以精诚致魂魄，记拔玉钗灯影畔，几人相忆在江楼，千家山郭尽朝晖，首阳山上访夷齐。[2]

今日华瞻来，欣赏你的集句，一字开头的，他加了几句。

"三"字开头的：三山半落青天外、三春三日忆三巴、三晋云山皆北向、三月三日天气新、三年谪宦此栖迟、三边曙色动危津、三千宠爱在一身、三月残花落更开、三春白雪归青冢、三分春色二分愁、三杯不记主人谁。"三"字很少。

赶快叫好毛申请调石家庄。现在备战，北京、天津、上海

---

[1] 坤荣，一位女乡亲，当时正在上海。

[2] 此十句集句之首字连起来是：新儿（指新枚）爱古诗，能记几千首。

三处，都要疏散，时机正好，一定批准。好毛在石生产，有大娘[1]照顾，甚好。事不宜迟。

〔1969年9月7日，上海〕

三十七

看花携酒去　携来朱门家　动即到君家　几日喜春晴　冷落清秋节　可汗大点兵　莫得同车归　死者长已矣　玄鸟殊安适　客行虽云乐[2]

你那集句，我看不懂，阿姐研究出了。现我也仿作如上，真乃无聊消遣，但亦雅事。

上周起，不到博物馆，到画院。可以不乘电车，步行十七八分钟。晨七半至下午五时。无甚事，真乃拖延时日，不知何意。八·二八命令后，局势加紧，每天要写思想汇报。我货色多，不觉其苦，每天写一张耳。

贺[3]工资已定，是一百七十元，如此看来，我将来不会比他少，但不知何日实现耳。我准备到春节，大约不会再延了。阿姐言，退休者甚多，我就希望退休耳。

我吃"蜂乳"后，身体大好，不怕冷。过去"七十三度穿夹袄"，现在，七十一度我还穿单衣。

---

[1] 大娘，指新枚在石家庄所租农家房屋的房东太太。

[2] 此十句集句之首句首字与第二句第二字、第三句第三字……连接起来是：看来到春节，可得长安乐。

[3] 贺，指贺天健。

现在我家的问题,主要的是阿姐的工作。已申请当中学英文教师。如果决定了,那末,即使学校远点,也好。阿姐说,你最幸福,地点好,与战争无关,自己烧点菜吃吃,集集诗句,自得其乐。

乘此机会(北京、上海、天津疏散人口),快叫好毛申请调石家庄,如何?

了却君王天下事,×××××××[1]。可怜白发生。中间一句我想不起,下次告诉我。

〔1969年,约10月上半月,上海〕

三十八

想到就写,有信时附给你,聊代晤谈。(重九日)

△有诗人置酒赏雪,合作黑白分明诗,主人曰:"乌雀争梅一段香,"夫人曰:"寒窗临帖十三行。"小姐避席吟曰:"纤纤玉手磨香墨,"婢曰:"点点杨花入砚塘。"又一婢曰:"佳人美目频相盼,"又一婢曰:"对局围棋打击忙。"又一婢曰:"古漆瑶琴新玉轸,"一幼婢曰:"阳沟滑翻豆腐汤。"主人以其用拗音句,罚跪。(我添一句:煤球店里石灰缸。)

△古人评秦始皇诗句:焚书早种阿房火,收铁还留博浪椎。诗书何苦遭焚劫,刘项原非识字人。

△你十元汇到时,正好是重九(母生日)上午,是星期日,我在家亲收。我和母各受五元,我也是九月内生日的,此事预

---

[1] 这一句为:赢得生前身后名。

示母与我身体健康，寿命延长。

△柳氏幼女入寺烧香，一青年僧新月作《望江南》云："江南柳，叶小未成荫。枝嫩不胜攀折苦，黄鹂飞上力难禁，留取待春深。"柳女之父告官。官捕新月，亦作《望江南》云："江南竹，巧匠作为笼，留与吾师藏法体，碧波深处伴蛟龙，方知色是空。"新月曰："死则死耳，愿再赋一《望江南》。"官许之，僧曰："江南月，如镜复如钩。如镜未临红粉面，如钩不展翠帏羞，空自照东流。"官大嘉许，令还俗，以柳女许配。

△有士人逾墙偷人室女，事觉到官，官出题"逾墙搂处子诗"面试。士人秉笔云："花柳平生债,风流一段愁。逾墙乘兴下，处子有心搂。谢砌应潜越，韩香许暗偷，有情还爱欲，无语强娇羞。不负秦楼约，安知汉狱囚？玉颜丽如此，何用读书求？"官大赏，判女许配。

△今日重九，姐带三孩到佘山（松江）去登高，联阿娘全家来吃午酒祝寿。天气晴明。我吃"蜂乳"，身体增健。现在九点钟，我已在喝酒。

△玉人何处教吹箫　　君王醉枕香红软　　君知妾有夫
　埋玉深深下有人　　问君能有几多愁　　思君如满月[1]
　唤起玉人与攀摘　　　　君　　　　　　梦长君不知
　　玉　　　　　　终日望君君不至　　　　君
　更无人倚玉阑干　　　　君　　　　　　　君
　摇落深知宋玉悲　　　　君

---

[1] 原信在此句后附有下句：夜夜减清辉。

脸似芙蓉胸似玉　　　　　君

△李叔同先生诗：天末斜阳淡不红，虾蟆陵下几秋风。将军已死圆圆老，都在书生倦眼中。

△记得某人咏"御沟"，有"此波含帝泽，不宜濯尘缨"之句。其友劝改"波"为"中"。因封建主最忌风波，故应避免。

△落花犹似坠楼人　去来江口守空船
　落　　　　　　　自去自来梁上燕
　落　　　　　　　去
上穷碧落下黄泉　　　去
　　落　　　　　　去
门外无人问落花　　　去
胡儿眼泪双双落　钿合金钗寄将去

来往亭前踏落花　上有青螟之高天
春来遍是桃花水　天上麒麟原有种
　来　　　　　　　上
自去自来梁上燕　　　上
　来　　　　　　　上
　　来　白日秦兵天上来
无人知是荔枝来　　　上

下有绿水之波澜　明月明年何处看
　下　　　　　　明
　　下　　　　　明

　　　　下　　　　柳暗花**明**又一村
埋玉深深下有人　　　　**明**
　　　　　下　　　　　　　　**明**
　　　　　　下　　斜倚薰笼坐到**明**

大风起兮云飞扬　　小
　　大　　　　　　　小
　　　大　　　　转教小玉报双成
　　　　大　　　　　小
　　　　　大　　　夜阑闻唤小红声
　　　　　　大　　　　小
来岁金印如斗大　　醉乡广大人间小

多病所须唯药物　　少小离家老大回
　　多　　　　　　年少抛人容易逝
故乡多少伤心地　　　少
　　多　　　　　　　少
近水楼台多得月　　　　少
　　多　　　　　　　　少
　　　多　　　枝上柳绵吹又少

老去悲秋强自宽　　梦
　　老　　　　　　梦

诗人老去莺莺在[1]　　　梦
中庭树老阅人多　十年无梦得还家
　　　老　　　　　　梦
　　　　老　　　　　　梦
洛阳才子他乡老　　　　梦

△有人咏周瑜诗，中有对云："大帝君臣同骨肉，小乔夫婿是英雄。"佳句也。后改为"大帝誓师江水绿，小乔卸甲晚妆红。"乏味矣。

△有人生子，请人作诗，限"恶索角"韵。其人咏曰："昨夜天庭雷雨恶，蛟龙拼断黄金索，六丁六甲无处寻，却在君家露头角。"可谓巧。

△后妃生产，帝命臣咏诗，臣曰："君王昨夜降金龙，"帝曰："女也。"臣曰："化作嫦娥入九重。"帝曰："死矣。"臣曰："料是人间留不住。"帝曰："抛水中矣。"臣曰："翻身跳入水晶宫。"

△有人命人咏鸡冠花，曰："鸡冠本是胭脂染。"曰："是白鸡冠花。"曰："洗却胭脂似粉妆，只为五更贪报晓，至今赢得满头霜。"

△清朝有一文人名李渔，字笠翁，编《芥子园画谱》。此乃中国画的教科书，亦创新也。此人有怪论："夏天怕热，有一良法：到日光下立半小时，入室，便凉快矣。冬天怕冷，亦有良法：到西北风中吹半小时，入室，暖和矣。"此颇有理。今人下班归，觉家中舒适，即此理也。若竟不上班，则家中亦不甚可爱。

△有人到酒店买酒，主人问学徒："君子之交淡如何？"（君

---

[1]　原信在此句后附有下句：公子归来燕燕忙。

子之交淡如水）学徒答曰："北方壬癸已调和。"（北方壬癸水）买客曰："有钱不买金生丽。"（金生丽水，玉出昆岗）便到对面酒店去买。主人曰："对面青山绿更多"（青山绿水）。言酒中冲水也。

△父给五千元与子，命入京应试。子不考，寻花问柳，得病而归。父检其行囊，见诗稿，有"比来一病轻于燕，扶上雕鞍马不知"之句，大为赞赏，曰："足值五千元。"

廿三晨写：八·二八命令及"清队复查，深挖阶级敌人"号召到后，形势忽然紧张。原定十日内定案，已延迟。已解放者，皆复查。听说要弄到明年五月十六。只好耐心等候。

〔1969年10月19—23日，上海〕

三十九

新枚：

我下乡劳动，已两星期，今日结束，后天返上海，休息三天，十七日再来。

再来非劳动，是为了备战，移到乡下来搞斗批改。每月放假四天，可回上海家中休息。看来，至少要三个月。我的问题，大约要在乡下解决了。还有十个人未解放，看来都要在乡下解决。

我倒觉得此种生活很好。每月回家四天，劳逸结合。战事如何，不得而知。母不肯到南沈浜雪姑母[1]家去，在上海"听

---

[1] 雪姑母，丰子恺之妹丰雪珍（1902—1983）。南深浜（亦作南沈浜）在浙江省桐乡市石门镇乡下。

天由命"。阿姐也已下乡，母与英娥管三个孩子，倒也很好。

我后天回家后，再写长信给你。

我身体很好，劳动是采棉花，并不吃力。饮食还算好，我自带酱瓜乳腐。

恺

〔1969年11月〕十一日夜床中书

〔上海，港口曹行公社〕

从此地回家，费一小时十余分。

在襄阳公园乘廿六路（七分），到徐家汇，换五十六路，一角，到港口，换龙吴路汽车，一角，即到曹家港，不很远也。

阿姐在奉贤，要远得多。不知何日返家。

暮去朝来颜色故
日**暮**酒醒人已远
红楼**暮**雨梦南朝
笙歌日**暮**能留客
朝如青丝**暮**成雪
　　暮
商女经过江欲**暮**

四十

新枚：

我大昨（十三）从乡回家，劳动已结束，假三天，十七再到乡下，是"较长"时期留乡搞斗批改，每月假四天。这办法也好。

乡间安全，稻草床很舒服，睡眠九小时，只是吃对我不大相宜，大都是肉。我幸而自带酱瓜乳腐，故亦不成问题，每餐吃饭三两。

今天（十五）好毛从娘家来，今宿此间。看她的肚皮，是女孩，我想取名，因男女未定，亦未取出。她一定在联娘家生产，因阿姐已下乡，此间无人照顾，联娘家较便。总之，生产是一定安全的。战事则不可知。上海不大看得出，只见有的地方挖防空洞，但这是聊以自慰而已。母不肯到南沈浜，准备同三孩在此冒险，我也听她。我在乡下，倒很安全。

本定十月底定性定案，十一月下乡，后来号召"清队复查，进一步深挖阶级敌人"。于是，早解放的十余人进行复查，我们未解放的十二人就冻结了。十二人现已变成十一人，因一人（庞××，女）已跳楼自杀。形势变化不测，我现在已置之度外，听其自然。总之，服从组织，听命而已。我想，总有一天搞好斗批改的。秋天到石家庄，早成泡影，明春是否能实现，也是问题。

看好毛的肚皮，也许是女孩。我取名未定。今天我吃蟹。小明不上托儿所，我在此自得其乐。明天星期，后天上午十时到乡，过廿六天，再回家四天。其间阿姐也可回来四天。宝姐常来看母。好毛说，天津可以放她走，但石家庄是否有单位收容她，不得而知，因此你俩不能团圆。此事你考虑一下，最好把好毛调到石家庄。

在乡寄你信想收到。我想出了："白帝城高急暮砧"，大概你也想出了。

今天菊文周岁，母做寿桃，华瞻夫妇今下午来，宿此间。（好毛宿三楼小房，华瞻夫妇菊文宿三楼大房。）明天闹热一天，后天东分西散。

想说的多，拿了笔又写不出，算了。

父 字

〔1969年11月〕十五日下午〔上海〕

四十一

新枚：

久不给你信了。我"较长时期"留在乡下，已十天，再过二周，可回家四天。我眠食都好，身体健康。

"加快斗批改步伐"，元旦前要全部定案，前天定了三人：王个簃[1]、来楚生[2]（肺病，在家，不下乡）解放，陆××戴地主帽，监督劳动。还有七个人未定案，快了。

母健康，眼也好起来，能写信。姐亦下乡，每月四天返家。我同她如参商二星。

"生于患难，死于安乐"，信然。大家都健康。我本来每餐吃二两，现在要吃三两。

此间离沪不远，一小时余可到，车费二角七分。

如果炸弹来，此间很安全。母不肯到南沈浜雪姑母家去，留在上海冒险，只得听她。

---

[1] 王个簃（1897—1988），江苏省海门人。吴昌硕入室弟子。曾任上海画院副院长、西泠印社副社长等职，上海文史馆馆员。

[2] 来楚生（1903—1975），浙江萧山人，当时为上海中国画院画师，上海文史馆馆员。

天晴好，从来不下雨。只是三秋毕后返上海在家时，下了一天雨。乡下下雨很讨厌，天晴甚好。看来不会久留。我无其他愿望，唯有"求我所大欲"＝退休家居。大约不久可实现。

石家庄之行，今秋不行，明春又靠不住，明秋一定成功。好毛在联娘家。因为在我家，夜半生产时无人送院，那边联娘与丙姨夫[1]健，妥当。我回家前，大约已生了。我取了许多名字，叫好毛选择。男的女的都有。楼下的敏华姆妈说，好毛生的是女，如此最好。

乡下的风，叫作"橄榄风"，两头小，中央大，即晨夕小，中午大。"橄榄风"，我对"黄梅雨"，不很妥。唐云对"芭蕉雨"，太文雅，非俗语，乃诗词中语。想不出更好的。

此信躺在床上写，故潦草，你看得清的。

〔1969年11月〕廿七日〔上海，港口〕

全仄诗：
> 月出断岸口，影照别舸背。且独与妇饮，颇胜俗客对。
> 月渐入我席，暝色亦稍退。岂必在秉烛，此景亦可爱。

同韵对：屋北鹿独宿
　　　　溪西鸡齐啼

理发店联：频来尽是弹冠客（弹冠相庆）
　　　　　此去应无搔首人（搔首问青天）

---

[1] 丙姨夫（1901—1985），即沈雨苍，小名炳生，新枚之姨夫兼岳父。

此间宣布:元旦前定性定案,春节前整党,明年五月十六（四足年）完全结束。

四十二

我受照顾,不下乡（约一个月）,在画院上班,共七人,皆七十以上者。比到博物馆好得多。阳历年底,大约可以告段落。

市革委很照顾我,不登大报,不下乡,皆由此云。明春我也许可到石家庄来,阿姊十五日可从乡回上海。

〔1969 年 11 月〕

四十三

新枚：

我五日返家,休息三天,但我患重伤风,故已去信续假三天,须于十二日下乡。

宣布：二十日至年底之间,全部定案。届时我再函告你。总之,结束近了。

你来信,地址一点不错,而邮局退回,不知何故。今我已见到。你以后来信,勿写"……先生"二字,直书姓名可也。好毛已出院,住联娘家,伤口未合,不能起身。但此非病,乃自然之事,不久即好全。

我患重伤风,夜间梦话甚多,惊动全室,大家劝我好好就医。故此次返家,乐得延长几天。其实,梦话是我习惯,不足为奇的。

元旦左右,必再度放假,那时再写信给你。

你说把孩子送南沈浜,你以为母到南沈浜去了么？她不肯去,仍住在此,我认为不去也好。炸弹不一定丢在她头上。

恺

〔1969年12月〕七日晨〔上海〕

四十四

新枚:

我二十日(星六)上午由乡返市,要在画院上班(博物馆已取消),约二星期,过元旦后再下乡。本定二十日上午在乡开大会,解决八个人的问题,岂知十九日下午上海发生了大事——文化广场失火——别的单位连夜返市,只剩我们一个单位,大会就作罢了。我看来,我们要在画院的二星期中解决。大都无甚问题,总是要解放的,不过拖延而已。

我身体很好,返家后,又吃补药,母也健康,眼很好,能写信。阿姐元旦前必返家,可与我见面。上次我返家,请假五六天,共住九天,曾到联娘家看好毛及新生儿丰羽。他们都很好。上次已函告你了?

天照顾:下乡后天天晴明,只有一个半天,小雨。我在乡,吃早饭很好,粥、腐乳等。但午餐夕餐都不好,他们都是肉,我全靠自己带酱瓜腐乳。但每餐二三两饭,并不饿。

唐云对诗词颇有理解,他有一次说"功盖三分国,名成八阵图,江流石不转,遗恨失吞吴",末句的意思是诸葛亮应该联吴攻曹操,不应企图吞吴,故吞吴是失策的,是遗恨。他说老杜诗用字仔细,故对李白粗枝大叶不满,有"重与细论文"之句。

我之所大欲,是退休。据说,大家解放后,才可申请。大约不久了。那时我首先到石家庄。

〔1969年12月〕二十一日上午写〔上海〕

四十五

新枚:

此信卅一日上午写。我从乡下回上海,已两星期。一月三日又将下乡。何日再上来,不知（但一定不久）。在沪二星期,每日到画院上班。大家掘防空洞,我当助手,做些轻便劳动。阿姐假五天,今亦在家,与我已两月不见。她二日返乡。家中幸有二老[1]管三小孩。未来之事,变化多端,我也不在心上,听其自然罢了。(但我之所大欲——退休,看来不远了。)

画院昨上午批判唐云,……我们还有七人未解放,看来也快了。

好毛奶上生疮,今日阿姐去看她。母亲四四六局[2],要在元旦为丰羽做满月。结果请酒作罢,但做了许多寿桃分送亲友。

我身体很好,此次回家,又吃了蜂乳。此药甚佳,我相信它,因此吃了有效。我眠食俱佳,自知保养,勿念。

你提早在十七左右还家,此时我正好从乡入市,可以见面。

---

[1] 二老,指作者之妻及家中一年老女工。
[2] 四四六局,是作者家乡方言,意即爱复杂化,不肯简化繁文缛节。

小明很乖。她理智很强。与其母分别,早有思想准备,并不留恋。与我分别亦如此。

我记忆力不好。记得以前在某书看到某散曲中数句甚佳,但第一句想不出了:"××××出桐江,柔橹声中过富阳。塔影认钱塘,何处是故人门巷。"

我近常默背古诗十九首,这无名氏作品,实在很好,可谓五言诗之鼻祖。但在今日皆属毒草矣。

オワリ〔完了〕

〔1969年12月31日,上海〕

四十六

新枚:

我三月廿八出院,今日第三天。睡在阳台上,生活同住院时一样,十分当心,因体温还在三十七度二左右也。病假一月,一月后再去门诊续假。但即不续假,照例不会再上班了。公事拖延,是意中事。人们都用种种宽大处理的话安慰我,我姑妄听之,不存幻想。是以心君安泰,指望秋日痊愈,到石家庄看你。

阿姐在乡,小明全托。我很记念小明,正在设法改为"日托",夜间回家可同阿英妈[1]睡。华瞻全家在此,虽有时烦乱,闹热也令人开心。江南正是"催花时节"。"小楼一夜听春雨",正是此时。窗前杨柳初见鹅黄,不知北地春色如何。

---

[1] 阿英妈,新来的保姆。

小羽很健。前日到医院看我。晚上睡八小时不吵,真"省债"[1]。但愿你们父母子早日团聚。

我每日吸烟四五支。热未退净,烟味不很好,不会多吸。

我早饭午饭皆在床里吃。夜饭热闹,叫人扶到北室去吃。(房间布置大变,我原来卧室,北室,是吃饭间。)

我右腿麻木,行步不便,将来到对面去看推拿。阿姐把所有的书都藏好,只有一部《古文观止》供我消遣,倒也花样繁多。

我记念好毛。此信你便中寄给她,我不另写给她了。

恺

〔1970年〕三月卅日上午于床上〔上海〕

旧时城隍庙对联:

百善孝为先,论心不论事。论事天下无孝子。

万恶淫为首,论事不论心。论心天下无完人。

为恶必灭,若有不灭,祖宗之余德。德尽必灭。

为善必昌,若有不昌,祖宗之余殃。殃尽必昌。

(命定论)

四十七

新枚:

今日是我回家第六天(四月二日),日见好转。唯体温仍在

---

[1] 省债,作者家乡方言,意即爽脆,不给人家添麻烦。

三十七度二左右。

昨上午有二青年来,态度异常客气(母称他们为"好人")。他们持画院介绍书,来调查抄家情况。我与母将几次抄家情况如实答复。他们记录了,给我看过,然后叫我签字,然后辞去,连称"打扰",所以母称他们为"好人"。此事不知说明什么?大约调查抄家物资贪污问题;或者是要发还抄家物资?不得而知了。

我回家后仍是终日卧床。近二天,夜饭起身到食室去吃,华瞻夫妇都回来,热闹些。阿姐常在乡,小明全托。……昨夜梦"新丰老翁"[1],他折臂,我伤腿,颇相似。他对我说"我是'新丰',你是'老丰',我们大家活过八十八吧"。我卧床看字帖消遣,难得看书。

恺

〔1970年〕四月二日上午〔上海〕

你"单车载酒游保定"的计划,很可喜。但愿早日实现。

江南春色正好,窗中绿柳才黄半未匀。但遥想北国春光,也必另有好处。

四十八

新枚:

纳兰词甚好,另纸写寄。人言此人是贾宝玉的 MODEL〔模特儿〕。我病不增不减,每日在三十七度二左右,医言不久

---

[1] 新丰老翁,唐诗人白居易《新丰折臂翁》诗中人物。

可退,大约春末可愈。公事无消息,传闻不久全部定案。总之,听其拖延,总会解决,不必心焦也。

每日卧床,一似医院,唯夜饭扶起到北室吃,那时华瞻夫妇皆归,家中闹热些。阿姐常在乡,小明全托,每星六由宝姐领去,星一送回,昨来看我,比前老练,体重增加了。我预想:秋间到石家庄,南颖不便同来(要上学),小明也许可以同来,她已近于大小孩了。余后述。

恺

〔1970年〕清明后一日〔4月6日〕晨〔上海〕

四十九

新枚:

我病如常。体温常在三十七度一至三十七度四之间。饮食皆在床里。以闲想及看字帖为消遣。前日梅青[1]抱小羽来给我看,很胖,见我便笑,但据说见别的陌生人常要哭。大约血统有感应。

昨朱幼兰之子显因来,言朱被判地主,抄家三四次,被痛打。但昨已解放,依旧上班当职员。近各单位抓紧定案工作。四月底左右必须全部解决。他说我无疑地是"一批二养"。又言前日《文汇报》某文中提及"作协主席巴金,音协主席贺绿汀,美协主席×××",不提我名,显然分别看待。但不知有何作用。

---

[1] 梅青,当时在联阿娘家管丰羽的女青年。

嵌字之诗句,宜少作。我们是游戏,被人误解为"隐语",何苦。但我还是不能忘情,有时要搜索"一、二、三……十"开头的诗句,甚多。"一枝秾艳露凝香……十三学得琵琶成。"可集几套。你信上"谢"字第三、第七,我与华瞻皆想不出。

我集两句日本文：

アナタガアタマハハナハダアタタカツタ。(你的头很热了。)

コノオトコノコドモノオトオト,コヨ！(这男孩子的兄弟,来吧！)

只有ア段、オ段可能,其他三段不可能成句。

希望秋来能带小羽及小明到石家庄。

恺

〔1970年〕四月十日上午〔上海〕

五十

莲漏正迢迢,凉馆灯挑。画屏秋冷一支箫。真个曲终人不见,月转花梢。

何处暮砧敲,黯黯魂销。断肠诗句可怜宵,欲向枕根寻旧梦,梦也无聊。

(《夜雨秋灯录》所载?)

新枚：

家中平安无事,我病稍见好转,今日三十六度九,但依旧全日卧床,吃粥及面。有时喝威士忌一小杯。香烟日吃七八支耳。

阿姐说廿五日返家，住四五日。小羽很健康，勿念。

恺 字

〔1970年〕四月十九日下午〔上海〕

小明还是全托，昨（星六）接出来，在此逗留一二小时，由宝姐接去，星一再送托儿所。这托儿所甚好，管得周到，小儿很壮健。

叶浮嫩绿：古有"绿蚁新醅酒"，据说酒上有绿色物浮起，形似蚁。此四字大约指此。

母眼只"四分之一"，听起来可怕，其实不然。眼这东西，只要有一点看见，就可写字。她不是常写信给你么。曹辛汉[1]的眼，就是这样，能写细字。

五十一

新枚：

Allan Poe[2] 的短篇小说，大都没看头，但其中 *Goldbug*〔金色甲虫〕一篇中有一个英文字谜，倒很有趣。现在我仿造一个，见下面。你能推算出这是怎样一段文章吗？（恐你难解，略告一点：英文中最多用的是 E 字。[3]）

---

[1] 曹辛汉（1892—1973），作者的同乡，一生从教四十余年。
[2] Allan Poe，即爱伦·坡（1809—1849），美国作家，文艺批评家。
[3] 这是一种文字游戏，它利用英文中字母 e 出现率最高、冠词 the 出现次数最多，使人一一猜出每个符号所代表的字母，从而猜出整段文字来。

[手写符号/字谜图形]

我病如旧，终日卧床，但热度有时稍退。大约再过一二个月，可以见愈。阿姐仍在乡，明日可返家住四五天。小明全托，今天接回来，身体很壮健了。小羽近日伤风。这里的菊文也伤风，是气候关系，不妨。

〔1970年4月〕廿四上午〔上海〕

五十二

新枚：

昨寄一信（英文字谜）想先收到。寄出后即得你信，复如下：(1) 第二个字是"眠"字的，想不出。(2) 宝姐十元，等我到石家庄来买物吃。(3) 我病假即日去续假，药有一月之粮，热度还在三十七以上，续假无问题。(4) 我隔日大便，上一日吃大黄，不用开塞露，效果很好。(5) 温度表水银有毒，我知道，决不会咬破。(6) 前信只谈窦叔向，未谈刘克庄[1]，你做梦吧?

---

[1] 窦叔向，中唐诗人；刘克庄，南宋词人。

此外由阿姐写。

恺
〔1970年4月〕廿六午〔上海〕

五十三

新枚：

　　赞美葬花诗的信，今日（五月七）收到。此诗模仿张若虚"春江花月夜"。我依旧日夜卧床，三餐也在床上吃。曾喝一次酒，黄酒半斤，晚上几乎呕吐，从此不再喝了。烟每日吸十支左右。可见身体尚未复健。"能几番游，看花又是明年"，确是佳句。上面的"接叶巢莺，平波卷絮，断桥斜日归船"，也引人同感，但以下"东风且伴蔷薇住……"便逊色了。

　　"天时不如地利，地利不如人和。"你的屋房东好，确是难得。暂不迁居可也。唯你们夫妻分居两地，终非久计。不知何日可以团聚。

　　母言，灰色布她并不需要，不必寄来。但此信到时，也许你已寄出。我近来已惯于寂寞，回想往事，海阔天空，聊以解闷。窗前柳色青青，反映于玻璃窗中，姗姗可爱。华瞻夫妇早出晚归。小明全托，星六回家。阿姐在乡，不知何日毕业。我右腿麻木，是"坐骨神经痛"。服药与肺病冲突，等肺好后去看推拿。

恺　字
〔1970年〕5月7日下午〔上海〕

　　"退一步海阔天空"真乃至理名言。有不如意时，设想更坏的，便可自慰。不满现状而懊恨，徒自苦耳。比方说：我犯重罪，入了囹圄；或者我患癌病，不死不活，此时倘能变成今日的状态，真乃大幸了。如此一想，可以安眠闲梦了。

日本人也有汉诗佳句："月暗小西湖畔路，夜花深处一灯归。"此似姜白石"芙蓉影暗三更后，卧听邻娃笑语归"。近读"调笑转踏"，中有佳句："花虽无语莺能语，来道曾逢郎否？""几番欲奏阳关曲，泪湿春风眼尾长。""良人少有平戎胆，归路光生弓剑。"

五十四

新枚：

久不得信，甚念。此信五·一六发。

今日到结核防治所看病，又给药一月之粮，病假两个月，说两个月后再去看。如此，我可安心休养到七月十六日再去看，那时想来都已好了。宝姐陪我去的。

今日午睡后，联阿娘同小羽来，我画了像（附信内）留纪念。大家说此孩特别壮大，额部像父，口鼻像母。

我卧此床已一个月半。现在能以足音辨人：母亲空手进来，或抱菊文进来，或送饭进来，都辨得出。

今日医院中挂号的、医生、透视的，都知道我，和我讲许多话，并关怀我，且详知情况。真奇。

此信发后，大约就会收到你信。

恺 字

〔1970年〕五月十六下午〔上海〕

五十五

新枚：

　　我病渐愈，好几天降至三十六度八。病假到七月十六日止，秋姐言，共有六个月了。病六个月，即可作"长病假"论，即等于退休了。秋姐又言，我属中央，定案要由北京，故较迟。较迟即较正确，较宽。姑妄听之。我现在且不计较这些，但求安居。今年这春天如此过去，多可喜，亦多可悲。喜者，不须奔走，悲者，寂寞也。华瞻夫妇早出晚归。华瞻言，周谷城由主席指定为全国人代。此间未定案者，尚多。但拖延亦不会太久了。

　　卧床寂寞时，乱翻字典，学得许多词：
葱（ネギ）　蒜（ヒル）　韭（ニラ）　镰切（カマキリ）（螳螂）　呕吐（エズク）……

　　前日寄出小羽画像，想已收到。华瞻家的菊文在此，吵得厉害。幸阳台玻璃门可关，不曾使我受累。……记得南颖、小明等小时，并不如此，你小时亦不然。但望小羽也不然。

记得古人有全仄诗："月出断岸口，影照别舸背。且独与妇饮，颇胜俗客对。月渐入我席，暝色亦稍退。岂必在秉烛，此景亦可爱。"我想到：陶渊明"但恨在世时，饮酒不得足"。其中唯"时"字平声，余皆仄声，但读之很自然。可见平仄是一种羁绊，律诗以下都欠自然也。

我上次吃了半斤黄酒，以致エズク〔呕吐〕之后，不再吃酒。想吃酒，才真病好了。烟日吃十支左右。有轻微肺气肿，禁烟。但不能自制，且图快适。

华瞻有日文信给你，你无复，他在盼望。

恺 字

〔1970年〕五月廿三晨〔上海〕

五十六

新枚：

谈《红楼梦》的信今收到。你修养功夫真好，已心理准备我今秋不到石家庄，我实比你热心，只要可能，我总想今秋到石家庄。且照我预感，一定可实现，万一不能，我要叫你同好毛请事假来沪，扣工资由我出钱。我近日病状渐好。饮食很丰富，休息两月后，定有起色。在床中无聊，常翻日本词典。也想看"红楼"，又怕赔眼泪。

恺 字

〔1970年，约5月〕廿五夜〔上海〕

菱　蝨　助兵卫（登徒子）
ヒシ　シラミ　スケベエ

五十七

我体温日退,渐见好转,勿念。

来信所推荐中药方,异日去看沈医生时请他品定,暂勿服。

你记念我烟酒事,我现已极力减烟,酒则绝对不喝。阿姐前日上来,假五天再下乡。

口字加两笔,共有三十个字,你想想看。

恺

〔1970年〕五月卅一日〔上海〕

今日小羽来,他的头比菊文大,他叫你叫"恩狗",岂模仿中学生叫老师叫姓名乎?

蒜(ヒル)= 大蒜(ニンニラ)　杏仁(アンニン)(与石门白同)

五十八

想到就写些,有便寄给你。

我生病,是因祸得福。天天吃鸡汤牛奶,以及好菜蔬(鸡、鱼、蛋、火腿、干贝)。如果不生病,决不会吃这些。酒不喝,省的钱正好买菜蔬。

华瞻今天下乡了,三星期回来。阿姐来了五天,今晨又去了。现在只有一个志蓉是壮丁。她六点多回来。总是买许多食物来。南颖也会替我买物。只是自得其乐,有时只管玩耍,饭也不吃。阿施每日上午来半天。

Red Chamber〔《红楼梦》〕,很可解闷。我桌上的PAS及雷米丰,倘能送给黛玉吃了,曹雪芹这部书的结尾就要改换面目。

阿姐等猜量,六月内或七月初,会解放我。我不急,迟早总要定案。上月去看病，挂号的、看病的、透视的，都知道我，和我谈了许多看病以外的话，很好笑的。尤其是那挂号的，知道我很详细，并替我打算今后生活。

阿英妈很好[1]，此人识字，会烧菜，比英娥烧得好。她对我家也十分满意，她说有两件好处：一是她独自占一房间（三楼小间），二是洋机可以任她使用。她有一天对母说：她到老当家（即她以前的主人）家去，他们都知道我的姓名，连他家来的客人也都知道我，真奇怪。

三楼有一册《世界文艺辞典·东洋篇》（日文），内有我的传记，写得很正确，连母的姓名也载在内。现此书华瞻拿去看了，日后寄给你看。

口字加二笔，共有三十三个字，非止三十字，你想得出否？

我回想过去，颇觉奇怪。二月二日早晨，我病明明是全身抽筋，是神经痛发作。为什么你和阿姐、好毛会带我去看肺病，而且果然验出严重的肺病来。秋姐很难得来，当天晚上会来苦劝我住院。凡此种种，好像都有鬼神指使的。可谓奇迹。

赖有上述奇迹，使我摆脱了奔走上班之劳。假定不病，即使解放了，到现在还要奔走（贺天健是其例）。到七月十六止，我已病半年，半年即为"长病假"，永不再上班了。近日，猜想画院的人也下乡"三夏"了，我倘不病，也要参加。

近每日早上五时半起来，大便后即坐在窗口洗面、吃粥、临帖。直到八时，吃了药，睡觉。睡到九时半起来吃牛奶，在

---

[1] 阿英妈，新来的女工，初到时很好。

床上看书写信，直到正午，在床上吃午饭，睡觉，三时起来，再看书休息，六时吃粥，黄昏闲谈，八时半就寝，旧梦甚多。——每天刻板似的，预感七月会好全，腿病亦渐愈，能独自步行，但不能持久，日后一定痊愈。

小羽的照片很好，オゥ附给你，另一寄好毛。

〔1970年6月〕四日写〔上海〕

蜥蜴（トカゲ）（此物常在门背后，故曰トカゲ）

若干（ソコバク） 補フ（オギナ） 欺ク（アザム） 贖ウ（アガナ） 貪ル（ムサボ）

鞦韆（アウンコ） 鞦韆往生（オゥジョウ）（缢死）

旧信看后毁弃，不可保留。

五十九

听人说：（近事）某家三岁孩，住楼上，将搓板（洗衣用的）一块从楼窗中推下，正好落在楼下人家三岁小孩头上，死了。楼下主人上楼将楼上三岁小孩打死。——此事法律如何裁判？汉高祖约法三章"杀人者死，伤人及盗抵罪"。实太简单，对此案即难应付。我想，楼上主人应有罪（任孩推板下窗），楼下主人则系"故杀"，罪较大，但"一命抵一命"，亦有其理由，甚难判决也。

排律联句，很有趣味，但须富有诗才。例如第一人："垂柳复金堤"，第二人："蘼芜叶复齐（承上）。水溢芙蓉沼（启下），"第三人："花飞芍药溪。采桑秦氏女，"第四人："织锦窦家妻。关山别荡子，"第五人："风月守空闺。恒敛千金笑，"第六人："长随玉筯啼。盘龙随镜隐，"第七人："彩凤逐帷低。"……《红楼梦》中那些小姑娘都会联句。个个是曹雪芹也。

记得宋时有"元祐党人"案，苏东坡、秦少游、黄庭坚等都被定为"奸党"，雇工人刻"奸党碑"，工人不肯。我记不清楚是怎么一回事。

〔1970年6月10日左右，上海〕

六十

想到就写：

前日宝姐替我送痰去验，回说"活动性"，即"开放性"，要传染的。于是家人大家去打预防针。结果小明抵抗力最强，其余都有传染可能，须打针。我本已没有参与人群的资格，如今又属开放性，更是"隔断红尘"了。近日体温照旧在三十七左右，不想喝酒。看来还得二三个月方可下床。阿姐当年患此病，原是半年多才下床的。何况她年轻。但我身体其他部分皆健好。常吃鸡汤，胃口不坏。大便恢复正常，每晨一次。你劝我吃盐汤，我没有吃，因日食大黄，不须再盐汤了。苹果也难得吃，一则货少，二则我不爱吃，香蕉天天吃。

华瞻下乡了，再过一周上来，担任招考事，可以不再下乡了。阿姐变成"积极分子"。前天开会上来，住了三天，小明天天回家，明天又下乡了。再过十余天，又有例假四五天了。

早上起坐，写碑帖约一小时。想起，你对此道缺乏练习，所以现在写的字不好看，不及华瞻、阿姐。（阿姐远不如华瞻。）以后有空，练练毛笔字看：临帖，先临楷书，王右军，柳公权都好。次临北魏碑、章草。见面时再教给你。

阿英妈去领工资，听说画院的人都下乡"三夏"了。那八十八岁的朱姓[1]的也去，我很同情他。去冬他被上（因屋漏）落了许多雪，我睡的地方好些，枕边略有些雪。

　　我足疾好些，大便可以自己去，扶墙摸壁。这是神经痛。二月二日病发时，原是此病，不知你们为何拖我去看肺病，现在回想很奇怪。

　　好毛神经衰弱，失眠，我看都是想念夫、子之故，安得早日定局，让你们团聚了。联娘说，超英的案子，月内可望解决。邵远贞前日来沪，拟等超出来后，带二孩北归，联巴不得如此，因阿霜不能入学，在家很吵[2]。

　　口字加两笔，共有三十八个字。长的、扁的都可。（例如目四。）

　　蚌（ハマグリ）　蜗牛（カタツムリ）　蚯蚓（ミミズ）　损ウ（四）（ソニナ）　蓑ウ（四）（ヤシナ）　铅（ナマリ）

　　我不想吃酒，足见体温未复正常。本来可以"掩重门浅醉闲眠"，今只能"冥想闲眠"。冥想常入非非。有时回想过去，有许多事深悔做错了，但无法更正。此亦可以勉励今后，勿再做后悔之事。例如说，当年我花了七八千元（合今三万余）造缘缘堂，实在多事。还有，解放前夕，我顶进闸北汉兴里房子（十三根小金条），不久，以十根小金条顶出，也是多事。

---

[1] 朱姓，指朱屺瞻（1892—1996），江苏太仓人。八岁起临摹古画，中年时两次东渡日本学习油画，五十年代后主攻中国画。历任上海艺术专科学校教授等职。

[2] 超英，联阿娘之子沈超英，生于1929年，退休前任国家农机部高级工程师（离休干部），"文革"中亦蒙不白之冤。邵远征（非贞）为其妻，阿霜为其子。

但五四年顶进这屋（出六千元），并不后悔。现在只差煤气在楼下，不方便，倘能把煤气改装在楼上，十全了。朱幼兰正替我设法。但我也并不十分盼望，因为以后住处未定。要看人事而定。

王介甫势盛时，有人（东坡？）作诗："乱条犹未变初黄，歙得东风势便狂，解把飞花蒙日月，不知天地有清霜。"讽得甚好。后来王罢相，微行返乡，暮宿一农家，有老妪呼猪："王安石！王安石！"盖其人家破人亡，皆害在王手里。恨极，以其名呼猪。

母眼还好，能缝纫，杭州寄来丸药，颇有效云。

再过三天，叫阿英妈去取药。再过一个月，七月十六，再去看病。算来已费了国家好几百元的医药费，这不可不感谢毛主席，祝他万寿无疆。

在重庆时，马一浮先生送我一诗："红是樱桃绿是蕉，画中景物未全凋。清和四月巴山路，定有行人忆六桥。"他回杭时住六桥蒋庄。可惜迟死了一二年，被逐出，到城中促居。在"文革"前死了，落得干净。

平生记得，关于吃酒，有两人最有趣：其一，你出世前一二年，抗战初，我家逃难到桐庐乡下，租屋而住，邻人盛宝函老人坐在一圆凳上，见我来了，揭开凳盖，取出热酒（用棉花裹好，常温）及花生，与我对酌。其二，西湖上（你八九岁时）有人钓虾，钓得三四只，拿到岳坟小酒店中，放在烫酒炉中煮熟了，讨些酱油，叫两碗酒，吃得津津有味。

居杭州时（你八九岁）客堂中挂一小联，用东坡句："酒贱常愁客少，月明都被云妨。"那时每月到楼外楼"家宴"，必请一外客,郑晓沧、苏步青[1]、易昭雪[2]等。楼外楼老板要我写额,我写古人句"湖光都欲上楼来"。此额解放后仍保存,但把老板之名割去,现在一定废弃了,作者写者都是放毒呀。

岁晚命运恶,病肺又病足,日方卧病榻,食面或食粥。切勿诉苦闷,寂寞便是福(全仄)。

〔1970年6月约16日,上海〕

六十一

随记随寄

△自来咏柳絮多悲伤,独薛宝钗乐观:"白玉堂前春解舞,东风卷得均匀,蜂团蝶阵乱纷纷。几曾随逝水,岂必委芳尘?万缕千丝终不改,任他随聚随分,韶华休笑本无根,好风凭借力,送我上青云。"

△"一夜潇潇雨,高楼怯晓寒,桃花零落否,呼婢卷帘看。""红艳几枝斜,春深道韫家,枝枝都看遍,原少并头花。"前者厚,后者薄。时代精神表现。

△传说:东坡脸长,小妹讥之曰:"去年一滴相思泪,今日才流到嘴边。"小妹额凸,东坡还讥之曰:"未出房前三步路,额头已到画堂前。"……

……

---

[1] 苏步青(1902—2003),数学家,曾任浙江大学数学系主任、复旦大学校长等职,作者之好友。

[2] 易昭雪,牙医师,作者1947年所作的《口中剿匪记》中曾提及。

△忆昔曾见一词，不知谁作："忆昔来时双鬟小，如今云鬓堆鸦，绿窗冉冉度年华，秋波娇瀎酒，春笋惯分茶。居士近来心绪懒，不堪倦眼看花，画堂明月隔天涯，春风吹柳絮，知是落谁家。"大约是将嫁其婢。

△上次所记近日杀孩事故，昨据宝姐传述，更为详细：楼上三岁孩将凳子从楼窗中推下，打死楼下三岁孩子，楼下母要杀楼上孩子，楼上父母哀求：将来你再生一孩，一切费用归我们负担，直到三岁为止。楼下母不允，必欲杀孩。楼上父母将孩送托儿所，全托，并叮嘱托儿所阿姨：非亲母来勿让别人领去。楼下母冒充亲母去领出来，将己孩之骨灰放在地上，叫此孩绕骨灰爬三匝，然后将孩打死。托儿所阿姨因此自杀。——这事故竟像奇离的故事。

△今（六月十八）画院老孙来，要填表格（是普通履历籍贯等），不知何意。据说，画院"三夏"下乡已于前日上来，七十以上的几人不去，这显然是托我的福，防恐再有人病倒。

△"淡妆多态，更的的频回盼睐……"，"销减芳容，端的为郎烦恼……"此二词过分风流旖旎，读之令人肉麻。

△联娘说：好毛想把小羽接到天津，我很赞善。本单位有托儿所，甚好。好毛勿会管，也应练习练习。我相信托儿所生活好，虽生活趣味枯燥（睡起有定时，饮食有定量），但对身体健康有益，小明便是一证例。她近来全托（星六由宝姐接去过两夜），身体胖健，前日因我肺病要传染，大家去打针，结果小明抵抗力最强。

〔1970 年 6 月 18 日，上海〕

六十二

随记随寄（勿当众拆看，无人时或回家后看，▲待复）

△西园公子名无忌，南国佳人字莫愁。

此日六军同驻马，当时七夕笑牵牛。巧对

△莲漏三更烛半条，杏花微雨湿鲛绡，便无离恨也魂销。

春色已看浓似酒，归期安得信如潮，离魂入夜倩谁招。
（不知何人所作。）（两离字不快。）

△兎_{ウサギ}よ兎！御前_{オマエ}の耳_{ミミ}は何故_{ナゼ}こんな_{ソンナ}に長_{ナガ}い、枇杷_{ビワ}の葉_ハを食_タべてそれで耳_{ミミ}が長_{ナガ}い。[1]（日本童谣）

△酌一卮，须教玉笛吹，繁红一夜经风雨，是空枝。

△春日游，杏花吹满头，陌上谁家年少足风流，妾拟将身嫁与一生休。纵被无情误，不能羞。

胡桃　反_{ホグ}古（废纸）　御玉_{オタマ}　杓子_{ジャクシ}（蝌蚪）

△无事此静坐，一日抵两日，便活八十五，可作一百七。（东坡）（除第一字外，皆仄声）

△滑稽谈："板侧尿流急，坑深粪落迟。有盛唐音。"因想起纽约的摩天楼（skyscraper）一百几十层上的抽水马桶，真如"粪落迟"也。

△绿窗明月在，青史古人空。——黛玉房中联，好。

△箧有吴笺三百个，拟将细事说春愁。

只恐双溪蚱蜢舟，载不动许多愁。　　　用巧妙的方法来形容

---

[1] 日文，意即：兔子啊兔子，你的耳朵为什么这样长，吃了枇杷的叶子，所以耳朵长了。

春愁之多。

△汉第五伦（复姓"第五"）言：兄子病重，一夜起身往视两次，归来照旧熟睡；自己之子病重，一夜并不起身去看，但终夜不能入睡。

△宝玉，大体是个 Platonic love〔精神恋爱〕（日译为"纯洁的恋爱"）者，书中叙述肉体关系极少，主要是欣赏女性品貌，日本《源氏物语》中那个主角"源氏"同他相反。（但并无猥亵的描写，不过专讲源氏奸情耳。）《源氏物语》其实不足取。只因一则是千年前（一〇〇六）的书，是世界最早的长篇小说，二则文字古雅似《论语》《檀弓》，故为日本人崇奉为宝典。我于"文革"前译完。

△谈王安石、商鞅之信，今（廿五）收到，已转告你丈人：你同意将小羽迁津。又转告宝姐长信收到。华瞻昨夜冒雨自杭归，说满娘健康，但小华吵得不成样子，满娘为了他，不能到上海。你此次信壳上之字，很好！好像不是你写的。

△你信上说"牵起八只脚"，此石门白不通。应是"牵起八搭"[1]，"悬空八只脚"。

△昔游江西，于南昌见一亭，联曰："枫叶荻花秋瑟瑟，闲云潭影日悠悠。"皆本地风光，好极。

△曼殊言"思君令人老"，译作 To think of you makes me old。乃天造地设。我想，此种诗句并不少。"谁能为此曲"，Who can sing this song。人闲桂花落，夜静春山空，等，皆

---

[1] "牵起八搭"，作者家乡土话，意即：多动，多事。

便于英译。

……

▲我病日趋好转，体温难得几天三十六度六，可见渐渐降低。腿上风痛亦渐愈，能扶墙摸壁自上厕所。终日卧床，颇感寂寞（此乃好转之兆），全靠看书，Red Chamber〔《红楼梦》〕今看完。正在找 All Men Are Brothers〔《水浒传》〕，尚无着，你有否？满娘也想要看，托华瞻借。

△华瞻从杭来，言郑晓沧先生最近解放，定为"历史反革命"[1]云。他不是"重点"，故较早。上海几个"重点"（我是其一）皆未定，阿姐言不久可定，听之。

△我写给你的，恐有重复？盖有时想想，有时写写，以写为想，以想为写，所谓想入非非也。

……

△记得"水浒"结尾一诗，末二句是"夜寒薄醉摇柔翰，语不惊人也便休"。很好。

△某古人《浣溪沙》末句"当时只道是寻常"。我仿制一曲："春去秋来岁月忙，白云苍狗总难忘，追思往事惜流光。楼下群童开电视，楼头亲友打麻将（从俗音），当时只道是寻常。"你读之当有切身感。

△刚才（六月二十七日下午三时）联娘来，谈及小羽，言近日发烧，三十八度，又讨论迁津事，联娘表示困难，说到天津后送托儿所，但晚上总要好毛管，她吃不消。她平日七时半

---

[1] 当然是"文革"中的诬陷不实之词。

上班,总要七点十分才肯起身,怎么送小羽入托儿所呢?况且晚上还要吵。又说天津有一个某人,是寡妇,可托她管。此法或可考虑。总之,一个"难"字。我起初主张送津,至此没得话说,你看如何?

〔1970年〕六月廿八晨封〔上海〕

△有士人为人看文章,跌伤手骨,又患眼疾,作四书缩脚句诗云:"抛却刑于寡(妻),来看未丧斯(文),既折援之以(手),又伤请问其(目),且过子游子(夏),弃甲曳兵而(走)。"妙在押韵。

六十三

与宝姐书昨看过,你那三首诗亦自有致,但比我的晦涩,不易详出。但都详出了。我近又作四首,附此信内。

信中所述ロマンス〔浪漫故事〕,颇罕有,女的怀孕,将来如何嫁人呢?每月十元,终非办法。

胡治均[1]借与我"水浒"、《儒林外史》。"水浒"已看完,转寄满娘。现正看"儒林",不及前者有趣。听说你有《二十年目睹之怪现状》?如有,将来寄给我看,须挂号。好毛要到石,甚好。调工作地点事,能进行否?念念。你会配钥匙,倒也稀奇。

南颖近热心于游泳,华瞻编英语教科书,免下乡。宝姐编法文字典,亦免下乡。志蓉前日起宿校中,搞"三反一镇"运动,听说约需三星期。

---

[1] 胡治均(1921—2007),丰子恺私淑弟子。

到处树上洒药水杀虫，蝉亦受毒，叫声异常，"吱——吱——"，不似本来的"知了——知了——"。

阿姐下星期六返家，听说即将毕业[1]派工作。大都派去"战高温"，即入工厂。但她是编外，恐轮不着。

小明还是"全托"，每星六到此二三小时，即由宝姐领去度星期日。她们也游泳。此孩爱活动，全托并不依恋家庭[2]。我倒可怜她，恐系多事。小羽发烧已好全。

〔1970年7月3日，上海〕

六十四

随记随寄 ▲待复

……

△有塾师批阅文章，批语："两个黄鹂鸣翠柳，一行白鹭上青天。"意思是：不知说些什么，愈说愈远了。一学生乱用"而"字，批曰："当而而不而，而不当而而而。"

△"忆昔见时都不语，如今偷悔更生疏。"——不知哪里来的两句。

△《牡丹亭·游园》中句："原来姹紫嫣红开遍，似这般都付与断井颓垣，如花美眷，似水流年。良辰美景奈何天，赏心乐事谁家院。烟波画船，雨丝风片，锦屏人忒看得这韶光贱。……兰汤新浴罢，晚妆残，深院黄昏懒去眠。"此种文章，真可谓"文

---

[1] 指"五七干校"毕业。
[2] 其实送去时常哭，但瞒着外公。

人珠玉"。

△"当路游丝萦醉客,隔花啼鸟唤行人,日斜归去奈何春。"欧阳修?

△有士人作诗:"舍弟江南殁,家兄塞北亡。"见者曰:"君家惨祸,一至于此!"曰:"否,取其对仗工整耳。"曰:"何不曰爱妾眠僧舍,娇妻宿道房,犹得保全骨肉。"

蒲公英　上户（漏斗）　盗ム
（タンポポ）（ジョウゴ）　　（ヌス）

……

△粤妓张八作重头《菩萨蛮》:"今宵屋挂前宵月,前年镜入今年发,芳心不共芳时歇。草色洞庭南,送君花满潭,别花君岂堪。绮窗临水岸,有鸟当窗唤,水上春帆乱。游蝶化行衣,行人游未归,蓬飞魂更飞。"

蜂交则黄落,蝶交则粉落。故曰"蜂黄蝶粉同零落",言春暮也。"游蝶化行衣"本此。

△无事,做谜给儿童猜。写二三个在下给你猜。

○一个姑娘大肚子,头上两个小辫子,一天到晚在马路上兜圈子。打一物。

○一百个囡囡共一床,一个一个拖出来打。打一物。

○一个毛虫真稀奇,天天爬到嘴巴里。打一物。

△今（七·四）画院老孙送来照片数册（未全）及毛笔许多,是从前抄去的,今天还我,不知何意。

△阿姐今上午回家,收了照片,小明的大多数无恙。

▲华瞻几次提起,给你日文信,希望你改,你至今不复。你复他吧。

△不喜秦淮水，生憎江上船，载儿夫婿去，经岁又经年。莫作江上舟，莫作江上月，舟载人别离，月照人离别。嫁得瞿塘贾，朝朝误妾期，早知潮有信，嫁与弄潮儿。春日游，杏花吹满头，陌上谁家年少足风流，妾拟将身嫁与一生休，纵被无情误，不能羞。

此种诗词有一共通点：不喜、莫作、嫁与，皆斩钉截铁之语。

〔1970年7月4日，上海〕

六十五

随记随寄

△江南二月花抬价，有多少游童，陌上春衫细马。十里香车红袖小，宛转翠眉似画。浑不管旁人觑咱。忽见柳花飞舞，念海棠春老谁能嫁。泪暗湿，零罗帕。

郑板桥作？

△自是桃花贪结子，错教人恨五更风。

不知谁作。

△白玉堂前春解舞，东风卷得均匀，蜂团蝶阵乱纷纷。几曾随逝水，岂必委芳尘。（万缕千丝终不改，任他随聚随分）莫是雪花飞六出，定教五谷丰登，韶华休笑本无根。好风凭借力，送我上青云。

薛宝钗咏柳絮词，我替她改两句如上。

△今天（七•七）小羽来，对我笑，但我没有抱他，恐传染。联阿娘言，净重十九斤。（菊文一岁半，只廿二斤。）

△翠翠红红处处莺莺燕燕。　此双字对甚好,唯"翠翠"稍生。
风风雨雨年年暮暮朝朝。

△(七·九)宝姐言,人事已开冻,叫你与好毛乘早申请调拢。宝已有信与你及好毛。

△病状稳定,体温仍在三十七度至三十七度四之间,胃口还好。十六日再去诊治。大约国庆前可痊愈。牛皮官司也可打完。

△晨四时半起身,七时前写字,七时起即卧床休息。生活如刻板。下午睡起,为小明画故事画(狼来了之类)。作《〈红楼梦〉百咏》,有得消遣。

〔1970年7月7—9日,上海〕

六十六

新枚:

你那里的レストラン〔餐馆〕,使我憧レル〔憧憬〕,有座头可选择,有酒有饭,才有意思。这里的大都要排队买票,合桌饮食,少有趣味也。

今日七月十六。上午宝姐陪我去看病,稍好些,病假三个月(十月十六止),十月十六再去看病。中间只要阿英妈去领药。

我希望到石家庄,上那レストラン喝酒。看来今秋不行,明春一定行。今秋我想叫你和好毛来探亲,费用算我。

这两种药,看来要常吃了。价值甚昂。现我一文不花。感谢共产党,祝毛主席万寿无疆。

作了几首《〈红楼梦〉百咏》。

温柔乡里作神仙,唇上胭脂味最鲜。

不与颦儿同隐迹，坚贞还让柳湘莲。
多愁多病更多心，欲说还休欲语颦。
绝代佳人憎命薄，千秋争说葬花人。
芬芳人似冷香丸，举止端详气宇宽。
恩爱夫妻冬不到，枉叫金玉配良缘。
满眼儿孙奉太君，大观园里乐天伦。
何当早赴西方去，家破人亡两不闻。
尽忠救主立功劳，小卒无名本姓焦，
马溺代茶终不忘，黄汤灌饱发牢骚。
揽权倚势爱黄金，笑里藏刀毒害人，
不信侯门深闺女，贪赃枉法杀良民。
尘世何来槛外人，天生丽质在空门。
早知纯洁终难保，悔不当年学智能。
不宠无惊一老刘，何妨食量大如牛。
朱门舞歇歌休后，娇小遗孤赖我收。
猩红巾子定终身，往事依稀感慨深，
记否良宵花解语，山盟海誓付烟云。
禁门深锁绮罗人，暂释还家号"省亲"。
一自捉将宫里去，从兹骨肉两离分。
三尺红绫一命休，贞魂还倩可卿收。
青鸾有意随王母，空费人间一计谋。
满园春色不关门，木石心肠也动情。
谁道我辈干净物，近来也想配婚姻。
待续。

〔1970 年 7 月 16 日，上海〕

六十七

多日不通信，此间无大事，我病渐愈，能独自步行，饮食睡眠皆佳，小羽健好，昨日来，要祖母抱，对我笑，其貌大部似母，额似父。阿姐昨日返家，住四日，闻不久毕业。国庆前必有定局。秋姐输血给国家，得十七元报酬，休假三日。邵远贞已去（阿霜带去，他不肯去，联娘难过），听说曾在天津逗留，好毛多少赔贴些。志蓉姐校中搞"三反一镇"，要住宿校中（约三星期），前日因病返家，休五天。因此近日甚闹热。

文彦[1]久不来，昨忽到，言校忙，故久不返沪。

前日画院来两人（杨正新、王其元）小坐三四分钟即去，言无事，来看看我病。我对他们只说病状，此外无话，不知他们是何用意耳。"水浒"已看完，《儒林外史》看了一半，不好看，停止了，想看《镜花缘》。

小明昨随南颖去游泳，此孩壮健而聪明可爱，阿姐终身安悦。……先姐家改造房子，暂迁居在棚屋内过夏，来信诉苦。她很少来，我出院后，只来一次，宝姐每逢星期三、六必到，同小明去她家宿，因朝婴星四例假，她星日例假也。民望哥为演出，不下乡，宝从事法文词典编辑，亦不下乡云。此间保姆除阿英妈全工外，阿施来半工，每日上午到，你母得稍逸。华瞻哥家菊文极吵……什么东西都要拿……凡他所搭得到的地

---

[1] 文彦，指潘文彦，专长物理学，爱好文艺，曾师事丰子恺。罗芬芬为其妻，儿子宜冰是作者取的名。

方,不放东西。亦受累也。

我要十月十六再去看病,此后即长病假矣。

〔1970年7月21日,上海〕

六十八

此间岑寂无事。我健康增进。阿姐返家四五天,昨又下乡去。再过二周又来。因上次她"留守"(日本解作出门,与我们相反),所以下次早回来,赛过午饭限到三点钟吃[1],离夜饭就近了。看来她不久可派工作,但不知派在何处耳。

对句,"惟将终夜常开眼,报答生平未展眉",确是良佳。此处本可不对,他却要对,而且对得良佳。大概对句都生硬造作,好比无端地拿出两样东西来并列,真乏味。"香稻啄余……"是其例,"大帝君臣同骨肉,小乔夫婿是英雄"(周瑜墓联)。"诗人老去莺莺在,公子归来燕燕忙","西园公子名无忌,南国佳人字莫愁",是佳联,然亦是"为对而对"。

儿时旧曲中有两句:"纵教(红梅)开在群卉上,可怜憔悴霜雪中",还有点联系,但对不工耳。"惟将终夜……"二句,实在是一句,犹之"以直一联 报怨一联",故佳。
一句

文彦久不见,前日忽至,言校已上课,且运动忙,故难得返沪。

今年桃子大年,我们天天吃,大都很好。西瓜却不多,要

---

[1] 赛过午饭限到三点钟吃,意即:好比午饭延迟到三点钟吃。

排队买，但也吃了不少。荔枝颇多，价亦不贵。

我每日五时起身，在此写读，到七半止，上下午皆睡二三小时，生活有规律。烟日吃半包，不能再少了。酒绝不吃。到想吃酒时，病痊愈了。

〔1970年7月〕廿二晨〔上海〕

前咏宝玉一首作废，今另改如别纸。彼时推重柳湘莲，今知其不可，柳实可诛。

六十九

新枚如见：

你自制色拉下葡萄酒，可谓自得其乐。将来我到石，下酒不愁无菜了。你考证《史记》与《列国志》，亦无聊消遣之一。那部《二十五史》，昨华瞻到联娘家，取来四册，另一册（包括"史""汉"）被张心逸[1]借去，前写信叫咬坤[2]去讨，无回音，日内还要去信催索。此《二十五史》是很好的，五册包括一切，乃当年开明书店一大成绩，普通道林纸本有九册，我的圣经纸本，只五册，更可贵也。

近看"水浒"（胡治均借给，他最近常来）。《〈红楼梦〉百咏》停止了。唯前日又写一首：

花阴石畔两相怜，亲上加亲是宿缘。可叹尘寰生路绝，双棺同穴大团圆。

---

[1] 张心逸，又名张逸心，丰子恺在石门湾缘缘堂时期私授（日文等）弟子。
[2] 咬坤，名丰坤益（1927—1994），丰子恺之堂侄，与张心逸同住在石门镇。

前寄诸首中,最后一首是指两只石狮子,太晦不好。删了。(后改成:朝朝相对守朱门,木石心肠也动情。谁道我辈干净体,近来也想配婚姻。——也不好。)

来信中附诗:"丈夫气魄"是指尤三姐,"性儿"是指尤二姐,"妍容"指晴雯,第四首"繁华"看不出,"候门"应作"侯门"。

我病假三个月,至十月十六再去看,再续假,即等于退休。此事前已告你。近来我健康颇有进步。一者,胃口好,每日营养充足,常吃鸡汤。二者,风痛渐愈,能独自行走上厕所。三者,半个月必须剪脚爪,隔天必须剃胡子。这说明身体生活力旺盛。自知寿命当在新丰老翁之上,在世与你还有一二十年父子情分呢。

昨华瞻到联娘家,见小羽很胖,见了他就笑。重十九斤(七个月),华瞻家菊文一岁多,重只廿二斤。可见小羽身体好。可惜父母子三足鼎据。邵远贞在联家住了四五十天,明天回北京去。超英尚未解决问题。拖拉作风普遍,但终有一天解决。我看"水浒",一面讲与南颖、意青听。亦一消遣。胡治均又借我《儒林外史》,慢慢再看。他又送来日译《缘缘堂随笔》,他日寄你保存,译得很好,余后述。

〔1970年〕七月廿七晨字〔上海〕

七十

新枚:

也许发此信,即得你信。

多日不得你信,念念。你岳母最近患病,医生疑是癌,后来确定为胆石症，胆中有石，要开刀，要忌食油腻、酸辣（这些是她平生最爱吃的），现在家休养，有秋姐出旨，可以放心。你可去信安慰她，劝她少吃忌物，不久病好还是可吃。

小羽健好，有梅青管，并不为累。他最喜出外，看车水马龙。小孩大都如此。邵远贞已去，听说在天津勾留。好毛又要破费些。她给秋姐信，说其夫不日释放[1]，详情不知。凡事拖延，不可屈指期待。我已久惯。不放在心上了。我病渐好，能自己步行，只是右臂神经痛，不能高举。但尚能写字。红楼杂咏颇有兴，不久汇集寄你。再过五六天，阿姐当归，宝姐民望皆不下乡，华瞻哥编英语教材，亦不下乡。上海秋凉，严霜烈日皆经过，次第春风到草庐。母眼很好，能缝纫写信。

〔1970年〕八月卅一日　恺

七十一

新枚：

多时不见来往，念念。好毛前日返沪，现住母家。惜汝不能来与相会。超英夫妇及一子亦皆来沪，住秋姐家，情况都很好。阿姐言二十九日返家，住六七天再下乡。但又有人说，即将派工作，不再赴干校，不知究竟何如耳。我病渐愈，十月十六再去诊治，再行续假。其余消息全无。蟹已上市，我略饮一小杯耳。余后述。

〔1970年〕九月二十五晨　恺

---

[1] "文革"中冤案。

与宝姐信早已看到。知你做色拉，独自游船，甚慰。

七十二

来信言画因樟脑丸褪色，决无此事。画不怕樟脑丸。不知何故褪色。

此间盛传备战、疏散。我与母想不走，我的问题恐因此又拖延，只得听便了。好毛想已到石家庄？听说细毛亦还乡探亲，要在北京住一会儿再到家云。

今天联娘同小羽来。小羽大多了，能叫"公公"。

〔1970年10月4日〕星日晨书

上海国庆不游行，不放焰火。只有淮海路五彩电灯成桥形。近已放光。

七十三

新枚：

久不得书，念念。好毛定今日下午六时上车赴天津。阿姐在此时，她宿在此。阿姐下乡后，她宿母家。昨重九，母生日，你岳家全家来吃面。小羽很要吃。他母抱他在桌上调了一碗粥，将喂他吃。梅青说，抱他到阳台上去吃，就抱了他。他大哭，以为不得吃粥了。梅青一手拿了粥碗，一手抱他走向阳台，他就不哭了。一碗粥不久吃光。

华瞻家的菊文，很不要吃，因此瘦小似饿鬼（日本人称小孩为ガキ），小羽要吃，故很胖。我抱了他，他弄我须。他在外婆家，时刻想出外，到了外面，不想回来。小孩大都喜换环境。

阿姐带小明下乡，入托儿所。今天来信说，小明非常高兴，在这新办的托儿所里当了"小干部"，晚上回来跟母睡，托儿所离母处，不过我家到万兴[1]。小明在乡快乐，我很放心了。阿姐是"积极分子"，但不知何时毕业，派何工作。

你岳家近很闹热，超英夫妻、咬南[2]，都到，现已回去，只剩咬毛，今天也要走了。据说超英两年来很辛苦，但"结论好"，现已复职云。

江南蟹已上市，我吃过二三次，此物恐石家庄没有。近我常吃鸡汤，味难当，当吃药。据说非常滋补。十六日诊后再给你信。我右手右腿麻木，似半边疯，但不甚重，贴膏药，饮药酒，好些。

恺 字
〔1970年〕十月九日〔上海〕

《二十年目睹之怪现状》你有否？如有，寄来一看。

七十四

新枚：

今日宝姊陪我去看病，又得休息三个月，明年一月十六（阴十二月二十左右）再去看。那时恐可由你陪去了。

南颖 ganjiode[3] 勿肯写信。课的确忙，懒也够懒。有空专

---

[1] 万兴，上海淮海路陕西南路口一家食品店的名称。

[2] 咬南，名沈绮，超英之妹。

[3] 拼音，家乡话，意"哪里知道""竟"。

门踢毽子。

〔1970年10月〕十六日　恺　字。

七十五

新枚：

前几天有一个青年来，找你，说姓俞，名字我未问。他问你春节回来否，我答言"不知""尚未"，他要你的通信址，我写给他了。

小羽夜里已不吃奶，梅青管他省力了。

我日来"认真做按摩，寂寞养残生"。少喝些酒，亦自得其乐。

超英念"落红不是无情物"，此句与他身世有何关联，我想不出。此人爱文词，我亦一向不知。

〔1970年〕十一月四日　字。

听见南颖在朗读：

Vice-chairman Lin's description：

Study Chairman Mao's writings, follow his teachings, act according to his instruction, be his good fighters.[1]

前寄刷一卷，内三件，想收到。

---

[1] 英文，意为：林副主席教导我们：读毛主席的书，听毛主席的话，按毛主席的指示办事，做毛主席的好学生。

七十六

接好毛信，知有人对调，希望成功。即使调后无探亲假，亦小事，大不了自己出钱，请事假返沪。

病照旧，情况亦照旧，荏苒光阴，又近年终。韶华之贱，无过于今日了。日日做按摩，颇有效验。

……"文汇"载：周信芳翻案，言"我罪如芝麻绿豆"，"我还要演戏"，……民望哥言，前日拉他到乡下去开批斗大会，民望在乡也。

最近两次有人来调查：一，我家被抄去的财物若干？二，两个人的贪污行为（严×，即占住北房的人，徐志文，即专门打人的凶人）。我们依实答复。可见，目前还在搞"三反"。

我逆料，年底总差不多了。大不了，一月十六日再续假三个月。（结防所请长假者甚多，我每次要求，医生都问为何不退休。）但希望其不然。

〔1970年〕十一月七日〔上海〕

七十七

新枚：

久未写信与你。此间平安无事。我每天做保健按摩，颇觉有效。昨下午文彦来（他是公出来沪），与我谈了好久，知他家小孩已三岁半，精神好，而身体不好，恐是血统太近之故。小羽同他们一样血统，但并无病状，十分健康，可见血统太近之说并非人人如此。

明日小羽周岁，母昨天起已在准备请客，封了十几包糖果送亲友，并准备"拿周"的东西，看他拿什么。明日再告。

文彦离家，其妻芬芬及小孩都记念他。我劝他将芬芬迁王店，他说有种种连带关系，不行。盖芬芬之父亦舍不得芬芬也。看来看去，华瞻一家，目前最幸福，虽夫妻早出晚归，但父母子女五人团聚一处，晚上及星期日犹有天伦之乐也。你家分居三处，不知何日可以集中，时在我念中。

昔年马骏借了我三百五十元去，一直不还，前忽汇还一半，此赛如倘来之物。他不借去，也被抄去了。

你探亲假如延长扣薪，当以此款补贴。

母常叹愿：但得一吟和新枚像华瞻一样，天天回家。一吟或许有希望。你则希望遥远，然世事茫茫难自料，亦未可必也。

近闲时作"双声"句（即每字子音相同）：

△芬芳风拂拂　依约月溶溶

△潇湘栖蟋蟀　夜雨浴鸳鸯

△秋川清且浅　玉宇袅闲云

△琵琶频别抱　凤尾舞翻飞

以上廿八日写，今日小羽来，比前更健，且饕餮，要我抱，弄胡子。联娘一家来。宝姐原定来，终于不来，但也够闹热。小羽拿周，先拿枪，次拿笔，后拿算盘。将来"文武双全"。

〔1970年11月〕廿九下午　字〔上海〕

七十八

新枚：

来信言春节探亲不行，我们未免失望，然今日之事，不可预料,变化莫测,"万事随转烛"耳。小羽赴天津,我甚赞善。如何去法,你们从长商定,我送小羽行仪五十元,已交母处。他日交你或好毛。

阿姐原定廿二到沪,昨来信云须延迟,为了"出版界斗争正揭开盖子"。

我每天做按摩二次,小饮清欢。晨间弄笔颇有兴趣,他日送给你收藏。

有《教师日记》一册,是你画封面,且第一篇即是你诞生之记事。今另邮(刷)寄你,望看后保存。

〔1970年〕十二月廿一上午 字〔上海〕

七十九

新枚:

今天小羽来,能扶床走路,不过常要伸手摸痰盂。秋姐来与我打金针,果然手脚灵活些。后天再来。秋姐说:病假满一年,即"长病假",从此不须上班,可安心养病。阿姐此次休假"放弃"了,不知何日可见面,好在小明爱住乡下,天天有电影看。得咬毛信,知她调石事已成功,须在春节探亲后实行。你们三人能团聚,是大好事,我那时一定到石来看你们小家庭。我很想离开上海,迁居石家庄呢。

父 字

〔1970年〕十二月廿六日〔上海〕

八十

新枚：

家中平安无事，我病不增不减。无可报道。

唐虞之世麟凤游，今非其时来何求，麟兮麟兮我心忧。

疑怪昨宵春梦好，元是今朝斗草赢，笑从双脸生。

〔1970年〕

八十一

新枚：

你去后，星一，即有乡亲二人来宿，倘早一日，势难留宿，亦彼此之幸。其人叫丰明贞，及其子养先。明贞者，乃五爹爹之孙女，平伯之女儿，你没见过，我也三十多年不见了。她的丈夫在上海医院医病，她来照顾，住六七天要回去，送了鸡鱼等许多食物来，真客气。

广洽及陈光别[1]之汇款，今日收到，共八十元。（归我保存，无用。）

今下午我午睡中，画院二人来访（一是王其元，另一是裱画师之子，亦担任勤务），问我病状。我以实告："肺病及神经痛，步行困难。"他们二人此来，不知有何用意。且听下回分解。

我在此诸事小心，你可勿念。

---

[1] 陈光别，生于1912年，新加坡华人，新加坡工商金融界人士，曾任新加坡居士林佛教会会长等职。

下次去信，有画寄你，你那袋上须改为六十幅。

父　字

〔1971年〕二月廿三下午〔上海〕

八十二

新枚：

来信昨（廿五）到。你的房东真好，同家人一样。来信以经济为言，此想法在今日不对，今日的钱钞，其价值与往昔不同。例如阿姐，只四十元，而退休的资本家有一百六十元。可见钱多并不表示能力强，都要碰运气。在可活动的范围内，互相通融，各得其利，不必分彼此也。所以你千万不可介意。而且这状态，我看不会持久，不久总有合理的"按劳取酬"办法。

告你二事：（一）南颖写"天天向上"为 Make great，是错的，她今依老师言改正为 Make progress。（二）华瞻言：最高指示：要把《二十五史》加标点。此指示甚及时，再迟，老人死光，无人能加了。我想，清史也应修了。

你那"敝帚自珍"袋上需改为"六十幅"。新加四画附此信内。

父　字

〔1971年2月〕廿六下午〔上海〕

八十三

新枚：

你叫丈母娘买火腿给我，她今日送来。都是精肉。午饭就吃。

文彦用热水瓶盛酒，其法至佳，不可不画。今画了一幅"劝君更尽一杯酒",附此信内,可加入六十幅中,而取去"前程远大"(两马)一幅,此幅乏味。

文彦,我也送他一幅"劝君更尽",再加一幅放风筝,共得十幅,等他来时交他。

阿姐言:上次两人来看我,是准备开一批斗会,然后宣布解放。所以我必须准备到会一次。我记得那天他们问我"能下楼否?"看来就是要我再出席听骂一次,我已有心理准备,只要他们派人来扶。

你准备在城中觅屋,甚好。今秋我一定到石家庄,我对上海已发生恶感,颇想另营菟裘,也许在石家庄养老。你说有绍兴酒,那更好了。今后交通日便,物资交流,不分南北了。

我以前写《菩萨蛮》,写到"镜中双脸长",觉此女面长可怕,于是不再写《菩萨蛮》。你言"垂涕沾双扉",不管"扉"是什么,鼻涕总是讨嫌。古人诗好的固多,坏的也有。

父 字

〔1971年〕三月二日〔上海〕

传说:中央指示,上海斗批改应早结束,但"头面人物"勿太早解放。我便是"头面人物",所以迟迟。

又先姐言,卯金刀[1]死了。姑妄听之。

八十四

信描写酒店,好似一篇小说。我盼望身入此店,不久可

---

[1] 卯金刀,三字合起来为劉,即刘的繁体字。暗指刘少奇。

实现了。家中平安无事。前寄二信,第一信中画四,第二信中画一,想已收到,下次来信提及。

我伤风咳嗽,早已好全,照常饮食,各处批斗"五·一六",运动又要拖延,但今年是党成立五十年纪念,务必开全国人代大会,所以诸事不会十分拖延。

阿姐陪母游杭州,带来一枝松毛,这常青物很可爱,挂在我桌上,至今青青不变。将来你来时还可看到青松。

〔1971年,约3月10日左右,上海〕

八十五

新枚:

信收到,知以前各件都送到,甚慰。石家庄供应丰富,我希望秋天能来看。万一不能,设法叫你们回家省亲。今日万事拖延,不可无思想准备也。我近来身体健康,精神也愉快,酒兴很好,证明心身两健也。

古诗云:"夜饭少吃口,活到九十九。"(见《古诗源》)你夜饭少吃,好。我也如此。

父 字

〔1971年〕三月廿日〔上海〕

即日春分,我略感疲劳,晨起较迟,二至二分(春分、秋分、冬至、夏至),对肺病人很不利也。

告你二事:

一、咬生[1]回来了,咬毛同他做媒的那女人(姓厉,高桥人)

---

[1] 咬生,名沈诗昌,又名沈企胜,咬毛之兄。退休前任福建省国防工科办机械工程师。

也来了,两人会面,就要结婚。听说结婚后可以调到福建。(咬生已三十五岁了,咬生月入四十元,女的也只四十元。不生小孩,可舒服过日。)

二、……

八十六

新枚:

一星期不给你信了,此间一切如旧,大概为了五·一六,运动又要推迟了。我已习惯于幽居,只当无事,倒也安乐。绘事已告段落,今后拟写《往事琐记》[1]。古诗:"挑灯风雨夜,往事从头说",好句,惜不能画。又想起两联:"二十四番花信后,晓窗犹带几分寒。"又,"且推窗看中庭月,影过东墙第几砖"[2],皆画不出,舍之。

新亚[3]尚未回来,不知要拖到几时。前天母去参加一大会,斗一个邻近的女子,她因偷情,嫌其婆在,用DDT杂药中,欲药死其婆,结果被婆识破,向众告发,开会斗她。同时又审×××,即××(猫[4])之弟,用手铐带进来,可见已犯了罪,详情不知。胡治均来过,朱幼兰父子也来,其子(显因)已结婚,送糖来。菊文定于四月一日送托儿所,此男孩实在难管,常常

---

[1] 《往事琐记》,后改名为《缘缘堂续笔》。

[2] 丰子恺有此画。

[3] 新亚,作者妻妹之子沈诗伯,咬毛之兄。参军复员后任化学工业技术干部。

[4] 指其脸如猫。

独自下楼,到马路上去,故非送不可。咬生之对象已来,是高桥人,近住联娘家,定明年春节结婚云。秋姐有一バイオリン〔小提琴〕,是冯荣芳[1]旧物,意大利制,值五百元。民望哥介绍人买,尚未成交。窗外杨柳,绿意已浓,独坐浅斟,自谓南面王不易也。

近读《词苑丛谈》,见有女子咏七夕,鹊桥仙,末两句云:"人间都道隔年期,想天上方才隔夜。"又忆古人咏云:"试问牵牛与织女,是谁先过鹊桥来?"皆想入非非。

父 字
〔1971年〕三月廿七〔上海〕

八十七

新枚:

来信收到,内附交你岳父的信也已交去。阿姐昨天(二号)回来,九号回去。我身体很好。

昨天来了个解放军,石门人,名周加骎,同我谈了多时,曾把你的住址抄去,他以后也许会来看你,所以我把本末详告你:

石门有一周紫堂,我年轻时,他在上海银楼工作,我与母常去看他(此时母在上海入学),此周加骎,即周紫堂之子,现在遵义某工厂(此厂造导弹云)当军管组。两三个月之前,此人从遵义来信,说起他五六年曾向我索画,我送他一幅。现在他又向我索新作。我看了此信,想不起他是何人(昨天才明白)。

---

[1] 冯荣芳(1922—1969),秋姐(沈国驰)之夫,国家医药工业研究院生物化学高级工程师。

大家笑他冒昧，没分晓，此时还来向我索画。昨天他同我谈，才知道他都分晓，并不冒昧。他说：他室中向来挂我送他的一幅画。"文革"初，人们劝他勿挂，他就收了。去年，人们又说可以挂了，因此他又挂起来，并且向我索新作。我许他稍缓画给他。周加骏的通信地址是"凯山四七八信箱军管组"。（保密不写遵义。）此人（他的夫人在长春，也未调拢）常常出差，周游全国。故也许会来看你。

上月来了一个新的工宣队，问问我病，最后对我说："将来病好到画院来白相相。"前天又来一新工宣队，向我详细查问我家让出房子的经过。不知是何用意。阿姐说，如果将来要还我们，要求把煤气装到楼上来。华瞻说：现在，万事都要"落实"，所以房子也要调查，不知究竟何意。

我正在写"旧闻选译"（古书上所见有意义的故事，用白话译出）。将来再写《往事琐记》。（前与你说过，写我幼时事。）两事都很有兴味。陶诗："但愿长如此，躬耕非所叹。"又"在世无所需，唯酒与长年"。颇有同感。

父 字

〔1971年〕四月三日〔上海〕

明日寒食。

八十八

新枚：

零星事写告如下：

△咬生的未婚妻，将皮包放在亭子间里，被人偷去了。内

有钞四元,布票十六尺。咬生赔她四元,联阿娘赔她布票十六尺。是同住的人家有坏人偷去的。

△超英哥爱古诗词,我料不到。……

△昨华瞻听中央报告,据说:老年知识分子"敌作内处"者,工资照旧(但不说以前扣的是否发还),抄家物资发还,但已坏者不赔,金子作价发还,……政协等等。看来,快处理了。前几天有个工宣队来详细调查我们的房子让出经过,恐怕也是一种处理。

……

△来信昨(八日)到。你修自鸣钟,装铜壶滴漏,甚好。今古奇观的故事,实属罕有。

△阿姐今晨(九日)下乡。小明来去都高兴,我甚放心。阿姐同朝婴昨下午去看小羽。朝婴还是初见。小羽见她,大哭。大约怕生。此间的坐车已送去,小羽专门想出外,今后可叫梅青用车推他荡马路。

△城中房子易找,甚好。希望你们早日团圆。酒店全是荤菜,说明当地富庶。我是醉翁之意不在菜。

父 字

〔1971年4月〕九日上午〔上海〕

八十九

新枚:

前天下午有一工宣队同老孙(即本来之工人)二人来,我正午睡。他们说不必见我,只要同母谈。谈的是房屋问题。问我们这里住多少人，何年何月让出楼下，最后说："你们如果房子不够，可向房管处申请。"（听说有许多人，起初驱逐出屋，后来照旧还他。）

我们现正考虑，如何对付。已告阿姐，尚未见复信。大约只有两办法：（一）索性乘此机会，迁居别处，独立为一家。（二）要求把钢琴间及磨子间还给我们，……大家考虑，此间地点好，房子好，另迁恐不如意。还是第二办法好。未定。

盛传"上海斗批改快结束，但头面人物勿太早。"勿太早，大约也不会太迟了吧，总之，看来快了。

参考别单位事实，我的工资应该恢复二百二十，而且过去扣的要还。若果如此，可发小财了。

阿姐从乡来信，言此事从缓，将来条件必更好。对。

此间春光明媚，我病好得多了。后天再去看，大约是最后一次看病了。

父 字

〔1971年〕四月十二日〔上海〕

（日文）竹ノ子(タグコ)（笋） 木ノ子(キノコ)（香菌） 木水母(キクラゲ)（木耳）

九十

新枚：

来信收到。你自己装电灯，为别人修钟，很有意思。可以改行，也可得五十几元。

我今天上午去看病，透视结果，没有变化，又给三个月药。七月十四再去看。

母说，你倘要买物，可来信，托那便人（孙君）带给你，布票可以给他几尺。

宝姐告我：中央文教会议，决定：老年知识分子恢复工资，并补发以前扣除的；又说：抄家物资，除国家需要的以外，一概退还。已坏者不赔偿云云。宝姐说："圆子吃到豆沙边了。"

你信上叫我勿去上班，我要来生再去了。无论如何拖延，我总是一直在家"浅醉闲眠"了。问题一解决，我就想到石家庄。

小羽很健，要吃。联阿娘说："瓦看特吃得落厄。[1]"

父　字

〔1971年〕四月十四日下午〔上海〕

小羽体重廿四斤。

南颖、小明小时的玩具，现在不要了，我都交联娘给小羽及阿至。因她家玩具很少。……

菊文要送托儿所，还在验身体。

母亲为菊文好辛苦。希望送出。

九十一

新枚：

信收到。的确，The tables are turning.〔形势转变了。〕听说：某大专教授，未解放，但薪已照旧付二百多元，解放后补发以前所扣。此与宝姐所传达相同。看来不久有转机了。

我看病后，透视报告，没有变化。现在照旧服药，休

---

[1] 瓦看特吃得落厄，土话，意即：我看了他（真喜欢，简直把他）吃得下去。

息。七月十五再去看。上班是永不再去了。你患的什么病，Haemorrhoids 是什么？痔疮吧？你对厂很满足，甚好。三月暮，古人伤春，是无病呻吟，我也不以为然。我窗中时有柳絮飞进来。想起薛宝钗的《临江仙》：白玉堂前春解舞，东风卷得均匀，蜂团蝶阵乱纷纷。几曾随流水，岂必委芳尘。万缕千丝终不改，任他随聚随分。韶华休笑本无根，好风凭借力，送我上青云。

我近日晨间写《往事琐记》，颇有兴味，将来给你看。你的便人还没有来。

华瞻昨问我一句：

彼はいつもの様に酒を飲む。

他不解いつも是"何时も"，而把"もの"当作"物"字，便解不通了。此句应译为"他照常喝酒"。你一定懂得的吧。余后述。

父　字

〔1971 年〕四月廿二下午〔上海〕

阿姐明天上来，房子事由她去交涉。阿姐住四五天又下去云。

那解放军周加骎，前日夜八时又来过。他本要到石家庄看你，因事作罢了。他同华瞻谈了很久。我已睡了。

阿姐廿三下午回来，住四天又要去，去搞五·一六。她没有带来什么消息。总之是拖延。我管自写我的《往事琐记》，很像《缘缘堂随笔》，颇有兴味。

〔1971 年四月〕廿三晨〔上海〕

……

盛传"三还"，还房子，还工资，还抄家物资。

九十二

新枚：

　　来信收到。你们那边有不忘"红酥手，黄藤酒"，"江南忆，最忆是杭州"之人，真也难得。你在屋中作种种自动设备，可谓自得其乐。

　　此间依旧，太平无事。那解放军周加骎已回贵州，来信要我写两张字，唐诗宋词云。

　　"二十年"[1]很好看，已看一半，此人广见多闻，笔头又灵，可佩。

　　华瞻言：他们同编英文字典的，有一人，才解放，工资恢复二百五十。其人要求到杭州女儿家去休养二个月，不许。现在还是早出晚归上班。此人与我同年的，可见我全靠生病。又可知我的二百二十不久也该恢复。

　　不过，我的单位性质有点不同，是砸烂单位，管束不严，据说有二三老人，并无病假证，也不天天上班去。又据人说：从前扣的都要补还。抄家物资也都要退还。阿姐前天（她昨已下乡）到画院去（为了购物卡失去，要求证明补发，已得），他们交她带回七八本照相册，其余物件，没有提起。看来这就是退还抄家物资了。

　　菊文五月三日进托儿所（已报名交费），此后母可以轻松些。

　　新亚已于五六日前出来。联娘说，他在内天天坐条凳，脚

---

[1] "二十年"，指《二十年目睹之怪现状》一书。

毛病了，现在照旧天天上班。

〔1971年〕五一前一天晨〔上海〕

九十三

新枚：

无事可告，怕你挂念，写此闲信。我晨间写"琐记"，颇有趣味。"二十年"我已看完。此书内容奇离古怪，文笔淋漓尽致，只是结尾太惨，令人掩卷纳闷。现正候便人带往杭州给满娘看。

小羽不时来此，渐渐长大了，不知你们这三角关系，何时变成团聚耳。

枝上柳绵吹又少，春去了。现正是清和天气，不知北方如何。

华瞻问我："大ナ"(オウキ)为什么不用"大イ"(オウキ)？这"ナ"字我竟还不出理由来。查字典，说是"连体"，例如"大ナ颜"(ウキ カホ)。也莫明其妙。不知葛祖兰是否在世，很想问问他看。秋姐言，本来进出，常常看见邱祖铭，但近来长久不见了。不知此人也是否在世。

最近，朱幼兰、胡治均来，都是为儿子结婚送喜糖。

阿姐要六月二日还家。

父 字

〔1971年〕五月十五〔上海〕

母说：文彦久不来了。超英来否？

九十四

新枚：

来信说吵新房和惨死，像是"二十年"中的材料。此间依旧平安无事，我照旧吃两种药。晨间照旧写"琐记"。总之，一切照旧。只是前天画院老孙送信来，说捉出两个"共向东"，本来都是当权的（×××、×××），其他情况不知。近来我对世事，木知木觉，自得其乐。都是养生之道。

忽然想出一首"古佛偈"，起初只想出一二句，后来竟全篇想出。这文章很奇妙，不知谁作。好像记得是苏东坡作，吃不定。

阿姐要六月二日返家。不知她何日派工作，派在何处，都不可知了。

小羽很健，常常来此。联娘身体很好，来时陪我吃酒。新亚上月已回家，无事。

父 字

〔1971年〕五月廿一〔上海〕

九十五

新枚：

久不写信给你。此间依旧平安无事。阿姐来了一星期，今晨又去了。南颖下乡，要十天，再过三四天来了。途中来信，说很有兴味。吃饭时，肉给敏华（楼下女孩）吃。猪血很好吃，早上吃溺。原来是吃粥，她把粥字写成溺，好笑。

传闻，徐森玉（上海文物保管会会长）九十岁死了，尸体打防腐针，向中央请示，作为敌我抑内部论？倘作内部，要开追悼会，倘作敌我，就此烧化。下文不知。

曹永秀[1]来言：贺天健的存款解冻了，有两万多，可知存票都还他了。此人已解放两年，至今方还存款，可见迁延之久。但曹言，最近指示，知识分子存款都要解冻。我想：巴金……万难道也还他吗？不可解。不去管它。

我身体很好，吃维太命C、B，胃口增加。宝姐说："圆子吃到豆沙边了。"大约对的。

新亚在厂中，机器轧脱了右手中指一节，医生给他接牢，听说可以复原。

父　字

〔1971年〕六月三日午〔上海〕

永安公司老板郭琳爽，其妻及子都已去国外，他独留在此。初期吃些苦头，后来给他生活费了。最近其子汇来十万元，他无用，全部上缴了。此人是全国政协委员，每年到北京开会，我和他同车，很相识。他叫我"丰姐老"，广东人读"子"字如"姐"字，我送过他字画。

我继续写《往事琐记》，很有兴味。

九十六

新枚：

你的信内容丰富。可惜英文日文俄文夹杂，母亲看不懂。

你对这房子很有兴趣，大概不想迁了？仍旧贯，如之何？

---

[1] 曹永秀，作者长女丰陈宝的中央大学校友。

万事拖延，阿姐何日派工作，我何时解决问题，都沉沉默默，不知消息。

朱幼兰送我些新茶叶，不知是否碧螺春，味极好。今略包少许附此信内，你可作一次泡。尝尝江南风味。

新亚的右手中指，被机器轧脱一段，医生替他接牢，现病假在家，看来可以复原。

王子平年九十，被抄物资发还了。他只要求迁居一个静静的地方去养老。此人是大力士，当年曾打倒俄罗斯大力士，因此有名。往年我曾请他看疯气病，同他很熟悉。九十岁还很健康。朱幼兰去看他，故知之。

父 字
〔1971年〕六月十日〔上海〕

董文友《忆萝月》（即《清平乐》[1]？）

已将身许，敢比风中絮？可奈檀郎疑又虑，未肯信侬言语。

便将一缕心烟，花闲敛衽告天：若负小窗欢约，来生丑似无盐。

是代一从良妓女作的，见《词苑丛谈》。

九十七

新枚：

附茶叶的信，想收到。昨天来了一个朋友，使我不胜感慨。其人你大概不知道。姓章名雪山，就是开明书店创办人章雪村

---

[1] 清平乐，词牌名，又名《清平乐令》《醉东风》《忆萝月》，为宋词常用词牌。

的兄弟[1]。他今年80岁,很健,住在南昌路儿子家,步行来看我:他告诉我:雪村夫妇前年过世。还有许多人,你不知的,也已过世。昔年亲友半凋零,半字已不够用,竟是大半不止了。……

他原住在杭州,自己买的一间房子,被没收了,无处容身,到上海南昌路住儿子家作临时户口。被抄去三千多元,已经还他,他就靠此为生。他告我:顶迟年内一切问题都要解决,他说我的存票一定会发还。工资一定会恢复。且看。他坐了一二小时,谈了很多。……现在老友稀少,把他当宝贝了。临别我送了他一个薄荷锭。

……

父 字
〔1971年〕六月十三上午

九十八

新枚:

无盐乃齐之丑女(见《幼学句解》),非王后。

《幼学句解》内多古典。我想寄与你。但暂不寄。先将《旧闻选译》一册另封寄出(不挂号),倘能妥收,以后再将《幼学句解》寄你。《往事琐记》我很感兴趣,第一册已被良能借去。等他还来,一并寄与你。

你屋确有好处,不迁为宜。车祸可怕,出门当心。你翻译

---

[1] 章雪山当时为开明书店协理。章雪村即章锡琛(1889—1969),上海开明书店负责人。

技术书，不会出问题。

父 字
〔1971年〕六月十五日〔上海〕

《旧闻选译》已寄出，平刷九分。（收到后来信，免念。）过几日再将"幼学"寄你，"幼学"乃一种类书，分门别类，用四六文体裁，其注解很好，可以知道许多古典。

九十九

新枚：

论山抹微云，又问 05 ｜ 1·76 ｜ 5 6 7·1 ｜ 33 42 ｜ 1 的信已收到。此歌名《深秋》，载在我的《儿时旧曲》中。昨日已封寄，想可收到，最近封寄印刷物三件：（1）《旧闻选译》；（2）《幼学句解》；（3）旧曲。想都收。《往事琐记》别人借去的，已还来，等我再写一些，寄给你。

今日联娘同小羽来。我写此信时小羽在旁玩。他长得高了，叫人也会叫了。此间梅雨连日，今才放晴。胡治均的丈母死了，八十四岁。胡前日在此午饭。报告我"三还"的消息，说一切问题快要解决，我姑妄听之。昨华瞻听周总理报告，有几点很可看出风向：（1）某处参观者入内必先入致敬亭向主席致敬，今取消此亭。（2）每家只准挂一个像，不可多挂。（3）出版物太单调，应多样些。（4）样板戏之外，别的好戏也可演。（5）不可说文革造成"翻天覆地"的变化，应说"重·大"的变化。还有其他。出版物太单调，谁敢再出书呢？

联娘又从秋姐处听到一事：有科学家（美留学生）在安徽

劳改。美国教授屡次来信,此人不能复。这教授最近来中国找他,当局即叫此人回上海,供给他小洋房,小包车,厨司,替他做新衣。然后叫那美国人去访他。——我不敢相信。后来别人也来报告我,大同小异。可知无风不起浪,必有根据。听说此美国人回去,宣传中国人对知识分子非常优待,以前听到的都是谣言云云,但这种话,我都不敢确信,何必如此呢?

小羽现在站在我面前,头和桌子一样高。

今日夏至,肺病人最怕二至二分,但我不觉疲劳,可见肺病已好。但昨天一医生来访,说我肺曾有空洞,夏至边要千万当心。所以我每天除早上写写之外,其余都是"掩重门浅醉闲眠"。三餐胃口还好,常吃火腿。近又吃啤酒。

明日是闰五月初一。今年两个端阳。

父 字

〔1971年〕六月廿二日上午〔上海〕

一百

新枚:

我新作二画,附此信内,可加入"敝帚自珍"中,得六十二幅。你看《旧闻选译》,说一则以喜,一则以惧。其实不须惧也。我早上精神甚好,最怕没事做。这证明我身体好,TB 已好起来。那《往事琐记》,既不便寄,将来交给你可也。现已记得差不多,可说的往事,大都已记出了。昨日我忽然想起一件工作,是极有意义的,佛教中有一重要著作,叫作《大乘起信论》,是马鸣王(印度人)菩萨所著。日本人详加注解,使人便于理解。我当年读此书受感动，因而信奉佛教。此书原存缘缘堂，火烧前几天，茂春姑夫[1]去抢出一网篮书，那《二十五史》及此书皆在内。前年抄家，《二十五史》幸而被张逸心借去，没有被拿走[2]。此书亦幸而存在。真乃两次虎口余生，仿佛有神佛保佑，有意要留给我翻译的。今拟每日早晨译若干。全用繁体字。将来交广洽法师用匿名出版，对佛法实有极大的功德。此事比"琐记"等有意义得多。此信看后毁弃。

宝姐昨来言，要整党了，"五七"干校看来就要结束云云。阿姐工作派在何处，天晓得。你给阿姐信，我看了。不放佩红调石家庄，也好，你们可来探亲。久别如新婚。我的工资肯定会还我，存款也一定还我。（曹永秀言，贺天健的存款已解冻。）所以我的经济不成问题，你们自费探亲，都算我。横竖我的钱是失而复得的，好比俶来之物。且以后每月二百二十元，也用不完。最近，我加了阿英妈五元[3]，本来廿二元，此月起给廿七元。此人很jia[4]，口上说不要钱，其实最看重钱，加后，工作着实起劲了。每餐要问我爱吃什么。本来不是她做的事，如倒夜壶，舀面盆水等，现在她自动地来做了。这五元很见效。事实，

---

[1] 茂春姑夫，蒋茂春（1903—1939），作者之妹雪雪的丈夫。

[2] 不知何故，《二十五史》后来流落到上海旧书店，由丰子恺后人购回，送到重建的丰子恺故居缘缘堂中陈列。

[3] 事实上，直到1972年12月底才宣布"解放"，而且工资只恢复到一百五十元。但他自己未加却先加了女工工资。加后再函干校幼女一吟。无奈，所加工资由长女陈宝暗中补足。

[4] jia，土话之译音，意即能干，此处指精明。

原应该加她了。因为阿施去了（本来每月十五元,半天,今此人回乡去了）。菊文不入托儿所,她当然忙点。阿姐也赞成我加,说这是我自己恢复工资之预兆。她也形而上起来了。新亚的手指,到底装不牢,现在还病假在家。咬生的女人悔约了,真岂有此理。咬生已三十五了,赶快另择对象吧。

父　字
〔1971年〕六月廿七晨〔上海〕

一百零一

新枚：

前日发信,今又发此信,为的是二事：(一)我译《大乘起信论》,来信勿提及。因母看后向人传达,凡事往往不得要领,把次要当作首要,而首要反忽略了,或歪曲了。且此事我也只让你一人知,不告别人。(二)阿英妈加薪,你来信勿提及……

上海大热,正午三十四度,我每日饮啤酒一瓶,内加三分绍兴酒。我饮食很当心,决不会生病。"慎言节饮食,知足胜不祥。"

新作"竹几一灯人做梦",我很欢喜,又作一小幅,也寄给你。

日本人的信封,真有意思,封口处毛边,封后揭不开。寄你一张玩玩,家中有很多。

父　字
〔1971年〕六月廿八日上午〔上海〕

"君子防未然"之诗,名曰《古群行》,不知作者。

一百零二

新枚：

你做色拉的信收到。今有好消息：老孙（送信的人）来，送一封信，是画院领导来的，内有十几个问题要我答复，即以前大字报所揭发的种种放毒罪行，例如《桃花一枝当两枝》，《炮弹作花瓶》，《有头有尾》，"护生画"，宣传反战，宣传人性论等。信上注明，只要简单。老孙说，这样就结束了。又说：要"还你的钱有一万多"[1]。又报告我许多情况：唐云每月本来一百四十元，后来给他六十元，现全部还他，他不受，要上缴，不许，终于受了。程亚君亦如是，他要充作党费（程是党员），不许，也受了。有一画师叫×××，犯腐化罪（父女通奸），坐牢监三个月，现在放出来，仍给他八十元。（画师一律八十元，他后来五十元，今复旧。）又，现在凡年老体弱的，都只到上午半天。有好几个人，根本不到。有一女画师李秋君，病死了。老孙自己叹苦，今年六十二岁，工资只四十九元（看门的老贾有八十，是别处调来的，工资照旧），其妻有病，倘退休，只得三十余元，不够用，又说他的工作（听差）是三百六十行。

我准备日内作汇报送去。这就算脱罪了。我译"大乘"，今是第五天。得此好消息，乃佛力加庇。

联娘今日来，说小羽健好，不过三楼太热，有三十六度，南、青二人今午上车赴北京，要二十多天回来，南说到京后

---

[1] 抄家抄去仅六千多，一万多是加了利息。

写信给你。

父 字
〔1971年〕七月三日〔上海〕

一百零三

新枚：

　　阿姐昨日来。住五天再下乡。大约下次上来，可以派工作了。然不一定。

　　七月五日我把总检讨送去，大约不久可以解决问题，获得退款。然凡事拖拉，也许还有若干时间。但不会太久了。因为他们已在算账了。

　　华瞻要你函授电灯装法，可以吗？……阿英妈回乡去，请假三天，阿姐在此，我们主要是到外面买来吃，故亦无妨。余事后谈。

父 字
〔1971年〕七月八日〔上海〕

昨小暑[1]，大雨，气温降至廿八度，很爽快。

一百零四

新枚：

　　今日（七月十三）去看病，透视报告，照旧。约定十月十四再去看，给药三个月量。"衰年病肺惟高枕"，大约老人患

---

[1] 1971年小暑为7月8日，可见此行附注写于9日。

肺病只要高枕而卧就好了。我自觉除肺外，百体皆健。语云"抱病延年"，因病，多休息，反而可以延年。

宝姐言，虽有"三还"消息，恐实行须拖延至国庆。因有许多头面人物（巴金等）还在斗批。我已等了多年，再等也不在乎。病人本来叫作 patient[1]，是最会忍耐的。反正不会拖得很久了。

阿姐今晨下乡。她与宝姐，都希望你夫妻调拢。也有道理。联娘管小羽，当然吃力，但因真心爱他，不觉得苦。

上次给你信，说及译"大乘"，此信须毁去，勿保留。此信也毁去。

父 字

〔1971年〕七月十三午〔上海〕

一百零五

新枚：

"日出江花红胜火，春来江水绿如蓝。""心事莫将和泪说，风笙休向泪时吹"，此重复乃故意强调，不能指为疵。"宫殿风微燕雀高"，我也有同感，也是在故宫中感到的，可见好诗从生活中来，千古不朽。近忽忆某人句："红窗睡重不闻莺"。此重字亦妙。英语有 sound sleep〔熟睡〕，有否 heavy〔重，昏昏〕sleep？又忆曼殊译拜轮〔拜伦〕诗："袅袅雅典女，去去伤离别。还侬肺与肝，为君久摧折……"原文是：Maid of Athens, farewell to thee, Give, oh give me back my heart……译

---

[1] 英文，此词作名词解释为"病人"，作形容词解释为"忍耐的"。

得甚佳。有《曼殊大师全集》是我题签的，在华瞻处，他日叫他拿来寄给你。胡治均拿来《彩色子恺漫画》一册，又我有《往事琐记》一册，想寄给你，怕不方便，寄你家中好，还是寄车间好？下次来信答我。

前日画院书法家胡问遂来，（据说现在人与人关系正常化了，所以他敢来访我。）他是前些时解放的，告我种种情况，并送我一罐双喜香烟（三元）、一罐出口绿茶。因他欠我十三元，大约想以此抵偿（此人生活不裕）。据说，我属于中央，由"康办"（即康平路革委办事处）管理。康办已通知画院算账，宣布解放后即还我款项及电视等物。他说不久会定夺。但不知久到何时，反正不会太久，我也不会盼望。现在我打算等阿姐派定工作后，即要求调房屋。迁居到公寓式房屋中，一门关进，可以安静些。还款收到后，我要分配一部分给你与阿姐，我横竖有每月二百二十元[1]，余款无用了。所以，你与咬毛探亲，尽可自费，每次区区百元耳。你可快叫咬毛到石家庄当教师，日后之事，不可预料，"吃一节，剥一节"可也。有人劝我，将来可要求将你调上海，因你笔译口译皆能，上海用得着。此言不一定过分，也许能成事实，未可知也。我身体甚好，肺已入吸收好转期，在家日饮啤酒，早上研习哲学[2]，（已成五分之一，已给朱幼兰拿去看。）真能自得其乐。

前日来的胡问遂是沈尹默的学生。言沈已于上月逝世，

---

[1] 事实上工资只恢复到一百五十元。
[2] 指《大乘起信论新释》的翻译。

八十九岁。可见现在长寿者多。

尼克松访华后,中美关系势必加密,上海英译必多需要。故那人言调你来沪,并非空中画影,有希望也。来信勿言经济事,因信大家要看,我不愿大家知道。

恺
〔1971年〕七月廿二上午〔上海〕

一百零六

新枚:

又新作一画"春在卖花声里",今附给你,加入"敝帚"中。

七月三日老孙来后,接着又来一书法家胡问遂,所言与老孙同,并言电视亦将还我,又说已确定为一批二养云云。不知前信有否告诉你。但至今又消息沉沉,不知究竟何时解决也。我热中于我的早晨工作,亦不心焦。听其何日解决,无所不可也。

上海又大热,今日早上就是三十二度,即华氏九十度,正午三十五度。送南颖等到北京的四姨夫昨回来,但没有带南、青回来,她们爱北京,欲再住廿多天(八月廿日回来)才找便人带回。故近来家中甚清闲。我日饮啤酒。

父 字
〔1971年〕七月卅日〔上海〕

阿姐在乡,翻译俄文小说(毒草),不知何用。大约她将来可指派出版单位,仍操旧业,也是好的。

一百零七

新枚：

讲一女人见鬼的信，昨收到。但你说有《菩萨蛮》的信，我记不起。中国文学的确伟大，世无其匹。今寄你日本和歌四首，你看，他们这种诗，实在无味。比起我们的绝诗、词曲来，不成其为诗也。

我们都健。气温昨起降低，至二十八度，立秋到了（星期日）。阿姐因从事翻译，恩赐早一日返家，共六日，立秋后一天再下乡。社会风气已把你的习性磨成圆球（棱角全无了），对世事无可无不可（关于纶的事，成不成皆可）。但看样子，纶是即将与你团聚无疑。你们团聚后无探亲假，可自费来沪，费用算我。小羽病，打了十几针，已好全。广洽法师无端寄我四十元，我给小明十元，小羽十元，和尚的钱买物吃了健康。

"红窗睡重不闻莺"，上句是"彩索身轻常趁燕"。苏东坡只能高喊"大江东去"，"明月几时有"，此种细腻的词做不像。

父 字

〔1971年〕八月六日〔上海〕

一百零八

新枚：

闻宝姐言，你拒绝我的金钱分赠，甚至情愿不来探亲，我甚为不乐。我钱虽未到手，但肯定是要到手的。我无所用，你与阿姐两家收入最少，我分赠你们，是有理的，岂知你的头脑顽固，一至于此。须知新时代与旧时代，经济两字的意义大变。从前金钱万能，有钱可使鬼推磨，一分钱，一分货。现在不然了。为人主要是为人民服务，工资不过是买物暂用的筹码。时代趋向共产，废止金钱，但一时不能废止，因此情况不免历乱。资本家退休后每月还收二百多元，老技工辛勤工作，只得六十元，要维持六口之家……此等实例，到处可找。这证明金钱的意义与旧时大异。一家之人，或亲朋之间互通有无，截长补短，也是调剂之一道，而你把钱看得太重，违背我意，实在是不孝顺了。望你立刻改变思想，顺我意旨，对我是莫大的慰安。你只要接受我此信之言，不必复信。不复便是接受。

小羽昨日来，病早已好，打了廿多针。稍瘦了些，但身体长了，重廿二斤。文彦昨日也抱了他的宠子来此，我送了他八幅画，冬天用热水瓶盛酒的一幅画（"劝君更尽一杯酒"）也在内。他告诉我许多"三还"的实例。他安慰我，说他再见我时，一定一切定当，阿姐的工作也决定了。阿姐近从事翻译俄文小说（毒草），对她前程有利，能重操旧业，毕竟便利。她说有领导人问她日文能译否。她其实在"文革"开始前数日在译日文，限定六月十五交稿，而六月初"文革"忽起，事遂作废。她现在不难重温。所以我劝她以后有人问，不妨答以此事实，表示能译，好在我健在，可作她后台，帮助她重温，接我衣钵。（照你那样的廉洁，恐怕连这种帮助也不肯受？一笑。）

福建那个周瑞光昨天也来，送我桂圆一包。入门见我，即合掌下跪。真是个极少有的佛教徒。我送了他些字画。他说在乡当小学教师，每月只二十元，此次旅游上海，南京，苏州，全靠他哥哥帮他,哥哥在虹口某工厂工作。

你说那《菩萨蛮》,是否"牡丹含露珍珠颗,佳人摘向庭前过……"那首?此词肉麻,我不喜爱。我前信批评苏东坡,说他只能高叫"大江东去",不宜描写细致景物。此言太过了。那"明月几时有"是好的。"彩索身轻常趁燕,红窗睡重不闻莺,困人天气近清明",首句造得不好。

父 字
〔1971年〕八月八日〔上海〕

一百零九

新枚:

读辛稼轩词,发见一画"西风梨枣山园",可入"敝帚"中,成六十四幅。

余无事。

父 字
〔1971年〕八月十一〔上海〕

一百一十

新枚:

两信同时到。寄址既无着,那末有书寄何处?望续告,胡治均有"水浒",三楼有《镜花缘》,"三国"则没有。

詈音荔,骂也。《离骚》"女嬃之婵媛兮,申申其詈予曰"。胡治均送我一部旧《辞海》。我很得用。待"三还"时,我的大《辞海》还了我,可将此《辞海》寄给你。

你上次信言梦中诗,早收到,因不解其意,故不曾复你。诗中两句"冉冉"开头,但不解何意,太晦了。

小羽已健好。

父 字

〔1971年〕八月十一日〔上海〕

上午发一信,内有画《西风梨枣山园》。

一百一十一

新枚:

痴人说梦的信,昨收到。我做梦,七搭八搭,没有像你那样头头是道。只有前天一梦,某人自杀,醒来听说真有其事。怪哉。其人是金仲华[1]也。

庭院深深深几许。夜夜夜深闻子规。日日日斜空醉归。更更更漏月明中。树树树头闻晓莺。家家家业尽成灰。此三字连用,与你说的又另是一式。

咬毛当工厂教师,我们都赞成。你快取得本人同意,早日实行。母看了你信,说你多能,塞在暗中,真不犯着。盖有怀才不遇之意。但今日但求为人民服务,不在个人立身扬名。故无可说。

上海连日三十六度,热昏了。幸大家康健。我日饮啤酒一二瓶。香片茶(每两五角)很杀渴。碧螺春(八角)我嫌淡。

---

[1] 金仲华(1907—1968),浙江桐乡人,国际问题专家、社会活动家。抗战时期任《世界知识》主编,新中国成立后曾任上海市副市长。

语云：烟头茶尾。茶第二开最好吃。

尼克松欲访中国，周总理表示欢迎。美将放弃台湾。此等消息，你亦必闻知。"乱世风云变态新。"

父 字

〔1971年8月〕十七上午〔上海〕

胡治均给我一册旧《辞海》，很得用。无盐确有二个，一是齐之丑女，一是无盐王后。

此书将来给你用。

一百一十二

新枚：

近日岑寂无事。二女孩尚未回沪，须月底回来，故家中清静。华瞻听长报告（周总理的），言最近号召注重业务。因中学生字都写不清楚，笑话百出。故今后学校上午必须上课，停课必须得上级批准。此所谓物极必反欤？有笑话，有中学三年生写信给其母，称"亲爱的狼"。娘字写作狼字。又有人请假信上说："家父亡，请假半天。"原来是"家务忙，请假半天"。"因半导体发炎，请假"，原来是"扁桃腺发炎"。此类笑话甚多，听说，上海当局将此种事例报告中央，因此作此报告。

今夏天甚热，九十度以上，我身体健好。饮食照旧。母亦健，眼甚好，能写信。

父 字

〔1971年〕八月十九晨〔上海〕

一百一十三

新枚：

近又作"昨日豆花"[1]一幅，可加入"敝帚"中。此间有一新闻，甚可注意。叙述如下：

有一善女人，在电车中，见一扒手摸另一人之袋。此善女人喊道："当心扒手。"另一人警觉，扒手失败。此善女人下车，扒手尾之，至其家，认明门户。过了几小时，扒手来找此善女人，要向她借两个电灯泡。善女人不在家，扒手对其家人说，叫她准备，等一会来拿。善女人之夫是派出所工作人员，夜归，述及此事。其夫曰，你今天必得罪了人。善女人想不出。丈夫说："借灯泡就是要挖你的两眼。此乃江湖上切口，唯我知之。素不相识之人，无端地向你借灯泡，岂有此事。今必须戒备了。"于是向派出所叫了些人来，等候此扒手。扒手果然来了，就被捉住，送派出所，于身上搜出匕首。现在拘禁中。此故事说明盗匪还多，不得不防。今虽拘禁，但日后放出来，他仍记毒，对此善女人不利。又说明：见人被扒，还是不管的好。一片好心，害了自己。但此言总不足为训。做人真难。

"昨日豆花棚下过，忽然迎面好风吹"乃六二年作[2]。"文革"初，有人写大字报，说此画表示欢迎蒋匪帮反攻大陆。"好风"者，好消息也。可笑。

〔1971年〕八月廿一晨〔上海〕

---

[1] 此画题全称为：昨日豆花棚下过，忽然迎面好风吹，独自立多时。
[2] 实系1964年所作。

关于中学生写白字，又有二笑话，一人写信到家，说"哥哥上吊了"。其实是从乡下调回上海，上调也。又一人下乡，写信来说："上午斗了一会，下午劳动。"原来是上午兜了个圈子看看乡下景物。从前作威作福的小将，现在大都派出工作，拿四十元一月的工资。他们有一句话，叫作"拿篮头拎水"，当初看见篮中满满是水，非常得意，及至提起篮来，一点水也没有。

一百一十四

新枚：

你吃兔子肉的信，昨日到。我们正在盼望，说你好久无信了。说完信便到。

好毛调石之事有望，甚好。阿姐九月二日返家，还要去，不知何时派工作。为时必不久了，因教师已派出，她不当教师，甚幸。看来是本行（出版）。最好，驾轻就熟，入了编内，工资一定会调整。

你的事，阿姐的事，我的事，都迟迟不解决，但肯定大家就要解决。看谁先。春节能得你们双双来探亲，最好。

我身体甚好，步行也复旧了。但仍不出门。晨三四点起身，弄我的哲学。朱幼兰经常来，就为此哲学。胡治均每星期日来便午饭，必带青浦西瓜来。今后西瓜没有了。

"枯藤老树昏鸦，小桥流水人家，古道西风瘦马，夕阳西下，断肠人在天涯。"旧有此画，不中意。近正在重新构图，稍缓时就可寄给你。

南、青前日从北京回来，人长了些，做事勤谨了些。菊文有二姐管看，母少烦了。小羽误吃一杯酸梅酒，上口甜蜜，后来面孔通红，大发酒疯。

母眼很好，能做针线工作，写信。

父 字

〔1971年〕八月廿六晨〔上海〕

华瞻言，那书既不便寄，可于你将来探亲时带来，他不急于要用。

一百一十五

新枚：

又得二幅，共67幅了。前寄《西风梨枣山园》一幅，下次有信便中寄回，我要加几笔，再寄与你。

余无事。

父 字

〔1971年〕八月卅上午

一百一十六

新枚：

讲"后水浒"的信昨收到。此书名《荡寇志》，乃反"水浒"，毫无好处。从前人也投机，见"水浒"销场[1]好，就造反"水浒"，见《三国志》销场好，就造反"三国志"，说曹操多么好，诸葛亮多么笨。然没有人要看。

---

[1] 销场，即销路。

阿姐昨日来，七日再下乡，又弄翻译工作。但未派定。诸事拖拉得久，但迟早总有一日定头。好毛的档案到后，当即调石。我每日七时上床，至迟八时入睡。四时起来，已睡八小时，不为少矣。四时人静，写作甚利。你说我笔迹比前健，我自己也认为如此。所以最近的画实比往昔者为胜，你与胡治均，是最忠实的保管者。胡真对我有缘，多年前（你八九岁时）就私淑我，他所藏我著作，比我自己所藏更多更全。"文革"初，曾被抄去，后还了他。故至今尚有。

近正作二画：《渐入佳境》，《一叶落知天下秋》，缓日寄你。余后述。

父　字

〔1971年〕九月三日〔上海〕

现已改用较大信封。

居移气，养移体，说得很对。我一年半多以来，虽曰养病，生活实与南面王无异。精神舒畅，笔下健爽也。

阿姐告我：

△罗稷南[1]患肺癌死。其妻提出要求：一、还抄家物资（三千多元，他解放已久，但迄未还），二、给她派工作。前者照办，后者叫她自己向里弄要求云。

△要翻译世界各国史，共有数十国，用各种文翻译。阿姐即担任俄文方面的国史。此次下乡即开始。别人都羡慕，有一技之长者，不须劳动。

---

[1] 罗稷南（1898—1971），云南人，精通英语、俄语，曾任厦门大学校长。

△周谷城[1]通外文，派他译某国史，一万字限七天完成。

……

△看到罗稷南例，我的钱不知何日还我，（但各单位情形不同，未可概论。）且须忍耐。我只要不上班（画院老人都已不上班了），已是运气。不要等候，总有一天定头。

△"廿五史"加标点，已开始，顾颉刚主任云。

一百一十七

新枚：

等你来信，至今收到。"西风梨枣"一画，加了一只坠果，使那女孩不至空空张着衣兜。又，在地下加上淡墨绿，使墙及人脚显著[2]。如此而已。

今另寄《一叶落知天下秋》一幅。尚有数幅正在构图中，我早上四时至七时写作，其外浅醉闲眠，你何以知道我白天作画。大约前星期日下午有二人来外调钱君匋，我正在写毛主席诗（是有一人索的）。华瞻看见，诫我以后白天勿写，大约是他告知的吧。

朱幼兰来言，工资调整，是原工资打八折，加十八元。九十元者不动：$90 \times 0.8 + 18 = 90$，例如你，五十二元，则为 $52 \times 0.8 + 18 = 59.6$ 元，余例推。但不知是否全国如此，又不知何时实行。

---

[1] 周谷城，（1898—1996），湖南益阳人。历史学家、教育家、社会活动家。复旦大学历史系教授，著有《中国通史》《世界通史》等。

[2] 前有信嘱新枚将此画寄回修改，故有此语。

好毛档案事，如此麻烦，真想不到。总之，现在诸事拖延。我已惯了，不去等它，迟早总有解决。

父　字

〔1971年〕九月十一下午〔上海〕

华瞻言：台湾近日人心惶惶。大富人迁美国去，小富人迁香港去，穷人听天由命。大家卖房子，卖家具，有山雨欲来风满楼之势。大地风云变态新，戏文有得看看。

昨日下午有两青年喊上来"丰老先生在家么？"我正睡着。原来是两个复旦学生，来问我一事：四十多年前出版的一种杂志，名叫《絮茜》，是黄色刊物。问我知道其编者何在。我不记得此刊，但见有"丁丁"名字，便答复了他们，丁丁者，香港一文人也。此二人满足而去。这些人吃了饭没事做。

昨琴琴[1]替我买蟹来。此乃最早之蟹。十只（一元），我吃了一大半。

一百一十八

昨（十三）去看病，照旧。休假九十天之内，一定诸事都解决了。

以后来信，用"语录"二字代"画"字。因此间别人不知我寄你这许多画。我勿愿他们知道。

针寄你若干枚。

过去寄你的"语录"，已超过七十余幅，那序文将来要改。

---

[1]　琴琴，女工英娥的外甥女。

因尚有新的"语录"续作。

寒来暑往,此间日中十七度。

闻画院中老人大多上半天班,或全不上班。我将来一定不须再去上班。只要去看病,照例给假三个月也。

胡治均每星期来,读《论语》《孟子》,向我问难。此人……酷爱文艺,与我有特殊缘也。

蟹已吃过二三次。我近胃口不良,昨医生给我开胃药,今后可好转。

〔1971年10月〕十四日破晓〔上海〕

此种信应毁弃,勿保留。

一百一十九

新枚:

广洽师寄我五十元,我分二十元给你,和尚之钱买物吃了健康。昨交朱幼兰汇出,想可收到。

日内有新加坡"中华总商会"代表陈光别到沪,广洽师托他带西洋参送我,他必来我家相访。此人乃厦门大富人,在新加坡开"陈光别百货公司"。昔年来沪,我在功德林设宴招待他。今则已无全席,我亦病中不招待了。我已写好一联送他:"光天化日龙吟细,别院微风鹤梦长",此联当胜于饮食招待。广洽师说,他在世有二好友,一是我,一是此人。此人信佛甚虔。

你上次信说听トロイメライ(Traumerai)(梦之曲),此曲缠绵悱恻,乃light music〔轻音乐〕中之light〔轻〕者。我年轻时曾在バイオリン〔小提琴〕上拉奏,听了可以使人昏

昏入梦。此曲奏得越慢越好，曲题记号是 Adagio〔柔板〕。

昨华瞻复你信，想收到。此事[1]重大，不日将公开作报告，不知如何说法。

父　字
〔1971年〕十月十九日下午〔上海〕

一百二十

新枚：

你信怪我将此事告诉南颖、青青，其实，我们都在怪你。我们最早知此事，是你来的英语信。大家秘而不宣。接着，联娘来，说你有中文信告他们。（大家说你大胆。）他同母讲，两孩都听见，向我问仔细，我约略告诉她们，并叮嘱勿对人言。此后蔡姨婆[2]到银行，听见银行里的人在大声谈论；乘电车，电车里的人也大声谈论。变成公开秘密，直到前天各单位作报告。

总之，你的信中是多疑之言。你不知此间情况也。

我守口如瓶，绝不会瞎谈国家大事。

陈光别至今不来，不知何故。解放军周加骎昨天来，送我木耳两斤。此物此间难买，他是从黑龙江买来的。

父　字
〔1971年10月〕卅一日上午〔上海〕

---

[1] 此事，指1971年9月13日林彪"自我爆炸"事件。

[2] 蔡姨婆，作者之妻徐力民的表妹。此处系按孙辈称呼。

一百二十一

恩狗、咬猫[1]：

你们团圆了，我很放心。不论远近，不论工作如何，能团圆便好。所以我近来少写信给你们。咬猫教英文，很好，可以边教边学。

我依旧健康。官司至今没有打完。好在我寿长，不妨再等它一年半载。吃酒每日一斤，烟十五支。吃得好，上海牌，新出的，每包0.48元。你们劝我少吸，很对。以后当尽量少吸。

小羽渐大了，能咿呀学语，前周阿珠患猩红热，小羽来此躲避，一星期，今已返。……

早上依旧写作。附三纸望收藏。

父 字

〔1971年〕十二月廿三日，冬至。

一百二十二

石家庄中药店有否"六神丸"，便中去问。如有买些，放信中寄来，此丸比菜籽更小，黑色，治婴孩百病，近日小羽发烧，联娘来索，家中原有十几粒，遍觅不得。想已用去，今小羽已愈。买着备而不用也。此物中国特产，日本人来华，必买之以归。以前供应多，每坛百粒，亦不过一元左右。今只要有货，亦不贵。

〔约1971年〕

---

[1] 因新枚乳名为恩狗，便相应地称其妻为猫。

一百二十三

信昨收到。你能调电机学校搞外文，对你更适宜。不知可争取否，倘此地不放，至少要给你房子。

"举杯邀明月，对影成三人"，不能成画，（东坡言王维诗中有画，瞎说！王维诗无可画者。）因此不是好诗句。"邀明月"，其人必对月，则影在背后，不能共饮也。凡我取作画题者，皆佳句。

你们夫妻二人吃蹄髈，足见年轻人胃口好。"食肉者鄙"，何不吃鸡？鸡便宜。

昨（元旦）文彦夫妻来，送我蟹十只（今年最后一次吃），油豆腐，豆腐干，鸡蛋。我送了他们四幅新画。

阿姐卅日来，要住九天。（小明很可爱，明年入小学了。）何日调上来，还不知道（还在翻译）。你们团圆的事首先成功，阿姐与我都在后，但也不久了。

画院的人，反而来问我，有否解决。原来我是美协主席，比画院院长大，归中央管，所以画院无权给我定案。（由此地康平路办事处主管云。）

老孙来，说画院中人都在画山水花鸟，因尼克松来，到处要装饰。我说"山水花鸟是毒草呀"，老孙答："现在不毒了。"好笑。又说，老人都不去上班，在家作画，照从前制度了。

……

昨车祸：两节电车，断脱了。前节管自开走，次节动力尚存，向前乱撞，一卡车司机粉身碎骨，幸无别人乘卡车。都会生活，真乃"一日风波十二时"。

〔1972年1月2日，上海〕

一百二十四

新枚、佩红[1]：

此次诊治，X光透视，无变化。照旧给三个月药，七月十二再去看。

近日各方面（有三方面）向我报喜讯。大约不久可以打完牛皮官司（然而日期难说，我也不希望太早）。阿姐已在作各种具体计划：关于还款的，关于房子的……再见你们时，情况恐大变了。

一个插曲：我去看病时，旁边有一病客说："此人姓名与上海一个大画家完全相同。"宝姐向他笑笑，我也不说。大约我的样子不像腔，他想这个人总不是大画家。

余后陈。

恺 启

〔1972年〕上巳〔4月16日〕〔上海〕

（阴三月初三日上巳）

一百二十五

三号信收到。

你寄母五元，何必呢？已收到。

你说袭人嫁蒋玉函，我们都发笑。配也不配。

阿姊昨天（廿六）来。一号走。大约是最后一次了，以后

---

[1] 佩红已于1971年12月调石家庄。

即上来了。

　　余无消息。

　　我爱吃蟹,故作一画。

〔1972年4月〕二十五午

一百二十六

新枚:

　　此间一如平常,无可相告。外界盛传"三还"(还房子,还工资,还抄家物资),但"只闻楼梯响,不见人上来"。拖延得真厉害。只有耐性等候。今日朱幼兰来,谈些近事,也不过如上述。他说我将有两万元可收入。姑妄听之。宝姊昨言,巴金已得每月三百元云云。不知确否。

　　我身体很好。天天浅醉闲眠耳。

〔1972年〕五月六日父字。

一百二十七

新枚、佩红:

　　关于我的牛皮官司,各方喜讯都说得很确实,但是直到今天,只闻楼梯响,不见人下来。不知又要拖到什么时候。我想,左右总有一天要定夺,不去等它。我手头工作很有兴味,身体也很好。酒兴照旧好。右腿渐好,不怕步行了。包裹昨收到。(白药和带子,交给阿姐。桂圆两个母亲分食。)石桥香烟很好,另有一种气味。太行也还好。我一直记挂小羽。家中没有老人,苦了他,又苦了你们做父母的。最要紧的是小孩不要生病。

阿姐上来，也遥遥无期。但也是总有一天的。

此间清和四月，柳絮已尽。窗外一片绿荫。

我很盼望初秋到杭州去一下，到石家庄去一下。余无话。

恺

〔1972年〕五月十九日〔上海〕

一百二十八

新枚、佩红：

我的官司至今没有打完，无颜写信给你们。目今万事拖延，我也不在乎了。

香港有读者，无端寄我港币一百元，即四十元二角。我分二十元给小羽买东西，另行汇出。（你们切不可买东西回敬我，使我反而扫兴。）

阿姐明天来，可住七八天，何日上来，也拖延着。母今天裹端午粽子，给阿姐小明吃。可惜不能寄给小羽。

文彦昨天来，谈了很久。他患肝炎，病假在家。他家小孩宜冰，也是姨表兄妹生的，同你们一样，也很健全。你们都运气好。

你们从前不管孩子，自由自在，太写意了。现在做父母，一定辛苦，但也一定另有乐趣。

我盼望官司打完，到杭州去，到石家庄去。现在好像有一根无形的绳子缚住我，不得自由走动。虽然我早上的工作很有兴味（译日本古典文学），总是单调。

我近来吃烟大减（日吸六七支）。吃酒也换一种方式：同外国人一样，把酒一气吞下，取其醉的效果。因我不爱酒的味道，而喜欢酒的效果（醉）。

你（新枚）从前集七十句诗寄我，我今集了七十七句，附给你保存。现在我正在集五言句，岂知五言句比七言句难集，尚无成就呢。

恺字

〔1972年〕六月二日〔上海〕

一百二十九

恩狗：

来信中用许多外文，苦了母亲。以后不要，好否？前信言香港读者无端汇款来，因事甚疙瘩，所以不告诉你。你问起，我就详告你：此人是我的私淑者，寄两双拖鞋来（每双至多值一元），我出了四元六角关税，他不好意思，便汇款来。这也近于无端。我已用字画酬谢他了。（他的信附给你看，不必寄还。）

咬猫暑假来探亲，甚好。费用不成问题。到那时，牛皮官司谅必打完了。自从拖拉机入中国后，国内万事都拖拉。阿姐何日上来，也音信全无呢，小羽再过一二年，管起来就不大费力了。你们要熬过这一二年。菊文不肯进托儿所，父母太宠⋯⋯竟吵得可以。我"不痴不聋，不作压家翁"，也不勉强他们。我近日每天饮啤酒一瓶半（每瓶三角三分）。香烟是最高级的，有嘴的上海牌，每包五角。附二支给你尝尝。

房管处忽然将我们房租减少二元余，本来廿七元余，今后只要付廿五元。并且说："房子慢慢替你们安排。"不知何意，也许不久我们可以迁地为良了。

西郊公园有父母二人要小孩（二三岁）同河马拍照，河马把小孩吃掉了。真是怪事。

明日端午，今天我房中廿三度，前天最高三十度。我每天译日本千年前古典文学，甚有兴味。

恺 字

〔1972年6月16日，上海〕

一百三十

新枚：

"言师采药去"，"师"字开头的句子，的确想不出。"结伴游黄山"之诗，下文如何，我自己也记不起了。此君提出，他大概知道的（从前大约在某报发表过）。没甚意味的。

华瞻言，印度大热，达四十五度，人畜死者无数，开水卖五元一杯。

又言：汪小玲拿十磅热水瓶，跌了一跤，右臂骨折，正上石膏。汪在复旦教德文云，身体大如牛。

今次来信不曾提及小羽，想来很好。希望好毛能带他来探亲。余后述。

〔1972年〕七月二日〔上海〕

东坡尝携妓谒大通禅师，师愠形于色。东坡作长短句令妓歌云："师唱谁家曲？宗风嗣阿谁？借君拍板与钳锤，我也逢场作戏莫相疑。溪女方偷眼，山僧莫皱眉。却嫌弥勒下生迟，不见阿婆三五少年时。"（见"白香笺"）

言师采药去的师字开头的五言句，我想出了，如上。

一百三十一

新枚：

好猫大约已回石了？小羽入京，必多快乐。你不肯教英文，也罢。我意，教也不妨，今后不会再有人作怪。风向大体上渐渐右转，业务要注重了。

你的字，实在太潦草，教人难于认识。此后对外人，应该写得工整些，此乃给人第一印象。看信费力，第一印象就不好了，多少会影响事情。

李叔同先生诗词，我都记得。另纸写给你。画一共一百三十八幅，从此要告段落，今后是否再画，不得而知了。

我最近早上翻译日本古典物语，很有兴味。因此幽居小楼，不觉沉闷。日饮啤酒二瓶，高级烟十余支，自得其乐。

今天是八月四日，一年前七月三日，画院老孙来，给我一信，内有十几个问题，要我答复。老孙说："简单回答些，问题就解决。有一万多元要还你，利上滚利的。"后来，市革委也有一女人来，口头问我几个问题，特别指出我歌颂新中国的作品。后来阿仙和民望都来报喜，说可靠消息，我是意识形态问题，毫无政历问题，故不久可无事解放。岂知直到今天，还是杳无音信。可见拖延得厉害。我已下定决心，从此不再等候，听便可也。好在我有丰富的精神生活，足以抵抗。病假两年半以来，笔下产生了不少东西，真是因祸得福。

张逸心做梦，来沪住了十几天，住在朋友家，常到我家便饭，他本来是中华书局馆外编辑，每月交稿一次（关于戏曲的），得薪五十元，"文革"后即停止了。他想恢复，东奔西走，一无着落。看来无希望了。他已六十五岁，饭量很好，也许还有好日子。目下儿子（住在石湾）每月送他十七元，勉强度日。他爱吃酒，用烧酒，加一半水，聊以过瘾，可怜。我请他吃绍兴酒，他说是享福。

联阿娘说：邵远贞写信与李先念，替你叫屈，说你因我关系，远放在石家庄，应该出来北京上海当译员。此女如此肯管闲事，倒也想不到。好猫必知其详。

邱祖铭已于我入病院前一个多月死去。其妻不久亦死。二子（双胞胎）情况不明。

曹辛汉尚不知消息，看来也不在了？

阿姐、小明，今日来，五天再下去，已在寻房子，大约下次是"大上来"[1] 了。

父　字
〔1972年〕八月四日〔上海〕

一百三十二

新枚：

……

来信提及秋兴八首，我嫌其太工巧，少有性灵表现，古人云："李杜文章万口传，至今已觉不新鲜。"诚然。

此间多蚊，母言，你们无蚊，一大好事，叫咬毛满足些（这

---

[1] "大上来"，意即上来后不再下乡了。

是母叫我写的)。

日本田中首相要来。前景大好,且看。

恺 字

〔1972年〕八月廿四日〔上海〕

一百三十三

新枚、佩红:

久不写信了。佩红当了班主任,忙了,小羽好否,念念。

新加坡陈光别要我写一小联,送了五十元来,今分二十元给小羽买东西,明后日汇出。

昨来了市革委二人,同我谈了许久,几乎都是闲话,问病,问房子,问钱够用否? 我与母都如实答复。最后说:"你的问题快解决了。房子、工资等,那时一同解决。"看来,此次是真要解决了。也许深秋我可到石家庄来。我告那人:"我要转地疗养,问题不解决,不好出门。"他答:"快了,耐心一点。"

近来万事拖拉得厉害,所以对此事我也半信不信。且看。

我幽居在此,想起与归熙甫项脊轩有点相似,写了一张附给你,文章很好。文中言"蜀清守丹穴",乃四川一寡妇以炼丹致富,秦王为造女怀清台也。

恺

〔1972年〕九月九日晨〔上海〕

邱祖铭于三年前病死了。曹辛汉八十一岁健在。应人来过了,其妻陆亚雄病死了。

一百三十四

新枚、佩红：

昨汇出二十元给小羽，想即可收到。

昨市革委来二人，送我六十元，说先补助你，即日正式解决后，恢复原薪二百二十。这是因为上次我说"六十元付房钱及保姆还不够"，所以他们再送六十元来的。可见事情不久解决了。

我提出，早点解放我，我可转地疗养，到北方去住一下，病可早愈。他们说"耐心点，快了"。

阿姐日内就要"大"上来，（小明上星期先上来了，在入学。）办公地点在巨鹿路，甚近。但阿姐主张迁居，但迁居不会远去，总在本区内。此是后话。

……

我健康，母眼亦还好，可以写信，做针线。

恺 字

〔1972年〕九月十三日〔上海〕

一百三十五

新枚、佩红：

我记性太差，不知有否告诉你们：前天市革委及画院工宣队二人来，说我六十元不够用，暂时增为一百二十元（当场送六十元，补上月），待中央正式宣布解放后，恢复原薪（二百二十）云云。看来，解放也快了。又说：房屋可设法调整。到底不迁（将楼下人家请出）好，还是迁地好，现正在纷纷讨论中。

阿姐已于前日"大"上来。其办公处即在长乐路富民路口。甚近。她早出晚归。

近需要日本文译者：那市革委人问我能服务否？我说可以量力服务，以后再说。乘便谈起英译日译者缺人，我提到新枚，说此人前曾为外宾参观机器当口译，今在石家庄当工人，未得伸展其能力。如有需要，可以调他上来云云。且看下文。

陈光别寄我五十元，分二十元给小羽，想收到。

恺　宇
〔1972年〕九月十七日〔上海〕

一百三十六

新枚、佩红：

昨市革委二人来，（他们开头就问我以前是否政协委员，我答言是全国政协委员。大约准备叫我再当。）谈房屋问题，我答以一定要迁，但等我子女商定后再告。他们说随时联系可也。

原来中央只管[1]勿宣布我解放，他们弄得厌倦，先把事情弄清楚再说。所以上次加了我六十元，今次来问房屋。大约，所谓头面人物，要同时宣布解放，所以把我也推迟了。但看来日子不久了。

今又作二画，连前共一百四十幅，真要告段落了。此二画乃被评为"不抵抗主义"及"讽刺新中国虚空"者，可笑。今

---

[1] 只管，意即一直。

改画一和尚，明示四大皆空之意[1]。

文彦患肝病，请假在家，常来谈。国庆上海无烟火，不游行。

恺 字

〔1972年〕九月廿日〔上海〕

一百三十七

新枚、佩红：

小羽健康了？念念。

昨阿姐到画院，要求迁房屋。他们（工宣队）说：我的问题不久解决（待田中去后），发还抄家物资，同时进行迁居房屋。又说正在组织统战对象，要我当政协委员。日子很快了，可稍待。云云。

看来不久我可到石家庄，或你们来探亲。如果我嫌路途劳顿，不如把路费给你们作自费探亲之用。（你们来时，一定不在此屋内了。）我又想到杭州。

抗战八年，"文革"差不多有七年，我真经得起考验。现在健康如昔。母亦健好，肥肉少吃。多运动。现世长寿者多。文彦在王店租一屋，每月房金一元余，其房东是一个九十八岁老妪。另有二老女，一八十九岁，一七十九岁云云。

---

[1] "讽刺新中国虚空"之画，指《只是青云浮水上，教人错认作山看》。当时此画被批判为影射台湾人望大陆虚空如云。

孔另境[1]（茅盾[2]的阿舅）病死了，是各种病并发而死的。邱祖铭夫妇双亡，曹辛汉八十一岁健在。恐前已告诉你们？我记忆力坏。

不久当有更好消息告诉你们。

国庆无烟火，不游行。我家客人多：阿七，阿英妈儿子媳妇，还有……

恺 字

〔1972年〕九月廿六日〔上海〕

近各地来信求画者甚多，大都是"文革"中被抄去的。

一百三十八

恩狗、好猫：

久不写信与你们，天寒，我室十一度，遥念北国，心思黯然。但你等决不会久居北地，不久可以图南，后事难料。此数年北地生活，亦是人生一段经历，可作他年佳话也。

此间，用不满足的心来说，是岑寂无聊；用满足的心来说，是平安无事。我是知足的，故能自得其乐，翻译日本王朝物语（一千年前的），已有三篇，今正译第四篇，每篇皆有十余万言，"文革"前完成的《源氏物语》（其稿现存北京文学出版社[3]）有

---

[1] 孔另境（1904—1972），茅盾夫人孔德沚之弟。

[2] 茅盾（1896—1981），浙江嘉兴桐乡人。作家、文学评论家、文化活动家以及社会活动家。

[3] 文学出版社，指人民文学出版社。

九十八万言,乃最长篇。此等译文将来有否出版机会,未可必也[1]。

昨有一人来访你,名张天龙,地址是"重庆一五一四信箱",他是探亲来的,小坐即去。

关于房子,有二派主张,一是另迁,一是不动(三还)。正在考虑。前信言你们返家时已在别屋,未可定也,我随寓而安。

葛祖兰(长于日语),八十五岁,前日由一青年学生扶着来访,老而健谈,言文史馆中有人自杀,有人查出是叛徒,被捕。旧音乐院长贺绿汀夫妇二人皆叛徒,已逮捕入狱[2]。最近流氓阿飞猖獗,杀人、强奸、抢劫,无所不为。思南路一带,晚九时后匪徒出没,切不可行。

星期日来客多,胡治均、朱幼兰是必来的,蔡介如[3]亦常来,丁果[4]来过二次,故乡阿七(雪姑母之女)来住了个把月,前天才回去。母最近小病,诊二次,今已愈,乃贪嘴吃坏。故今后诫其勿多吃肥肉。我经常吃素,唯近日常吃蟹。此物恐北地难得?联阿娘经常来,带着阿至来。宝姐右臂风痛,近常赴医,稍愈,尚不能握笔写字。华瞻下乡,到崇明,要年底上来。菊文吵得可以,幸其母(志蓉)常常病假,略加管束。

听说,将排演《穆桂英挂帅》,旧戏将出笼乎?不关我事。

---

[1] 《源氏物语》和上述三篇(《竹取物语》《落洼物语》《伊势物语》)译作,已于二十世纪八十年代初由人民文学出版社先后出版。第四篇未见译稿。

[2] 乃"四人帮"制造的冤假错案,后平反昭雪。

[3] 蔡介如,和丰子恺是至交,在书画、做学问等各方面都受丰子恺很大影响。

[4] 丁果,上海放射科专家。

匆匆说不尽，临发又开封。

恺 字
〔1972年〕十月二十日〔上海〕

听说西安发掘二千年前古墓，中一女尸，不烂，椁内附有许多古乐器，当局叫民族音乐研究所的杨荫浏去研究乐器，杨亦问题未解决者，我认识此人。此人与我一样，解放前在家研习著作，毫无政历问题。但亦与我一样，至今还不解放他。何也！前日朱幼兰言，北京已在发动，年前定要全部定案。且看。

郑晓沧已解放，曾来信。听说一足跛，乃当时在路上，身挂黑牌子，被群童打坏，云云，不知确否。

一百三十九

新枚、佩红：

华启淦君带来物，今上午收到。此人很客气，一坐即去。照相底片当交宝姐印后寄你。

香烟很好，此一条约需五元？你们两人收入一月不过百元零点，"老者不以筋力为礼，贫者不以货财为礼"。你们比我，可算是贫者，所以我不忍消受。但又念，你们节衣缩食，买物送我，其心特诚，殊可宝贵，故领受之。

新枚信昨收到。知小羽健好，甚慰。身体瘦些不妨，小孩小时奶胖，大起来总要瘦些的。探亲的事，以后再说，目今万事难于预料，过一天算一天。

金山卫用日本人，国内需要通日语之人。我曾与阿姐闲谈，新枚颇能胜任，但无法推荐。我的案子不解决，更难设法。据阿姐言，我不久当任政协委员（有赵××者，在开名单，我在内）。那时我就可开口把新枚弄到金山卫去。此虽若空想，未见得不会实现。且看。

近来各地来信索画者甚多，都是说以前被当作"毒草"抄去，所以现在重新来要。葛祖兰（日本文专家）八十五岁，健好，前日来此闲谈。郑晓沧常常来信，脚被人打坏，现在跛不能行云。我明春到杭当去访他。

苏慧纯（宝姐结婚时之介绍人）耳聋，但近来用盐汤洗鼻子，每日二次，耳聋果然好了。母近日亦在仿用此法，想必有效。余后述。

恺字

〔1972年〕十一月二日〔上海〕

一百四十

新枚、佩红：

好多天不写信了。今略有事相告：

（一）阿姐到画院去，问他们，书及画集已出版了（《猎人笔记》在北京再版，《丰子恺画集》在上海发卖，每册五元八角，我题签的字帖皆已发卖了），为何不定案。画院工宣队答言：他们亦盼望早解决，因为账早已算好，只等上头指示，立即交还物资。但他们只管"定性"，无权管"定案"。因我是"头面人物"，须中央宣布定案。他们已将"性"报告中央，所以书都出了。但何日宣布，他们也不得知。最后慰我们说"快了快了"。

如此我也安心了。性既定，则大事已定。迟迟宣布定案，且耐性等待,想来不会太长久了。我在此,眠食俱佳,身体很好。来客甚多,多年不通消息者,今皆已来访。

(二)新加坡一商人来访,索画,送我一百元,九龙的胡士方也送年礼四十余元。我将一半送小羽买营养品,前日汇出,想收到。那一百元,我拿一半(五十元)送阿姐与小明,她也受了。所以你们千万不要回敬我东西,回敬了我反而懊恼。

(三)王星贤(马一浮先生之学生,我的好友)之长女王忠(均蓉)前日来访,她住石家庄,京字一一四部队。(在何处我未问她,想可打听。)近出差来沪。她买了罐头鱼送我,谈了很久,言其兄王均亮,"文革"中受冲击甚苦,其父因不任职,平安无事云云。

你们有便,可去看她,称她"均蓉姐"(阿姐如此称她,在贵州[1]和她很熟的)。在石家庄多一亲友,也是好的。

恺 字

〔1972年11月〕七日〔上海〕

一百四十一

新枚、佩红:

首先:新枚将杭州寄你的《缘缘堂续笔》寄还我,我想删改一下,也许将来可以出版[2]。我译的《猎人笔记》已在北京重版了。以下闲话:

---

[1] 贵州,应为广西宜山。
[2] "文革"中写成的《缘缘堂续笔》已于1992年编入《丰子恺文集》文学卷。

元草及其妻、女（门惠英、立云）于昨日来此，宿在三楼小房中。（阿英妈让出，住在阿姐房了。）……惠英很胖，（在北京管什么仓库，路上来往要费三小时云。）为人很好，立云像青青那么大，但火车买1/4票。他们要住约十天，还要到杭州去云。

佩红担任了班主任，忙了吧。又要管小羽。我常梦见你们都回来，在此工作了。希望梦变成真。

昨日吴朗西、柳静来。吴做半工，与阿姐同事。也六十九岁了。

母听苏居士的话，天天用盐汤洗鼻子，（吸进去，从口中吐出来。）耳朵、眼睛果然好些。苏二三月前来看我，要把椅子拉近来听话（耳聋），前天来，不聋了，是盐汤的效果。

郑晓沧来信，给一吟的，寥寥一行半，只问"令尊安否"。我亲复了。他又来信说：有刘公纯者（马一浮先生的学生），在杭州盛传我已死了。造成这误会。这在我是替灾免晦的，已经假死过，不会真死了。余后述。

恺 字

〔1972年〕十一月八日〔上海〕

一百四十二

新枚、佩红：

今日（十二月卅日）画院工宣队人来，告知我，我已于上周五解放，作为自由职业者，内部矛盾。

工资照长病假例，打八折，电视机嘱即去领回。房屋亦将全部还我[1]。抄家财物,过年后,可派人去领回云云。

先此告知。余俟续详。

恺

〔1972年〕十二月卅午〔上海〕

你们乔迁,房间多了,将来我来住。房钱多出四元无妨。

一百四十三

恩狗、咬猫:

电视昨夜开始在三楼放映。弄堂里的人知道了,都要来看(弄内只此一只),我们都不拒绝,所以晚上很闹。

阿姐正在向画院算账,日内即可结清。届时再有信给你们。

恺字

〔1973年〕一月八日〔上海〕

一百四十四

新枚、佩红:

读来信知佩红身体不大好。我们(包括母与阿姐)之意,要就地雇一劳动大姐(本想由此地雇来,但不如当地雇好。不知有否。)管小羽。勿叫上托儿所。不久我有一笔钱给你们,此款,足够劳动大姐工资之用。

---

[1] 当时所谓"解放"的审查结论是:"不戴反动学术权威帽子,酌情发给生活费。"所以实际上工资并非按长病假打八折,只是为安慰新枚而如此说。被占的房屋亦无归还之说。

我的钱至今尚未算清归还（听说因为原经手人生病），但不久一定还我（都由阿姐去交涉）。

三楼电视已开了一星期，效果很好。邻人来看，我们都允许。

我每天下午出去跑跑，练练脚力。前天同小明跑得太远了，路上（在人行道上）跌了一跤，里委会的人扶我回家，以后不跑远了。过春节后，想到杭州去，春末夏初，想到石家庄去。

恺

〔1973年〕一月十三日〔上海〕

一罐三五牌香烟，老早说，等我问题解决了吸。现在还藏在橱里，明春我到石家庄来和你同吸。其实恐不及上海牌好。

一百四十五

新枚、佩红：

今日阿姐到画院，带了四大箱书画来。从前抄去的，都还来。

存款要等春节后原经手来，如数发还。至于扣发补不补，正在打报告请示。阿姐说："既是内部矛盾，大家都发还的。"他们说："可能发还，但不一定。"如此看来，至少，存款是一定发还的。

新枚履霜坚冰，生怕国家经济紧张，要节约起来供养××××等。这也有理。但现在还不能说定。总之，他们解放我，使我精神愉快，亲朋都为我庆贺，此精神上的收获，已属可贵。"皇恩浩荡"，应该"感激涕零"。少收回些钱，终是小事。

余以后再告。

恺 字

〔1973年〕一月廿三日〔上海〕

前挂号寄出画卷，此乃最后一批，暂不再画。连前共有一百七十一幅，你可封起来，闲时欣赏。

一百四十六

新枚：

今天已是正月初三，此间春假还有明天一天。

今年过春节，非常隆重。不独我家，一般人家都很体面。我家除夜拿除夜福物[1]，猜谜，一直闹到夜深。小羽很兴奋，除夜福物拿到一本小册子，别人又送了他许多玩具。

我身体健康。日饮白兰地一小瓶。上海的白兰地卖光了，我全靠有人送来，故不缺乏。

阿英妈的儿子结婚，她回去了。近日阿姐等自己烧饭，反比阿英妈在时体面。上海菜馆，停二天，今日（初三）开市。今午我家共十一人（联娘在内）将到"复兴"去吃中菜。一定很挤，要早点去。咬猫回石时，小羽不会不高兴，换换环境，小孩都喜欢的。（夏天你带他来，他可常到上海。）

我有上等白兰地一瓶，母有奶粉一罐，将交咬猫带石。

文彦来，送我乡下白酒（米酒）一大瓶。初一初二，客人很多。余不赘。

恺 字

〔1973年正月〕初三〔2月5日〕晨〔上海〕

电视，书物，都还来。略缺几册，不要了。（存款七八千元

---

[1] 除夜福物，是丰子恺创造的一个名称。拿除夜福物，即除夜交换礼物。

是肯定还的。）现在问题是以前扣发工资（本来二百二十元，后来减为一百元，又后来减为六十元，最近增为一百二十元。总算起来扣发的有好几千元。长病假打八折七折云。）是否算还。他们已向上级请示。有也好，没有也好，我不计较了。

一百四十七

新枚：

我交好猫带去五百元，其余在上海他日你们来领。低工资的（如阿姐[1]）我都分赠，所以你必须认为应得，不可推却。

小羽入托儿所，实在不忍。最好雇一个人，在家管他。管两年，即可。我给你们的钱，就用在这上面可也。

恺

〔1973年〕二月十一晨〔上海〕

归还的画，除给胡治均数小幅外，余凡五六十幅，皆裱好者，尽归新枚。暑中来取。字给华瞻及阿姐了。

一百四十八

新枚、佩红：

来信收到。小羽进托儿所，我们终不放心。想找一个保姆去管他，但不行。因为此地的人，要吃大米，你们自己都没得吃，如何供给她。所以，只有你们那里找人。管过两年，就放心送幼儿园了。托容大娘找找看。

---

[1] 终于推却未受。

师大的事有希望么，念念。

此地一切情况都很好。勿念。

恺 字

〔1973年〕二月廿一日

一百四十九

恩狗、咬猫：

我久不给你们信了。我近来真是享清福，天天没事，随意饮酒看书。只是你们一家远在石家庄，不免挂念。但"世事茫茫难自料"，日后的变化真不可测呢。这且不说，谈谈些正事：

中日邦交日趋亲热，北京有人提议刊印《源氏物语》。因为这是世界最早的长篇小说，我费五年译完，共一百万字。于"文革"开始前半年完成，其稿存北京文学出版社。近有人传言，要拿去刊行，因日本人非常重视此书，若有人毁谤《源氏物语》，他就与你绝交云云。往年日本人来上海，我告诉他们我在译"源氏"，他们就深深地鞠躬，口称"有難ごげいよ〔谢谢〕"。日人之重视此书，于此可见。此书用古文写成，我买了四种现代语译本，每看一句，查四种现代语，然后下笔。此书在"文革"前半年完成，也是天遂人愿。设想：译了一半就来"文革"，变成"毒草"，那就不能完成了。北京的消息，由王星贤，孙用（文学出版社人员），以及志蓉的阿姐（北京图书馆人员）来信告知，看来是千真万确了。此书我曾收过六千元稿费，以后有无，全不计较，只要出版问世，心满意足了。

我定于春分后三月廿五日，同胡治均到杭州。（他有积假七天，连两个星期天，共得九天。）拟多住几天，在那里，早上修改《续缘缘堂随笔》[1]。修好后，一定先给你们看。

再写些琐事：

我每星期日到附近红房子吃西菜，吃点菜，一只奶油鸡丝汤，一只烙鸡面，一盆沙拉，不到二元。

薛佛影来过了，吃些苦头，现已无事，退休工人，每月可拿九十一元。万竹在北京，生活不够，常要爷补贴。

我去看曹辛汉，八十二岁，健在。后来他来访我，说了许多"不是"（口头禅）。

隔壁平平（在黑龙江）回来了，常来同阿姐闲谈。……

曹永秀也常来。她的丈夫前年……死了，也剩下两个男孩子。此人乐观，永远是笑嘻嘻的。秋姐也有两个男孩子。都很不幸。

友好大厦中，有一女讲解员，入女厕所，有一坏男子跟进去，企图强奸，未遂，女的被打开了头，坏人逃去，寻不着。此等事件，不一而足。有一十七八岁的男子，强奸两个妹妹，又强奸其母，母吊死了。前天弄堂里有人喊打，后来听说，两个十六七岁的男子，互相打架，头都打破，到医院去医治云云。他们身边都带刀。扒手之事，时有所闻。不写了。

恺 字
〔1973年〕三月十二日〔上海〕

一百五十

佩红：

新枚之近况，我已在吟信中得知，此事甚好，只是你一人

---

[1]《续缘缘堂随笔》，后改名《缘缘堂续笔》。

管小羽，太吃力了。能否照我以前的想法：雇一保姆？钱千万不要计较，这里用不完的。（新枚脾气古怪，不肯用我的钱，其实错误，现在，只要是正用，大家通融。）

我到杭州去了一星期，胡治均陪去，照顾十分周到，竟像照顾小孩一样管我。我的脚力也操练出了。以后到石家庄，不须人陪了。满娘八十三岁，甚健，吃得比我多。看来可以长命百岁。软姐和维贤都竭诚招待，……杭州供应极差：馆子无好菜（西湖醋鱼吃不到），交通工具难觅。不可久留。我身体健好，尽日闲居休养。余后述。

恺 字
〔1973年〕四月二日〔上海〕

一百五十一

佩红：

我们全家人和你母亲的意思，劝你设法辞去教职，改在药厂中当工人。因为你身体非常不好，如果不胜教课而弄出病来，公私两方都受损失。

望你同新枚商量，设法向厂方申请，务求取得成功。

此间大家安好。

子恺
〔1973年〕四月四日

一百五十二

新枚：

你的近况我已知悉。我有一点希望：在你出国期间，佩红体弱多病，不能独管孩子，可否申请让她暂回上海？

恺

〔1973年〕四月八日

一百五十三

新枚、佩红：

在枚给阿姐信上，知道你们近况，甚慰。我寄照片一张给你们，是在杭州灵隐摄的。

此间近日杨花飘荡，穿门入户，说明春色已老，行将入夏。我身体健康，酒兴甚好。吃白兰地。

阿姐将因公赴北京，约十来天。为的是编日本文教科书。

昨夜蔡先生[1]请我吃西菜，在"天鹅阁"，现已改为"淮海饮食店"。吃红焖鸡，奶油鸡丝汤。油太重，不宜多吃。

近来素不相识之人登门求画者甚多，来意至诚，我也不便拒绝。每晨替他们画。有两幅，好看，附给你们。

曹辛汉于前日逝世，享年八十四岁，明日火葬，阿姐代我去送花圈致吊。

……

〔1973年4月，约23日，上海〕

---

[1] 蔡先生，指蔡介如。

一百五十四

佩红：

你父亲来，将你们近况详细告诉我了。新枚此去，很好。可有出头。只是你一人管小羽，又要工作，太辛苦了。深恐弄坏身体。

现在我们商量：暑假已近，你暑假带小羽返上海，下半年的事，再从长计议。一定可使你们安定。暂时忍耐！

此间一切如旧，大家安好。婆婆带了南颖、青青到石门去，昨天回来，带了许多食物来，今天你父母来吃午饭。

〔1973年〕五月四日 恺字。

一百五十五

新枚、佩红：

我确有长久不写信给你们了，害得你们挂念，打电报来。电报于廿三日（星六）下午二时收到。五时即由华瞻发一回电，想必于星日早上收到。

近来家中平安无事。我身体健康，晴日必出门散步买物。早上为人作画写字，笔债堆积。母眼照旧，耳朵近来就医后，好些。身体很好。我们劝她少吃肥肉。我则经常吃素。听了某医生的话，早上吃盐汤一大碗。效果很好。大便畅通，不吃大黄亦行。

房子问题未定。但情况良好，他们劝我们另迁他处较大房屋，可以招待外宾。阿姐正在选择[1]。

恺 字
〔1973年〕六月廿四〔上海〕

暑假将到，你们两人都回来，最好。旅费，我给你们的钱可用。

一百五十六

新枚：

你几次信都收到。（石〔家庄〕三封，沧〔州〕一封。）我们都好。我暑天不出门，在家饮酒。近有"特加饭"，甚好，酒味好，反应甚好，令人身入醉乡。

你的长信（给阿姊的），都给联阿娘看过。

我懒得写信，匆匆不尽。

恺 字
〔1973年〕八月廿四下午

一百五十七

新枚：

家中一切如常，无可写告。母耳好得多了，但眼仍不明，奇怪，不戴眼镜可以看报，但五尺之外看不清楚，常把人认错，闹出笑话。

自从书展之后，我的书名大噪，求字者络绎不绝。昨天有

---

[1] 并无此事。

人求写立幅，磨好了墨，装在小瓶里送来，也算诚意了。然而宿墨不能用，隔夜如黑鼻涕，只得倒在抽水马桶内，另外磨过。

十大胜利闭幕，此间通夜游行，敲锣打鼓，到今天还有游行的。新贵登台，必有善政，且看。

你到沧州后，咬毛忙了，小羽也落寞了。但愿不久团聚。人事变化无定。且抓紧目前。你在沧饮食良好，甚慰。我现在早上饮盐汤已习惯，大黄废止。大便亦畅通。语云："朝吃盐汤如人参。"

今天星期，但阿姐及华瞻哥上午仍去开会，讨论十大。十一点钟回来。

蟹已吃过三次，以后将多起来。联阿娘、秋姐、先姐送来。很小。聊胜于无。

近饮"特加饭"，色香味及反应均很好。每瓶（一斤）六角五分，瓶值一角，不贵。

恺 字

〔1973年〕九月二日上午〔上海〕

一百五十八

新枚，佩红：

我空闲无事，做一个照相架，给小羽。此外，一切平安，无事可告。

恺

〔1973年〕十月八日

一百五十九

佩红：

我托北京友人刘桐良买巧克力寄你，给小羽吃。（上海甚多，但不能邮寄。）

收到时你写信告我，我可告慰刘君。新枚的情况，他有信详告我们，我们顾不得，听他自己对付。眼光要长，有的坏事会变成好事。

附花纸一张给小羽看。来信告我"花纸收到"可也。

恺字

〔1973年〕十一月二日

咬南、细毛都已走了。细毛到遵义，比新疆好得多了。咬南的男小孩强得很，能从地上爬水落管子到楼里窗进来。你母烦劳得很。

一百六十

新枚：

你与阿姊信我都看过。关于你的事，我无可赞词，由你自己去应付。眼光放得长，有时坏事会变好事。

你已熟达打字机，很好。我往昔也爱弄这个，"丁"的一响，叫你换一行，很有趣味。近日我的钞票用不了，想买一架打字机送你。但不知何处买，有何手续。你打听来。

昨我有信与咬猫。托北京的朋友买巧克力寄小羽（上海不能寄出）。

恺字

〔1973年〕十一月三日

此间大家健康安乐。

一百六十一

新枚：

姊到外滩去看打字机，新货须公家单位可买，旧货私人都可买，各色各样，价百元左右。

春节希望你们来此（以前我给你们的钱，即作旅费），你自己去选购。我贮款以待。

上海已入严冬，室内10度。

恺 字

〔1973年〕十一月十九日

有人以中药方献毛主席，饮之可活140岁。朱幼兰已替我去买。实时开始服用。

寄重南[1]款已收到。

一百六十二

佩红：

花纸一张，是给小羽的压岁钱。在重庆、贵州的，春节都来探亲[2]。有的公费，有的自费。石家庄比他们近，你们不来，实为遗憾。

但你们怕冬日旅途困苦，要在家休息，也是好的。明年暑

---

[1] 重南，指上海重庆南路三德坊，新枚的岳母处。
[2] 指亲戚中的后辈探其父母。

假多来几天，也是好的。

我们大家健康。我只觉茶甘饭软酒美烟香。婆婆少吃肥肉，身体也好。

恺 字

〔1974年〕一月十四日

一百六十三

新枚、佩红：

我建议：日内佩红请事假，送小羽来上海。住在联娘家，生活费你们自会供给。联娘身体好，且爱小羽，愿任其劳。此间各人都赞成这办法。一吟已有信告诉你们，我再强调一下，希望成为事实。一二年后，小羽长大了，再作计议。

恺

一九七四年二月廿四

今天此间大雪。

一百六十四

新枚：

我久不给你信（我不知你在何处，此信交咬毛，给咬毛同看）。你来信我都看到。我们议决：叫小羽来上海住一二年，再还给你。不知你们同意否，念念。

我身体甚好。眠食俱佳。自知可与新丰老翁比赛。新丰老翁八十八，还能由"玄孙扶向店前行"，可知其享年必在八十八以上。我今七十六岁半，来日方长。"万物静观皆自得，四时佳兴与人同。"

咬生（已三十七岁）前天结婚，在红房子请吃西菜。其妻是个演员，与咬生门当户对。暂住在秋姐家，不久同返福建，但非同地，相距稍远。亦牛郎织女耳。

　　上海正在"批孔"高潮。我也写了一张大字报，去画院张贴。我写了小字，他们代我写成大字报，说是省我劳力。照顾可谓周到。

　　我现在日长无事，看《三国演义》，饮酒。来索字画者甚多。但我多写字，少作画，写字用鲁迅诗，画总是《东风浩荡，扶摇直上》（儿童放纸鸢），或者《种瓜得瓜》。上海书法展览会中展出了我的字，于是我的书名大噪，求画者少，求字者多，我很高兴。毕竟写字少麻烦。

　　今天是惊蛰。桃花开了，但此地看不到，室内十七度。"二十四番花信后，晓窗犹带几分寒。"

　　上海的文艺人士，有几个很不像人。造假书画，授徒取利，可笑可怜。……

　　阿姐依然做个积极分子，早出晚归，还要加班，拿四十块钱，劳而不怨。小明很能干，现二年级，起劲上学。不过动作暴躁，"烧香带倒佛"。华瞻照旧，志蓉常请病假，血压高。阿仙提早退休，多病，长久不来了。宋慕法久不见面，若无其人。余后谈。

恺
〔1974年〕三月六日〔上海〕

一百六十五

佩红：

新枚大约即将回石，此信你看后留给他看，下面说的是上海等处文艺界近况。

北京有个画家，是林派，画一个树林，下面三只老虎。——意思是"林彪"。

又有一画家，画一个弹琵琶的女人，题曰"此时无声胜有声"。此人曾入牢狱，此画上一句是"别有幽愁暗恨生"。借此发牢骚也。

有一工厂中，贴一张大字报，说我的"满山红叶女郎樵"是讽刺。红是红中国，樵取红叶，即反对红中国。然而没有反响。见者一笑置之。由此，我提高警惕，以后不再画此画，即使画，要改为"满山黄叶女郎樵"。

……

北京的名画家李可染、吴作人等，向一个外宾发牢骚，说画题局限太紧，无画可作，此言立刻在外国报上发表。

浙江各地不安宁。温州尤甚。简直在搞复辟。杭州常常发生打杀事件。法国总统ボンビドウ〔蓬皮杜〕，到杭时，有人埋设定时炸弹，幸而被人识破，没有伤及总统，但炸死了一个服务员。

唐云画一只鸡，又被批评；说眼睛向上，不要看新中国。但也无反响。

此种吹毛求疵的办法，在"文革"初期很新鲜，但现在大家看伤了，都变成笑柄。

此外种种，我也懒得多写了。

我身体很好，每日吃一斤半酒，读日本小说作为消遣。母亲身体也很好，只是耳朵不及我好，七底八搭[1]。好在有阿英妈服务，家中事事妥帖。关于房屋，公家不谈了。我也不再要求。反正现在够用了。楼下的人家，相处甚睦，子女都是同学，互相往来。南颖，青青，都做大人了。只有男孩菊文，不进幼儿园，在家做"无业游民"。他的父母不着急，我也不管。"不痴不聋，不作阿家翁。"

恺 字
〔1974年〕四月廿四日〔上海〕

……

一百六十六

新枚：

久不得你们信，甚为挂念。此间一切都好。盼望你们三人暑假来探亲。新枚可亲自去选购一架打字机。

恺 字
〔1974年〕六月十二日

一百六十七

新枚：

来信语重心长，我很感动。此次为巩固"文革"成果，上

---

[1] 七底八搭，作者家乡话，意即：说话做事没有条理，七颠八倒。

海又开批判会，受批判的四人，我在其内。原因是我自己不好，画了一幅不好的画给人，其人交出去，被画院领导看到了，因此要去受批判。但很照顾，叫车子送我回来（上海现在三轮车绝少，三轮卡也少）。第一次在画院，不过一小时，一些人提出问题，要我回答，我当然都认错，就没事。送我回来，外加叫一个小青年骑脚踏车送来，防恐我走不上楼。第二次在天蟾舞台，那是听报告[1]，不要我回答，不过报告中提到我的画。这次南颖陪我去，他们叫三轮卡送我回来。事过两月，我的工资照旧一百五十元，"内部矛盾"的身分也不改，你可放心。

自今以后，我一定小心。足不出户，墨也不出户。真不得已，同阿姐等商量过行事。我近日正在翻译夏目漱石的小说，是消闲的，不会出门。每天吃酒一斤半，吸烟一包半。近日已有蟹，吃过几次了。

徐志文来访，我适当地应付可也。

胡治均、朱幼兰每星期日来访，他们都很关怀我，和你差不多。戚叔玉[2]也常来，也很关怀我。

你的情况，我也知道些。我劝你：对人态度要好。有些事敷衍一下，不要认真。（此信看后毁弃，千万不要保留。）

以下讲些别的事情：

此间有英文打字机，我想买一架送你，要等你自己来选定。

---

[1] 听报告，其实是开批判会。
[2] 戚叔玉（1912—1992），书画家、碑帖收藏家和鉴赏家。

不知你何时可来。咬毛和小羽一定要来。

有一个上海点心店的工人,叫卢永高,工作是做面做馄饨,但爱好书法。他的儿子也热中于书法,常常来请教我。另一儿子在钟表厂工作,会修表,给我修过几次。

有一个人从洛阳来,向邮局探得我的地址,来求写字,我写了毛主席诗及另一幅白居易诗给他。

文彦难得来。上周来,带一包田鸡(青蛙)给我,我不吃,让他带回去。芬芬在幼儿园,宜冰(与小羽同年)在另一幼儿园,易子而教。

蔡先生[1]已退休,准备游黄山。夫妇二人,退休工资共一百零点,生活紧张,但他很满足。家中养鸟三十几只,每月也要供给好几元。

有一个人在杭州放谣言,说我死了。害得许多朋友来信给华瞻、一吟,问我健康否。我亲笔写回信辟谣。我到今年阴历九月廿六,是实足七十七岁[2]。现在百体康强(只是右足行路不便),看来当比章士钊寿长。(章九十三岁死在香港。)

海外极少通信,大都不复。香港《大公报》(是党办的)的记者高朗,有时来信,问候而已。

恺 字

〔1974年〕七月十一日〔上海〕

---

[1] 蔡先生,指蔡介如。
[2] 七十七岁,应为七十六岁。

一百六十八

新枚：

此间一切平安，今将情况写告一二。华瞻一家五人，都到北京过夏，只志蓉一人先回，余人尚未归。小羽很有兴味，日间同小明玩，晚上看电视。前天咬毛生日，大家到红房子吃西菜，连联阿娘家共十余人，只吃二十元。可见上海供应很好。小羽紧跟着娘，打勿开骂勿开。阿姐照旧很忙，但夏天晚上不开会，回家尚早。母身体很好。前天全家去游长风公园，电车来去，她下上也不吃力。我怕出门，经常在家。每天三十三度，热得要命。我只是坐在电风扇旁吃啤酒。三十三度已继续了六天，今天小雨，看来可以转凉。八月八日立秋了。

丁雯之母来看咬毛，送小羽一支枪，一段衣料。

……

上海发生一反革命案件，其人写反动信，写在糙纸上。母昨天去参加开会讨论。我没有参加。

上海花样很多：某处有个"癞三"（即女流氓）被人杀死，切成十几块，抛在各处。至今未破案。

又有一男子，躺在公共汽车后轮下自杀，身上自写"自杀"二字，免得连累司机坐牢。听说是为了家庭问题。

闸北某处，新造房屋，工作中坍下来，压死压伤了百余人。内有冷饮，有人去揩油吃冷饮，压死在内。有工人出去小便，免于死。

我近来很清闲，早上精神好，翻译夏目漱石小说，作为消遣。

很难得破例为人写一张字（毛诗），画绝对不画。

恺　字

〔1974年〕八月七日晨〔上海〕

一百六十九

新枚：

　　你用繁体字写的信，我看看很省力。大约你太空，所以细细地写信。心电图，数年前做过，是"传导阻滞"，不重要的。现在再去做，恐怕还是如此。我同大家商量，认为此事暂缓。因我此次气喘，全是中暑之故，同样毛病的人很多。现在气喘早已停止，走三层楼上下（去看电视）亦不气喘。可见身体已复健。现在去看病，无病呻吟，挖肉做疮。反而引起心理作用。今年夏天特别热，室中三十三度继续十余天。我在电扇旁吃啤酒，浑身是汗。现在已渐渐入秋，秋老虎也厉害。早夜凉，日中热，我饮食十分当心。病从口入，我基本蔬食，不会生病。

　　咬毛和小羽大约廿二三中离沪，正在买车票。她要先到郑州[1]，再回石家庄。希望你早日回石。小羽还小，而且头脑灵敏，须有父母同住才好。石家庄的托儿所花样少，使他精神萎顿，怪可怜的。你争取回石。

　　春节你一定来探亲，咬毛小羽最好同来。多花些钱，实在不成问题。我与母都有储蓄，毫无用处。尽可供你们自费探亲。

---

[1] 咬毛的二姐在郑州。

我收入一百五十元,尽够开销。存款无用,存行生息。可知现在的经济,与过去不同。人生除了生活费之外,钞票竟无用处。此乃好现象,使人不须操心钱财,获得长寿健康。

吸烟,有个关键:只是喷出,不吸入肺,只是闻闻香气,亦可过瘾。我经常如此。你说一天吸半包,是不够的。照我的办法,吸一包亦无害。

人身是一架机器,不乱用,不损坏它,它就可保长年。我深明此理。故每日饮食有定时定量。今年七十七岁,耳聪目明(老花不算),比母健全。上月来了一个周其勋,是我的同学,是华瞻(在广东时)的同事,从南宁来,住在他女儿家,曾来看我,我也叫华瞻送糖果给他。此人比我大九个月,但耳朵不便,华瞻对他说话很吃力。此人爱吃肉。其实老人是不宜吃肉的。古人说"七十非肉不饱",是害人的话,应该批掉。现大家批孔,但无人反对老人吃肉。怪事。(不过,年轻人是可以吃肉的,我不反对。)

今日秋凉。心旷神怡。暂不多写。

恺 字

〔1974年〕八月十九日〔上海〕

一百七十

新枚:

咬毛已于前日去郑州,此刻想已到达石家庄。你可回石一个月,小羽不送托儿所,如此最好。小羽在此游玩惯了,一下子关进托儿所,很可怜的。希望你们多多爱护他。

我气喘病，早已好了。有人（石门湾同乡）送我一棵灵芝草，此物难得，乃从深山中采得，据说煎汤服用，可治气喘。我现已好全，暂时不用。放在抽斗里，香气溢出，闻之气爽。昔人有联云：

芝草无根，醴泉无源，人贵自立。

流水不腐，户枢不蠹，民生在勤。

我近日早上翻译夏目漱石文，作为消遣，十时即饮酒。每日饮黄酒一斤半。香烟少吸。一日一包。喷气而已，不吸入肺，亦是一种消遣。

上海已入秋。今日乞巧（阴七月初七），昔时女孩于此夜穿针拜月。昔人有诗云："多情欲话经年别，那有工夫送巧来。"秋姐今天生日。……

母每周四下午去开会（一个半小时）。她高兴去，只是耳朵不大好，回家不能正确传达。

恺 字

〔1974年〕八月廿四，即乞巧日〔上海〕

前信我说"足不出户，墨不出门"。今应改为"画不出门"。因求字者甚多，未便拂其意，写毛主席诗词，万无一失。求画者，婉谢之。

一百七十一

新枚：

想已回石，咬毛可省力些，小羽可暂不送托儿所，甚好。秋来我身体安好，酒量照旧，还常到附近红房子吃西菜。母亲也健康，前天同联阿娘到宝姐家吃饭，游公园。三轮车以前没有，现在又有了。可见大众需要，必可满足。我没有利用三轮车，因无必要。近来以翻译日本文为消遣。自得其乐。求画者大都谢绝，求字者多，写毛诗应嘱。有些人神经过分敏捷，豆腐里寻骨头。前些时我受批判，主要的是为了一幅"满山红叶女郎樵"。（上次给你信，曾提到一幅不大好的画，即此。）盖因红叶代表红色政权，故不可樵也。批判的主席说得很巧妙，说"这是群众意见"。我当然接受，说以后不画，以免引起误解。但肚里好笑。仔细想想，道理也不错："文革"中我已承认我的画都是毒草。如今再画，便是否定"文化大革命"辉煌成果，罪莫大也。然而世间自有一种人视毒草为香花，什袭珍藏。对此种人，我还是乐愿画给他们珍藏。古人云："文章千古事，得失寸心知。"画亦如此。

联娘常来，关心咬毛及小羽，得你信甚慰。咬毛体弱，又要上班，又要管小羽，其实吃不消。总要想个善策。

胡治均常来，对我很有帮助（买物等）。朱幼兰丧母之后，不曾来过。其母八十六岁，患乙型脑炎而死。阿姐去送花圈。若非此病，此老妪可活到百岁呢。她天天劳动，上街，拖地板，饭量很好（吃净素）。乙型脑炎，即大脑炎，新枚小时也患过（抗战胜利那年）。并非致命之病。大约此人抵抗力差之故。

国庆快到了。恐怕不会有烟火。春节上希望你们三人都来探亲，旅费算我。我现在有钱无处用。能在你们面上发生效用，我衷心欢喜。你们若不接受，我反而不乐也。不多写了。

恺 字

〔1974年〕九月四日〔上海〕

一本线装书《幼学》是否在你处？如有，挂号寄我。

一百七十二

新枚、佩红：

《幼学》一册已妥收。这是类书，有各种古典，闲时看看很有兴味。

时光易得，再过十天又是国庆。国庆前一天是中秋。你们必须吃月饼。

我很记挂小羽。希望春节时你们全家都来探亲。我已想定：三楼阿英妈的小房间让给你们住（阿英妈可住楼下）。

这几天客人很多，应酬也很吃力。其中薛佛影身体发胖，如弥勒佛。蔡介如吃鳝鱼，在我这里呕吐起来。周其勋（我青年时的同学，华瞻在广东时的同事）比我大九个月。他住在南宁，近来到上海来玩，住在女儿家中。此人忘记性极大，华瞻每次去访，讲起人事，他都忘记，讲过的都当新闻。我也善忘，但赶不上他。

我常常收到各地朋友寄来的食物：花生、胡桃、木耳、紫菜、笋干等等。这些朋友都是读者，大都是纯粹的好意，有几人要字，我写毛主席诗词报酬他们。柳宗元是法家，我有时也写他的诗。

谚云："八月初二饭仓开。"今已八月初五。果然我八月以来食量很好，但限于素。《古诗源》中有一首诗："夜饭少吃口，活到九十九。"我很相信，夜饭少吃些。但你们年轻人不同。

薛佛影的儿子薛万竹，在北京。万竹之妻及小孩放在上海，佛影多方设法，要把万竹调回上海来，尚未成功。佛影刻了一个图章："有竹人家"。他只有万竹一个儿子，所谓"独苗"，要调动也如此其难。

恺 字
〔1974 年〕九月廿日〔上海〕

母身体很好，每星期四下午必去开会，其实可以不去。她自己要去。

听见声音，她必然答应，以为是叫"婆婆"。窗口看见小姑娘，就叫"南颖"。

有一天一个女客来，母点着她骂："你这个小银[1]到哪里去了，现在才回来！"以为是南颖也。但母不戴眼镜可以看报。

一百七十三

新枚：

你去后，此间一切安善。我身体很好。母亲也好，不戴眼镜读报。

---

[1] 小银，土话，即小孩。

今日是阴历十二月初十,盼望咬猫早些来。小羽在娘娘[1]家,不肯回来。阿姊去望他一次。他同阿至玩,很高兴。

清代法家龚定盦诗一纸,可送友。

恺 字

〔1975年〕一月廿一日

一百七十四

新枚:

今日阴历十二月廿六,立春已过二天,没有下雪。今天彤云密布,"晚来天欲雪"了。咬猫时来时去。有好电视便来。志蓉昨夜乘车赴北京了。我前日起,又吃酒了,但吃的不多,每餐吃半杯。此亦自然要求。

阿姊言:草婴(姓盛)[2]劳动时跌断脊梁,——车上卸下水泥,他用背去扛,水泥很重,压断他脊梁。此不能上石膏,只得躺在板上,听其接连。大小便,饮食,都要人服侍,够苦了。

石门湾建造大会堂,来公函,要我写"石门镇人民大会堂"八个大字,每字二公尺见方,顾到我便利,只写一公尺见方,他们去放大。已够大了。昨日已寄去。

山东聊城光岳楼,要我写对,也很大,今天也寄去了。

洗脸盆中,你加的铅丝,阿姐给你换了洋铁,说因铅丝太密。也好。

---

[1] 娘娘,作者家乡话,即祖母。
[2] 盛草婴,原名盛峻峰(1923—2015),专长俄、英文学作品的翻译。

别无可写。

恺 字

〔1975年2月〕六日下午〔上海〕

一百七十五

恩狗：

咬猫真能干，会修钟。我的摆钟秒针落脱了，她会拆开来，装上去。……

今天是正月初六。昨晚细毛结婚，我与母到红房子吃喜酒。咬猫与小羽也来。他们近日住在重南，因杭州软姐同其子华文来此，住在阿姐室中，咬猫便被赶出了。细毛的新郎比她长一个头。姓许。志蓉到北京，昨夜回来了。软姐等明天要返杭。在此游玩了长风公园，西郊公园，城隍庙。天气都晴明，他们有福。"一龙二虎，三猫四鼠，五猪六羊，七人八谷，九蚕十麦。"今天初六，是管羊的。明天初七管人，天气一定也好。软姐的华文，很长大……

石门镇革命委员会来公函，要我写八个大字，"石门镇人民大会堂"，每字一公尺见方，信中说镇上造一个大房子，是"您的故乡，务请大笔一挥，欢迎您回来参观"。我已写好寄去。我想在暮春回去一次（有新蚕豆的时候），胡治均陪去。他们放一只小轮船到长安来接我。我要去看看雪姑母（是我的胞妹，你大约记不得了），又看看这大会堂。就住在雪姑母家（离镇四五里）。现在是"雨水"节，二十四番花信，是菜花、李花、杏花。上海看不见花，想想而已。郑晓沧来信，说杭州诸花都看得见。

邀我去看花,我不会如此风雅,却之。我又吃酒了,吃得不多,每餐吃一盅。文彦昨天来,送我鸡蛋二十个。上海难买。他家宜冰即将入小学了。农历新年来客甚多,不必细说了。

恺 字

〔1975年〕二月十六,即正月初六〔上海〕

听说你又迁居,想已完成。听说很小。

希望你有出差机会来上海吃酒。

一百七十六

新枚：

来信收悉。有人要画,今将现成者《努力惜春华》送他。以后如有人要,尽来告我,现成者多,皆《种瓜得瓜》,《东风浩荡》之类,预备送人也。

二十四番花信将终,但小楼中不见花,只在心里作秋春耳。半个月后,胡治均陪我故乡去。大约五七天即返。四十年不到乡村矣,此次住雪姑母家。其时正有新蚕豆,可以尝新。准备些香烟、糖果去送人。去看看我所题字的"石门镇人民大会堂"。听说建在缘缘堂遗址上,真胜缘也。你信上关心我携带必需之物,如大黄等,我自检点,不致缺少。余后述。

恺

〔1975年〕四月二日〔上海〕

昨日,四月一日,在外国是 All Fools' Day,即万愚节〔愚人节〕,可以任意骗人。此信二日写,非骗人也。

一百七十七

新枚：

前信劝佩红辞教职，申请为药厂工人，希望能做到。

我明日由胡陪同赴石门镇，住雪姑母家，约一星期。正是：

少小离家老大回，乡音无改鬓毛衰。

儿童相见不相识，笑问客从何处来。

我到雪姑母家，还是日本鬼投炸弹那天，距今三十八年了。那时你们都还不曾做人呢。

恺

〔1975年〕四月十一日〔上海〕

一百七十八

新枚：

我到乡下十天，他们招待周到，我很开心。只是来访的亲友甚多，应酬亦很吃力。送土产的很多，满载而归。胡治均照顾我，非常热心。他也收得许多土产。石湾新建的石门镇"人民大会堂"，正在工作中，门额是我写的，每个字二公尺见方[1]。

我写了许多张字去送人，是贺知章诗：

少小离家老大回，乡音无改鬓毛衰。

儿童相见不相识，笑问客从何处来。

我每次入市，看者人山人海，行步都困难。有人说我上海不要住了，正在乡间造屋，养老。如此也好，可惜做不到。

---

[1] 据说此题字后来被窃，终于未用上。

佩红调到厂里工作，要努力争取。教书太吃力，有伤身体，公私两不利也。

我是前天夜里到家的。华瞻叫小汽车来接。昨日休息一天，今日照旧健好。足证身体好。

恺 字

〔1975年〕四月廿四日〔上海〕

一百七十九

新枚：

我到故乡，住了十二天，早已安返。胡陪行，照料周到。在乡时，来客不绝，远近闻讯，都来看望，赠送土产（鸡蛋、豆腐衣）不少，满载而归。我还家后不知有否写信给你，记不真了。重写也无妨。

暑假快到，希望你一家三人来沪探亲，旅费及扣工资等，都由我付给，不必操心。我近来意外收入甚多。广洽法师即将归国观光了。

我希望佩红辞教师而改入厂当工人。努力争取。

雪姑母不肯装牙。今天我汇了二十元送她，叫正东[1]逼她去装牙。

联阿娘家，来了咬生夫妻及妻母。妻即将生产。

琴琴的母亲（即英娥的妹子），患脑癌死了。今天阿姐去送花圈。

---

[1] 蒋正东（1931—1993），丰子恺之妹丰雪珍（雪雪）的儿子。

我在乡，吃杜酒，是阿七自己做的，比黄酒有味。乡下黄酒也有，与上海的差不多。乡下香烟紧张，我带了许多（前门牌）去送人，约有十条（一百包）。送完了，皆大欢喜。来客中有三四十年不见的人，昔日朱颜绿鬓，尽成白发苍颜。昔日小鬈，今成老妪了。

时入孟夏，窗外树色青青。我端居静坐，饮酒看书，自得其乐。

恺

〔1975年〕五月五日，马克思诞辰〔上海〕

一百八十

新枚：

与宝姐信我已看过。你送妻子入京，端居多暇，作嵌字诗，亦是一乐。时人对你评判甚好，深为喜慰。不批评别人，亦是厚道存心，无伤也。我一向老健，读书写字消遣，今晨写二纸，附寄与你，赠人可也。此间来客，闲谈笑乐，颇可慰情。母亦健康。姐仍多忙。嫂（志蓉）昨日赴北京省亲，须二十余日还来。我日饮黄酒一斤，吸烟一包，可谓书酒尚堪驱使去，未须料理白头人也。

恺 泐

乙卯立秋前十日〔1975年7月29日〕〔上海〕

致丰元草[1]（二通）

一

元草：

你的信早收到。我开人代大会，前日方闭幕。所以久不复你。你的对联，其实是诗，不能称为对联。因为对联既名为"对"，要求平仄及词性及意义很严。例如平必须对仄，动词必须对动词，草木必须对草木（溪口的"口"，必须对身上的东西。但平仄当然是照诗法：一三五不论，二四六分明。并非个个字要平对仄，仄对平的）。现在你的二对，于上述三条件都不合，所以只能说是诗，不能称为对。

你有兴味作对，可练习一下。我举几个好例：李商隐咏杨贵妃诗中有一联："此日六军同驻马，他时七夕笑牵牛。"古来引为最巧妙的"对"。"六军"对"七夕"（军对夕，不大切，但不苛求了），"驻马"对"牵牛"，都很巧。

又有某人为剃头店写一对联："频来尽是弹冠客"，"此去应无搔首人"。对得真巧！"弹冠相庆"（得意）是古话，"搔首问

---

[1] 丰元草（1927—2011），亦称元超，丰子恺之次子。中国人民志愿军复员后任人民音乐出版社编辑。

天"（失意）也是古话，意义又极好：讨好顾客，说来剃头的都是得意人（但要剃头，必须脱帽，故曰弹冠）。剃好之后出去时，没有一个是失意的人。

我们故乡石门湾，是春秋时吴越战场，又是洪羊时杀光烧光的地方。战死的鬼甚多。所以每年七月半放焰口，超荐亡魂，举动非常盛大，全镇每家门口都挂许多纸衣裳，烧给鬼魂。老和尚放焰口的台前，照例有一副长对。有一年是你的祖父做的，做得很好，我从小牢记在心，现在写给你看：

古曾为吴越战场，迄今蔓草荒烟，尽是英雄埋骨地。
近复遭咸同发逆，记否昔年此日，正当兵火破家时。

（当时是清朝，故称洪羊为"发逆"，不可以现在观点来批评。）

长联要求对仗，当然较宽，但此长联也已对得很工了。

律诗第三四句，第五六句，必须是两副对联。我最近为定海作的七律诗，后来改好，全文如下：

定海渔场十里开，沈家门口舰成排。
罐头滚滚随潮去，外汇源源逐浪来。
五月黄鱼多似藻，三春紫菜碧于苔。
挂帆客子频回首，水国风光好画材。

新名词"罐头"对"外汇"，"黄鱼"对"紫菜"，"似藻"对"于苔",都还恰当。你倘爱作对,可做做律诗看。

大会听说要七八月开。家中平安无事。余后谈。

〔1963年〕五月十二日　父 字〔上海〕

二

元草:

寄来《红楼梦》一部,已收到。此书印刷甚精。你去年来沪,至今已近一年,时光过得快!此一年间,此间诸人皆健好无恙。满娘、雪姑母亦健康。我曾赴杭州,母曾赴石湾,均得快晤。唯崇德荷大伯于上月病逝,八十三岁,跌了一跤,伤了脾,开刀医治无效,竟死。国庆节上海灯火辉煌,想北京必更热闹。

恺 字

〔1973年〕十月二日〔上海〕

致丰宁馨[1]（七通）

一

软软：

告诉满娘，我今日（十二月卅日）被解放。工资照长病假例打八折[2]。抄家物资、电视等，开年叫一吟去领回。他们派我自由职业者，属于内部矛盾。总算太平无事。

过春节后，我即将到杭州，在你家住多日，六七年来不曾离上海，也觉气闷。今后当走动。新枚在石家庄，近迁居，房屋较大，我也想去。

草草

恺

〔1972年〕十二月卅日〔上海〕

二

软软：

此次我游杭，非常快活。第一是看见满娘健康，甚为欣慰。

---

[1] 丰宁馨（1922—2010），又名宁欣，小名软软，是丰子恺三姐丰满的女儿，自幼为丰子恺夫妇的义女。毕业于浙江大学数学系，退休前任浙江大学数学系副教授。

[2] 实际上仍是发给生活费（比先前多些），并非打八折。

今世长寿者多，此间有九十八岁之婆婆自去泡开水者。可知百岁以上不稀奇也。

我经此锻炼，脚力也大进步。秋天再来时，可以不要胡治均[1]了。

当晚华瞻同南颖、青青来接，坐小包车回家（胡中途下车回家）分"好东西"，皆大欢喜。《一剪梅》[2]我在杭写了几张，因无图章（又因羊毛笔不惯用，故写不好，我爱用狼毫也），不好看。现另写一纸送你。扫墓竹枝[3]亦另写一张，交满娘欣赏。

此间一切如常，窗前杨柳青青，也很悦目，终是远不及杭州之清幽也。

恺 字

〔1973年〕四月二日〔上海〕

维贤送我白兰地（可治伤风），甚好，上海买不到。谢谢他。

三

软软：

有杭州第一医学院内科医生李亚顺，来求字画。有人说，此医生技术很高明。我今备一字条，你保存着，万一满娘有需要，可按址去请他来出诊。但愿此字条备而不用。

恺

〔1973年〕十一月十一日〔上海〕

---

[1] 胡治均当时专诚陪侍丰子恺赴杭。

[2] 《一剪梅》，指丰子恺自己的词作。

[3] 扫墓竹枝，指丰子恺之父丰璜所作扫墓竹枝词。

四

软软：

得信知满娘患病，甚为挂念。

姆妈想到杭州来看视，但念她不会行动，反而增加你们负担，所以暂且不来。满娘病状如何，望你继续来信，教我们得知。

子恺 启

〔1975年〕二月十一日〔上海〕

五

软软：

知道满娘患病，甚为挂念。我又不能亲来探问，心甚焦急。我想，满娘年纪不算很大。生育少的人，元气充足，小病定能复健。今世寿长的人很多。古语云："夜饭少吃口，活到九十九。"满娘定可向他们看齐。你和维贤都请假侍奉，甚好。但望不日收到好消息。

子恺

〔1975年〕六月十一日〔上海〕

六

软软：

诸人[1]回来，告我满娘病状。我认为只要饮食不断，定可带病延年。今世长寿者多，此间有二女人，皆九十七八岁，还

---

[1] 诸人，指丰子恺的子女，曾专诚去杭探望姑母。

乘电车。满娘生育少，只生你一人，元气不亏，定能长寿。

听说可迁居。我希望你们迁地为良。病人可坐藤椅，由两人抬着迁居。

问问维贤：他有否《苕溪渔隐丛话》，及《词苑丛谈》这两册书？倘有，借我一看，挂号寄来。倘无，不必复我。反正我非必要，消闲而已。

子恺
〔1975年〕七月六日〔上海〕

七

软软：

来信及书一册，皆妥收。满娘病渐好[1]，甚慰。书是借来的，我看完后即挂号寄还。望转告维贤。余后述。

恺
〔1975年〕七月十一日〔上海〕

---

[1] 丰满卒于1975年8月15日，比丰子恺早卒一个月。

第二辑　致广洽法师

子愷

致广洽法师[1]（二百通）

一

快示奉悉。鄙人拟于阴历二月之内来厦门奉谒弘一法师暨尊座。因近正耳疾长期注射，出门不便。而四月间弘一法师须他往，唯三月间为最便也。承赐日本文佛书，收到谢谢。

丏尊[2]先生来信，说弘一法师欲重写护生画集文字，甚深欣幸。其画亦拟修改重绘，倘能三月间面聆弘一法师指教，尤幸。余后述。

顺请

净安

丰子恺 敬具

〔1937年〕三月廿四日〔杭州〕

---

[1] 广洽法师（1900—1994）。1921年出家于厦门南普陀普照寺。1931年经弘一法师介绍与丰子恺认识。1937年避寇赴新加坡。1948年回厦门时，与丰子凯首次会晤，1965年在上海重逢。二人鱼雁往来达数十年之久。1975年丰子恺去世后，广洽法师于1978年到沪上祭奠。曾在新加坡出版丰子恺作品多种。1984年成立的丰子恺研究会和1985年重建的缘缘堂，均得到广洽法师的热情支持和赞助。广洽法师在新加坡创办弥陀学校，主持佛教施诊所，曾作新加坡佛教总会主席。1994年圆寂于新加坡，终年95岁。

[2] 指夏丏尊，中国近代教育家、散文家。

行期决定后,当续奉告。勿劳到埠迎候,便请示从埠到尊处路径可也。又具。

二

广洽法师:

航空示奉悉。仆于阳历四月下旬必可到厦门。日期未定。缘十六日离杭到京[1]开美术研究会,十八后返申,由申乘轮赴厦,而在京及申有几日逗留尚未预知也。若无阻碍,二十左右由沪登舟,则廿五前总可到厦也。弘一法师能暂不离厦,至深欣幸。乞转叩如有需办事物,请快函示知,(若度其函十六前不克送到杭州,则请函夏先生[2]转,因仆赴厦前一日必晤夏先生也。)可在申办就带奉。再者:此次到厦,专为谒访弘一法师及大德,对于世俗社会拟概不惊扰。倘蒙勿以告人,则幸甚矣。

专此奉达,顺颂

净安

丰子恺 和南

〔1937年〕四月八日〔杭州〕

三

广洽法师:

昨奉快函奉告四月二十后必抵厦门,想已收到。尊处先

---

[1] 京,指南京。
[2] 夏先生,指夏丏尊。

发之快信，比航空信迟收到，昨晚始得展读。弘一法师原欲迁住永春州，特为展限行期，至深欣感。十六日赴京后，当尽速返申，登轮首途。搭何轮今未能决定。缘鄙人系初次赴厦，路途都不熟悉，须到上海探询后决定也。抵厦后由埠到南普陀寺，想总可探路，勿劳相迎可也。嘱题弘一法师讲演录，今草奉乞收。到申后倘船期能预知，或先电告亦未可知。

草复即颂

净安

丰子恺 和南

〔1937年〕四月十日〔杭州〕

四

广洽法师：

示奉到。尊处地带安全，至慰。前日在申候船时，悔不决意南行也。然当时报载闽方消息，鼠疫日甚一日，有非打消南行不可之势。当时曾逐日将报剪留，今便附奉请阅，看是否符实耳。今疫势想已消减，本可即日前来。但开明教本工急，暑假前均须改编送审，预算已无长期旅行之余暇，附呈丐先生函可证，是故南行之愿，只得期于秋间矣。以上情形，请为代陈于弘一法师，乞恕失约之罪。此次返杭，因事与愿违，心情十分恶劣。盖劳弘一法师按装等待，心至不安。又《星光日报》已志鄙人南来消息，空劳友人函询日期，亦觉抱歉也。

弘一法师夏间在中岩闭关，则永春州之行想已打消。多蒙

照料，感激弥深。专此奉达，顺祝

净安

丰子恺 顿首上
〔1937年〕五月一日〔杭州〕

赐《金刚经》八册已妥收，谢谢。又及。

五

广洽法师：

久未通音，幸留得残躯，今日尚能奉书也。此次仓皇出奔，仅携棉被两担，书物均毁于缘缘堂中，前承惠赐之念珠（中有弘一法师玉照者）亦未携出，殊深遗憾，倘尊处有余，还望续赐一串，寄"长沙南阳街开明书店"。余言详弘一法师函中，舟中局促恕不详具，谨颂

法安

丰子恺 谨具
〔1938年〕三月五日醴陵舟中

此函烦弘一法师转交。

六

广洽法师座下：

友人转来尊址，多承锦念，至感盛情。弟流离八年，故园旧业，尽成焦土。幸全家十人俱告无恙。今在渝候船，大约六七月可返上海，在上海小住，即随小儿（在北平图书馆供职）赴北平卜居。因南方旧业荡然，旧友亦少，故今后拟

迁北方也[1]。

　　弘一法师逝世已三年，丏尊先生又于四月廿三日在沪作古，老成凋谢，可胜浩叹！新加坡情形如何？尚盼有以见告，赐示可寄"重庆保安路开明书店"，若弟离渝，该店亦能妥转也。

　　顺颂

净祺

俗弟 丰子恺 叩
〔1946年〕五月六日〔重庆〕

七

广洽法师净鉴：

　　前承汇款五十万元，因不知通信址，无从函询。近高文显[2]居士告我尊址，始克奉函。屡次蒙汇款，（在重庆时赠赐，亦收到。）实甚感谢。无以奉报，今写近作一图，随函奉上，留为纪念云耳。弟复员后，故园家屋尽毁，在杭州租屋息足。十年流离，疲于奔命，体弱不能任事，一年来赖鬻画为生耳。近正作"护生画"三集，惟为生活工作所碍，未能速成，大约明年必可刊印也。闻高居士言，法师在南洋，徒众如云，宏法甚力，

---

[1] 后未果。
[2] 高文显(1913—1991)，福建南安人，佛教学者，曾在弘一法师指导下研究佛学。1932年弘一法师厦门演讲时任闽南话翻译，1978年应广洽法师之邀去新加坡佛教协会工作，1980年回到中国。

至用钦仰，即颂

清安

弟 丰子恺 叩

〔1947年〕十二月十五日〔杭州〕

画到南洋后，恐见者欲求，故附润例数纸，以广宣传。

八

广洽法师：

十二月卅示前日收到。承汇一百万元，亦于昨日（一月十四日）收到。（十二月再汇五十万，则无有收到。以前十月中旬，曾收到首次五十万。）屡蒙寄款，受之甚愧。唯有以佛像奉报。如有道友欲得供养，随时乞示，当即沐手写寄。"护生"三集尚未脱稿，大约须阴历明年春间完成。因弟为生活之故，每日少有时间作此净业，故成功较迟。但明春必须完成。李荣祥（圆净）[1]居士曾久为筹款刊印。尊处如能捐募，更佳，多得款项，可以多印，广布流传，功德更胜也。

蓍葡院[2]额今书奉。并撰小联附奉，即乞哂收。高文显居士来信，言法师在南洋，归依者甚众，此诚人间胜缘，至可欣慰也。顺颂

净安

弟 丰子恺 和南

〔1948年〕一月十五日〔杭州〕

---

[1] 李圆净（1894—1950），作者之友。对《护生画集》的编辑、出版多有贡献。

[2] 蓍葡院，应作薝葡院，为广洽法师在新加坡的念佛堂。

九

广洽法师：

　　昨（一月十六日）寄一信，内附蕅萄院额一张，对联一副，工人误寄平信，恐比此信迟到。今日又收到中国实业银行汇来款50万元(前后共收到二佰万元)，已收领谢谢。余事详前信中。

　　即颂

净安。

弟 丰子恺 叩
〔1948年〕一月十八日〔杭州〕

十

广洽法师：

　　前寄五十万，又一百万，及信，皆收到。数日前曾发两信，其一内有对联一副，蕅萄院匾额一方，其一无附件。均被工役误作平信（非航空）付邮，恐到达甚迟。故今再奉此函，想此函必比前二信先到(以前付邮，皆用航空不误)。元月廿一日发信，今日（廿八）收到。嘱释迦圣像及漫画，以及炯轩、竹轩、少炎、梦弼、曼士、树彦诸居士所嘱，皆当遵命，于下月中航邮寄奉。先此奉复。国币壹仟万元，尚未到。到后再复。屡蒙惠赐，受之甚愧。惟为生活所迫，亦只得领谢。

　　承询近来生涯如何，此实知己关心之言，甚是感荷。弟复员后，家园尽毁，在西湖边租屋而居。复因十年奔走，身体衰弱，不能任教课。故返杭以来，卖字画为生，一年于兹。虽不登广告，然旧友颇多，辗转介绍，嘱书画者，最近较多。生活草草维持，但无有余赀耳。最抱歉者，复员后即思续绘"护生画"第三集。(弘师遗言，须画至六集止。弟誓必实行。)只因日日为生活而作画，至今竟尚未完成。但望今后半年内，必须完成。(近收件甚多，收入有余，开春生活当可安闲，即专心作"护生画"。)草草奉达，多谢远念。即颂

净安

弟 丰子恺 叩

〔1948年〕一月廿八日〔杭州〕

十一

广洽法师：

二月十九示收到。"萄"字误写"葡"字，甚是抱歉。今另写大张寄上，乞收。前诸友嘱画，今日始全部完成。兹一并寄上，共十八件（另开细目单），乞一一收转为荷。润笔壹仟万元，已于二月廿七日收到。谢谢。又蒙赐汇壹佰万元，亦于今日（三月十一日）收到。屡蒙惠赐，收之实甚惭愧。惟海外遥寄，情谊殊厚，却之不恭，只得领谢。

国内生活飞涨，民不聊生，来日甚可忧虑。弟笔耕生涯，草草尚能过去。润例自四月一日起，亦加调整（比前加一倍）。兹附奉数张，如南洋侨胞有爱拙画者，可请宣传介绍，惟不敢强求耳。近来为生活而作画，时间太忙，无有宏法事业，心甚惆怅。"护生画"第三集正在绘制中，但常常间断，故至今未能完成。出版以后，当设法寄新加坡广为流通也。顺颂

净祺

俗弟 丰子恺 和南

〔1948年〕三月十一日〔杭州〕

附字画十八件，照片一张，清单一纸。

十二

广洽法师净鉴：

前汇下壹仟万，又壹佰万，已先后收到。字画共十八件（薔薇院额〔薔字已改正〕，佛像，漫画册页四〔以上赠法师〕，国桢款三件，炯轩、竹轩、少炎款各一件，梦弼款四条，曼士[1]款扇面一件，树彦款一件，共十八件），及拙照一帧，今日（三月十二日）付邮。工人持赴邮局，航空挂号需壹百数十万。该工人认为太昂，改寄普通（只十余万）挂号（凭条附上）。如此，收到之日，恐须延迟。因先写此航空信奉告。即祈转达嘱画诸居士，曲予原鉴为幸。闻人言，以后画件，作航空包裹付邮，较为便宜。此次当作信寄，故昂也。诸居士所嘱，润笔共为九百六十万（该包内附有清单），余四十万即作纸邮费，恕不寄还矣。其后又承汇款百万，实太多惠，受之有愧。先此奉达，余详该邮包内信上。即颂

法安

俗弟 丰子恺 叩

〔1948年〕三月十二日〔杭州〕

---

[1] 黄曼士（1890—1963），祖籍福建南安，南洋儒商。二十世纪二十年代慷慨资助处于困境的徐悲鸿，被徐悲鸿视为"平生第一知己"，也是广洽法师、作者之友。

十三

广洽法师：

　　三月廿三示，今日（四月十三）奉到。前画能蒙妥收，甚慰。因非航空，常虑途中损坏也。以后当作航空包裹付邮。法师元宵车中遇鸡刽子手事，乃"护生"三集好题材，当取入画集。"护生画"第一集中有《老鸭造像》一图，乃弘一法师在轮船中所遇故事，大致与法师所遇相似也。

　　诸信善嘱造佛菩萨像，当一一遵嘱，稍缓寄奉。赐润二十五万，实已太丰，敬领道谢。承嘱在上海设代收件处，今已托万叶书店钱君匋（旧日弟子，该店经理）代收。附上通信址，并英文写法一纸，乞收。

　　关于"护生"第三集刊印事，已有李圆净，邬崇音（上海道德书局主人）相助。倘以后有困难，当再函请助。目下则不须动劳也。即颂

时祺

俗弟 丰子恺 和南

〔1948年〕四月十三日〔杭州〕

十四

广洽法师：

　　古历三月十五大示，今日（三月廿六）收到。吴昭仁居士为"护生画"第三集发心出资囯[1]三仟万元，功德无边！惟该书

---

[1] 囯，当时"国币"二字的简写。

尚未脱稿（实因弟画件太忙，不能专心作"护生画"之故）。大约须夏秋间可付印。倘款汇来保存，到出版时必大打折扣。弟意收到后先买纸张保存，如此方不损失。如以为然，请其汇万叶书店（上海天潼路宝庆路三十九号）钱君匋转弟，由弟先出收据可也。承又赐五百万润笔，实不敢当。当多写佛像寄上广结善缘可也。鸡剑子手画已编入目次，尚未构图，稍缓当另绘放大一幅寄上补壁，令见者心生慈悲也。

前嘱诸件，因寻求诸佛菩萨像参考图未全，故尚未动笔，不日写寄，先此奉复。万叶书店出版拙作文集，仅《率真集》一册。另有《缘缘堂随笔》、"再笔"，乃开明出版。今另封寄上各一册（作印刷品寄），乞查收。顺颂

净安

俗弟 丰子恺 和南

〔1948年〕农历三月廿六日

〔公历5月4日，杭州〕

十五

广洽法师：

近因事冗，佛菩萨像十二张，今日始画成，寄上乞收转。承又赐五百万元，今日已由上海钱君匋收转，无功受惠，甚是惭愧。近杭州法币大跌，物价暴涨。因此，求画者甚众，贪其廉也。弟应接不暇，颇以为苦。故六月一日起，改订润例（由每方尺六十四万改为二百万），以求减少笔债。此真不得已之事也。今附上新润例二纸，请收。如有求者，乞为转送。

"护生画"第三集材料,已集得半数。但是草稿,未曾正式描绘。希望六月以后,渐得空闲,则秋间可出版矣。顺颂
净祺

俗弟 丰子恺 顿首
〔1948年〕五月十三日〔杭州〕

十六

广洽法师清鉴:

七月七日所发信,至七月廿六日收到。款三千二百万元,于八月二日收。除一千二百万为瑞珪师与白锡宏居士画润外,余二千万元即于是日兑换金子。(八月二日金价,每两四亿元,二千万元只兑得黄金五分。另附收条。)连前吴昭仁居士七千万,蔡西行居士一千万,法币数共为一亿。但黄金数,前二人之八千万兑得六钱二分(已有收条寄上),今二千万只得五分。共得黄金六钱七分也。

瑞珪师及白居士画,今附上乞转。近两月来,此间物价暴涨,达十倍以上。弟之书画润例,今后亦只得大加调整(比两月前加四倍),今附上三纸,请惠存。如有欲得者,请为分送介绍可也。……即颂
清祺

俗弟 丰子恺 合十
〔1948年〕八月十四日〔杭州〕

《护生画集》尚未付印,须修改,并加文字,约须冬初方可出版。

十七

广洽上人：

九月十四日示早收到。汇款一百五十元（金圆[1]）亦于双十节收到。弟九月十日离杭，来游台湾。故大示从杭州转台。到此后，应酬，游览，几无宁日。讲演，广播，亦甚忙碌。至今始得安息，迟迟报复，至为抱歉。来示言十月十七赴厦门，今此信托叶慧观居士转，想可妥收。所寄汇之款叻币一百十元，内三十元乃上人赐赠患病之小儿者，已受领谢谢。内陈锦云女居士四十元，王金珠女居士二十元捐印"护生"三集，已代收，（共叻币六十元合金圆八十一元八角，换得黄金三钱正。饰金每钱廿七金圆。今另附收据。）刘英先居士叻币二十元，索漫画，今写"护生"大册页二帧，随此函附上，乞为转寄。上人鸡刽子手之画稿，留存杭州，他日返杭，当即放大作一画寄赠。今日台北天雨，客窗清静，晨起写古佛颂一篇，寄赠上人，作为厦门寓室补壁之用。即请哂纳。……此次来台湾……又因台湾人士邀我来此开一画展。今正在预备，大约须十一月初开幕。弟在此尚有月余勾留。通信址为：台北中山北路开明书店。但杭州寓中，亦有收件人负责，迅速转寄信件。故寄两处均可收到也。

颇思乘飞机到厦门一游。倘上人在厦门过旧历年，则弟台湾画展闭幕后，拟即来厦门，借图良晤。请赐复，再定行期。

---

[1] 金圆，指1948年8月19日国民党政府发行的金圆券。

即颂

慈安

^弟丰子恺 叩

〔1948年〕十月十六日〔台湾〕

附画二,字一,收条一。

十八

广洽法师：

漫游台南山川，昨日返台北，获得大示，至为欣慰。弟现已开始物色舟机，日内即可动身。惟飞机登记不知何日成行，尚未确定。月底以前，想必可在厦门相见也。南普陀寺已开始传戒，法师有两月滞留，甚善。弟到厦后，住处未定。旧弟子黎丁君（内武庙街十七号），邀住其家，弟或住彼处，或住南普陀寺共数晨夕，均佳。……

相见在即，余容面陈，即颂

净安

^{俗弟}丰子恺 叩

〔1948年〕十一月二十日〔台北〕

此信托黎丁君代付邮。

十九

广洽法师：

昨多承厚贶，至感盛情。昨下午询此间开明书店，知上海开明托买之福建纸，为数不多，约值三四千金圆。弟已函告上海，请其以港币伍佰之数折合黄金，或在上海购港币五百元，交李圆净居士代存。尊处捐助"护生"三集印费之款，便中交弟收可也。（星期日蔡居士约会。）蔡居士请柬附上，即颂
清安

俗弟 丰子恺 叩

〔1948年〕十一月廿六晨〔厦门〕

二十

广洽法师清鉴：

今又有一小包，敬烦带星洲，去信请郑子瑜君来领取。费神谢谢。

弟已于昨日迁居古城西路四十三号。稍事整理，即将开始作"护生画"。将来所作原稿，当复绘一份，寄薝蔔院保存。

大驾何日起程？今着小儿元草走谒，请赐面谕为幸。顺颂
净安

俗弟 丰子恺 叩

〔1949年〕一月十五日〔厦门〕

二十一

广洽法师净鉴：

此刻想早安抵星洲。郑静安居士自香港来，言在港曾与法师晤面也。前所摄影，今将底片寄上，因厦门晒印数张，均被人索去也。"护生"三集稿已成一半。大约一二月后，可以完成。今将新作诗稿附上，乃关于法师去岁买鸡放生之事者。（此幅放

在最后，与弘一法师老鸭造像相同。）其画则尚未成。日后再将画稿寄上。"护生"三集完成之后，弟返沪或赴港，今日尚未能定。国内时局恶化，和谈甚无把握。各地物价飞涨。阴历年关一过，此间物价上涨达五倍左右。（敝寓至南普陀人力车，单次已需一百元。米价已达八百元。）来日生计，不堪预料也。专颂
净安

俗弟 丰子恺 叩
〔1949年〕二月一日〔厦门〕

再：前托带郑子瑜居士书画三包。彼将在星洲举行画展。但此画乃彼出钱购去，增加价格，在星洲展览求售，将以所赢得之钱办杂志者。故此展览，非弟所自开，与弟并无直接关系。特为奉告，即请台洽。

又叩。

二十二

广洽法师：

三月一日示及汇票港币壹百五十元，外金圆四百元，收到谢谢。法师患恙，想早已痊愈。至深企念。郑子瑜居士之画，彼来信言三包均已收到，费神谢谢。吕依莲女居士嘱画，不日当寄上。所赠润笔，已领受谢谢。

朱西阳等九居士捐助"护生画"印费港币壹佰元正，已代收。将来出版时，将芳名刊入册中。"护生画"三集，弟已绘好一半。大约四月底可以完工。五月初即到香港，面请叶恭绰老居士书写。然后在香港或上海付印。大约夏天可以出版矣。将来画毕，

当将余多之画稿寄上，留作纪念。次子名元草。病已好全。但因北平可去，故彼决定不到南洋，而回北平交通大学。多蒙锦念，良深感谢。弟定于五月底离厦门返杭州。六月一日以后通信址，仍为"杭州静江路八十五号"。顺颂
道安

俗弟 丰子恺 叩

〔1949年〕三月八日〔厦门〕

厦门南迁客甚多，生活因此高涨，比杭州高近一倍。故弟不能久居，五月初游香港，五月底即返杭州也。

二十三

广洽法师惠鉴：

今寄上吕依莲女居士所嘱画一幅，乞收转为荷。弟定于三月卅一日上船赴港，请叶恭绰先生书写"护生画"诗文。四月下旬即返上海。"护生画"即在上海印刷，夏日必可出版。出版后，当寄多册到尊处。古城西路租屋，今已退租，今后通信，请仍寄"杭州静江路八十五号"为妥。国内物价暴涨，比法师居厦门之时，已涨数十倍。(从南普陀到古城西路黄包车要二千元。)来日生活，不堪设想也。顺颂
净安

俗弟 丰子恺 叩

〔1949年〕三月廿六日〔厦门〕

二十四

广洽法师清鉴：

弟于四月二日上船（丰祥）赴香港。前日有人送来法师所赐食物一大包（饼干，好立克，牛乳等），已拜领谢谢。敝眷已返上海。弟在香港住十余日，亦返上海。今后通信请寄"上海四马路开明书店"。丰祥船上叶天泉君言，法师贵体尚未复健，至深挂念。此信即托叶居士带上。收到时想早已复健也。前十日，寄上吕依莲居士嘱画一张，想已收到。"护生画"集已完成，明日到香港托叶恭绰先生书写，即携赴上海付印，夏间可以出书。以前南洋诸善士捐款，当刊印在书末，永留芳名。此信于船上书，即颂

净安

俗弟 丰子恺 叩

〔1949年〕四月四日于丰祥轮一等十七号

二十五[1]

广洽法师道鉴：

来信收到。法师于仰光归途患病，想佛力加被，此刻定已复健，得信后甚是企念。还望以后善为珍摄。弟于离厦门后，即赴香港请叶恭绰老居士写"护生诗"，返沪时正待解放。幸"护生画"已出版，可慰法师好生之美德。上海初解放时，物力艰苦，施主甚少，以故"护生画"到今年春夏间才始付印。法师以前

---

[1] 载1949年4月1日《觉有情》第10卷第4期，题为《与苏慧纯居士》。

所募诸款，今已全部印书（书后附芳名单，想已见及）。此间由大法轮书局苏慧纯居士（厦门人）负责办理此事。尊处倘再需要，请示，当再寄上。因此间近来市面好转，佛教界施主又渐渐踊跃出资，故"护生画"刊印甚多，第一二两集亦已重印也。弟于上海解放后，任人民代表，出席开会，比前略感烦忙。求画者减少（乃经济力关系），而出版事业发达，编著翻译工作甚忙，版税收入，亦勉可糊口耳。屡承锦念，故特写告。李复承居士惠赠润笔港币贰佰元，实太客气。今谨领受，并请便时代为汇寄："香港干诺道中七十一号四楼永益利金山庄李君毅先生转丰子恺收"可也。李君毅乃弟好友，彼能妥为转上海也。蓬老法师嘱画舍利塔八面图，弟思量久之，梅兰菊莲等花卉，非弟所长；而舍利塔用梅兰菊莲，亦不甚适当。弟意宜画"护生"图，使永远昭彰于石刻，其功德实为无量。今作四图，随画寄奉，此四图乃"蠕动飞沉"（即虫鱼禽兽）四幅"护生画"，用简笔以便石刻。即请转达，并将此意告知蓬老法师。

造塔经费，不知何来。倘不充足，则弟不该受润笔。如其裕如，则随送润笔若干，当均乐受。其款即请代为汇交美国加州小儿丰华瞻收。其址如下：

Mr. Feng Hua-Chan

2219, Channing Way

Berkeley 4, Calif. U.S.A.

因彼在美，或有行动（须返国），恐旅费不足，故特托汇去以资补助耳。前在厦门拜见之小儿新枚（一同拍照者）现在此间小学六年级，托福甚是健康，惟同游厦门之小女（名一吟），今夏忽患急性肺病，有二月余之急险。幸沪上医师及药物均便，现已痊愈，但须静养一二年方可担任工作耳。为此重病，费用甚大，幸得痊愈，亦不可不感谢"护生"之功德也。弟在沪曾屡次迁居，现住"上海福州路六七一弄七号"，当不再迁。此屋乃老友章锡琛[1]兄（"护生"第三集作序者）之租寓，章已迁往北京，故由弟接住也。通信请寄此址为荷。即颂
道安

弟 丰子恺 叩

五〇年十一月廿六日〔上海〕

二十六

广洽法师惠鉴：

来信收到，并承汇款人民币叁拾元代茶果，亦已收到。我等未能供养三宝，反蒙赐赠，实不敢当！兹敬领受，专函道谢。新枚童子亦附函道谢，信中所附六年前厦门租寓中照相，印制甚佳，令人恍忆当年良会。兹附上最近小照一帧，藉留纪念。阅来信，知法师近年多病，刻下想必恢复健康。仆住上海已六年，最初居福州路，最近迁居陕西南路，以后通信，请写信封上地址。祖国气象全新，与昔年大异，我等在新中国生活均甚幸福，真可谓安居乐业。仆前年曾发起为弘一法师在杭州虎跑寺建造石塔，已于去春落成，虎跑寺近亦由政府大加修葺，焕然一新。杭州最大寺院，如灵隐寺，亦已由政府重加修葺，上海静安寺

---

[1] 章锡琛（1889—1969），别号章雪村、章雪山，上海开明书店负责人。

等亦已全新。

法师身体复健后，盼能返国巡礼，当必欢喜赞叹也。此请
法安

俗弟 丰子恺 顿首
五五年六月六日〔上海〕

二十七

广洽法师座下：

前接汇下港币壹佰壹拾元，已收领，不知此款作何用度？未蒙来信说明，暂为保存。上次承赠款，并赐童子新枚款，均已收领，并函道谢。以后请勿再赐，以无功德，不敢受供养耳。

法师近年身体想必健康。恺去秋患肺病，现亦渐愈，此间医药一切皆由政府供给，个人不须负担，故病容易复健也。顺颂
道安

丰子恺 上
五五年八月七日〔上海〕

二十八

广洽法师座下：

八月廿四信前日收到。款港币壹佰廿元，比信早收到，曾有信奉复，想亦收到。屡蒙汇款，甚不敢当。以后望勿再赐，请法师自己保养玉体为要。弘一法师石塔已于前年完成，但纪念馆迄今未能建设，因为国内人士大家很忙，没有余暇及余力

对付此工作。又虎跑现已成为西湖风景区，僧人极少（有数人留住，皆卖茶为生），所以不宜立纪念馆。此事恐须将来再说。前年造塔，亦不得已而为之。因灵骨自福建请来，埋在寺后半山中，毫无碑记，我恐日久湮没，故约旧友三四人，出资修建。（共费人民币一千八百万元，合港币七八百元耳。）今附奉落成纪念照片一张，请保存留念可也。国内僧人，无论年老年轻，均从事工作，参加政治学习及会议，隐居山林之僧人已绝少。此情况与昔年大不同也。所需之书，已问过大法轮书局苏慧纯居士，彼云近因修屋，书物都已包藏。（购者亦极少。）待修屋完毕后，检出另行寄上。放生鸡子五只及泉州所讲《广义的艺术》，我均无存稿，且都已忘记，未能重作为憾。我患肺病已整整一年，尚未痊愈，然每日尚能工作数小时。所工作都是介绍苏联文化（翻译），画事亦久已荒疏矣。惟国内社会安宁，生活幸福，可告慰也。顺颂

法安

俗弟 丰子恺 叩
五五年九月十一日〔上海〕

二十九

广洽法师座下：

五月卅日发信，昨收到。奉复如下：

（一）弘一法师纪念馆，政府指定用虎跑钟楼为馆址，此钟楼建立在大殿旁边，分三层，下层大如普通厅堂，中层稍小，上层又稍小。建筑颇新。下层及中层可陈列书画纪念品，上层

可供管理人住宿。地点并不嫌小。但其中空空如也，毫无一物。故办馆时须新买家具（陈列橱、桌椅等）约略须费二三千元。

（二）政府只表示准许办纪念馆，经费须由其生前老友募集，并无指定组织办法。现弟拟先纠合弘法学生等数人组织"筹备会"，在上海有吴梦非[1]居士（六十余岁，音乐教授，弘师学生）、朱幼兰（壮年人，佛教徒，景仰弘师者）、罗良能（壮年人，亦景仰弘师者），杭州有黄鸣祥（六十岁，弘一师学生，即造塔、修塔之监工人，前寄上之拓碑中有彼姓名）。其余尚在考虑中，不久弟拟召集诸居士，开会商讨具体办法，后再奉达。至于经常管理之人，弟拟推黄鸣祥居士，因彼过去热心监工，又家住杭州（任学校职务）。但学校退休后，学校所送养老金不够维持生活，故纪念馆必须按月赠送三四十元之薪给。此外经常开销甚省，不过茶水纸墨之费耳。

（三）《李叔同唱歌集》记得前已寄赠一册，现正往外埠购求，因本埠早已售完，倘购得，当再寄上数十册（能买到几册，未能确定）。书费区区，不须寄还。万一购求不得，当俟再版后购奉矣。（国内近来新书销路甚好，往往一出即卖光也。）

《李叔同先生传》，弟已寄稿去（浙江人民出版社），但尚未付印，预料年内或可出版。但此系公家出版社刊印，非佛教书

---

[1] 吴梦非（1893—1979），作者在浙江省立第一师范的同学。吴梦非曾从李叔同学习音乐、绘画。"五四"时期发起和主持"中华美育会"，与丰子恺、刘质平（1894—1978，浙江省立第一师范学校李叔同的得意门生，音乐教育家）三人共同筹办上海专科师范学校。著有《西画概要》等美术教科书。

店刊印，故不能附印，只能于出版后购买。今后出版时，弟自当多购数十册寄奉，不过时日未定耳。

（四）马一浮先生居杭州西湖苏堤蒋庄楼上，政府甚优待长老，生活安乐，惟近来患眼疾，一眼失明，故写字久已停止。闻正在求医。他日弟到杭当探候之。倘便于书写，当代求墨宝寄奉。

关于来示所询，草复如上。再者：尊处既已与三数友人发动集款，且看成绩如何，一切随缘可也。国内亦拟征求书画纪念品。将弘一法师生前所有作品，散布在诸友人学生处者，尽行收回，加以装裱，保存在纪念馆内。此事亦须经费，但弟私人自当尽可能贡献，不成问题。至于国内集款，拟不登报，但由筹备员分头宣传，因预料能出资者甚少，登报徒然招摇而无益也。专此奉达。即颂

时祺

俗弟 丰子恺 叩
五六年六月十日〔上海〕

三十

广洽法师：

七月七日所发之信，早已收到。承汇赐港币百元亦收领，分赠一吟新枚，彼等均道谢，万里海外特蒙眷念，盛意深为感荷。本当早复，因欲待谢松山先生来访后作书。但谢先生至今未见惠临，想系旅期延迟？今另封由邮寄上扇面五张，其一敬赠法师，其余四张乞代分送贵友，年来多写字，少作画，故画笔生疏，

扇面上所绘皆草草也。法师欲来祖国暂住，甚为欢迎。现今国内僧人，大都参加政治活动，闭户静修者极少。故国内佛教界面目，亦随时代而一新，法师来祖国观光，即可看到种种新气象，与过去完全不同也。弟夏间上庐山避暑，住半月余即返沪。下月将有庐山游记在《文汇报》发表，不知南洋能看到该报否耳。谢松山先生倘来访，自当招待并赠书画。余后陈。即请

净安

俗弟 丰子恺 叩

五六年中秋〔9月19日，上海〕

扇面五个另寄。

三十一

广洽法师：

惠书收到。承赐港币伍拾元亦已收领，道谢。庐山游记今剪报寄上，请为哂正。弥陀学校校歌，当遵命制作，由小婿杨民望（即陈宝之夫，厦门人，音专校毕业，现在上海乐队[1]服务）作曲，由弟作歌。但尚未完成，且须修改，请稍迟寄奉。先此函陈，即致

敬礼

俗弟 丰子恺 叩

五七年一月三日〔上海〕

---

[1] 上海乐队，指上海交响乐团。

三十二

广洽法师座下：

五月廿一日示前日奉到。刊物及校歌□□□[1]亦均收到，校歌蒙采用，至为欣慰！深恐词曲未能尽善耳。承赐资港币二百元（想不日可收到），实太客气，今谨领收道谢，以后请勿再赐，免增惭愧。今写奉格言四字，乃佛家训辞，是否可作校训，未敢确定。只作贵校客堂装饰可耳。王碧莲女士尚未来过。又承赐金笔，预先道谢！法师拟刊弘师书翰等单行本，至善。夏丏尊先生信已看过，今附还，可以刊入。弟所收弘师信件，抗战时均被炮火所毁，一无留存，甚为可惜。法师刊印纪念册，弟未能供给材料，至深遗憾！

杭州虎跑弘一法师纪念室，杭州政治协商会已提出，杭州政府听说已表示同意，但如何办理，何时成立，均不可知。因国内现正"增产节约"，恐政府未能多出经费。至多拨一房屋陈列遗物而已。四年前弟等三四同人私人出资所造之石塔，今幸无恙。上海话剧家及日本话剧家均去朝拜。惟塔在半山，后面山石泥沙常常被雨水冲下，最近已迫近石塔。需要开山，最好再造一亭子，设石桌石凳。现在只有一塔，别无点缀也。但国内私人经济均不太富裕，少有人能出资开山护塔。海外倘有信善宏法，诚善。但弘师生前不愿为自己募捐，故此事未可勉强，

---

[1] 原信此处被蛀虫蛀去二三字。

但俟胜缘耳。即颂

　　道安

外弟 丰子恺 叩
五七年六月十七日〔上海〕

三十三

广洽法师座下：

　　来示及港币贰千元，先后收到。法师罄钵资为弘一大师修筑塔墓，广大宏愿，至为感佩。先后共收港币叁千元，合人民币一千二百二十七元。暂存银行，待月底弟赴杭察看，进行修筑。此款及弟所捐六百元，拟全部用以开山及筑亭。因纪念馆事暂时搁浅，且待日后政府有明令后开办。据友人等言，纪念馆不能私办，政府倘决定开办，必有房屋供给，不须私人出资买屋。所以我们所捐之款，可全部用以修筑塔墓也。实施情形，后再奉达。

　　法师编辑弘师纪念册，弟为作封面画，随函附上，可印橡皮版或三色版。书面绘画，可使读者乐于阅读，故在题字外又作画，不知尊意妥否？

　　承念小儿华瞻，彼早于前年由旧金山回国，现在上海复旦大学当英文教师，且已结婚，夫妇二人皆担任教职。多承锦念，深为感谢。次儿元草，即昔年曾拟赴新加坡任教者，现在北京音乐出版社当编辑，一切安好。三儿新枚，即在厦门与法师合摄照片者，并屡蒙赏赐者，在上海高中三年级。惟近来亦患肺病（不重），暂时停学，在家疗养，大约明春可痊愈并复学。今嘱代为向法师问好。

上海近正开人民代表大会，弟天天出席，大约八月底可以闭幕。……草复，即颂

时祺

弟 丰子恺 叩

五七年八月十七日晨〔上海〕

三十四

广洽法师：

来信及汇款港币一仟元（又四十元），均已收到。法师宏愿，功德莫大！弟自当将此款（共港币五仟元，合人民币贰仟壹百三十五元）善为应用。上月廿四日弟到杭州察看石塔，见塔本身无恙，惟环境的确狭窄，后山有开凿之必要。同时祭桌前面地基太窄，深恐崩落，又有筑石槛之必要。今将其地势绘图如左。现正托杭州友人黄鸣祥（亦弘师学生，现任省立女中总务主任。石塔系彼监造。）请石工估价，尚未有复。后再详告。总之，一切从长计议，不致辜负法师万里外之美意也。

寄下照片四张，收谢。将来纪念册出版，还望及时赐寄。小儿新枚患肺病，并不重，但停学在家疗养，大约明春可以痊愈复学。承法师遥念，并赐资慰问，甚感厚谊。特代为道谢。国内正展开反右派斗争，上月人民代表大会连续开会二十天，弟天天出席。因此未能早到杭州察看石塔也。匆复，即颂

道安

俗弟 丰子恺 叩

五七年中秋〔9月8日，上海〕

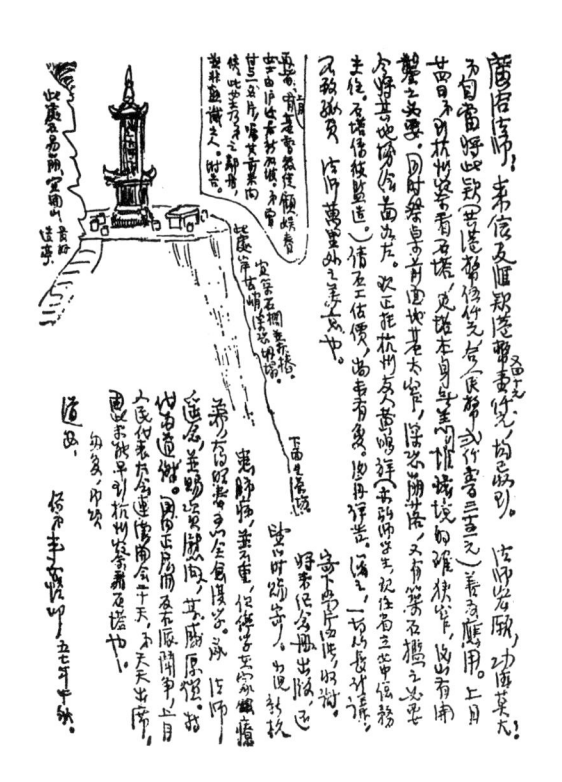

三十五

广洽法师座下：

前奉复想已收到。杭州虎跑工事，刻已由黄鸣祥居士（亦弘师弟子，现任省立女中总务主任）包工。即日开工。工作项目如下：（一）塔后开山三公尺，筑石壁，以阻止山岩崩溃。（二）塔前峭壁上加石帮岸及石栏杆，防止崩溃并使游客安全。（三）石壁周围设磨光水泥石凳，以便游客息足。——上三项工料约计人民币三千元。再加一项：（四）石壁上嵌入小型石碑一块，上刻弘师生平事略,并标明"广洽法师增筑"字样,此石碑所费不多,可留永久纪念。近日秋晴,石工泥工正好进行。大约冬至前必可完成。

弟本拟筑亭,现在暂时打消此计划。因西湖乃风景区,筑亭必须很讲究,很美观,方才可得园林管理处许可。而讲究时所费甚大,亭本身即费三千元左右。因此暂时不筑。黄居士增筑计划图附上请看。

再者:前函云"再汇上港币壹仟元正,连前计凑足伍仟元正"。据弟检点,尊处三次汇款,一共为四仟元,并非伍仟元。收到日期如下:(一)七月十六日收到港币壹仟元正。(二)八月二日收到港币贰仟元正。(三)九月六日收到港币壹仟元正。——上共港币肆仟元,合人民币壹仟柒佰零捌元正。(港币壹元等于人民币零点四二七元。)不知是记错了,抑是另有港币壹仟元失落?甚为挂念。请查明为荷。

目前,法师所捐一千七百零八元及弟所捐六百元,两共贰仟叁百零捌元。工料略有不敷,当由弟补足,勿念。专此即颂
净安

俗弟 丰子恺 上

五七年九月十七日夜〔上海〕

三十六

广洽法师座下:

示及港币一千元,先后收到。石塔增筑,今已完成。共用约贰仟余(尚未结清),我们所捐之款共二千七百三十五元(尊

处汇来二千一百三十五元，即港币五千，弟自捐六百元），不会超过，尚略有剩余。但弟知以后必另有人自愿出资，可供建亭。故决计不向外募捐，以符弘师遗志。请法师放心可也。国立纪念馆尚无消息，但民间开纪念会颇热。据弟所知，话剧界正在北京展览弘师照片，纪念话剧五十年。上海佛教信众会亦开逝世十五周年纪念会。其他各埠亦有纪念会。石塔增筑后，石壁上刻铭文一篇，叙述端绪。他日拓印出来，当寄奉请阅。

净安

弟 恺 叩

〔1957年〕十月廿三日〔上海〕

三十七

广洽法师道席：

五月十二日示奉到。贵体最近违和，目下想早痊愈，深为挂念。尚请留意珍摄为要。又承赐寄隆款（港币六十元，内二十元交新枚童子，想不日可收到），甚不敢当。已领受盛惠，专此道谢。《弘一法师纪念册》七月间可出版，甚善，出版后请即赐寄一册为荷。弟近亦患病入院疗养，现已复健。国内各方面工作大跃进，故最近较忙，幸健康能胜任也。

杭州"弘一法师纪念馆"，最近政府已批准。地点即在虎跑寺内，用钟楼（三层楼屋）为馆址。政治协商会对提议人（马一浮先生亦在内）的批示中说：其经费可由弘一法师生前友人筹集。（杭州已有吴昌硕先生纪念馆，其经费亦由吴生前友人及学生筹集。）现弘师弟子吴梦非兄及虎跑寺宝云法师等均希望早日筹办。但经费尚无着落，故未进行。据弟估计，约需人民币八千元（开办费约三千元，管理人酬劳及日常开支以十年为度，约五千元）。弘师生前曾叮嘱知友，勿为彼身后募化。因此往年造塔及此次修塔，均由少数私人（法师、叶圣陶[1]先生、钱君匋君及弟）自愿出资，非向外募集者。但此次系政府意旨，非我等发起，故弟意不妨募集。不过国内目下募款较为困难，故一时未能进行筹办此纪念馆耳。

南洋方面近况如何？有否弘师生前知友及信徒？法师对此事意见如何？尚请加以考虑为幸。弘师一生毫不重视世间名利恭敬，故此事须随缘而定，不可强求也。

附寄（非航空）《李叔同歌曲集》一册，乃新近由弟编写而出版者。其稿酬共一千一百五十余元，全部充作增修石塔之用（见该书序文）。弟近又作《李叔同先生小传》一册，大约年内可以出版。出版后当寄奉请正。专此奉达，即请

净安

俗弟 丰子恺 叩

五八年五月二十二日〔上海〕

三十八

广洽法师座下：

六月廿七发示，于昨日（七月三日）奉到。诸事以次奉达如下：

---

[1] 叶圣陶（1894—1988），生于苏州，原名叶绍钧，作家、教育家及出版家。

（一）尊处既有信善喜舍，则纪念馆即着手筹办。今日与吴梦非兄商谈进行步骤，决定先向政府正式呈报，次邀集正式筹备委员会。

（二）筹委会名单，上次信中所举乃基本人员（实际办事者），今与梦非兄商定如下：

广洽法师、吴梦非、丰子恺、朱幼兰、黄鸣祥、罗良能、丰一吟、马一浮、黄炎培[1]、叶绍钧、堵申甫[2]、李鸿梁[3]、刘质平[4]、许钦文[5]、宝云法师（共十五人）。

此十五人中许钦文是杭州文教局长，宝云法师是虎跑住持。又，住杭州者共六人（马一浮、堵申甫、李鸿梁、许钦文、宝云、黄鸣祥），余均住外埠（新加坡、北京、上海、济南——刘质平），再南洋方面，除法师外，有否其他可以加入，请法师加以考虑。此会乃精神联络，不拘地点远近，皆可通讯联系也。倘有相当

---

[1] 黄炎培（1878—1965），江苏省川沙县（今上海市浦东新区）人。教育家，中国民主同盟主要发起人之一。

[2] 堵申甫（1884—1961），又作堵申父，名福诜，丰子恺在浙江省立第一师范求学时的教师。

[3] 李鸿梁（1895—1972），绍兴府山阴人，画家。早年就读于绍兴府中学堂时为鲁迅学生。后考入浙江两级师范学堂，与丰子恺、刘质平、潘天寿等同为李叔同高足，并被李叔同称为"最像我的学生"。

[4] 刘质平（1894—1978），浙江省立第一师范学校李叔同的得意门生，音乐教育家。曾与丰子恺、吴梦非共同筹办上海专科师范学校。

[5] 许钦文（1897—1984），浙江绍兴人。因乡谊与鲁迅过从甚密，受到鲁迅的扶植与指导。历任杭州高级中学、成都美术学校、福建师范、福州协和大学教师，其间从事鲁迅著作的研究。

人员，请示知，以便加入。（蔡丏因、黄寄慈消息不明，暂不聘。）

（三）香港带下书四册，想不日即可收到（收到时再复告）。《李叔同歌曲集》（一周前另寄十二册，想可收到。此十二册奉赠，请结缘）稿酬除上次修塔外，尚余六百余元（人民币），即目下共有二千三百余元，已可开始购置家具（但尚不足些）。以后续得，作为开支（管理人——公推黄鸣祥——月酬、书画装裱费、日用等）。倘续得不多，则不取存本金而用利息之办法，而直接用本金，以十年为度。盖利息低（年约六厘），用利息非有大量本金不可。用本金则以十年为度，例如预算每年开支五百元，则有五千元即可维持十年。而在十年内可以络续另筹第二个十年经费也。万一集款太少，不够十年，则五年计划亦未尝不可。如此，轻而易举也。尊见如何，尚请赐示。

（四）国内政府照顾画家，展览会代订润例者有之，惟弟近七八年忙于译著，不复卖画，亦无润例。但好友介绍，则无条件写赠。来示询及，弟决定为纪念馆破例：倘集款时有施主欲得拙画者，请示知，当作画奉酬其美意可也。倘尊处认为须订润例，则请代订，其数目全由尊处酌定，所得润笔，全部归纪念馆收入。弟完全尽义务，藉以对弘一法师聊表敬意耳。

（五）华侨汇款有否优待办法，弟不知，托罗良能去打听，据说中国银行中有人说，华侨向祖国投资之汇款，可以优待，普通汇款则无优待云。

（六）馆正式成立后，当将一切详情汇报，并寄赠各筹备委员及施主。

以上关于筹办纪念事，请台洽为荷。尊见尚请随时见示为幸。小女一吟，即前在厦门得见者，现在家任俄文翻译工作。本来在出版社当编辑，后患肺病，吐血甚多，即在家休养。现病已渐愈，但尚未能出任职务。小儿新枚亦患肺病，已大体见愈而未曾钙化。本来今暑假高中毕业，可考大学，但大学体格检查甚严，未钙化者不得考大学。故新枚尚须在家疗养一年，明年暑假再作计较也。大女陈宝现在出版社任编辑，与厦门人杨民望结婚，已有一子一女矣。遥承锦注，至用感谢。顺祝

道祺

弟 丰子恺 上

〔1958年〕七月四日〔上海〕

香港寄来书四册已收到。七月五日补告。

三十九

广洽法师清鉴：

七月八日寄奉航函，报道"李叔同纪念馆"事，想蒙收到。兹启者：昨吴梦非来言，彼向杭州当局接洽，据复此事目下尚未能实行，须暂缓进行，因上次系政治协商会批准，而市政府未能即刻实行云云。但既有此议，迟早必可实现，不过目下须暂缓耳。为此函达：请尊处暂停集资。倘有已集者，或暂退还，或代保存。至于已收之部分，未能汇还，只得由弟与吴梦非、朱幼兰、罗良能，及小女丰一吟共同负责保管，存行生息。（计一千七百〇八元，连前歌曲集稿酬六百余——修石塔余款，共约两千三百元。）弟预料不久当可应用此资。请将此消息转告龙山寺、普陀寺、黄奕愿居士、吕依莲居士、蔡贤青居士、沈树

玉居士、陈光别居士等信善为荷。

至于道侣中有人欲得拙画者，弟仍随时结缘，请函示可也。

近访得弘一大师早年致杨白民[1]居士书札多件，已裱成手卷（长三丈）将来陈列馆中[2]。又访得法师当年（当教师时）所用金表一具，为可贵之纪念物，现此表由弟宝用[3]，见物如见其人（弟少年时向弘师学音乐时，师每将此表放钢琴头），深觉珍贵！敬颂

法安

俗弟 丰子恺 顿首

五八年七月十九日〔上海〕

四十

广洽法师道席：

七月廿五日发信，昨（卅日）收到，弘一大师纪念馆延缓筹办，实非弟等意料所及，来信热烈盼望其早日实现，弟等亦同有此心。今将事实复告如下：

（一）前吴梦非居士向杭州政府接洽，复示云从缓实行，并云"现正搜集李叔同先生纪念物材料"（其信由吴保存）。可见

---

[1] 杨白民（1874—1924），艺术教育家。一生崇尚艺术，与李叔同交往二十年。在上海创办城东女学，献身于校务三十余年。

[2] 后因建馆未成，至八十年代时由丰一吟代杨白民之女杨雪玖捐赠给浙江省博物馆收藏。

[3] 此表后由丰子恺赠送给广洽法师。广洽法师于丰逝世多年后，又转赠给弘一大师在俗时之子李端，终物归原主。

并非推翻政治协商会提案，确是时间迟早问题。盖政府办事井井有条，先后有一定顺序，故目前尚未便敦促。现决定由吴居士即日赴杭州（彼拟迁居杭州）向有关各方联络，随时促其早日实现。今晨弟与吴协谈结果，认为迟早必可实现。

（二）因此，法师不必宣布停止集资，但将上条情形告知施者，并将款保存在尊处，勿汇上海。他日实行办馆时再请汇来。——但此法是否可行，弟等未敢确定，还请尊裁决定。

（三）已收之港币四千元（合人民币壹千柒百零捌元），暂由弟与小女丰一吟负责保存，今将乐助者芳名单附上，作为收据。（上次信上忘写广净师名，因误将"净"字看作"洽"字耳。今正式写奉。）筹备委员在沪者只五人：吴梦非、朱幼兰、罗良能，弟与小女一吟。（过去造塔修塔等账务皆小女管理，故办馆亦由彼参加，司理账务至馆成立为止。）杭州委员皆非实际办事人，今后吴居士如能迁杭州，必可使馆早日实现。（许钦文表示，不便担任筹备委员。）

（四）尊处大师手写《金刚经》及遗物，暂保存，日后征集。法师将来能回国一行，尤为欢迎。馆未办以前，法师倘能来杭一游，可以深悉国内佛教界近况，亦甚有意义。

（五）弘一大师老友堵申甫先生，亦热烈盼望纪念馆早日成立，今将彼致吴梦非兄之名片附上，可藉知此间情况也。

（六）蔡锦标、贤青、陈光别、潘慧安诸居士嘱画，定当写奉。（奉赠留念，不取润笔，请转告。）法师嘱写父女子读书著述图，亦当遵嘱，稍缓一并寄奉。

（七）黄葆戌居士处，已去信问讯，想彼不日有复信寄上。

（八）承赐小女小儿茶果资叨币四十元，昨已收到。屡承嘉惠，甚不敢当。昨信又言赐下四十元作邮费，实太关心，以后请勿再行破费。今拜领道谢。

（九）随函寄上（平寄，比此信迟到）拙作《缘缘堂随笔》一册，又小女丰一吟与弟合译苏联小说《我的同时代人的故事》一册，请哂收。后者乃一吟奉呈请教者。

以上各条请台洽为荷。总之，我等亦切盼纪念馆早日成立，与法师同样用心。实因情形复杂，纸笔难于尽言，诸祈洞察为感。

此请

法安

俗弟 丰子恺 拜启

五八年七月卅一日〔上海〕

小女一吟暂不致书，嘱代道谢，并寄奉照片一张代谒。

李叔同纪念馆经费乐助者芳名：

龙山寺叨币壹仟元正

广净法师叨币壹佰元正

普陀寺叨币壹佰元正

黄奕愿居士叨币壹佰元正

吕依莲居士叨币壹佰元正

蔡贤青居士叨币伍拾元正

沈树玉居士叨币伍拾元正

陈光别居士港币壹仟贰佰伍拾元正

以上共合港币肆仟元正，即人民币壹仟柒佰零捌元正。

已以"李叔同"户名存入上海人民银行生息，办馆时取用。
一九五八年七月卅一日存票负责保管人

丰子恺〔盖章〕
丰一吟

四十一

广洽法师：

九月十日示一早收到。又承惠赐小儿女等（叻币肆拾元已照收），实深惭感。彼等多次受赐，无可报谢；以后请勿再汇，免增罪过耳。拙作绘画，与海外侨胞结翰墨缘，乃出心愿，今后倘有贵友愿得者，请随时示知，定当无条件奉赠结缘，请勿远虑为荷。弘一大师纪念馆事，弟日夜在心，尤其因为已经保管一笔款项，心中增添负担，希望早日实现，以符海外侨胞施舍之美意。但办纪念馆事与政府行事步骤有关，实不可强求速成，故只得静待时机。法师所已收之款，请分别保存，暂勿汇下。弟确信将来必有一日请汇也。附告者：前月杭州有人欲将厅堂用木器一堂出售，弟已购得（一百十元人民币，系上次修石塔时《李叔同歌曲集》稿酬余款中拨付）。送虎跑钟楼大厅中，作为将来办纪念馆用具之一部分。但愿此为馆之基础耳。

上海近日秋高气爽，弟微躯托庇安健。遥祝法师康泰，请随时注意保养为要。专此奉复，余言续陈，即颂净安

俗弟 丰子恺 上
五八年九月廿六日〔上海〕

四十二

广洽法师净座：

惠示奉到。承赐汇叩币四十五元（蔡锦标居士赠）已收到。屡承馈遗，实甚客气，受之有愧。请代道谢为荷。尊编《弘一大师纪念册》三册亦收到。印刷编制均甚优良。目下已足。他日有人需索时，当再函请。

黄曼士先生嘱画，及妙灯、广净法师嘱画佛像，弥陀学校嘱画，及尊嘱观音像，均已画就，共五幅，与此信同时作航空挂号付邮，想可同时收到。乞分赠诸君为感。以后倘有贵友索画，尽请示知，当随时结缘。请勿客气。因弟近来较为空闲。（近来脑力略衰，译著工作少做。作画则尚能胜任。）

弘一大师纪念馆事搁浅，弟心甚不安。捐款十数百元代为保留，尤为不安于心。因观目前状况，此纪念馆一时未能实现。倘遥遥无期，弟保留此款甚为不合。深恐世事无常，致生舛误也。颇思汇还尊处一并保存或暂时归还施主。但国内不能汇出，徒唤奈何也。尊处又集一千六百一十元，请勿再汇。暂且分别保存可也。转解老和尚、刘崑珠、林瑞鼎、林印法、周木辉、梁妙喜诸居士之美意，甚为赞佩，请代道感荷之意。余言续陈，即请

法安

俗弟 丰子恺 叩
五八年十一月十日〔上海〕

四十三

广洽法师净鉴：

十一月五日航空挂号寄上画共五幅（内有佛像、观音像），想早收到。十二月一日奉到汇款人民币三十六元余（约系港币八十元？），未蒙附信，不知此款何用？以后函便，请示及为荷。高文显居士由尊处来信，并嘱复函由尊处转，今附奉复函，即烦转寄为感。弟一切如常。入冬患气管炎，今早已痊愈，为此今秋未曾赴杭州谒弘公墓，须待明春瞻仰矣，纪念馆事消息沉沉，看来最近无暇及此，亦只得随缘耳。国内劳动热情甚高（儿童少年壮年皆参加，惟老者不预焉），粮食钢铁产量大增，富足可喜。此致

敬礼

俗弟 丰子恺 上
一九五八年除夕〔12 月 31 日，上海〕

四十四

广洽法师惠鉴：

元旦示收到。最近收到两次汇款，皆人民币三十余元（大约叻币四十元？）。阅来信知第二款中一半是高文显居士所惠，另一半是法师所惠。均领受。但第一款不知何用？受惠太多，深感不安！（前航空挂号画五幅，内有赠弥陀学校大幅及诸法师佛像观音像，想均收到。）陈正书居士索画，今草一图，随函附上，乞为转赠。（此信亦航空挂号。）

法师近来体力较差，此乃此年龄应有之状况。弟今年六十有二，亦精力远不如昔，每日工作时间减少，六十以前每日可工作（写作）十小时，最近只五六小时，限于上午，下午即疲劳不堪读写矣。且患夜盲，入暮即视力茫然，但求早睡。此乃入休养之期。法师今后减少寺务，多事静养，当可复健。尊处所募一千五百一十元暂时退还施主，弟意此事甚为允当。"人世无常"，如此可以安心。我等当日募集，并非贸然，实因事实变化，以致未能早日实现，乃出乎意外。弟处所收一千七百余元（人民币），最近曾与吴梦非、朱幼兰诸君商议，决定办法如下：（国内款项不能汇出）暂时保管一时期（预定明年此日。早已存银行生息），若竟无希望，届时再函请向施主商量，可否移用以印刷弘一大师之作品（佛经、四分律、比丘戒等）？若施主同意，弟即交戒传耀居士（前藏经会干事，现该会已停，戒在照相机械店服务，但仍受理刊印佛经事）。以此款印佛书，同是用在弘一大师事业上，不过办纪念馆与刊印佛书不同耳。——但此是后话，现在预先奉告，征求法师意见。倘以为可，而明年此日纪念馆仍了无希望，弟即照此实行如何？以后函便示知为感。

　　另附小画二幅，乞转赠高文显居士。即颂

净祺

俗弟 **丰子恺** 合十
五九年一月十一日〔上海〕

　　朱幼兰居士来书附上，看后不须寄还。彼欲乞法师照片一帧，可否？

　　小女一吟，小儿新枚嘱笔请安，彼等皆希望法师多多休养，在海外宏法，与在国内无二，功德殊胜。

四十五

广洽法师座下：

　　一月十二日示，前日奉到，十二月初所发之信，始终未曾接到，想是邮递失误。近来失误事极少，想此信亦偶遭意外。幸蒙将信内情节示知，藉悉一是。乐捐者有联合署名亲笔函一件，将弟所收港币四千元将来用途交由弟主裁。甚好。现弟决定照前信所言：待明年此日，再作决定。倘明年此时纪念馆仍无希望，当另行考虑办法，将此款用在其他纪念弘公之事业上。届时当再函告诸施主，乞转达为幸，先此奉复。

　　尊处尚有净信之士嘱画佛像，今写四幅寄奉，即请随缘分送，藉种善因。（以后如有人索画或佛像，请随时示知，弟近来较空，乐于结缘也。）一月十日航空寄上一信，内附画三，其一赠陈正书居士（又附朱幼兰居士信），其二小幅赠高文显居士。投信人忘记挂号，不知是否妥收，深为悬念。以后函便乞示为感。佛画四张，印刷品航空挂号，此信航空平寄，当可妥收。余续陈，即祝

净安

俗弟 丰子恺 顿首上
一九五九年一月廿七日〔上海〕

春节将近，顺祝净福。

四十六

广洽法师道鉴：

一月廿六日示，前日奉到。承惠朱幼兰居士玉照一帧，已转致，嘱笔道谢。彼亦遵嘱附呈小照一帧，即请留念。十余年阔别，今睹尊照，觉慈悲相更加丰富，此间有善相者（朱居士亦知相术），咸谓尊容多长寿相，诚然。彼等谓弟亦有长寿相，若然，则我等住世之年尚永，必可亲见弘一大师纪念馆之实现也。朱居士乃弟最亲近之道友之一，今年五十一，廿岁时即茹素，现任上海第十五中学总务主任。但患血压高，时时在家休养，因得常来晤谈。法师来信，彼均得读，时深倾慕也。来信言，尊处已收捐款已暂发还施主，甚好。弟处存款当于一年后照各施主旨意处置可也。（前函言，倘一年后无希望，即用此款印刊弘师著作。前日有友言此法欠佳。因国内目下读佛书者极少。据彼等提议，不如在虎跑寺内另筑纪念物。此事日后再谈。）承妙灯法师及法师惠寄厚贶，甚不敢当。人民币六十四元（合叻币八十元），已于昨日收到。小女一吟及小儿新枚均嘱笔道谢。新枚患肺病，未考大学，近病状渐佳，想今年（一九五九）暑中必可升大学也。小女一吟病亦已渐愈。近月来每日能照常工作也。二人蒙赐，当可增加营养与健康，甚感厚谊。一月廿六日寄上（航空挂号）佛像四帧，想可收到。弟多年不作佛像，然近来承嘱，并不技术荒疏。盖昔年为纪念弘师涅槃，曾在重庆画佛像千尊，分送信善，每尊一百零八笔，每笔念佛号一声。十余年不作，此技法并不生疏，今日犹能在千尊以外与万里外侨胞结胜缘，诚美事也。以后如有莲友欲得，请随时函知，广结胜缘可也。今日

腊月廿七日,乃立春节,即祝

胜健

俗弟 丰子恺 顿首上

〔1959年2月4日,上海〕

四十七

广洽法师座下:

　　二月廿五示前日收到。《科学佛心与和平》既是纯粹学术性,弟乐为题签。今附奉乞转。并问候史流音居士,前日弟函问,乃因过分小心之故。今日思之,若非纯粹佛学性,法师必不会介绍也。与朱幼兰居士信及佛像,已转去勿念。屡承汇赐隆仪,实不敢当,既已汇出,只得拜领道谢耳。印尼杜其廉君索画,今写奉一帧,《长堤树老阅人多》,弟昔年最爱此图,多年不作,今重写之,与海外友结胜缘,亦颖事也。来信谈及《弘一法师传》,此稿去年春夏间早已写成,但其运命与纪念馆同。(详情法师当可想,恕不陈述。)弟寄与出版社后,不久即去信索回,幸未付印,不然,恐反而得罪于弘师。但他日纪念馆如果能实现,则此书或亦可问世。今日但保存箧中,似古人之"藏之名山,传之后世"耳。弘师生前,对世间名利恭敬,视同浮云。我等宜体谅其精神,不在世间作强求之事,庶不负您。此意想法师亦必有同感焉。近来国内工农事业,均大进步,祖国前途,极为美好。弟工作较闲,因翻译等非急需之事。能乘此期间与海外友人作画结缘,亦幸事也。上海天气渐暖,春光日见明媚,此景恐是南国所无。法师他日健好时,能来祖国省视一次,最

佳。专此草复,即颂

净祺

　　　　　　　　　　　　俗弟 丰子恺 叩

　　　　　　　　　　　五九年三月三日〔上海〕

四十八

广洽法师座右:

　　惠示奉到,承又赐小儿女学资人民币二十元,当代收转交,实甚不敢当,特代为道谢。上海正在盛暑,昨日雨后稍凉,乘机画扇面一幅,随函奉上,即祈哂纳留念。新加坡是否终年用扇?弟不能想象也。弘一大师传,曾起稿,后因纪念馆从缓,此传亦未完成。承示交尊处刊行,一则尚未完成,二则深恐未便,故暂不问世。逆料将来必有一日与道友见面也。弟今夏不拟出门,在家休息。余后陈。即颂

　　时安

　　　　　　　　　　　　俗弟 丰子恺 叩

　　　　　　　　　　　五九年八月四日〔上海〕

　　此信将发,又收到七月廿九示,贵友黄大经先生嘱画,稍缓定当写奉。承惠隆酬,实太客气,谨领道谢。又及。

四十九

广洽法师座下:

　　前日航空挂号寄上信及扇面一个,想蒙收到。今寄上画一帧,请转赠黄大经先生留念。(作画之纸乃友人所赠,据说是宣

统元年制的,未知确否,但落笔的确快适,必系旧纸。纸不拘厚薄,越旧越佳也。)

纪念馆基金,弟拟于今年年底决定办法:倘决定暂时不办,则或者印弘师之著述,或者在虎跑增建。尚未决定,正想与诸友商量。法师倘有高见,亦望随时赐示。此事弟办理不妥,以致尊处募集汇出后遭逢搁浅,心中常感不安。故今年年底务须作一解决也,兹函便附告。即颂

净祺

俗弟 丰子恺 和南
五九年八月八日〔上海〕

五十

广洽法师座下:

九月九日示奉到。欣逢六旬清庆,弟画桃六枚,集唐僧句书联一副,随函奉上,用申祝贺之忱,愿法师长住娑婆,为众生接引。闻将返国一行,至为欣盼,届时可图良晤。行期定后,务请早示为幸。小儿新枚今夏考取天津大学,已赴天津就学,小女一吟亦差健,承念至感。此请

法安

俗弟 丰子恺 叩
五九年九月廿二日〔上海〕

承惠茗资人民币贰拾元,收到谢谢。

五十一

广洽法师座下：

承示并惠叻币伍拾元，已收到。屡蒙惠赠，甚不敢当，专此道谢。法师返国时期未定，弟意最好宜在春秋。刻下已入深秋，气候渐冷。明年三四月间，天气趋暖，沪杭均宜游玩也，甚是盼待。

兹启者：前年为纪念馆所集资，弟拟于今年底以前处置，以了一愿。弟与诸道友商量，皆云最好刊印弘公著书，以广流传。有人提出四种：《晚晴老人讲演录》《弘一大师文钞》《晚晴山房书简》、《弘一大师永怀录》（印其中一种）。弟尚未决定。特先征求尊见，乞赐指示为感。查弟处所存款，共为人民币一千七百一十元，加上利息约一百三十元，共为一千八百四十元余（利息数目未定，届时取出时决定）。当时乐助者芳名，弟账单上并未注明，只在来示中找到一账单，共有八人（共港币四千元。见另纸抄奉）。但不知其中有否遗漏？特请过目。因此名单必须附刊在印刷物后页，不宜有遗漏也。（第二批集款，来示中有转解老和尚、刘崑珠、林瑞鼎、林印法、周木辉、梁妙喜居士等，其款未汇入国内，已由法师退回。）倘无误，请来示告知。

附者：最近有人游杭（弟有一年余不到杭州矣）。拜谒石塔，云建筑完好，打扫清洁，寺中僧人颇能保护，又闻赴谒者甚多。我等心迹，能不辜负，至可欣慰也。惟纪念馆事迄无进展。大约国内政治繁忙，尚未能及此。据可靠友人等言，将来如果举办[1]，不致再需私人出资。故弟决心将上款处置也。

---

[1] 后于 1984 年由杭州市园林文物管理局在虎跑成立李叔同纪念室。

余后陈。即颂

净安

俗弟 丰子恺 叩

五九年十一月七日〔上海〕

五十二

广洽法师清鉴：

敬启者，前奉告欲将前年信善施资刊印弘一大师年谱，已托印刷所估价，但最近据友人等劝告，决定暂时作罢，再存一年，待明年（阴历）年底再作处置。其理由如下：有款一千七百余元，加利息约一千八九百元，可印年谱数千册。然印成之后，此数千册书除寄尊处一小部分之外，其余无有出路。卖是不能卖的（即使卖，亦极少有人要买），若送人，实在极少数人可送。（与弘公无关者皆不需此书，昔日信佛而今已改信者亦不需此书。若勉强送人，等于废弃。）结果，大多数书堆置在弟家中，毫无意义，毫无作用与效果。友人言：若如此办理：只是弟一人要卸责，硬把南洋信善之施款用完，以免负责保管。弟闻此言，良心有愧，因此停止刊印。法师闻此消息，当可想见运用此款之不易。必不以反复见责也。该友人等之意，一年之内，或许会发生更好机缘，可使此款用得其所。庶几不负南洋信善之美意。弟当在此一年内随时考虑，务求觅得妥善处置办法。作此劝告之友人，乃吴梦非（李叔同先生教美术时之学生）及朱幼兰居士等。所言甚有理也。

光阴荏苒，已过阳历新年，想国外必甚热闹。祖国仍重农历，

故阳历新年平淡过去,但工农及各机关工作者均兴奋,大闹"开门红",今年(阳历)国内建设,必然更有可观也。即请
冬安

弟 子恺 叩
〔1960年〕一月四日〔上海〕

五十三

广洽法师座下:

时序匆匆,转眼又届新春,遥祝道躬康泰。敬启者:近常有侨胞函嘱题签或画封面者,弟每苦未能遵命。盖因不悉内容详情,未能贸然执笔也,因此只得婉谢。弟与法师交深,料想以后必有人以此烦渎法师,增弟罪愆。故特奉达,倘有此种要求,务请代为婉谢为感。惟写对联,作画幅,不指定题材,不题上款者,则随时可以应命也。专此顺祝
道祺

俗弟 丰子恺 和南
〔1960年〕庚子岁首[1]〔上海〕

五十四

广洽法师座下:

示奉悉。关于唐人写经事,已转告北京叶恭绰老居士。承详示至感。弥陀学校创办六周年兼图书馆成立纪念,发行特刊,

---

[1] 庚子年之年初一为公历1月28日。

弟自当为作封面，并写文章志贺。容稍缓寄奉。特刊上题名如何？未蒙示及。绘封面时，须弟将题字写入，或留空地另请人写？故特叩询。应写"弥陀学校成立六周年纪念特刊"，或"弥陀学校图书馆成立纪念特刊"，请学校当局予以斟酌决定，便中示知，当即命笔。

　　苏慧纯居士收到前赠叻币贰拾元，嘱笔道谢。并嘱转呈王一亭居士画佛一尊。此画有人疑是假造，但苏居士乃向王求得者，而王画大都简平，且弟未闻有假造者，故特寄奉。还请法眼鉴定之。来示询及需要药物事，弟近正服惠赐之 Becadex〔一种多种维生素保健品〕。燕窝洋参尚未动用。故不需要。且过去惠赐太多，今后不可再寄。还望法师自己多服补品，永保健康。草此即请
岁安

俗弟 丰子恺 叩

〔1960年2月2日〕农历正月初六日〔上海〕

　　吴昌硕画多假造者，王一亭画似未闻有此。

五十五

广洽法师惠鉴：

　　来示并惠赐子女等叻币四十元，均已妥收。小女一吟肺病已渐见愈。小儿新枚早已痊愈，已入天津大学肄业。今得法师赠资，可增加营养，均甚感谢！

　　附来剪报，已看过，想见国外对弘公景仰之深。木炭画照相非常清楚，与原作相去不远（原作大约一方尺半）。昔年弘公自己宝藏此画，于出家前数日授弟宝藏。弟加以装潢，悬之

缘缘堂（此乃弟在石门湾新造之屋）东壁。不料抗战事起仓卒，弟一家十口，只带铺盖两担，空手逃难，经南昌、萍乡、长沙，方在报上看到缘缘堂被毁，此画亦成灰烬矣！今见惠寄之照相版，非常清楚，与原作相去无几。深为欣慨。今作一题跋附上，请与此照相版并存，以明此画之来历也。

宝云法师（弘伞法师[1]之弟子）今日来信，言彼已调赴中天竺工作，故虎跑方面无法照管。尚有弟前年所买纪念馆用木器一套，现在虎跑寺，彼无法管理云云。弟已去复，言此木器家具（乃《李叔同歌曲集》稿酬所购买，当时准备纪念馆用也），即归寺内借用，不必分别寺与纪念馆。盖纪念馆尚未成立，而且以后何时可以成立，亦甚渺茫也。此亦与南洋信善捐款同样，乃一件未了事，然而容易解决。至于南洋信善捐款，弟决定延至今年底处理，前已有信奉达矣。

弟近来亦渐多病，气管炎等不时发作，脑贫血对写作颇有妨碍。幸子女皆已成长，医药亦尚方便，故无大碍。人生六十以后，必须注意养生，此言今日始确信之。望法师亦善自珍摄，是为至要。即颂
净安

俗弟 丰子恺 叩

六〇年二月十七日〔上海〕

---

[1] 弘伞法师，出家前名程中和，安徽人，曾任高级军职。后长期在杭州西湖边招贤寺主事。1926年春弘一法师住招贤寺静修，称"弘伞住持招贤寺，整理规画，极为完善。西湖诸寺，当以是首屈一指矣"。

五十六

广洽法师：

示奉到。读后甚深感动，人生如梦，世事无常，此乃佛说名言，千古不易者也。回忆厦门晤面，恍如昨日，而匆匆已十年余矣！弟当时须发半白，今则近于全白矣。幸视力、听力、脚力均佳，饮食亦按时按量，不增不减，故可称老健。近每日工作五六小时（翻译、作文、作画），不觉疲劳。但此亦"无常"耳。承蒙关怀，至深感荷。四月前侨胞寄物免税，诚好机会。但弟于药物毫无需要。（药物除肺病特效药外，无需要；而肺病特效药国内不缺乏，且是公费也。）好意心领，特此申谢。又承汇叻币三十元，受赐太多，甚是惭愧。一并志谢。

近检旧藏，有十余年前（甲申〔1944〕年）在四川时所书弘公旧作词一首，笔力比目下苍劲，尚堪观赏。特附此信中奉赠，请在海外留一纪念耳。

后天即须动身赴北京，参加全国政治协商会[1]，大约半个月返沪。匆匆书此。即颂
净安

俗弟 丰子恺 和南
六〇年三月二十日〔上海〕

忽想起一小事：吸香烟用之打火机所用之"电石"，国内时时缺货，有时买不到。此物想新加坡有之。如有，以后来信时，

---

[1] 全国政治协商会，指全国政协第三届第二次会议。

乞附五六粒见赐（每粒可用二十天）。此物甚小，形似白米粒（如此大小耳），放在信壳内，不觉其厚，与邮政章程无违犯也。

目前弟尚有六七粒，故不急需，以后函便附赐可也。

弟素吸烟，近依旧爱吸，每日约吸二十余支。故常用打火机。所惜国内香烟好者极少，不能常得。有之，亦不甚美味，此可憾耳。弟常谓新中国百事均佳胜，惟香烟不及外国。——又叩。

五十七

广洽法师座下：

前日从北京回上海，接读手示，次日即向邮局领得维他命鱼肝油等四瓶（不出税），包装妥善，全无损坏，药品质料均优良，诚为老年人最适宜之补品。弟已于即日开始服用多种维他命及鱼肝油丸，并以一部分转送家姐，彼亦系归依弘一大师者，今岁七十一，得补药当增加健康也。惠寄数量如此之多，可供弟多年服用。友情之深长，令人感激不已也。

又承赐打火机及电石、香烟，此包裹尚未寄到，想不日可收到。前恳买电石，希望十数粒或数十粒耳。乃蒙赐以千粒，受惠太多矣。弟计算此电石用完，费五十余年！闻者为之吃惊。然弟认为此事含有深长意义：法师以如此多量之用品寄赠，而弟居然受得如此多量之用品，此事证明我等二人皆当享寿一百二十之上，与广东之虚云法师媲美也。（虚云法师不知现在何处，前年曾在上海见过。）

此次赴京，瞻观一年来十大建筑，十分宏壮，足证祖国事业，一日千里，进步不息。惟开会、应酬，略感劳顿，归家后休息数日，

今日方渐复健。先此奉达。电石等收到后当再函谢。顺请
净祺

俗弟 丰子恺 和南
六〇年四月廿二日〔上海〕

五十八

广洽法师座下：

承赐打火机、电石、三五牌香烟，其免税包裹已于昨日领到。打火机刻已藏弟衣袋中，随时应用。此机制造极精，为前所未见，弟平生无其他嗜好，惟每日吸烟若干支耳。今获此珍品，生活兴味平添不少。原有打火机亦舶来品，但粗劣殊甚，用之已多年，势将失效，不意有此精品起而代之也。三五牌十余年不吸矣，今日试吸，觉香味倍佳。（验关时已打开一罐，故遂吸之。不然，当不肯轻易启听也。）电石计一千零八十粒，五十年后用完，定当再写信向法师求续赐可也。友朋中用打火机者，咸不能常得电石（国内亦有发售，但不常有，有之，每人限购二粒或四粒也），弟将以此普遍结缘，名之为"香火缘"可也。

此次受赐太多且佳，所费钱财，犹在其次，可贵者在精神。万里外拳拳诚意，搜索购求，仔细包封付邮，情逾骨肉之亲，此厚意无法图报，惟有永铭肺腑耳。（香烟包裹中有新毛巾二个，亦已珍藏留念。）

有一事奉告：刘质平居士藏弘公书法甚多，皆未经刊印，刘君现在山东济南师范学校任课，弟已去信请其将所有书法（皆在泉州时所书，皆佛经语）拍照片寄上海，倘能成册，弟拟以

昔年南洋信善捐赠纪念馆之净财刊印此书法，以广流传，并宣扬诸信善之美意。同人吴梦非、朱幼兰居士等皆赞善，认为此事具有两重意义：一佛法，二书法（宗教、艺术）。法师定当同意。但现尚未得刘君复信，是否成功尚未可卜。闻抗战中及胜利后刘君曾在温州、上海等地开书法展览，售去一部分，不知现剩多少耳。先此奉达，后再续陈，即颂

净祺

俗弟 丰子恺 和南
六〇年五月四日〔上海〕

附近影一小帧，请留念。

五十九

广洽法师慈鉴：

五月十七日发之大札，于廿二日收到。又承惠赐手表、钢笔及毛织物，受赠太多，感激不安。惟有永铭肺腑，修函道谢而已。今日已是六月十四，但包裹未见送到，想是路远费时之故。（上次之包裹，亦比信迟到，但无如此之久。）收到后当再函达。

所赐各物，均弟所需用，而手表更巧。弟原有一门表，乃弘一大师遗物。大师在泉州圆寂前（其时弟在重庆避难），将此表赠与某僧人，后此僧人返杭州，为需费用，将表卖与杭州某比丘尼。弟闻此讯，托人向此比丘尼情商，出重价将表赎回。此后，此纪念物即归弟保管使用，此表乃打簧表，能发叮叮声报时刻，然而太大太重，夏日衣单，不便放衣袋中。但弟因纪念之故，一向爱用之。于实用实有不便也。今蒙赠手表，便利

多矣,且两表均与高僧有关,更可宝贵也。

写到此处,忽然邮政局送包裹单来,此亦一胜缘。但包裹单上写明"面洽",须派人去取,想来无甚问题。此信暂不写,等包裹取到后再续写。(以上十四日写。)

(以下十六日写。)包裹已于昨日取来,(所谓"面洽",是写一张免税申请书,并无其他手续。)表已戴在手上,钢笔已用过,都极精美且适用。表有日历,且系自动,更为新奇。此后弟左手有表,右手有笔,衣袋中有打火机,仿佛时时与法师见面矣。思有以奉答,而无法寄赠,奈何!不尽。专此,敬颂
净安

弟 子恺 和南
六〇年六月十六日〔上海〕

附讯:表上日历,月大月小及闰二月时,想必需人力控制;又,偶有太快或太慢时,想亦可转动时针,但机关不熟悉,用法不懂,不知该商店有用法说明书否?(不过此事,此间表店想必知道,其实不须远询也。)

六十

广洽法师座下:

昨日奉到手示,同时接邮局包裹通知单,当即领到手表一具,已代收,待下月小儿新枚从天津回来时转交,代为道谢。祖国照顾侨胞,实行免税,使弟一家获得不少福利,且系法师之"反布施",实甚荣幸。铭志于心,容后图报。

近政府委任弟为上海中国画院院长。已于前月正式就任,

当日各报均已披露。同时又受任为对外文化协会副会长（任务是招待外宾）。虽兼数职，但政府照顾老年人，不须每天去办公，但须出席重要会议。故仍可以大多数时日在家写作或休养也。附告。顺颂

净安

俗弟 丰子恺 叩
〔1960〕六十年七月廿五日〔上海〕

六十一

广洽法师座下：

来示欣悉。又承赐寄链霉素针五十支，Rimgon Roche 一千粒，日内当可收到。弟肺患至今尚未痊愈，秋冬每每发作。今获此良药，当可促其复健。老友关怀周至，铭感无已。过去奉函，大都率笔乱书，无保存价值，乃蒙编成手卷，实为大幸。前日由邮（非航空）寄上屏一堂（四条），写清朝爱国诗人黄遵宪诗，想在此信到后可以寄达。黄曾为新加坡领事，此屏可装裱悬挂弥陀学校，藉以鼓励学生爱国。再过数日，当续寄上我国新刊《上海》一大册，内皆新上海照片，弟之照片及作品亦列入其中。此书亦可供弥陀学校师生观览。弟多承惠赐，无可奉报，只此表示微忱耳。以后倘有贵友爱好拙作书画，请随时示知，当乐为写赠，不受报酬，亦藉此聊答盛情耳。至祈勿却为幸。（弟虽兼任诸职，但都不须按日去办公，亦不受薪给，因此仍可经常家居，从事写作、翻译、书画，与昔年相似。所入亦足供衣食，盖医药皆公费也。故有余暇作书画赠人。）小儿新枚已于上周自

天津返沪（暑假）。所赐手表，立刻使用。见者无不艳羡。盖国内虽能自制手表，但自动日历手表尚未制出也。彼未归前，由小女一吟代为使用，因恐不用时表不肯走。后来发现，不用时如开发条，依旧能走。此可谓两用，我等真似刘姥姥进大观园，实可笑也。

近来常感两事遗憾：其一：弘公八十冥寿，原拟作"护生画"八十幅（第四集）续刊。今材料已有，而出版困难，只得从缓实行。其二：向济南刘质平兄索借弘公在泉州时所书墨宝（有数百件）照相刊印，亦未能顺利进行。（以上二事，原因甚复杂，恕不详述。）后者现正在设法争取，或可成功，亦未可知。弟尚有一愿：拟在国内组织一"弘一法师遗物保管会"，邀请数十乃至十余人参加（多请可靠之青年人壮年人，以防老年无常），共同收集并保管遗物。如此，则纪念馆虽不成立，遗物不致散失，亦等于纪念馆也。现在努力筹措，散在各私人处之遗物，亦正在调查中。后日有成，当再奉达。顺颂

道祺

俗弟 丰子恺 和南
一九六○年八月十九日上海

六十二

广洽法师：

示奉悉，题签、作封面等事，在国内亦不胜其烦。海外烦及法师，实甚抱歉，弟自受政府委任画院院长之后，此等事尤多。然生平好结缘，故苟无政治思想问题，皆应命。有的技术不甚

高明，但政治思想正确，拥护政府，不反革命，则弟亦应命，以资鼓励。（国内文艺，思想第一，技术第二。此理甚正确。忆昔弘一大师教人"先器识而后文艺"，器识即思想，即道德也。）今另附一信，请保存作为对有问题者挡驾之用。倘系纯粹佛教，纯粹文艺，不涉及政治，不反对祖国者，则弟可以应命，请勿拘泥为幸。又，该信中言"写对联、作画，不指定题材，不题上款者，则可应命"。此语亦系对有问题者言。倘无问题，则弟愿为题上款（例如法师所熟悉之人，老友，则弟乐为题上款，不在此例也）。

承赐链霉素等良药，尚未接到包裹单，想不日必到。预先道谢。今日（八月卅一日）弟由邮寄出《上海》一大册，赠弥陀学校，但非航空，故必迟到。又此书重四千六百公分[1]，邮局人言，不知海关有否问题。但想来必无问题，必可送到。侨胞包裹免税例，何时截止，此间邮局亦不知。想一时不致截止也。但弟受赐太多，不应复请矣。草草，敬祝

净祺

俗弟 丰子恺 和南
六〇年八月卅一日〔上海〕

六十三

广洽法师清鉴：

"护生诗文"八十篇，已决定请朱幼兰居士书写，此君自

---

[1] 公分，在社会主义三大改造（农业、手工业、资本主义工商业）前还有克的意思，多用于化学试剂等商品的计量，在三大改造后仍然有沿用。

幼素食，信念甚坚，而书法又工，至为适当也。弘师冥寿之日左右，预计可以寄奉。李荣坤居士前日来访，今日又来访，晤谈甚快。此君虔信三宝，对社会主义之祖国十分热爱，甚为赞佩。彼嘱造观音圣像，今日已请去。彼原定今日巡礼普陀，因目下客轮不开，故改赴杭州，朝灵隐寺也。彼曾到新加坡参谒法师，言法体最近康健，至为欣慰。弟近日心身异常快适，因"护生"第四集藉法师之力而即将实现。预料第五集亦复如是。

弟 丰子恺 顶礼
六〇年九月二十日〔上海〕

六十四

广洽法师清鉴：

九月十四日示今日（廿二日）奉到。承赐雷米丰片及链霉素针，上周早已妥收。承赐小女一吟手表，今日已领到。承赐朱幼兰居士之子显因手表，其信已收到，表下月中定可收到。朱嘱笔先行道谢。赐一吟之表，异常精美，其表链亦甚新颖，诚为难得之珍品。彼立刻佩用，并具函道谢。药品中雷米丰弟与一吟均需用，据医言，此药制造甚精，效力当较大。弟肺病已愈十分之八九，一吟亦渐见愈。今得此药，皆可速痊。链霉素有效期达一九六四年，可珍藏备用。过去蒙赐物品，统计价格甚昂。法师自奉俭约，而以净财移赠我辈享用，而又无法图报，念之甚是惭愧也。附来林校长函，知黄遵宪诗屏已收到，至慰。另邮《上海》新景一大册，是八月卅日付邮，想收到甚迟，此书重四千六百公分,邮局言海关或有问题。今不退回,想可安抵星洲矣。"护生诗文"决请朱幼兰居士书写,前已函达。此书刊行,请对外言法师主动。(实际上确系如此。弟虽有稿,本定缓刊,法师主张早刊也,故非妄语。)作为弟过去寄画,今满八十,故由法师主动付刊,如此较佳。盖弟在国内负责文教工作,理应先著与社会主义革命及建设有关之书物,不宜先刊"护生"集,并在海外出版也。此意请洽为荷,顺颂
净祺

俗弟 丰子恺 和南
六〇年九月廿三日〔上海〕

刊"护生"之事,使法师增加烦忙,然同时亦增加福德,功德无量!

六十五

广洽法师慈鉴:

"护生画"四集,字画均已完成,当于二三日内航空付邮(一大包),先函奉告。包内计开:字八十幅、画八十幅、封面、扉页、序文草稿各一。序文由弟起草,请法师修改。文中弟叙述此八十幅画乃弟陆续寄与法师代为保存者,用意是要表示画稿原存尊处,故由法师主动刊印,并非弟主动刊印。此意想蒙谅解。此虽方便说谎,但事实上此八十幅确系陆续画成,曾思寄法师保存,而终于未果耳。尚祈指正为幸。

集款付印,劳苦甚多,弟恕不能分劳。对法师表示抱歉,并祝法师功德无量。弟近来常夜梦无数禽兽前来叩谢,亦玄妙也。朱幼

兰居士有中堂及对联书赠法师，即日付邮云。余容续陈，即请
净安

俗弟 丰子恺 和南
〔1960年〕庚子十月十七日〔上海〕

六十六

广洽法师慈鉴：

　　昨奉一航函，想先收到。"护生画"一大包，已于今日付邮。原定航空挂号，但寄信人见航空邮费太大，擅自改为普通挂号（航空邮费十余元，普通只九角）。为此，势必迟迟送到。恐劳盼待，特函奉告。

　　弟极盼此书早日出版，故决心不惜邮费，必须航空。但寄信人不解此意，擅自改变办法。此亦天意，无可奈何。但相差恐至多二三十天。（前，八月卅一日普通挂号寄上《上海》一大册——新上海照片，重四千多公分，比"护生画"更大。不知何日收到。"护生画"在途时日，恐将与此书相同。）料不致损失也。草草致
敬礼

弟 丰子恺 和南
六〇年十月十八日夜〔上海〕

六十七

广洽法师座下：

　　闻道友广懿法师西归，深为悼惜。法师玉体违和，想早复健，

务祈珍摄。承惠叻币四十元今日收到，深感盛情。同时又蒙政府随同侨汇款赠送油票六两、糖票六两、鱼票六两、肉票三两，全家十分感谢。（近居民日用副食品皆按人口定量分配，凭每月所发票子去购。倘有侨汇收到，则另有赠票。——按汇款多少而定。弟素食，油票甚得用。鱼肉票则家人享受之。）

《上海》一大册已早收到，甚慰。"护生书画稿"一包，想不久亦可妥收。收到后乞即赐示，以慰下念。今日又寄上（非航空挂号）书一包，内精印乐善集一函、王一亭画册一本，及弟所绘古代故事外文本等共四种，敬赠弥陀学校新建之图书馆。不知该馆何日落成？以后弟当再赠书册。倘需要在祖国购书，弟甚愿代劳，务请开示书单可也。弟之子、女、婿、侄等，皆与出版社有联系，故购书甚便也。

"护生画第四集"如何排印，弟在邮包中已有一纸详述，可按照该纸上所说明付印。用何种纸，则未说明，弟意可印平装、精装两种。平装用普通白报纸印，求其价廉，可以普及。精装用道林纸印，备读者珍藏。总之，此书印法，可依照过去所刊第三集、第二集、第一集（此三种想尊处必有）。惟用纸则分精平两种可也。

再报告一事："李叔同遗物保管会"尚在筹办中，因刘质平居士所藏书法数百件尚未获得，故延期成立，今正与吴梦非、朱幼兰居士等筹划中，后再奉达。顺颂

净祺

俗弟 丰子恺 和南

六〇年十一月八日〔上海〕

六十八

广洽法师慈鉴：

上午发一信，午刻忽接来示，知"护生画"已收到，至慰至慰。此邮包十月十八日付邮，十一月二日即送到，在途只十四天，实甚迅速，而邮费省了十余元。今与此信同时寄出一邮包（挂号，非航空），想亦可于二星期后收到。上午信中，言此包内共四种书，乃赠与弥陀学校新办图书馆者。但现已减为一种书（《乐善集》），其余三种明日再寄。因邮包二千公分最便宜，超过二千者较贵，故四种书分打两包，作两次寄也。明日寄出后，将另有其他书籍陆续寄赠（此等书皆友人所赠，而弟无用者，并非出钱购赠），以为图书馆小补。

来示云国内包裹是否继续免费？又问弟需要何种药物？弟过去受赠已甚多，今后不再需要。且"护生画"刊印，须法师大力募款（印刷费想甚大），故今后请勿再买物赠弟，应将净财集中于印刷。美意十分感谢。

尚有一点奉告："护生画"及朱居士书法，制版后可裱成大册页，保存在弥陀学校图书馆[1]。使学生得欣赏原稿。此点想蒙同意。朱居士信已转去。顺祝
法安

俗弟 丰子恺 和南上
六〇年十一月八日下午〔上海〕

---

[1] "护生画"六册的原稿字画各450幅，已由广洽法师于1985年丰子恺逝世十周年、故居缘缘堂重建落成之时携归祖国，捐赠给浙江省博物馆。

再：前函言将来图书馆倘需在祖国购书，弟可代为购寄。此事对弟却有益处。因国内凡收到侨汇（不论赠款或托买物者）皆有油票糖票等附赠。故倘图书馆汇款来托购，弟可获得此种利益也。但弟不悉是否需购，请万勿勉强，因票非必不可少。

六十九

广洽法师慈鉴：

十一月廿六日示今日奉到。法师爱好王一亭先生作品，弟当代为物色，如有所得，当即邮奉。弥陀学校图书馆乃新筑，须明秋完成，弟等自当在其间预先代为物色藏书。惟祖国新刊书近来无目录，因一书往往出版即售罄，而关于佛法者殊少。惟旧书店往往有善本。今后当随时留意。如或图书馆需要某书，来函示知，亦可。"护生画稿"有此种奇迹，诚为不可思议！嘱写后记，弟自当遵命。稍缓当与宏船法师、广余法师、黄奕欢居士所嘱画一并寄奉。承示图书馆及印"护生"集经费已有着落，至慰。此亦足见星洲信善之踊跃护法，至可欣慰。但主由于法师驻锡当地，精诚感召所致。实深赞叹。承询郑振铎[1]君，此人已于前年赴莫斯科时由于飞机失事而丧生。尸骨不返，殊可哀悼。闻出事乃由于飞机触电，

---

[1] 郑振铎（1898—1958），作家、文学评论家、文学史家、翻译家和艺术史家，爱国主义者和社会活动家，也是收藏家。郑振铎即作者1948年3月28日写的《湖畔夜饮》一文中的CT，是作者之好友。中华人民共和国成立后曾担任文物局局长、考古研究所所长、文学研究所所长、中国科学院学部委员、文化部副部长等职。

故全机粉碎,掉落荒山中也。叶恭绰先生健在北京。倘需求书画,弟可代办。尚有黄苊臣[1]老居士,乃王一亭先生之友,亦善书画,现居上海,与弟及朱幼兰居士时相过从。倘需书画,亦可代求。再者:杭州马一浮老居士,想法师亦知其名。彼乃弘公之老友,弘公出家,曾受马居士接引。此老深通内典及儒道。年近八十,健在杭州,惜两眼患白内障,不复能写字。(弟当物色彼过去所写者,日后寄奉。)但有著述甚多。弟已托人到杭,请得共廿六册。计开:《避寇集》一册、《蠲戏斋诗》五册、《朱子读书法》一册、《复性书院讲录》六册(此书院乃马公主办,今已停)、《选刊古人语录》十三册。分作四包由邮寄奉。此种书与佛道儒教有关,又与弘公有关,由弥陀学校图书馆珍藏,至为适当。四包皆非航空,收到当比此信迟缓耳。附言:前承赐上白燕窝,弟于立冬后开始服用。至今尚未服完。往年入冬多病,今年异常健康,显系燕窝及所赐各种维他命之功也,特别道谢。草草即请

净安

俗弟 丰子恺 和南
六〇年十二月五日〔上海〕

---

[1] 黄苊臣(1885—1977),祖籍江苏吴县,生于清贫书香门第。二十世纪二三十年代在上海与商界知名人士王一亭潜心弘扬国画,与上海书画界才子名流广结墨缘。在日本侨民中颇有影响,被日商誉为"商界南画文化二王"。

七十

广洽法师慈鉴：

十二月一日示今日奉到。艺术作品一册被没收，不知除没收而外，另有麻烦否？殊深悬念。若仅乎没收，则不足惜。弟推想此书非《古代故事》，乃《全国美术展览会作品选集》。因此书乃近年作品，或有与政治相关，以后自当注意可也。最近寄出四包，乃马一浮先生著作，与佛道儒道有关者，想无问题也。王一亭作品正在托人物色，如有所得，当即寄奉。诸道友嘱画，容稍缓写寄。今先寄"护生画"第四集后记一篇，附此信内，尚请指正为祷。上海近日已入寒冬，室外有时结冰。前法师所惠毛织围巾，今已使用。遥想新加坡尚在暑期。诸请注意保摄为幸，余续陈。即颂

净祺

俗弟 丰子恺 叩
六〇年十二月八日〔上海〕

七十一

广洽法师净座：

来示奉到。"护生画"印刷费用已有把握，且用上等纸张，至深欣慰。今日见苏慧纯居士，弟将此消息相告，彼亦欣喜。（第三集乃苏居士刊印，彼现在上海佛教书局服务。）承赐邮资助币肆拾元，今日收到。实可不须。既蒙汇出，敬领道谢。叶玉甫（恭绰）居士书，已去信代求，收到后当即寄奉。王葆孙（前信写黄葆臣，黄字乃误笔。葆臣是其名，葆孙是号）居士书画，朱幼兰居士

已先代求,并已寄出。惟马一浮老居士近两眼患白内障,正在医疗,暂停写字。待医疗后再当请其墨宝可也。先此奉达。又承惠赐补药千粒,及赐小女一吟毛织衫,并惠洋参燕窝,甚不敢当。小女正需此衫,上海不易购得,承赐十分感戴,代为道谢。补药丸法师已服用三年,足证实效,弟收到后定当按日服用,必增健康。燕窝前次所赐尚未服完,又承续惠,甚感。弟服燕窝后,今冬百病不生(往年冬日多病)。医言此物对弟身体相宜,故甚得用也。洋参上海极难办到,当宝藏备用,郑重道谢。再者:小儿华瞻昨日寄出书一包,乃彼所译《格林童话》,共十册,奉赠弥陀学校图书馆惠存。又彼今日于古书店访得《法苑珠林》一部,共三十六册,乃商务所印涵芬楼版,亦奉赠弥陀学校收藏。此书国内完全者甚难得。今幸觅得一部,即以奉献,聊表微忱,上两书皆由彼亲自题字,于日内分三包付邮。特为代达。时序匆匆,阳历新年已届,想海外必甚热闹。国内今年阴历年假延长,弟在外埠诸子女皆拟返上海,当有一番热闹矣。肃此敬请

法祺

俗弟 丰子恺 叩

六一年一月五日〔上海〕

七十二

广洽法师座下:

今寄上佛典共六十三册,分打五包,陆续付邮(因一次寄太触目),奉赠法师浏览及保藏,即乞查收。书目见另纸。此中一部分乃弟于古书店访得,一部分乃苏慧纯居士所赠弟,转赠

法师者。

　　尊处去年耶诞日所发出之包裹二个，恐已遭退回，因闻人言，侨胞包裹免税期已截止，包裹均退还云云。此中药品，可留与法师自用。惟女羊毛线衫，乃法师特为小女一吟购买，今只得心领道谢，还望以此就近另赠适用之信女，一吟同样感荷也。

　　再启者：山东济南刘质平居士所藏弘一大师书法数百件，弟意欲照相刊印（即应用前年星洲诸信善为纪念馆捐赠之款），迄未成功。现得上海文化局协助，已由济南政府当局将刘居士说服，不久彼将携墨宝到沪拍照（文化局派专人前去陪同来沪）。故此事想必可以实现。而弟所保管之捐款，亦可用得其所矣。先行奉告。农历年关在即，上海严寒。但弟今冬托庇无病，并增健康。想星洲地近赤道，尚温暖如春也。至祈珍摄，即颂
净祺

弟 丰子恺 叩

六一年十月[1]二十日〔上海〕

计开：五包，共 63 册。

《景德传灯录》十册 ⎫
《翻译名义集》七册 ⎭ 第一包（17 册）

《弘明集》五册 ⎫
《广弘明集》十二册 ⎭ 第二包（17 册）

---

[1]　十月，应为一月。

《石门文字禅》八册—第三包（8册）

《镡津文集》七册
《龙舒净土文》二册 ｝第四包（11册）
《净土指归集》二册

《成唯识论学记》四册
《缁林警策》一册 ｝第五包（10册）
《缁林尺牍》一册
其他经论　共四册

六一年一月二十日起，分数次付邮。

七十三

广洽法师座下：

数日前航空寄上叶恭绰居士书法，想先收到，马一浮居士眼疾，闻已好转，开春天暖，即可写字，届时弟当代求书法寄奉。前赐包裹二件，果于今日收到。（前闻免税期截止，乃属谣传。今据海关人员言，并不截止。此二包迟到，乃圣诞节及新年邮递延搁之故。）小女一吟得此高贵之羊毛衫，如获至宝。盖此女喜朴素，不爱华丽，且亦系素食主义者。此衫色彩素净明爽，正合彼之好尚也。另备书道谢。维生素、燕窝、洋参，此间不易购得，此物保我健康，最为可宝。弟之感谢不亚于一吟也。

"护生画四集"用百磅双面粉纸印刷，堂皇美观，胜于第一、二、三集。其收效亦必大于前三集。印刷费近四千叻币，法师独立募集，定多辛劳。弟无能协助，心甚惶愧。

但祝

法体常健，永住娑婆！

俗弟 丰子恺 和南
六一年一月卅日〔上海〕

七十四

广洽法师座下：

一月卅日示今日收到。包裹照旧收到，Becadex 已经逐日服用，前已函达志谢，想蒙台洽矣。此药弟问医生友人，据言的确有大效验，老人尤宜。故弟甚宝爱，与家姐（亦弘师弟子，法名梦忍）分而食之。我等得健康住世，皆法师之赐也。来示言有港币陆拾元见惠，实为锦上添花，只得领受道谢。余陆拾元当遵嘱以肆拾转交王莐孙居士，以贰拾转交苏慧纯居士不误。前所发出之书籍包裹，皆非航空，故须迟迟寄到。佛教书籍战后散发香港、星、马，反比国内为多。此点弟未曾料及。承示后，始恍然。无怪上海此种书甚难觅得。除佛教书店保存一部分外，余皆散在各旧书店，且多残缺，成全卷者颇少。盖国内购求此种书籍者不多也。前寄上佛教书店目录一册（不知附在某包内，已忘却）。此中佛典，佛教书店大都具备。以后倘需要某书，而国外买不到者，可示知，向该书店购求之。昨日立春，今日春雨连绵，似将飘雪。国内许多地区两年来蒙受灾荒，希望今年立春前后有瑞雪降临，预兆年丰，则民生幸甚矣。星洲地近赤道，恐此时亦甚温暖，我等不能想象也。顺颂

岁祺

俗弟 丰子恺 和南
〔1961年〕二月六日〔上海〕

七十五

广洽法师座下：

六周纪念及图书馆落成纪念特刊封面，已绘制一图，随函附上，不知合用否？莲花代表佛教，六朵代表六周年，木铎代表教育，帆船代表普度众生，北斗星代表教育方针。用意是否适当，尚请指教。

又，特刊题名，弟姑照来信题写，不知是否正确？（制版时，将题字粘贴在帆上。）如果有改变，而时间局促，即请法师自己题写，两人合作封面，更有意义。弟另作一诗奉贺，亦随函奉上，诗比文章更适于贺喜也。

刘质平居士已携带弘公墨宝四百余件来沪，现正在上海博物馆陈列，弟拟选择其中代表作，用昔年星洲信善八人为纪念馆施舍之净财（存银行至今日，已有本利共人民币约二千元）印成册子，正在筹划中，后再奉达。"护生画"想不久可见书。

顺颂

净祺

弟 丰子恺 和南
六一年三月八日〔上海〕

七十六

广洽法师：

　　昨日发一信，今日忽接马一浮先生杭州来信，内附书法一件，嘱为转交。今寄上，乞收。马先生给弟之信，一并附上，请与书法一并保存，以证明此乃患白内障后所书，甚为难得也。据马先生门人言：马先生患眼疾后，谢绝一切嘱书。法师所嘱，乃破例允命。因马先生景仰法师道行高洁，与弘一大师一例看待，故乐为结缘也。此诚难得之胜缘，弟甚欣慰！即颂

法安

俗弟 丰子恺 和南
〔1961年〕三月廿三日〔上海〕

　　附告马先生通信址：杭州苏堤蒋庄。

七十七

广洽法师惠鉴：

　　示奉到，承昙华苑主汇赐港币贰佰元，实太丰隆，当谨收领道谢。想不日可收到也。《花鸟画集》是大册子，约有此信纸四张之大，内容纯系近人花鸟彩印（无政治问题），不知缘何失落。弟已向邮局追问（是挂号的），局员嘱先付查询费二角余，过若干时给回音。弟意且待回音再说。因恐另购一册付邮，又被没收也。邮局人言，二月八日寄出，迄今近两月，但有时非航空竟需两月，故尚有希望云。

　　承发心按月以钵资供养马一浮老居士，此好贤敬老之心，

至可感佩,已转达马老,想彼不日当有信寄上。又,托马老写小联,即法名"普润"二字,来信写得不甚清楚,不知下一字是否"润"字?以后函便,请再提示。但想来不错。

清驾本年内不能返国,至憾。但望明年成行,我等久别又可以重叙。

近访得弘一大师出家前所书诸法帖,题曰《李息翁临古法书》。此间爱书画人士,均希望能重印,可作书法范本,又可作为《遗墨》[1]之第二集。惟此书与佛法无关,不宜募款,宜请出版社承印发售,弟正在设法争取。倘能重印,他日当可寄赠,惟近国内纸张紧张,除政治书外,重版者极少,故一时恐难于实现耳。附闻。此请

道安

弟 丰子恺 合十

〔1961年4月7日〕清明后二日〔上海〕

七十八

广洽法师座下:

今得杭州马一浮老居士来信(乃其弟子刘公纯代笔),言法师既欲客气赠物,彼需购西药"阿卜斗",即多种维生素,云"服之于白内障有效",又云"如当地价不过昂,请惠寄一两瓶来"。并附该药西名来,附此信内,乞察阅。药请直接寄:杭州苏堤

---

[1]《遗墨》,指当时正在编印、1962年5月在上海出版的《弘一大师遗墨》(非卖品)。

蒋庄马一浮先生。

再："护生画四集"，索者甚多，前信言请再寄一二十册，今恐不够，请增至三四十册，想必够结缘矣。前长信于四月卅日发，想先此收到矣。今日邮寄扇面五个，画一幅（许寄南居士），非航空，挂号。此信到时，谅尚未送达也。余续陈。即颂

净祺

俗弟 丰子恺 和南
六一年五月六日〔上海〕

七十九

广洽法师座下：

示奉到。前奉告水客将物放置广州，昨日忽得火车站来通知，物一包已寄到上海，弟当即派人去领。不费分文，当即领到。启封琳琅满目，且均弟所需之物。（照来信检点，并无缺少。）财帛犹在其次，此一点诚心，实令弟感激不忘也。当日下午，适丽英[1]来，即将鞋及各食物领去。丽英离此不远，电车直达。但惟星期日有空。昨日适逢星期，亦胜缘也。此女温文驯雅，勤学知礼，与小女一吟甚友善，弟嘱其每星期来此，有需要尽勿客气。彼亦同意。闻上海医学院录取福建人极少，闽南只彼一人，足见其学行优良出众，前程远大也。

承续寄"护生画"三十六册，收到后当即复告。承汇款四十元，前日亦收到。邮资区区，不需此巨款，受之甚愧。今

---

[1] 丽英，指李丽英，广洽法师在俗时侄孙女，当时在沪就学。

后请勿再惠为要。连士升居士扇面,早于五月十六日寄出,非航空,恐比此信迟到。来信附言厦门李某事,闻此人近在北京,受劳动改造云。弘公以君子之心度人,每被利用。弟与夏丏尊先生昔年常谈及此点,然小人自亡,不妨弘公之为高人也。

马一浮先生昨来信,略云:"昨公纯(刘公纯,乃马之学生)持示手书并广洽师来讯,始知公纯谋印拙书,致劳仁者与广洽师往复商略,深感不安。衰年唯希省事,不欲扰人。矧拙书〔了〕无艺术价值〔,何足邀人鉴赏,〕故本无流布之意。公纯初未见告,辄欲为我宣传,未免好事之过。非特今时印刷困难,且欲烦广洽师醵资海外,尤非所宜。春蚓秋蛇,岂足比数?何可使人出资为此无益之事?已嘱公纯将此意彻底取消,勿再饶舌。君子爱人以德,即请置而不论可矣。双目近瞀,强自作书奉达〔唯照〕不宣。浮白。五月十九日。"盖前弟函告者,乃其学生刘公纯之私意,马老自己反对此举。如此,刊印之事只得暂时作罢。初,弟对刘君之意亦颇赞同,盖马老书法,在国内首屈一指,而目下纸张紧张,印工烦忙,无刊印之机会,能在海外出版,实万世之功业。法师慨然担当,足见对宗教与艺术之热忱,深为钦佩。惜机缘未合,只得俟诸异日矣。弟以为倘海外侨胞有热烈要求,则弟未尝不能强马老允可,唯法师大裁。叩安

弟 子恺

〔1961年〕五月廿二日〔上海〕

八十

广洽法师净鉴：

寄下《护生画集》三十六册，已于前日收到，一半分赠朱幼兰居士，余者由弟赠送苏慧纯居士、戎传耀居士，及北京叶恭绰先生、杭州马一浮先生等，见者均赞叹印刷之讲究，可使读者心生欢喜。弟觉其他均尽善尽美，只有一点小缺陷：印制版太大，天地头留出太少，每页填满字画，余地极少，反觉太热闹。以后再印时，可将版缩小，或将纸放大（纸不必太好，用道林已够好，今所用乃铜版纸，太精美矣）。不知尊见以为然否？

奉告者：弘一大师遗墨，已拍照者，有刘质平藏者共二百五十九张，夏丏尊、杨白民所藏者共一百〇六张。昨又访得《药师经》原稿（傅耕莘居士藏），共六十六张，正在拍照。底片皆取回，他日印刷时即以底片制版。唯印刷成大问题，国内宣纸缺（因用者太多），印工忙。现正在物色宣纸，能否买到，尚无把握。将来如果真无办法，只得请海外代印。但昔年纪念馆捐款，原本一千七百〇八元，现本利已达二千元（本利共二千〇六元），照相所需，不过一千元，余款又无法汇出，颇成问题。弟正努力觅纸，争取在国内印刷。后再报告。

前蒙赐食物一大箱，已由水客吴伯勤之弟吴永滔先生代为寄到，指定各物，正好当日下午丽英女士来取去，弟又将素面分赠若干筒与朱居士矣。朱嘱笔道谢。其中奶粉弟最受用，因近来牛奶隔日一送，或三日一送，此物可代牛奶也。余各物与家人共享，无不感谢。上海火车站领取此箱时，不出分文。后吴永滔来信，言九龙关税及广州至上海寄费，共人民币三十八元余，彼已代付。弟当即汇还矣。查其中九龙关税共十五元余，内香烟两听，税十三元余。鞋子二元余。其余均不出税。弟今将此事写告，目的是使尊处知道税关情况，今后可作参考。（香烟税特别大，不知何故。但以前邮寄来者，并不出税，亦奇。）请法师万勿介意，因数目不大，受得者应该负担。请勿责咎该水客为荷。且其弟吴永滔颇负责，代垫款项，设法托一侨胞交火车寄来，其时弟正觅便人不得也。倘托便人，恐所费更大，且非侨胞或不能寄也。余后陈。即颂

道安

弟 丰子恺 和南
一九六一年儿童节后二天〔上海〕

八十一

广洽法师净座：

上海已入黄梅天，晴雨无定。想星洲仍是盛夏，玉体康泰，定符私颂。启者："护生画"三十六册收到后，外间渐闻消息，索者众多，今又已告罄，而尚有数人向隅。今再函奉商，倘尚有余，乞再寄四包（十二册）如下：

寄上海南京西路一四五一弄十六号苏慧纯居士收　二包。

寄上海陕西南路三十九弄九十三号弟收　二包。

再：弘一大师墨宝，除刘质平居士所藏已摄影二百余件外（底片皆取得，印刷时可用底片制版），近又得夏丏尊、

杨白民居士所藏，亦有一百二十九张，又傅耕莘居士藏《药师经》共六十六张，亦均已拍照。近正物色宣纸。倘能买到当即印刷。

照片每件有两张，刘质平居士所藏者，彼取去一张，此间只剩一张。其余此间均有两张。弟编辑时只需一张。今将余多一张另封寄尊处，可供欣赏，计共寄出一包，内照片一百九十五张（信件等一百二十九张，《药师经》六十六张），但非航空，收到当较迟。先此奉达。前函索赐肺病药"雷米丰"不知收到否？并不急用，便中提及耳，颂
法安

弟 丰子恺 叩
六一年六月十三日〔上海〕

八十二

广洽法师净鉴：

前函收到后，即转告马一浮老居士，今得其惠复，随函附上。彼坚不欲刊印墨宝，足见其对世间名利恭敬，视若浮云。其高洁诚可叹佩，弟因回思：前其弟子刘公纯与弟商谈托法师刊印，确系刘个人之私意，未得其老师之同意者。又上次托买维他命，恐亦系刘私人之意，非马老本人所欲，此亦足见弟子对老师敬爱之心，至可赞善也。马老年已八十，且病目，今次亲笔作书，其墨迹至可宝贵，故弟将原函寄奉（上次之函亦寄奉），即请法师保藏留念。至于刊印之事，看来目前只得暂缓。俟他日有缘，再遂夙愿也。

弘一大师墨宝刊印事，纸张已有头绪（托政府帮办），大约可以在国内刊印。不过册数不能多（限于纸张），实现后当再奉达。照片一大包，已于上周寄出，想比此信迟到。

承赐小女一吟肺病药，复惠赐燕窝，甚是感谢（尚未收到，日内必可到，后再奉告）。马先生信上引陶渊明诗句（其意是不欲服补药）"客养千金躯，临化消其宝。"如此达观知命，实为难能。弟等下愚，总希望尽此形寿，百体无病，并享长年，故对补品不能无欲也。今读马老之信，不免惭愧耳。

星洲火灾，法师奔走拯救，此乃最大之护生，必获福报。急公之外，又有弟等以私事相烦，致增劳累，实甚抱歉。至祈珍卫。不尽。即请
法安

俗弟 丰子恺 和南

〔1961年6月23日〕辛丑夏至后二日〔上海〕

八十三

广洽法师慈鉴：

惠示并汇款助币肆拾元，均先收到。但受之异常歉愧。弟前信将水客送物之详情写告，其目的欲使尊处知悉运送情况而已。不料又蒙将付款寄还。此不啻有意函索，贪婪太甚也！今既蒙汇下，只得暂受，容图报答耳。马老居士前后两信，上周一并寄上，想已收到。所寄马老居士之药，彼前信言早已收到。又承续寄燕窝等补品，弟已去信告彼，想不久必可收到。

弘一大师墨宝刊印事，纸张至今始办到二三千张，只能印二三百本，现正编纂付印。此乃私人刊印者，即运用前年侨胞八人为纪念馆所捐之款刊印者。出版后定当从速寄上。至于政府所刊，至今迄未说起。看来尚须时日，方能实行。年初刘质平居士携作品从山东来沪，因是政府指使，并由公家付旅费。但在沪拍照后，此事即暂搁，不再提及。因此未能预知其何日刊印。大约刘君所藏，绝大部分是出家后所书（在温州时），均系佛经文字，因此被认为非急需出版者，亦未可知。盖国内各种事业皆条理井然，先后缓急，皆有分别，依照计划进行故也。刊印墨宝之事，迁延太久，有劳盼待，弟甚抱歉。但事实如此，弟实无可为力。"护生画"在尊处迅速出版，而此墨宝在弟处迟迟不刊，相形之下，安得不自笑耶？

　　上海今日大热，室内达摄氏[1]九十三度，尊处长年夏令，不知是否如此炎热，弟甚挂念。弟怕热，九十度以上即易头晕。（此信分两次写成。）因此对热带人民十分同情也。弟自任画院院长后，社会活动（开会、招待外宾等）较忙，但近日多半不出席。政府对老弱者照顾周到。弟平日出席，亦均有汽车接送，夏令则老人之事都由壮者代理，故并无劳顿之感也。

　　顺颂

净祺

俗弟 丰子恺 和南
〔1961年〕辛丑七月三日〔上海〕

---

[1] 摄氏，为华氏之误写。

丽英星期日常来此与一吟等晤谈，暑假欲返福建一行云。附告。

八十四

广洽法师清座：

示奉到。承广余法师惠赠港币百元，亦已收到。前惠肺病特效药雷米丰（千粒），亦于昨日向海关领到。（燕窝未收到，想是另外一包，后必收到。）多赠嘉惠，感谢无已，并乞代为向广余法师道谢。

今春游黄山，曾攀登其最高峰鲫鱼背，今写成一大幅，另邮寄赠法师，以代同游。另一幅黄山文殊院风景，乞代赠广余法师欣赏。此二画非航空，必比此信迟到。

《重治毗尼事义集》，苏居士云上海缺货，已向南京购求。购得后当由弟寄赠，请哂纳之。

"护生画"六包，收到后当再奉达。

马一浮老居士已赴莫干山避暑，弟已去函索取照片，收到后当即寄奉。

《弘一大师遗墨》已由弟与吴梦非居士编成，共二百页，现正在制版。出版后当多寄南洋，赠法师及诸施主。惟恐需在数月之后方可出书，因上海印刷工厂甚忙故也。

清驾年内有返国观光之计，闻之甚为喜慰。国内万象更新，灵隐大佛亦早完工，辉煌庄严，至可瞻仰。一别十余年，倘能在新中国再见，诚为大幸。弟当在沪恭候，并陪往杭州普陀等处巡礼，乃一大快事也。万望实行此愿，不胜盼切。

敬颂

清祺

俗弟 丰子恺 和南

辛丑天贶节[1]〔上海〕

八十五

广洽法师慈鉴：

前函请马一浮老居士题"弘一大师遗墨"书签，今得彼从莫干山寄来复示，签已题就，另附一纸，嘱转告法师，勿再寄补药。今附呈。只因字写得极好，所以寄呈作为书法保留。但必须说明情况：（一）马先生性甚廉俭，其拜门弟子刘公纯居士事师极忠诚。上次函向法师索补药，乃刘君主动，非马先生本人意欲（不告其师，故马先生以为两次皆法师自动寄赠者）。马先生自己不肯向人索物质报酬。（二）国内自五月廿六起，侨胞寄件免税截止。故法师两次寄马先生补品，皆须出税，据附信共四十余元。其实出此税款，得此补品，乃大大便宜（此间有钞票不易买到），但马先生生活俭约，故信中言不堪负担。弟将马先生信附呈，必须说明此二点，方不致引起疑诧也。

马先生廿一岁丧偶后，并不续娶，孑然一身，专心读书，直到今将八十岁。现家中有一内侄女（亦独身者，已过中年）照料衣食。此外有弟子刘公纯管理对外事务。政府按月供养，生活无忧，惟素性俭约，故信中言不堪负担耳。

---

[1]　在江南一带,农历六月初六称为天贶节。辛丑天贶节即公元1961年7月18日。

惠赐雷米丰、燕窝、鱼肝油丸，皆已妥收。纳税只十余元，甚为便宜，此三物皆不易买到者。且质料皆极好（此间有雷米丰代用品，服之头昏体疲，盖有副作用者）。国内有自制雷米丰，但五万万多工人农民中患病者皆购用，供不应求，故不易买到也。承赐千万感谢！

"护生画"弟已收到四包。苏居士之二包，想系直接寄彼者。《重治毗尼事义集》已托苏居士向南京购求。寄到时弟当即寄上。

上海大热，今日九十五度（华氏），汗流不停，懒得用毛笔写信。此信即用去年法师所赠之金笔书写。顺颂
法安

弟 丰子恺 合十
六一年七月廿五晨〔上海〕

八十六

广洽法师净座：

多日未曾致候，遥想百事安吉，"重治毗尼集"要共六册，已由苏居士向南京代为购得，弟已于八月六日付邮寄上，即请哂纳。此信到时，或许书亦送达也。前函索马一浮老居士照片，马老近在莫干山避暑，须待秋凉下山后方可检寄，先此奉达。弟近整理书箧，发见昔年为弘一大师往生纪念作佛像千尊完成时所书立轴一帧，所书为"古佛颂"，文章与意义并皆深美，此物存弟处无用，将来恐遭损失，亦觉可惜。（此乃画佛千尊完成时所书，乃一大纪念。）故今将上下木轴切去，作印刷品封裹付邮，谨赠弥陀学校保存。抑或物得其所，至祈转赠为荷。上海

已渐入秋凉。弟托庇健好。惟今岁全球各地天灾流行，国内亦水旱为灾，深恐岁收又不丰稔，不免杞忧耳。专此奉达。顺颂法安

俗弟 丰子恺 和南
〔1961年〕辛丑处暑后八月廿六日〔上海〕

八十七

广洽法师座下：

　　数日前收到港币二百元，至今未见来信，不知何用。弟定于今日晚上火车赴江西省游览，所到南昌、井冈山、赣州、瑞金、南丰、上饶等地，须于中秋前一日返沪。今先写此信奉达。倘有大示，须待弟返沪后再奉复。以前寄上"重治毗尼集"一部、"古佛颂"一帧，想先后收到。马一浮先生照片，须待彼从莫干山返杭后检寄。

　　弟此次远游，乃政府招待，故一路有地方政府迎送，旅途一定安适。井冈山乃革命纪念地，有许多胜迹，风景亦甚佳。上山有汽车，高一千八百五十公尺。与弟春间所游之黄山高度相等。弟近身体甚好，健步如飞，故游兴甚浓，今年春秋两次出游。回想数年前，精神萎靡，好静不好动，万事兴味索然，与现今相比，竟像两人。推究其故，定是服法师所赐 Becadex 之故。足见此药确有效验。法师来信云，服此三年，百体无病。今弟亦证验矣。行色匆匆，草草奉达。即颂净祺

俗弟 丰子恺 和南
〔1961年〕九月七日下午〔上海〕

八十八

广洽法师慈座：

  弟赴江西参观革命根据地，三星期，经历南昌、赣州、瑞金、井冈山、抚州、景德镇等地，乘小汽车行五千里，九月廿八日方返沪。途中颇感疲劳，休息数日后已渐复健。拆阅来示，知法师为陈嘉庚[1]老居士作法事，甚为感佩。星洲旱灾，入秋后想已好转，饮水成问题否？念念。国内亦有几处患水灾旱灾。江西患水灾，弟因公路桥梁被毁，故延迟返沪也。

  前转奉马老居士信后，知法师必汇赠税款，但弟实不应受得，弟只付税十余元，而收得港币百元，殊不成话。但亦只得领受道谢。马老之百元，已转汇杭州，并说明情由，尚未见复，大约尚在莫干山，未曾返杭州也。后当索得照相寄奉。

  来示许续赐药物，弟确有无餍之求：前蒙赐 Becadex，服之极有效验，弟过去凡入秋必病，去秋今秋，全无病苦，自知实乃此药之效果。前闻法师连服三年，百体康泰，弟亦思续服，特函求乞，便时仍乞赐寄一瓶。税款弟颇能胜任，况今汇港币百元尚有余款，可作税金之用也。不情之请，只求原鉴。

  《弘一大师遗墨》已在印刷局登记，即日可付印，年内必可

---

[1] 陈嘉庚（1874—1961），福建厦门人，爱国华侨领袖、企业家、教育家、慈善家、社会活动家。

出版，先此奉达。顺颂

秋祺

俗弟 丰子恺 和南上
六一年十月三日〔上海〕

八十九

广洽法师座下：

今得马老居士寄来照片一帧，附此信中奉上，乞收。信中云："广洽法师汇还税款，不知所以为答，此款既未便寄还，因赠以拙书《信心铭》一本，于日前径寄新加坡，聊以为不言之表。"云云。

近日上海秋高气爽。弟远游归来，略感疲劳，今早复健。近来佛教徒及侨胞返国观光者甚多，市政府招待十分优厚。法驾何日来上海？弟当奉陪赴杭州、普陀等处巡礼。甚盼飞锡早临。

敬请

法安

俗弟 丰子恺 和南
〔1961年〕辛丑十月十五日〔上海〕

九十

广洽法师净座：

廿日示昨奉到，承赐 Becadex 丸，至感，收到后当再函告。又承托东宝轮船主康先生带交用物十二件，尤感。收到后当照尊示分送马老居士及丽英女士。赠弟各物，皆目下十分需用之品。

法师遥察情况，特地购赠，厚意深感！惟屡受嘉惠，无以为报，不胜歉憾耳。

马老居士所寄僧灿大师法语，将来能影印流通，实为至善。《弘一大师遗墨》已购得纸张，交付印刷局，不久当可出书。此次所用之纸甚佳，因此价亦较昂。现大约估计，全部印好，共费当在人民币二千元以上。查三年前星洲信善之捐款连息共有二千零十四元，看来不够支付。倘不够数目不大，当由弟补捐完成。倘为数较大，则拟另行募款。海外近来为此事募款，不知可能否？可能最好，否则当由弟另行设法也。确数以后再详告。（书末附刊收支账目。）

再者，近访得《李息翁临古法书》一册，书法极佳，诚为精品。此间人士皆希望重印流通。将来海外倘有信善乐愿舍财刊印，诚为至善。然此事须俟胜缘，不可强求。今先写告，乞留意耳。

法驾有返国观光之意，弟等十分欢迎。现入冬甚冷，希望明春飞锡来临。不尽。顺颂

净祺

俗弟 丰子恺 和南

〔1961年〕辛丑十月廿八日〔上海〕

《重治毗……》一部想早收到，倘已收到，不须专复。

九十一

广洽法师座下：

数日前寄奉芜函，谅蒙收察。《弘一大师遗墨》刊印费，

今已有较确实之预算报制,见另纸。此次刊印此书,原拟按照三年前星洲信善为杭州纪念馆所施之资,量入为出。岂料上海文艺、宗教界人士皆要求印刷精美,并内容丰富。因此改用最上等纸张,其价较昂(共九百余元)。印刷及装订亦尽力讲究(由上海最高级之三一印刷公司承印)。原定印二百册,今增至三百册。每册原定一百余面,今增至二百面。因此共费约四千余元。除三年前存款及利息外,尚缺二千三四百元(细账见另纸)。超过数目如此之多,实始料所未及。但目下诸事已决定,弟意不再减缩。盖为弘一大师寿世纪念,乃一大事因缘,自当隆重举办,不宜吝惜费用。弟拟自捐一部分,但能力有限,难于完成。故特此奉告,倘海外尚有信善喜舍净财者,望法师鼎力劝募,以玉成此一大胜事,功德无量。书稿已交三一印刷公司制版,不久当可出版,出版后当以大部分寄星洲。

前日弟等偶在功德林素食处聚餐,丽英亦参加。彼言手表通知单早已到,即日备税款去领(税一百二十余元)。东宝轮船尚未到沪,到后当将衣、手袋、饼交丽英,并将桂圆、油等送杭州马老居士,勿念,余后陈,敬颂
净祺

俗弟 丰子恺 和南
〔1961年〕辛丑十一月六日〔上海〕

再:承赐 Becadex,今日已接到通知单,当即去领,盛惠不胜感谢!

刊印《弘一大师遗墨》精装三百册
费用预算

三年前收到星洲信善捐款一千七百零八元（人民币）。至今连息共得两千零一十四点四一元。

已付容新照相馆照相费一千零二十一点五元（包括《药师经》在内）。

已付荣宝斋纸张费九百七十五点五九元。

以上收支相抵，尚余十七点三二元。

将付三一印刷公司制版及印刷费约千六百元至千七百元。装订费约四百五十元左右。封面纸约一二十元。收回玻璃版二百个，约一二百元。（以上共约二千三四百元。）

尚缺约二千三四百元，正在续募。

丰子恺 记

一九六一年十一月六日

九十二

广洽法师座下：

款人民币一千四百零九元一角，及信先后收到。法师对《弘一大师遗墨》重视，弟甚钦感。在此不景气时代募集巨款，足证鼎力支援，更见诚挚。现大体已备，而余缺数，定当由弟自己担任，法师切勿续汇，将款留作回国观光行旅之用，至要。弟应量入为出，此次未免太过扩张，以致短缺，处置实有不当也。但求功德圆满，亦无所憾。请释念为荷。

周瑞芳女士嘱画，不日当寄上，承赐叻币三十元，并法师惠二十元，实不敢当，还请代为道谢。其他施资者倘索画，请示知，当广结胜缘。东宝轮尚未有消息，收到惠物后，当即函告，最近《解放日报》刊登访问记及照片，剪附一纸，以代长函，顺颂
道祺

弟 子恺 叩

〔1961年〕十一月廿六日〔上海〕

九十三

广洽法师净座：

东宝轮带来之包，已于昨日领到，分文不费。（惟因无提单，须机关保证，故迟到耳。）包内各物毫无缺损。今日即将衣、饼、手袋交丽英，并将牛奶粉、麻油、桂圆带送杭州马老居士，勿念。其余诸物，均已由弟及小女收领享用。此等物品，皆弟所需要者，至可宝贵。万里之外，遥寄珍品，情谊之深，感无可言，想法师详悉弟之情况，故能体贴入微。但自愧毫无功德，不堪受此优遇耳。专此申谢。

数日前寄上一函，又另寄（亦航空）画二幅，想已收到。其一幅乞转周瑞芳女居士，另一幅（《老树》）供法师清赏留念。《弘一大师遗墨》已付印。

样张前日已送来，十分满意。春节前当可付邮寄奉二百册。
顺颂
道安

弟 子恺 和南

〔1961年〕十二月六日〔上海〕

九十四

广洽法师惠鉴：

迭上三函，想均收到，前函忘言一事，今特补告：汇下叻币一千七百五十元，捐款人芳名尚未蒙见示，请即便中写寄为荷。（书当在春节前印成，书末附芳名录也。）至于不足之数，当由弟自力玉成，南方请勿再募为佳。再者：小女一吟屡蒙赐与佳品，实甚感谢，今代为致意，铭感在心。丽英之物已取去，附告。

即颂

净安

俗弟 丰子恺 和南
六一年十二月九日〔上海〕

九十五

广洽法师道席：

十二月六日函及叻币壹仟贰佰伍拾元（合人民币玖百捌拾贰元壹角）均先后收到。乐捐者名单，自当与三年前诸施主一并刊出在"遗墨"末页。此次弟铺张过甚，以致费用浩大，本已决定由弟担任所缺余数，今仍蒙在侨胞中募集，并自捐巨款，实觉于心不安。今已成事实，只得将此"遗墨"作为弘公纪念馆看待。（纪念馆希望甚少，倒不如此"遗墨"永垂不朽也。）侨胞玉成此举，实乃不朽之业，至可赞佩也。弟现正筹备寄递书册（二百册）所用包纸，拟用油纸兼水门汀袋，以免路上损污。非卖品出国，邮局不成问题也。承嘱写庐山风景，自当回忆昔年所见，绘就寄奉。明春极盼飞锡惠临，同游胜地。

弟 子恺 和南

六一年十二月十三日〔上海〕

九十六

广洽法师座下：

今寄上庐山天桥图一帧，即请哂收。

《弘一大师遗墨》春节前后，可以出版，届时当即寄出。弟定于三月一日动身赴北京参与全国政治协商会议[1]，大约三月底返上海。此时江南春暖，法师正好准备返国观光，弟当在沪恭候，陪同赴各胜地游览。不胜翘盼。

时序匆匆，春节转瞬即届。顺颂

春釐

弟 丰子恺 和南

〔1962年1月7日〕农历十二月初二日〔上海〕

九十七

广洽法师座下：

来示奉到。前日寄上庐山画一幅，想先此收到。又承托东伟轮带赐诸物品，实不敢当。前者尚未用完也。如此多多赐寄，深恐影响法师自己供养，心甚不安。（赠马老居士及苏慧纯居士者，收到后当照办。）近来，为《弘一大师遗墨》事，弟虽略

---

[1] 全国政治协商会议，指全国政协第三届第三次会议。

费劳力，但已收得福利甚多。盖国家奖励侨汇，凡收到侨汇者，必附赠各种购物券，凡食用品、衣料、用具，均可凭券购买（粮、油、香烟、糖等皆有），比普通居民所购者，虽价格略贵，但数量较多，便利不少。前次汇下人民币二千余元，弟收得许多购货券，连亲戚朋友皆沾光不少。今又蒙托轮船带送实物，真乃锦上添花也。轮船到后，当再奉告，先此道谢。

轮船公司经理杨基兴先生嘱画，今写就寄上。（想此君并非乘东伟轮来上海者，故寄尊处就近转交。）

弟近来身体颇好，每日上午写稿五六小时（译日本长篇小说《源氏物语》），不觉疲倦，推想其原因，乃服 Becadex 之故。此亦法师之惠赐也。弟译此书，须三年完成。共一百多万字。世界各国皆有译本，独中国尚无，故乃一大事业也。不久春节即届。丽英不返乡，当邀其来此守岁过年。顺颂

时祺

弟 丰子恺 和南

〔1962年〕一月十一日〔上海〕

九十八

广洽法师座下：

两示均收到。又承托东伟轮带赐各物，已于昨日领到，计清香油二听、乌麻油一听、白糖十斤、四色糖果一听、布二块、葡萄糖二听、面条四十匣、牙刷一支，查收无误。遵嘱将乌麻油二斤、面条五匣转送马老居士，将葡萄糖一听、面条五匣转送苏慧纯居士，勿念。比来受赐太多，无法道谢，只得不言谢矣。

此各物皆极需要，使弟等年节更形丰富多彩也。

广余法师又惠叻币叁拾元，实不敢当，还祈代为道谢。

弘一大师墨宝印好后寄南洋，其包扎费邮资，理当由弟担任，何劳另行赐寄？此又锦上添花者也。

清驾将于五月卫塞节过后返国观光，不胜欢迎。弟三月初（阳历）入京，月底即返上海。当静候惠临。此时江南天气和暖，旅游正宜。目下已届农历春节，国内今年春节供应丰富，万民同乐，颇有升平气象。福建等地瑞雪甚厚，明年预卜年丰。新加坡侨胞甚多，想亦非常热闹也。顺祝

年祺

俗弟 丰子恺 和南

〔1962年〕一月廿八日〔上海〕

广余法师均此。

九十九

广洽法师座下：

江南春暖，百花渐开，不知南国近日如何，念念。上海有画家朱文侯，长于花鸟走兽，名擅海上，最近身故，弟于其遗作展览会中购得花卉二幅，奉赠法师及广余法师清赏，今日航空另封寄上，想可与此信先后到达。《弘一大师遗墨》不日可以出版。（原约春节前，后延至阳历二月底。）届时当即寄奉。法师初夏返国观光，弟甚盼切。届时倘蒙带赐土物，弟要求两物如下：（一）Becadex 一大瓶（千粒）（二）胡椒粉若干。切勿要第三种。胡椒粉一向从外国输入，最近缺乏，而弟饮食中偏

好此物,故而索赠也。不情之请,想蒙见谅,顺祝
春釐

俗弟 丰子恺 和南
〔1962年2月20日〕正月十六日〔上海〕

一百

广洽法师座下:

弟于明专车赴北京参与全国大会[1],在京约住一个月,于清明后十日返上海。《弘一大师遗墨》原定春节出版,岂知一再拖延,至今尚未见书,但现在样本已出,专等装订。故清明前后必可完成。此乃样张之一,弟特附寄,请先睹为快。祖国文化事业发达,印刷厂、装订作,均极拥挤,必须挂号排队。封面纸需裱厚方可用,而裱画店又极忙。此次延搁,乃裱画店不空之故也。弟承办此事,不能早日报命,心甚抱歉。故特说明情况,乞转告施资诸信善,请予原谅为幸。北京旅行期间,关于此事,有小女一吟及钱君匋居士代办也。专颂
净祺

弟 丰子恺 和南
〔1962年3月17日〕壬寅花朝〔上海〕

一百零一

广洽法师座下:

弟于三月十九赴京,至四月二十始返上海,承赐寄物品(面

---

[1] 全国大会,指全国政协第三届第三次会议。

干一、胡椒粉一、油二、饼一、牛奶四、毛菇四、青豆二、花睡衣一、甜豆枝三）已如数收到。其中饼一、牛奶二当转送马先生（马先生年老，此次不到北京开会，当托便人送去）。睡衣当转交丽英。又邮寄 Becadex 一大瓶亦已收到，多承厚惠，铭感无已，不知如何答谢也。此次京中大会，全国各地代表委员共到三千余人，非常盛大。策划国事，费时甚久，对祖国今后建设事业，当有良好之影响也。（出席大会比丘及比丘尼共有五六人，西藏亦有佛徒出席。）

上海已入暮春，天气和暖，风景清丽，法师何日命驾返国，至深翘盼。《弘一大师遗墨》，因弟离沪，印刷厂又将工作拖延，尚未出书。今已催促，不日当可寄奉。祖国文化繁荣，出版界非常忙碌，每每延迟出货，实甚抱歉。尚请向诸出资信善说明原由为感。顺颂
净祺

俗弟 丰子恺 和南

六二年四月廿一日〔上海〕

再者：此次到京参与大会，见佛教界代表，有二人索"护生画第四集"，但弟处已送完，无法应嘱。尊处倘有多余，请直接邮寄如下：

（一）北京宣武门外法源寺中国佛学院虞愚[1]居士请寄二册。

（二）沈阳大南街慈恩寺佛教协会逝波（比丘尼）法师请寄

---

[1] 虞愚（1909—1989），1924 年入武昌佛学院，从学于太虚大师。1929 年转厦门大学，专究哲学。《护生画集》第五集题字者。

二册。

倘已送完，将来再版时寄送可也。

一百零二

广洽法师座下：

上海有朱北海（名朱应鹏）画家，于佛像颇有研究，所绘诸佛菩萨像，皆考据印度原本，一笔不苟。近生活潦倒，鬻画勉强自给。弟近求得佛像一尊，庄严美丽，令人生敬。兹附此信内奉赠供养。为便于寄递，将纸折叠，装裱后当无折印。

《弘一大师遗墨》，印刷厂已确言五月十五一定印毕。估计六月内可以寄到南洋。延搁太久，弟甚抱歉。实因此间文化刊物太多，印刷局拥挤，每每不能如期出货耳。

轮船带来各物，均极受用，不胜感谢。马一浮老居士物及丽英女士物，均已转送勿念。匆祝

道安

弟 丰子恺 顶礼

六二年五月三日〔上海〕

一百零三

广洽法师座下：

得示惊悉近患咯血之症，深为悬念，一九五四年弟亦曾咯血，入院月余后，服"雷米丰"年余即渐趋好转，至今不曾复发。法师在南国，此药定可购得，不久亦定占勿药。至祈多多保养为要。为此今秋不能返国观光，怅何如之！但明年定可启

行，弟无物可寄赠佐药，已甚惭愧，岂可反蒙赐款（叻金百元，日内必可收到），实不该受。既已汇下，亦只得拜领道谢。附函乞便交广余法师为荷。《弘一大师遗墨》已付装订，不久即可打包付邮。顺祈

珍摄

^弟 丰子恺 顶礼

六二年五月十八日〔上海〕

一百零四

广洽法师：

示及汇款叻币四十五元，均先后收到。屡承嘉惠，实甚感谢。弟于四月中去北京开会，至五月十二日[1]方返上海。因初次游北京，闭会后又游览多日也。侯君嘱画，今草奉，请转赠。

此致
敬礼

^弟 丰子恺 叩

〔1962年〕六月三日〔上海〕

一百零五

广洽法师净座：

前日泉州胡造坤居士来访，出法师介绍片，言吕依莲居士因事留泉州，不能来沪，故嘱其代访，并赠我桂圆等食物。依

---

[1] 十二日，为二十日之误写。

莲居士热心宏佛，乃弟所素知，甚是赞善。此次缘悭，未能相见为憾。又闻胡居士言，法师前患咯血之症，今已痊愈，深为欣慰。尚请善为珍摄，多多休养为要。弟最近游浙江南部金华等地，饱览风景。贱躯不怕跋涉，比往年健康，料是常服法师所赠维他命丸之故，深为感谢。《弘一大师遗墨》久已付印，前曾将校样一部分寄呈，想蒙收察。今即将出版，但寄到星洲时，恐在二三月之后也。此印刷屡屡延搁，实因上海出版事业烦忙所致，甚不安心，乞代为向出资诸信善说明为荷。秋凉盼望法驾返国观光，翘企之至。敬颂
道安

俗弟 丰子恺 合十

六二年六月十七日〔上海〕

一百零六

广洽法师左右：

《弘一大师遗墨》至前日始印毕，现正在装订。先将已装订完成者一册，于昨日付邮寄上。（因航空要十余元，太贵，故寄非航空，只需九角余。但当比此信迟到。）请法师先睹为快。其余多册，须待六七日后装订完毕，打包付邮。此书共印三百本，弟拟先寄尊处一百五十本。其余一百五十本留国内，将一部分分送有关之寺院、佛教协会及书法专家。（但必不多送，当保留一部分，待尊处不够时再续寄。）此间邮局定规：寄外国印刷品，每人每月限寄一包（约三四册）。若照办，须年余寄完。弟当托政府向邮局接洽，特许一次全部寄出。定可办到。先此奉达。

尚有一事奉恳，弟近事烦，常感疲劳，医生劝打"奥利通"针，而国内买不到，拟向法师乞赐若干，由邮寄惠，不知便否？受赐太多，犹欲絮索，实甚不情，乞原。即颂
净安

俗弟 丰子恺 和南
六二年六月廿八日〔上海〕

（针药名另附一纸）

一百零七

广洽法师座下：

七月十二日示前日奉到，咯血之症，令弟悬念。今世肺病特效药甚灵，弟八年前咯血，服雷米丰、P.A.S.约三年之久，肺病果然痊愈，至今迄未复发。闻医生言，六十以上之人，肺患无危险性。佛力加庇，定卜寿康，尚请留意珍摄为要。

《弘一大师遗墨》，月前先寄出一册，想已收到。今日又一次寄出一百五十册，分三十包，恐须在八月底到达。即请代为分赠舍财诸信善。迟至今日报命，弟甚抱歉，尚请善为说明。此书共印三百册，除寄尊处一百五十一册外，国内尚存一百四十九册。弟已将四十余册分送国内各佛教协会、居士、弘师老友、大都市图书馆，现尚余约百册，以后非必要，国内不随便赠送。尊处如不够用，请随时来信，当即续寄。至此书印刷，有何缺点，尚请诸信善提示为幸。

承赐寄邮费港币一百元，已收到。上次已蒙寄下（合人民币五十余元），连此港币百元（合人民币四十余元）邮费及包装

费不多不少。此款亦由法师捐赠，弟甚惭愧！承赐红色补丸二种，先此道谢。"奥利通"难买，即请作罢。红色补丸效用相同也。弟别无病症，不过脑力薄弱（近来），容易头昏，故思吃补药耳。余后陈。敬叩

净安

弟 丰子恺 和南

〔1962年7月23日〕壬寅大暑〔上海〕

一百零八

广洽法师净座：

　　二十日示奉到，托购针药，承设法办到，至感厚谊。弟以来函示医师，据云此药热带人不宜多用，温带及寒带人宜用，老年人尤宜，可增长脑力，弟既蒙赐补丸，此针药暂不用，当再请医生诊断后用之。

　　法师咯血之症，近想必痊愈，念念。"弘师遗墨"一百五十册于前日一次付邮（非航空，挂号），此信到时，料尚未收到，但八月底当可送达。此间保留五十册，尊处需用时，当再续寄。请随时示知可也。

　　再者：今秋九月乃弘一大师生西二十周年纪念，国内有人提议开纪念会。但诸居士皆工作繁忙，集会困难，恐未能实现耳。且虎跑寺僧人甚少，皆不知弘公为何人者，故地点亦不易选定。弟个人拟画观音圣像一百帧，广赠信善，以纪念弘师生西廿周年，聊尽寸心。此工作今已开始，每日清晨沐手画二帧，至九月初四日，已满一百帧。届时当以大部分寄尊处，托代赠信善也。

专此奉达

道安

弟 丰子恺 和南

〔1962年7月28日〕壬寅阴历六月廿七日〔上海〕

一百零九

广洽法师净座：

多日未曾函候，想贵恙早占勿药，至深下念。七月廿四日由邮寄出《弘一大师遗墨》共三十包，每包五册，皆挂号，至今已二十余日，想此信到时，或可送达，收到后请即赐示，以慰下念。（此间保留五十册，尊处需要时再续寄。）书三十包之邮费，共约九十元，法师两次汇来之款，正好符合此数，弟未破费一文，甚是惭愧。

前周收到赐寄维他命丸一包，弟派人到邮局领取时，据言其中红色补丸，包装不合规格（无价单招牌等），必须退回。因此即由邮局退回尊处。其余 Becadex 三瓶，则已由弟收得，且已服用。此药上次所赐尚未服完，故红色丸退到时即请自用，勿再寄下，以免烦琐。受赐太多，深感盛意。

上海已入秋季，但秋老虎甚热，朝晚凉快，日中亦达九十度以上，弟托庇入秋无病，每晨绘大士像一二幅，至九月初四弘师忌辰，可满百尊，届时当以大部分寄尊处结缘，藉以纪念弘师。厦门有时火车不通，丽英暑假不返乡，常来此与诸女儿闲玩。现厦门客车已照旧通行，战事不生矣。附闻，敬颂

法安

俗弟 丰子恺 合十
〔1962年〕壬寅阳历八月十六日〔上海〕

一百一十

广洽法师座下：

八月廿一示今收到，书一百五十一册已妥收，甚为欣慰。四年来大愿，今始偿清，又愧又喜也。此书出后，国内受赠者亦均赞叹不已，足见大师墨宝之珍贵矣。惜印数太少，不能普遍结缘。弟决定将此三百册分二百归侨方，除已寄一百五十一册外，余四十九册暂存此间，法师及其他侨胞欲送国内人士时，乞示，当代为寄送。如不送完，余册当再寄尊处。此次来信所嘱寄共九册（大开元寺四册，觉星师一、叶慧观一、王逸杰一、蔡吉堂一、丽英一）。今已从此四十九册中取出，分别付邮勿念。国内存一百册，至今已送出五十余册，嗣后函索者当不乏人。撙节为之，亦足以应付矣。承汇港币仟元，已先收到，此事甚出弟意外，盖弟发心为纪念大师生西二十年而画大士像百帧，其用意与二十年前生西时画佛像千帧相同，聊尽绵力而已。岂敢望诸信善供养？今海外诸莲友如此顾念，以巨财相劳，使弟不胜愧汗。同时又觉末劫时代宏法者如此踊跃，深可庆喜也。今已领受，并将设法多多表示纪念。国内诸旧友散处各地，且均忙于为国服务，故吴梦非居士等有心于九月初四在杭州集会，而召集困难，不能实行，现弟拟于是日约在沪较空闲之旧友数人，专赴虎跑扫墓，以代集会，其用费即由来款中支付，此亦不啻代海外莲友向墓塔致敬也。（大士像欲题款者，乞续示芳名。）曾收到补药 Becadex 三百粒（税不多，仅四元余），其余补丸，因包装不合国内邮规，已被退还。针药尚未收到，想不日可到。国内关税，药物并不甚重，奢侈品则甚贵（如香烟、燕窝）。弟药物今已充足，不须再买，日后如有需要，自当求乞。美意至深感谢。法师学习游泳，以致旧症复发，今后望多多珍摄。游泳其实亦健身法之一，我国毛主席年已近古稀，亦常习游泳，体力甚健。惟肺弱者恐不宜多习耳。小儿女一吟、新枚，近皆健善。多承锦念，彼等心甚感激。一吟参加"上海编译所"，在家工作，每周只须开会二个半天，故颇自由。新枚在天津大学，两年后毕业，每年寒假暑假返上海。近日正在舍也。朱幼兰居士信已转去勿念。余后达。敬请

净安

俗弟 丰子恺 合十

〔1962年〕八月廿七日〔上海〕

大士像百帧，国内可赠送者甚少，不过十余帧，其余均可寄海外。附闻。

一百一十一

广洽法师惠照：

八月廿七示奉到。续承汇寄港币千元，亦已收到。弟发此微愿，所受供养太丰，反觉惭赧。今后如再有信善欲得大士像，请劝其勿致供养，或略赠数元表示供养之意即可，使弟可减少惭赧也。诸信善芳名单已收到，画齐后当一并题款付邮。后有需题款者，请续示。（另作一大幅专呈法师，非大士像，乃表示

我二人敬仰弘一大师之意,已在构图,尚未完成也。)纪念日（九月初四）前后数日,当一并寄画。初四日适逢国庆节期间,沪杭火车及旅馆等均极挤,弟等拟于初九在杭小集,同去塔前祭扫。届时当将照片寄奉留念。经弟等商议,不用"纪念会"名义,而称为"扫墓"。因人数不多,称为"纪念会"太简慢。称为扫墓,倒反诚恳。因参与者皆大师昔年老友(如马一浮先生等)及学生也。(所有费用,概由供养金中支付,勿使老友等自己破费,则参加者较众。)详情后告。我国政府奖励侨汇,凡收得国外来款者,按数附赠粮票、油票、糖票、肉票、香烟票等。九月份起增加一倍余（例如粮票,本来每人民币百元赠粮票三十斤,今增为八十斤,且可换油票）。故弟此次受得供养,除钞票外,又得许多物资票。自家用不完,亲戚朋友咸受其惠也。今日白露,上海已入秋天。气清人静,画菩萨像甚是适宜。顺颂

道祺

弟 丰子恺 合十

〔1962年9月8日〕壬寅中秋前五日〔上海〕

一百一十二

广洽法师座下：

十九日示昨奉到,廿四日（阳九月）封寄大士像廿七尊,赠法师大画一幅,因寄信人不知,误投非航空挂号,实甚遗憾！弟原定航空投邮,使此包于阴历九月初四前寄到,今被误投非航空,计须于阴历九月二十左右寄到,实为美中不足也。

心昊法师、吧生黄金陵居士、吉兰王振教居士,所请大士像,

以及广余法师对联,日内当续寄航空邮(当比廿七尊及大画先到)。又当另附对联一副奉赠法师。

梅兰芳邮票及杜甫邮票等,附此函内寄上,乞收。如再有新出,后当续寄。

广余法师请大士像,已附在廿四日发之廿七尊中,当在阴九月二十左右收到。

国内请大士像者,至今共只二十余人。有不少人士,不信佛法,但爱弟画,借口供养来请观音大士像,弟皆察出,婉言拒绝。或另赠他画。故今所请者,皆莲友也。但人数不多耳。

承又汇港币千元,不日当可收到。受供养太多,弟甚惭愧。今决定将最后一笔(港千元)储作帮助老病之用,或以帮助弘一大师生前老友之贫困者。如此,则弟个人受赐之外,又有许多老病贫者获得周济。星洲诸供养人之功德当更大也。

弘一大师文史资料,至今尚无记载。但有弟十余年前所写大师所作诗词一册,名《前尘影事》,今附奉一册(附在航空包内),乞收。余后上,即颂

净安

弟 丰子恺 合十

〔1962年〕阳九月廿七日〔上海〕

一百一十三

广洽法师:

九月廿四日寄上一包(非航空),内圣像廿七尊、大画一幅。廿八日又寄出一包(航空),内对联二副,圣像三尊。想第

二包先收到也。今后倘续有欲请圣像者，乞随时示知，但勿再汇供养金为要。第三次汇出港币仟元已于今日收到，乞代道谢。昨日（九月初四）上海佛教信众会举办"弘一大师生西二十周年纪念会"，弟与同学七八人去参加。另有男女居士及僧侣共约七八十人。上午上供，下午普佛。上供由弟主祭，中午由功德林午餐，仪式十分庄严。弟定于后日（九月初七）同上海居士四五人赴杭，于重阳日约马一浮老居士等去虎跑扫墓，情况后再奉达，兹奉恳二事：

（一）"护生"四集，尚有余否？此间信众会有人托请。如有余，乞再寄四五册。

（二）前托买之补药针，请择便或付邮交香港永乐街一五号泉昌公司林国端居士代收转弟。但不知由新加坡寄香港，是否畅通？倘亦需检查退还，则请暂勿寄。由弟另行设法。据海关言，特效药须有证明方可入国内，而申请手续烦难，故暂不申请，由香港转较便也。惟弟现已有代用补药（治脑贫血），故此针药不急需，不妨缓缓择机会取得也。此事烦扰甚多，至歉。

专此奉达，即颂

时祺

　　　　　　　　　　　　俗弟 丰子恺 合十

　　　　　　　　　　　　六二年十月三日〔上海〕

一百一十四

广洽法师：

十月五日示，今（十二）奉到。承寄剪报二则，已保藏。

弟亦有香港报一则（恐尊处已有），附奉乞鉴。大士圣像，尚有约半数（四十余尊）留存，俟虔诚莲友随时来请。国内东北（沈阳）已请去五尊，尚有多人比丘尼欲得。西安及广东、香港亦已请去各一二尊，以后恐亦有续求者。若能圆满，普天之下供养圣像，真胜缘也！

来示所提谢松山、黄秉修居士及福缘念佛会，稍缓当与《前尘影事》序文条幅并作一包付航空邮。（前寄二包，第一包忘记航空，以致第二包反先收到，甚憾。以后必航空。）梅博士纪念邮票亦与上件一并付邮。

兹有烦二事：（一）谢黄两居士及福缘会又赠供养金，甚是感谢，但今后所代收供养金，请法师代为保存，暂勿汇来，因弟或别有用处。（二）马一浮居士患白内障，视觉不便，闻日本新出白内障特效药（卡塔灵）甚灵，拟购用之，而香港缺货。因嘱弟托法师派人向新加坡市上探问：有否此药？价格如何？但切勿买寄。因倘有售，尚须在国内海关预先交涉妥当，否则又将被不通知即退回也，此二事费神。

此次赴杭扫墓，马老居士（今年正好八十）因眼病不便上山，故未参加。但弟去访，共摄影留念（稍缓寄奉）。在墓地上全体摄影，稍缓亦当寄上。马老高寿八十，身体甚健，只是眼病耳。余续陈。敬请

净安

俗弟 丰子恺 合十

〔1962年〕壬寅十月十三日〔上海〕

一百一十五

广洽法师净座：

承代购白内障眼药水，今日已向邮局领到（无税）。正好有人赴杭州，已托其带交马一浮老居士，弟看此药说明文，此一瓶只十五 c.c.。而马居士所示药方，共须一八〇 c.c.，即共须十二瓶。（药方上言，尚须打针九十六针。今针药买不到，点药或亦有效，总当一试也。）故弟意再烦购取十一瓶，直接寄：

杭州西湖蒋庄马一浮老先生

所需费用，均请于弟所寄存供养款中扣除，因马老居士不肯免费索药，经弟许以有此办法，始同意也，其余款项，请存尊处，以便日后托购物品之用，望勿汇下为荷。费神已极感谢矣。余续陈，即叩

莲祺

俗弟 丰子恺 合十
六二年十一月七日〔上海〕

一百一十六

广洽法师座下：

示奉到。承惠龙泉青玉瓷观音圣像照相一帧，形式甚是古朴，可称优良之佛教美术。流入日本，仍归尊处，亦有胜缘也。徐悲鸿画家所绘圣像，甚是秀美，此系遗作，亦可宝贵也。

妙寿法师请圣像，今附寄一尊，乞转。承其惠赐供养金，甚是感谢，蔡德炎居士亦赠供养金，并乞代为致谢。国内近来供养物品甚是丰富，故弟不须托买物品。前请将供养金暂代保存，

乃为欲代马一浮居士买眼药耳,今已承寄点眼药水一瓶,前函又托再买十一瓶直寄杭州,此十二瓶药水之代价,务请扣除。又,寄香港林国端居士之针药,其代价亦请在供养金内扣除,千万勿却,余款则汇来亦可,专此奉托。

再者,马一浮老居士之学生刘公纯君来信:前承汇马老港币百元,附得侨汇购物票,已买用品,深为感谢。今后星洲倘有人欲得马老书法,请留意介绍。随送润笔,可得侨汇购物票,亦有利于养老云云。特为转达,但请不可勉强。此事马老不知,全系其学生一片好心也。

后有请观音圣像者,务请勿送供养金,因受惠过多也。余后陈。顺请

净安

俗弟 丰子恺 合十

六二年十一月十二日〔上海〕

一百一十七

广洽法师道席：

示奉到。承汇款叻币四百二十元,前已如数收到。红色补药亦于前日妥收。寄香港林居士之针药,亦已托便人带到。药费款不扣,又蒙赐赠,实甚不该。今已领收道谢。马老居士点眼药分二次寄,甚好。此药本定由弟赠送,今又破费尊处矣。

马老居士学生刘公纯君所请托之事,弟亦认为欠妥。来信所云,甚是考虑周到,务请绝不勉强为要。好在此非马老本人之意,仅是其弟子之忠诚,故已将此意通知刘君,请勿为念可也。

龙山寺祖堂重建，需写对联，此事请马老捉笔，最为妥善。但有两点疑问，要请再来函详告：来信言"请马老撰并书对二副"，但括弧内又言分一副嘱弟撰写，如此，则请马老撰写者是一副，非二副。请详示。二堂高□[1]丈，则对联需要几尺长？恐与建筑形式有关，故必须问明，亦请再示。

弟写大字，远不及马老，故两联最好皆请马撰写，但倘法师认为宜多样，必欲弟撰写，则定当奉命，且言定奉赠龙山寺作为贺礼，决不受酬。余后陈。即颂

净祺

俗弟 丰子恺 合十

〔1962年〕壬寅阳历十一月卅日〔上海〕

一百一十八

广洽法师净座：

今得杭州马老弟子刘公纯君来信，附呈请阅。马老撰写对联，要求龙山寺简要历史。此言甚是。否则无从着笔也。请法师略写简史寄弟看后转马老。因弟若撰联，亦需知道简历也。对联长几尺，前信已询及。乞并复为感。

附上新出邮票。倘再需，乞示，当续购寄。顺颂

法安

俗弟 丰子恺 合十

六二年十二月五日〔上海〕

刘公纯信，看后不须寄还。

---

[1] 原稿字形近似"丘"，应是数字表示。

一百一十九

广洽法师
　　　　惠鉴：
曼士先生

　　赐示奉到。马骏君雅好绘事，欲与弟结师弟缘，实属美意，自当遵命视为海外画友可也。今后请其随时来信笔晤，定当尽赞助之力。昙华苑长联已撰写完成，与此信同时航空付邮，即乞收转。香港岭南出版社擅自刊印拙作全集，弟事前全未闻知，前日有港友购赠一册，（故不需托购。）始知。此乃从旧书翻版，故有许多不甚清楚。此"岭南"不知何人所办，弟已函港友查询，若果盗版，弟亦无可如何也。匆复，顺颂

时祺

弟 丰子恺 叩
〔1963年〕三月廿六日〔上海〕

一百二十

广洽法师：

　　两示皆收到。承又惠港币50元，受之甚愧。前因久未得书，曾托马骏君转一小条问好，想亦收到。

　　黄友义居士嘱画，今草奉一条幅，即乞转赠为荷。

　　上海已入清和天气，托庇安好。余后陈。便颂

清祺

弟 丰子恺 合十
〔1963年〕六月十一日〔上海〕

一百二十一

广洽法师座下：

前蒙赐寄港币伍拾元，已早收到。弟赴杭州游览十余日，前日始返也。迟复至歉。深感盛情，专此道谢，贵友光辉、维良、浩生三君索画，昨今已写成墨稿，明日或后日当可寄出。（航空、印刷品类。）收到后乞示复为感。近想玉体康泰，弟亦托庇粗安。此次到杭州，谢绝应酬，日日在山水间徜徉，颇可恢复疲劳。弟在沪人事纷烦，不得休息，故春秋必出游一次也。北京大会须在十一月间开幕。顺颂

清祺

弟 丰子恺 合十

〔1963年〕六月十二日〔上海〕

一百二十二

广洽法师座下：

今得邮局通知，言本年二月廿八日上海寄出之《上海花鸟画册》，查讯无着，按定规赔偿人民币贰元，或再寄时免收邮费（不过一元余）。今采取后者，另购一册，于六月廿一日双挂号寄上。且看能否收到。据马骏来信言，嘱我勿寄书册，只能寄单张画附在信中给他，因书册往往收不到。但过去弟寄上书册数次，均未损失，不知是否现在变相。此第二次寄出之"花鸟画册"倘再损失，（此间邮局言，因地隔重洋，此间查询无力，故不能保证收到。）只得将来俟便人托带也。

此画册中绝无有关政治之画，皆上海诸家最近佳作，人皆爱看。恐因此被"风雅窃贼"偷去也。一笑。顺颂
净祺

弟 丰子恺 叩

〔1963年〕六月廿一日〔上海〕

一百二十三

广洽法师座下：

赐示奉到，光辉、维良二先生惠寄叻币贰百元，亦如数收到。所惠太厚，使弟受之有愧。便中乞为道谢。端午过后，江南天气渐热，但尚穿夹衣。前日游杭，正值风和日暖之时，西湖上新建设甚多，真可赏心悦目，惜未能同游，不知何时飞锡来临耳。湛翁书《弥陀经》已出版，甚善，承寄十册，收到后当即奉达，并以九册转赠爱书法之信善可也。匆复，敬颂
道祺

弟 丰子恺 合十

〔1963年〕六月廿四日〔上海〕

一百二十四

广洽法师座下：

示奉到，黄友义居士汇赐叻币百元，亦已收到。区区之劳，何可受此隆酬？请代达谢忱为荷。马一浮老先生已于端午节过后赴金华北山避暑，启程前来信云："广洽师来信欲每月致馈，实非衰朽所敢当，屡辞未止，甚望仁者因便再为婉辞。药物亦

更不需。"可知尊处汇款，必按月收到，其家人（一学生刘公纯，亦已六十余岁，另一内侄女汤）疏忽，未曾奉复耳。请释念可也。厦门王逸杰居士曾通信数次，并有文稿寄来嘱弟校阅，文甚好，已为介绍向出版社投稿。但目前厉行增产节约，出版社刊印书籍亦有节制。故目前能否出版，尚未可知耳。日后倘有所嘱，定当尽绵力相助，勿念。

六月廿一日寄出《上海花鸟画册》一大册，七月六日寄出费新我（苏州名画家）画"弘一大师肖像"一幅，（此画曾在南京展出，后由弟请得，画法甚佳，敬以转赠。）皆非航空挂号印刷品，且看何日可以收达尊处，顺闻，即颂
净祺

弟 丰子恺 合十

六三年七月八日〔上海〕

一百二十五

广洽法师座下：

七月十九示于廿六收到。"花鸟集"二册同日收到，甚慰。（第一册二月八日发，第二册六月廿一发。）已向邮局退还赔款勿念。费新我画像题记，今写奉乞收。此像七月六日发（非航空），在途如此快速，出人意外。承汇港币伍拾元收到，谢谢。纪念邮票国内甚多。今购若干种附此信内，乞收。如再要，乞示，当随时寄奉。

弟正服前赐之红色补丸，近来百体健泰，不需药物。寄来之药名保存，他日需时当函告。现请勿寄。近实行减烟，本来每天吸三十支，今减为五支。痰全无，此其大效。以后当坚持

此戒也。匆祝

道安

弟 丰子恺 合十
〔1963年〕七月卅日〔上海〕

一百二十六

广洽法师座下：

陈君惠赠笔资，并蒙法师惠款，连隐名氏共叻币贰佰贰拾元，已收到。屡承惠款，谢不胜谢，今后不再言谢矣。苏州画家费新我所绘弘一大师像，照片很清楚，可供养案头。今已将一叶寄苏州费君，一叶转赠朱幼兰居士，余一叶保藏。

隐名氏发心助人，用心甚善。叻币百元，合人民币七十七元余。弟补足为八十元，将分赠四人，每人二十元人民币。想蒙同意。但其人选尚未决定。容考虑后再告。因送人若不适当，反而引起麻烦，故须考虑也。新邮票四张请收。顺颂

净祺

弟 丰子恺 合十
〔1963年〕九月二十日〔上海〕

弟过去常作此事，但能力有限，每苦负担。隐名氏此举，无异代弟出资也。又及。

一百二十七

广洽法师座下：

久未函候，想必胜吉。弟游镇江、扬州，遍览金、焦、北

固诸胜景,昨日始返上海。今见邮局新出黄山风景邮票,精小可喜,每张下方有细字注明风景地名,可用显微镜[1]观之,附上共十九张(黄山一套十六张,余三张),请哂收。再过一个月(十一月二十左右),弟将赴北京参与全国人代大会[2],会期约二旬也。草草,遥祝

净祺

弟 丰子恺 合十

〔1963年〕十月廿二日〔上海〕

一百二十八

广洽法师座下:

前示并港币伍拾元,均收到,美意至深感谢。影印马先生书《弥陀经》,诚为善举。弟已遵命写序,附上请正。纪念刊亦已改书。将来刊出,尚望赐寄各一册也。

弟近游镇江扬州,归沪后忽患气管炎,入医院疗养数日,今已痊愈出院数日矣。有友来言:弘一大师断食十七日(在虎跑寺内),每日有笔记。此笔记流落人间,近为沪上一居士发见,出人民币四十元购得。弟曾记昔年在堵申甫先生家见过一次,不知后来为何流落人间。此稿有否保存或刊印之必要,弟正在考虑。倘有必要,可向该居士商购或商借也。附闻。

顺颂

---

[1] 显微镜,指放大镜。

[2] 指与人代大会同时召开之政协会议。

道安

弟 丰子恺 合十
〔1963年〕十一月三日〔上海〕

再:《弥陀经》序文,似不宜制版,宜用排字。因本文是书法,序文不可喧宾夺主。况弟之书法冠马老之首,非佛头着粪乎?

一百二十九

广洽法师座下:

弟前日由北京返沪,在京参与大会共二十四日,其间曾有小女一吟代为致书(内附黄山邮票一套),想蒙收到。弟返沪后得马骏来信,惊悉黄曼士先生病逝,不胜悼惜,弟与黄先生虽是神交,但由法师介绍,深悉其为正信善士,其逝世实乃佛教界与教育界之一大损失也。在坡想必多作法事,祈早生佛土。又,马骏言,黄先生遗命嘱弟为四居士作画(符树仁、黄龙英、郑育庭、韩奇光)并嘱画成寄法师代收转。今弟已遵嘱写成,另邮(航空挂号,内附黄山邮票一套)寄上,乞收转。内又附佛像、观音像各一,乃朱北海居士所绘,此朱居士生活清寒。前无名氏所托赠之助市百元,弟取二十元(人民币)赠之,并请作佛像观音像,即今所寄呈者,请转赠信善供养可也。无名氏之款,合人民币七十七元余,由弟补二元余,成八十元正,已送出六十元:朱北海二十元,黄学箕(弘一大师学生)三十元、黄涵秋[1](弘一大师识者)十元。尚余二十元,且待适当机会续送。

---

[1] 黄涵秋,作者在日本时结识的好友,后成为口琴家。

最近汇来叻币七十元收到,"断食日记"乃朱某所购得,今已托人向其商请转让,尚无复音,容后续告。此次北京大会,马一浮老居士(今年八十一)亦前往参与,由其内侄女汤女士陪同。弟因患气管炎,亦由小女一吟陪同。在北京同一饭店,时得见面。尊处刊印《弥陀经》事,弟已告知马老,彼甚赞善。弟在京病又小发,今已痊愈,承念至感。专颂
净祺

弟 丰子恺 合十

〔1963年12月8日〕癸卯大雪〔上海〕

一百三十

广洽法师惠鉴：

前呈一函(外画六幅)想早收到。今得友人复,言收藏"断食日记"之朱孔阳居士(按朱孔阳同姓名者有二人,此人乃文教界人,非政界人)久无回音,不知是不肯价让,抑另有原因,只得暂待。汇来之叻币七十元暂保存在此,后再处置。近又出新邮票,今购得若干,附此信内,即请查收欣赏。前周初从北京返沪时,收到汇款叻币四十元,后得赐小女一吟信,方知是惠赐养病之用,深为感激。专此道谢。弟已将此款购人参(近来国内物资供应丰富,应有尽有,价亦不昂),将于冬至后服用。弟年来身体并无大疾,唯冬季气管炎甚苦,此次(十一月初)发作,尤为严重,名曰"气管痉挛",乃气管堵塞不通,呼吸断绝。发作有十五分钟之久,几乎气绝。幸救急车立刻开到,带来医生及输氧气器具等,得不闷死。住医院数日,十一月十三即赴

北京参与大会，小女一吟陪行，在京又小小发作一次，由小女代笔致书，即此时也。但现已备办急救药品及喷雾气〔器〕，今后即使再发，不致有如前之危机矣。忆昔年弘一大师亦有类乎此之病，故喜居南方温暖地区如温州、厦门、泉州等。盖气管炎都由受寒而发生也。多承锦念，故以详告，弟亦有南迁之愿，惜人事栗六，事实上不能实行也。即颂
年祺

弟 丰子恺 合十

六三年十二月二十日〔上海〕

一百三十一

广洽法师慈座：

示奉到。又承寄汇叻币卅元，亦于今日收到。（春节外汇，特别优待，所发购物券增加，故特别感谢也。）此叻币百元，既蒙惠赐，今冬当以此购参茸服用，不负雅意。专此致谢。

"断食日记"，朱居士不愿出让，弟亦不强请，但思一借，摄得照片，保存底片，则将来即使原本不知去向，尚有照片可考也。容徐图之。

莫理光居士之令郎炜炜所作色彩画，今日收到。此七岁幼儿，能作此画，确有美术天才。倘能注意教育，将来定有造就。弟当遵命择数张加以题字，以资勉励。容稍缓另封航空寄上。

马骏君今日亦有信来，言曼士居士所转嘱之画四幅，当由彼向尊处取去分送云云。彼来信中询及润笔若干，弟已付复，言过去法师所介绍者，均请随送。故曼士居士所介绍者，亦请

随送,当不计较也。承寄赐羊毛领套,甚感盛意。弟与小女一吟同声致谢,惟近来国外寄来物品,常被退回(因国内供应丰富,应有尽有,故有时被邮局退回)。不知此领套能否收到耳。容后再告。马骏君亦有食物等寄来,已两次被退回。今来信云又寄第三次,不知能收到否也。春节在迩,上海严寒,想南国犹夏令也。顺颂

净祺

弟 丰子恺 合十

六四年一月十三日〔上海〕

一百三十二

广洽法师净鉴:

承赐羊毛围巾二件,今日收到。小女一吟同声道谢。弟每年秋冬必患气管炎,故天气一冷,必用小围巾裹颈,以免受风。今得此物,运用便利,且极和暖,比原有围巾保险得多。故包裹一到,弟即刻使用,今后可保气管炎不再复发矣。前承赐款,已以一部购买人参,早已服用。明年健康必然佳胜,皆法师之所赐也。

弟用此围巾后,常发生一疑问:新加坡地处热带,四时皆夏,市上不应有此物供应。今所赐者,不知何处得来。恐系特赴远地购来者?若然,则此物更可贵也。

马骏君两次寄包裹来,两次皆遭退回。而尊处所寄,迅速收到,亦甚不可解。想马君两次所寄皆食物,而国内近来食物供应丰富,应有尽有,故遭退回耳。

前寄下之款叻币百元，弟以一部分购参外，保存一部分，将为"断食日记"拍照，现已托人向保存者告借，借到后当交摄影，永远保存。

腊月已过，国内春节气象渐浓。今年市上一切供应丰富，春节定然热闹。想侨胞在海外，亦必欢度春节也。余容后陈，顺颂
道安

俗弟 丰子恺 合十

〔1964年1月24日〕农历十二月初十〔上海〕

一百三十三

广洽法师惠鉴：

示奉到。承汇港币百元，早经收到。承赐五十元已领受，特此志谢。三十元（人民币十二元八角一分）已转交朱北海居士，收据附奉，乞转洪居士为荷。余二十元已代为赠送黄涵秋居士，乃昔年弘一大师所识，曾留学日本之美术家也。

今日腊月廿六日，国内春节气象浓盛，市场供应亦极丰富。居民正在欢度春节。想海外侨胞亦多欢笑也。即颂
年祺

弟 丰子恺 合十

〔1964年2月9日〕甲辰元旦前四日〔上海〕

一百三十四

广洽法师禅座：

承赐寄马湛翁书《弥陀经》十册，已于今日收到，且喜邮

递之迅速也。此书印刷装潢，均极雅观，真乃宗教、文艺界之珍品，弟已将三册分赠信善，余者待机流通。

启者：近常有人来索"护生画"第四集，而弟早已送完，想尊处亦存书不多矣。弟不请续惠，但有一建议：另制缩小锌版一套，用道林纸或白报纸刊印小本，即如昔年所印"护生画"一、二、三集一样大小，作为普及本。如此，印刷成本较省，流通数量可以较多，且可与前三册大小一致，形成一套。

虽曰成本较省，恐亦需款甚巨，请勿强求。俟他日有善知识发心舍财时，乘机为之可也。

上海已入夏令，室中已开电扇，遥想星洲，是否终年如此也？草复，顺颂

净祺

弟 丰子恺 和南

〔1964年7月3日〕甲辰小暑前四日〔上海〕

一百三十五

广洽法师慈鉴：

示奉到。承寄"护生"四集，想日后可收到。"遗墨"此间尚存三十册。今将十册分四包寄上（因邮局限量，故分数次寄出，收到时先后不齐）。非航空，收到当较迟。此间尚存二十册，亦不轻易送人，故尊处如续需时，可续寄。前日北京李麟玉老先生（弘一大师之堂弟，现在大学当教授）忽来信索此书，已寄去二册，弟以前疏忽，忘记寄予此人也。

承寄牛奶粉及叻币二十元，其实不必。盖奶粉国内现已有

供应，而邮费区区，应当由弟偿付。今既寄出，只得道谢。

今接马骏君来信，始知旬日前星洲地方闹事，死伤甚多，院附近亦波及，幸法师未出门，不曾受惊云云。想今已平息，不胜挂念。前日得泉州"弘一法师纪念馆"来信，嘱写"弘一法师故居"匾额，弟已写就并加跋寄去。泉州能由政府支援办此纪念馆，甚慰，甚慰。顺颂

秋祺

弟 丰子恺 合十
〔1964年〕八月十二日〔上海〕

一百三十六

广洽法师座下：

大示奉到。"护生"四集十册，奶粉二罐，亦已收到。"护生"已分五册与朱幼兰保藏，俟有虔诚之素食者赠之，因此大型版不易多得也。"遗墨"十册，早已分四包付邮，非航空，想收到较迟耳。

有檀樾愿出净财刊印"护生"画，甚善甚善！来信所商若干问题，弟考虑后，并与朱幼兰商量后，奉复如下：

（一）此次弟要求重印，原是专为第四。因第四只有大本，无普及本，流通范围狭小，且世间常有人向弟提及：希望出普及本。因此上次函请。今倘经费过多，则同时印第一、第二、第三、第四，形式相同之普及本（十六开或三十二开均可）尤佳。总之视经费多少。若经费不多，则仅印第四，以后再说亦可，同时印四种尤佳。

（二）第一、第三之原稿，现在苏慧纯居士处。第二之原稿在朱南田居士处。朱是此间酱园业之工人，善吟诗，爱字画。前年在旧货摊上偶然发见"护生"二集原稿（字画皆全），已裱成册，索价甚高。朱君家贫，卖去长沙发椅一只，始能购得。足见其热心。去年曾携原稿来与弟看，苏居士亦来看，共庆四册"护生"原稿全部在世，皆大欢喜。弟曾私下打算：最好将一、二、三都买得，送尊处，与第四一同保存在弥陀学校，但不曾出口。因一则朱甚宝爱，不知肯让否，二则苏居士是否肯让，亦不可知。来信有欲得之意，则不妨开口征求意见。此乃宏法之物，非私人财产可比，求其集中稳妥，勿东分西散，以便永久保存，正是好道之心，非谋利也。倘尊处意欲收集，弟当为交涉。

但此次倘重印，弟意不一定要照原稿，用昔年开明出版之十六开本，重新照相制版，亦颇清爽。（开明版十六开本，尊处有否？如无，弟当寄上。）若仅印第四，则原稿在尊处，可依原稿照相缩小制版也。

（三）第五集，照理须在弘一大师九十冥寿时出版。但人世无常，弟倘辜负此愿而离去娑婆，则成一大憾事。因此催我提早画第五、第六（圆满功德）者，不乏其人。弟私心亦极想如此。只因人事烦杂，难告奋勇。今大示提及，弟为之警醒，情愿拨冗提早作第五集。旧画全无，九十幅皆须新作。第四集取古人故事，向各书搜集，曾费不少年月。今此第五集不再用故事，拟取古人名言及自己感想。但亦须博览书籍，悉心思考。九十幅为数较大，预料总须一年半载完成。（弟今后决心谢绝一部分工作，以便速成此事。但能否如愿亦很难说。）

来示言另计划出版第五,当与此次重印第四或重印第一、二、三、四分为两事。第五须在明年付印。经费倘多,留一部分与第五亦好。否则明年印第五时再看机缘耳。厦门书法家虞愚(现任北京佛学院事)亦曾劝我提早画第五,并发愿由彼书写,此人书法甚有功夫,人品亦好,弟已允之。

(四)印刷宜在香港,上海多有不便。关于版本大小、装订等,弟意可向旧刊第一、二、三看齐,不须弟亲自督促,想亦无妨。以上复告,请斟酌之。校刊已出版,赠我一册,至感。想不日可收到。顺颂

护法宏愿成遂!

护生功德无量!

弟 丰子恺 合十

〔1964年9月1日〕甲辰中元后十日〔上海〕

补告:朱南田言,第二原稿原由嘉兴范古农居士之亲戚某保藏,后其人死,子孙作废纸卖与旧书摊,幸为彼所得。可见私人保藏之不可靠。弟回思画第二后,即逃难(抗战),此原稿在上海,不知缘何流入嘉兴。

一百三十七

广洽法师座下:

数日前奉一复,想先收到。"护生画"第五集提早制作,弟已下决心,预定一年半载之内完成,今已准备辞谢数种工作,以便速成此集。现正采办参考书籍等。定当提早完成。请告关心"护生"诸信善可也。

今弟欲发起一事：弘一大师出家后，距今三十四年前（民国十九年——一九三〇年），夏丏尊先生曾为其在开明书店出版《李息翁临古法书》。其中皆临摹古碑之书法，精深优美，为中国书法界独步。书只四十九页，加马一浮先生题签及夏先生跋。此书早已绝版，近有友在旧书摊访得一册，以赠弟，希望再印。弟极赞善，已将书整理（原稿抗战中毁于炮火，但印稿甚清楚，亦可重新制版），共计（连扉页）五十页，比"遗墨"（共百〇三页）小一半。弟拟名之曰《弘一大师遗墨续集》，设法出版。因分量不多，故所费不大，若在上海，印三百册，一千余元即可。但上海印刷界甚忙，限制甚严。故弟意只得在国外出版。今闻新加坡有檀樾舍资刊"护生画"，可否请其拨一部分经费刊印此集？请法师计虑之。万一不便，则将来再等机会出版亦可。迟早总希望其出版，庶不辜负大师之辛劳，且在佛教上亦善巧方便之说法也。请徐图之。今将整理好之稿，与此信同时付邮寄上，但非航空，须迟到。印时完全依照此稿，大小色样等一概照样，故手续简单，不致发生问题也。专此敬颂

净祺

俗弟 丰子恺 合十
六四年九月五日〔上海〕

一百三十八

广洽法师：

示奉到。玉照比十五年前在厦门相见时丰盛，想见佛力加庇，老而益健，至慰。定当以此"慈航"为背景，作画奉呈。

请稍缓报命。马翁诗亦欣赏，甚佳。又承汇叻币二十元，受之不当，谨道谢。

"护生"原稿事，进行顺利，朱南田居士及苏慧纯居士皆一口同意。苏居士并已交来，朱居士日内即交来。弟日内当付邮寄上。但苏居士处缺少第一集画。交来者只有第一集字(弘师)、第三集画及字（叶恭绰）。因第一集画当年曾重绘，其稿由开明书店保存，抗战时与开明房屋同归于尽。此乃一缺陷。但弟能弥补此缺陷：决定于最近一个月左右，将第一集画重画一遍。如此，一、二、三、四集字画俱全，可永久保存在可靠之处矣。惟近日上海正开人民代表大会，会期十余日，弟必须出席，故此画不能太早完成。故须今后一个月左右也。（预计如此，但弟意外之事甚多，往往临时大忙，故难确言。但大约不会延迟太久。）

因有上述情形，故日内先寄出第一集字、第二集字及画、第三集字及画。（打一包，或分为二包，未定，非航空。）一个月后再寄第一集画，用航空，则法师收到时先后相差无几。收齐之后，即可付印。

又，朱居士曾卖沙发买"护生画"第二集原稿，其人在酱园当职员，生活平平。来信言赠以代价，甚好。弟问他买时价若干，他客气，坚不肯说，只说"不要"。弟意须送还他。数目若干，弟亦难定，请尊酌可也。苏居士言"本欲移交妥善人保管，岂可受费？"但弟知此君近来生活不甚充裕，子女负担重，收入有限，身体又多病。若能汇赠若干，谢他多年来保管之劳，亦佳。亦请法师尊酌可也。朱君通信址为"上海南市豆市街九十二号冯万通酿造厂"。苏君为"上海南京西路一四五一弄十六号"。

请直接汇寄为便。

　　弟待大会结束后，当即以全力重画第一集五十幅。完成寄出后，当即提前作第五集画九十幅，诗文九十篇（较费时，总须半年以上）。现已辞谢一部分工作，以便专心对付此事。全赖法师主持重印一、二、三、四集，又赖有檀樾舍资玉成，使弟能告此奋勇，亦胜缘也。余后再述。顺颂

净祺

弟 丰子恺 合十

〔1964年〕甲辰九月二十（中秋）〔上海〕

一百三十九

广洽法师净鉴：

　　示及港币仟元同时收到。此数目太多，恐受者于心不安（港币六百，合人民币二百四十余元，分赠二人，数亦太多）。盖朱居士只卖去长沙发一只买得此稿，所费不过人民币三四十元，今得厚酬，心岂安乎？弟当遵命代为分送，数目待考虑后决定。（后当续奉二居士收条。）至于赐弟之款，则更不能安心收受。法师自奉俭约，而将信善供养之资转赠他人，此乃弘一大师遗风，深可敬佩！为"护生"而不惜资财，此福报不可限量也。专此道谢，并代朱、苏二居士道谢。

　　二埋法师建议刊印弘一大师遗稿四种，法师已集资付印，此乃一大善事。《资事记扶桑集释》，弟曾记得大师当年有此著述，常以未闻付梓为憾。今得问世，实甚可喜，日本僧人闻之，当更庆幸，他日出版后可多送扶桑，二埋师曾于祖国解放初年(约

十四五年前）来沪过访，云是从弘公学律者，弟只见一次，后无消息，今方知其在香港也。不知为何改名妙因？七八年前叶恭绰居士曾来信探询其下落，弟不能复也。

"护生"初集画稿，正准备重绘，十月间当可寄呈。前两包收到后，乞示复以免下念。此初集画稿抗战中曾损失，弟在广西重绘，今又重绘，乃第三次矣。凡事"三变为定"。今后当决不再损失矣。顺颂

道安

弟 丰子恺 合十
六四年十月六日〔上海〕

一百四十

广洽法师清鉴：

前函想达丈室。惠赠朱苏二居士之款，经弟考虑，结果平分秋色，送各人港币叁佰元。二居士皆坚不肯受，经弟力劝，方始收领。朱居士另有信直接道谢。苏居士嘱弟附奉一信，乞收。苏居士家庭负担重，而犹常资助清贫之佛徒，至可佩也。苏居士奉赠"护生画"旧版本共九册，另封非航空付邮。

十五周年国庆典礼异常隆盛，全世界各国来观礼者三千余人，招待甚忙，至今始渐清闲。弟在上海寓中，乡村亲友来观礼者十余人，亦至今始散去，可谓极盛一时也。第一集"护生画"，已开始重写，完成后当即寄奉。前寄"护生"原稿，收到后请示复，以免下念。

玉照以轮船为背景，亦寓"慈航普度"之意。惟此画布局不易，弟正在考虑中。此轮船设备不甚美观，且少轮船特色。

故弟拟赴外滩参观轮船，择其设备较入画者取作背景。容稍缓画成寄奉。顺颂

法祺

弟 丰子恺 合十
〔1964年〕十月十四日〔上海〕

一百四十一

广洽法师座下：

"护生画"初集画五十幅，已重绘完毕，今另封（航空印刷品挂号）寄上，大约可与此信同时到达。包内尚有封面一、扉页五，及初集马一浮先生序，请点收，即可付印矣。

今附上弟关于重印一、二、三、四集之建议一纸，请交主持重印者参考。

第一集字、第二第三集字画，前分两包寄上（非航空），想已收到。乞来示以免下念。弟近尽量谢绝他事，专志于此事。第五集已开始觅材作诗矣，希望其提前出版也。顺颂

道祺

弟 子恺 合十
〔1964年〕十月廿一日〔上海〕

一百四十二

广洽法师座下：

示奉到。知"护生"初集字，二、三集字画原稿已妥收，甚慰。初集画五十幅及封面扉页，已于昨日航空付邮，想比此信先到。

苏居士、朱居士均有信寄呈，想已达怀室矣。

"遗墨"续集已付印，甚善。其款叻币一千三百余元，想是信善所施，抑或法师自捐，皆胜缘也。此集注重在书法，国内欣赏者较多，希望能寄下五十至一百册，以便分赠书法家及佛徒。（法师欲寄国内友人者，可示址，当由弟代寄。）此亦"善巧方便"之说法也。洋贡川甚好，色甚洁白。此种纸不宜书画，但宜于印刷也。

陈慧剑[1]居士作弘师传记，弟未闻此人此事。弟只知漳州刘绵松[2]居士曾编弘师全集，但亦尚未出版。此陈居士倘欲在国内付印，恐甚困难。因现正大力宣传社会主义教育，印刷厂忙于新出版物，未便接受。"护生画"及"遗墨"托尊处印刷，盖亦为此也。

我国第一原子弹爆发成功，此后世界和平大有保障，此亦一大"护生"功德，至可欣慰也。顺颂
道祺

弟 丰子恺 合十

〔1964年〕十月廿三晨〔上海〕

弥陀学校纪念册二本，已于昨日妥收。印刷精美可喜。其一册已转交朱幼兰居士。

---

[1] 陈慧剑（1925—2001），江苏泗阳人。一生从事教育，著述弘法甚力。

[2] 刘绵松（1919—1983），福建漳州人。1938年皈依弘一法师。弘一法师圆寂后刘绵松尽心搜集资料而致力编辑《弘一法师全集》，后因时局等因素未果，数十年之资料已散佚不见，唯见《弘一法师全集·目录》抄本流传。

一百四十三

广洽法师净鉴：

弟下乡视察，昨日归来，始展读来示。三圣像及观音像是朱北海居士所绘，乃苏居士嘱弟代寄赠者，请收受供养可也。苏居士言，朱居士尚有普门品观音像五十尊，即将完成。完成后亦将寄尊处保存云。后当再告。

"遗墨续集"一百册由香港直寄与弟，甚善。国内书法家较多，此续集乃书法界珍品，可以广赠友好也。"护生"一、二、三、四于明春付梓，甚善。但求出版，不须急急也。

扫墓费用港币百元，亦已收到。合人民币四十余元。此间风习，冬至扫墓较少，清明甚多。故弟已将十元寄杭州，托旧同学（弘一大师学生）黄鸣祥代为邀集旧侣，备蔬果香烛前往扫冬至墓。余三十余元弟暂保存，待明春清明邀沪友同往扫墓，作为车费可也。不知尊意以为如何，想必蒙赞许也。

承寄弥陀学校十周年纪念照片多帧，谢谢。相隔万里，看照片仿佛亲身参加庆典也。

马骏于前日来沪，常到舍下谈话，藉悉南国及尊处近况，甚慰。此漫画家能力甚富，为人亦温厚恭谨，乃青壮年中不可多得之人。与弟相见仅二三次，已同老友一般亲切，至可喜也。彼尚有十余日逗留云。顺颂

法安

弟 丰子恺 合十

〔1964年〕十二月八日〔上海〕

小女一吟,参加"上海编译所",每星期开会二次,每次一下午,其余时间均在家工作。其工作为翻译俄文、日文。其肺病已入钙化期,可保健康矣。

小儿新枚,于今夏在天津大学毕业,派赴上海近郊嘉定镇科技大学教英文[1],每星期六返家。(其校距上海市区,汽车一小时。)生活亦甚安定。

一吟志在学问,至今未婚。新枚年尚幼,已有未婚妻,尚未结婚。现今婚姻自主,为父母者不须操心,故弟无向平之愿也。

多承远念,至深感谢,略述奉告如上。[2]

一百四十四

广洽法师惠鉴:

昨苏居士(慧纯)来言:前托弟寄赠之佛像二幅,乃朱北海居士所绘。朱居士乃佛像画专家,年六十九,而生活困顿。因此前年此间有二十余人各出十余元供养,请他画"普门品三十二应、十四无畏、四不思议"共五十幅,又写经文说明五十幅。经七年完成。现在他想把这五十幅观音像及五十幅经文赠送与人,并希望因此获得少量之报酬,以维持生活。但国内无人收受。因此托弟向法师叩询。如果要看,当将画字百幅寄上,看后再作决定。——以上是苏居士之意。弟观此五十幅像确甚精妙,且依据印度佛像规律,十分正确。而朱居士所希望的报酬亦不奢,

---

[1] 系在外语进修班进修英语,同时任教。
[2] 这四段文字写于第二页信笺反面。

随便送些润笔即可。倘法师认为可以一看，弟当嘱苏居士寄上，看后再定要否。如果法师无意收受或无人可介绍收受，则请来信劝其暂时不必寄上。并由弟在上次所汇扫墓费人民币四十二元七角（港币百元）中取出二十元，交苏居士转赠朱居士，作为上次所赠两佛像之报酬，亦可慰其心。因扫墓用不到四十多元，除已寄十元与杭州黄鸣祥居士作冬至扫墓用外，再除此二十元，余十余元可供明年清明扫墓之用也。请酌夺付复为盼。

弟本当于明后日赴北京参与全国大会。因近患支气管炎及脑贫血，故已请假，今年不赴北京了。现正在家休养。想不久可愈。因苏居士诚恳，故抱病写此信，乞恕草率。顺颂

法祺

弟 丰子恺 合十

〔1964年〕十二月十五日晨〔上海〕

马骏君尚在此，天天来闲谈，慰我寂寥。此青年颇聪明诚实，好学生也。彼不日动身返星洲云。

一百四十五

广洽法师座下：

示奉到。前信发出后，苏居士又来言，朱北海居士所作"普门品三十二应、十四无畏、四不思议"五十幅，并非意欲求售得资，而是希望刊行流通，叩询尊处有无机会耳。如此，则此事法师不必代觅受主，但看日后有否胜缘可也。弟与朱居士不稔熟，今后当请苏居士直接通问，倘苏居士无信寄上，则听其自然可耳。

汇来港币六十元，遵嘱以二十元赠苏，其余四十元（合人民币十六七元）当请苏转赠朱，作为前次寄赠二像之润笔，弟决不分得。故上次所汇扫墓费，除冬至用十元（人民币）外，依旧保存（约人民币三十余元），作为明春清明祭扫费，届时请勿再汇为荷。

贱恙已痊愈，承念甚感，画学生马骏已于旬前离沪返新加坡，弟托其带奉吉林人参二枝，聊供冬补，想已送到，即请哂纳。杭州西湖拆除妓女苏小小等坟墓，湖山更增清净，实为善举。曼殊大师墓则迁至山中，依旧保存。弘一大师墓及其师父了悟老和尚墓，依旧保存在虎跑，并无损害，恐尊处流传谣言，故特奉告。顺颂

道祺

弟 丰子恺 合十
六五年一月七日〔上海〕

一百四十六

广洽法师座下：

奉到奶粉二罐，又港币叁拾元，敬领道谢。今日为腊月廿六日，上海学校均已放假，欢度春节，喜气洋溢，想海外侨胞，咸同斯庆也。

朱北海居士港币四十元已领去。（附上收据。）彼亲自来访，言所绘"普门品三十二应、十四无畏、四不思议"共五十幅，并说明经文五十幅，并不希望价售，（彼言作画时已得居士二十余人供养，每人十二元，故不再希望酬劳。）乃希望刊印流通，

然刊行需款较巨,故不敢强求。但以此消息奉告,一切须看后缘。故法师不必特为物色施主,但知有此画,听其自然可也。(苏居士亦不会寄信尊处。)

朱居士对佛像积数十年之经验,确系我国现代独一无二之佛像专家,垂老之年,能有此作品留存于世,亦佛教界好音。至于何年可以刊印流通,则不可知也。

马骏于十二月廿四离沪,但至今无有消息,恐系在途中耽搁,尚未归星洲也。顺祝

年禧

弟 丰子恺 叩

〔1965年1月28日〕乙巳[1]农历十二月廿六日〔上海〕

一百四十七

广洽法师座下:

香港商务印书馆寄下"遗墨续集"壹佰册,已于昨日如数收到,并已函复该馆。想尊处亦已有书寄到矣。此集印刷装订,均依照弟计划,至可满意。惟纸乃洋纸,较为沉重,似与线装不称,但坚牢利于保存,亦优点也。可喜可喜。已分别寄赠应赠之人,广结佛缘及艺缘,使读者因佛法而爱书法,又因书法而崇佛法,其功德不可思议,皆法师贤劳之成果也。敬表赞颂之意。

"初集"此间只剩十余册,但应赠者均已赠迄,故此十余册可保存,以备意外之需,不再轻易送人矣。

---

[1] 乙巳,应为甲辰之误。因在甲辰、乙巳之交。

春节匆匆过毕，明日已是元宵，国内提倡节约，春节省却种种繁文缛节，却甚安乐。而歌舞演剧，亦甚热闹，不知海外是否仍存旧俗也。马骏于去年耶诞节离沪，至今将近两月，绝无音信，不知已抵返星洲否耳。想不久当有消息也。附闻，顺颂

春祺

^弟 丰子恺 合十

〔1965年2月15日〕农历正月十四日〔上海〕

一百四十八

广洽法师座下：

承代购印尼文学习用书，分四包寄下，不日当可收到。后再复告。看书目，皆有用之书。他日小儿女学习成功，皆法师之赐也。书价未能汇寄，乃蒙赐赠，实甚惭愧。小儿女当铭感在心，他日图报厚惠也。

三月十六日航空挂号寄上竺摩法师嘱书对联、立幅及圆明寺额，想可收到。三月廿六日又非航空挂号寄上日本人《扇面画集》四册，乃在旧书店觅得（现已绝版），印刷颇精，可供闲时欣赏。敬以奉赠，宏法之暇，偶尔展阅，亦可赏心娱目。芹献即请笑纳。

马骏离沪三个多月，迄无消息。弟嘱其带上吉林参少许奉赠，前已奉告，岂知只是空言，实出意外。昨已去信探问，想必终有着落也。且看。

扫墓费港币五十元（合人民币二十二元余）早收到。今年

去杭扫墓者，为苏慧纯居士、戎传耀居士、黄鸣祥居士等，已将此款及上次余款人民币二十二元分送诸人。弟自己拟于清明过后去杭，补行拜扫。再有告者："护生画"第五集（九十图），已得诗词六十余首，尚缺二十余首。年内必可完成字画。顺颂
净祺

弟 丰子恺 合十

〔1965年〕三月廿七日〔上海〕

一百四十九

广洽上人净鉴：

三月廿四示前日奉到，"护生画集"续印事，如此安排甚好。能募得此巨资，实甚不易。上人宏法之功德真无量也。所述梦境，实非偶然，精诚感动万方故也。弟昔年作"护生画"时，亦常梦见千禽百兽欢喜鼓舞，有时梦中景象助成画幅，其理微妙难言。承寄香港居士读"护生画"原稿文，写得甚好，当与朱南田居士观之。"护生画"第五集九十幅，已得题词六十余首，尚缺二十余首，若无意外忙碌，上半年或可完成，盖觅题词难，作画易也。查今年弘一大师八十七岁，则此集之作，不算太早。完成之后，弟拟续觅第六集百幅材料，务求此愿圆满偿足，将功德回向众生也。

印尼文马来文书四包尚未收到，收到后当即奉告。前日小儿女等于旧书店觅得日本《扇面画集》四册，已绝版者，已于三月廿六日挂号（非航空）寄奉，供宏法之暇欣赏之用，至祈哂纳。区区之物，非敢言报也。

扫墓事前信已奉告。清明由苏慧纯、戎传耀（藏经会职员，曾助李圆净居士刊印"护生"初集者）、黄鸣祥（虎跑石塔监造者，乃弘师学生，弟之同学）等前往祭扫，此外尚有佛教徒数人。寄下之款港币五十元，及上次余款人民币二十余元，均已分送诸人作旅费矣。弟自己拟于清明过后赴杭，补行祭扫。

承询港报所载弟译文学巨著，非民间故事，乃日本古典小说，名曰《源氏物语》，共有一百万余字数，已从事四年，尚须一二年完成。（近为"护生画"，久已停笔。）此乃日本经典著作，全世界各国皆有译本。内容所记，乃一千年前日本宫廷生活状况，彼时日本佛教隆盛，故书中谈佛法之处甚多，但主要是男女恋爱问题，略似中国之《红楼梦》也。

贵友稚农先生嘱画，今即写奉，附此函内。乞转致为荷。

马骏于三月十九始送高丽参，难怪受霉。彼不知缘何在途三个月之久，尚未有信来。弟欲献芹，岂知物已霉烂，只送一句空话，实甚惭愧也。顺颂

清祺

弟 丰子恺 合十

〔1965年〕三月卅一日〔上海〕

一百五十

广洽法师净鉴：

示奉到。（承惠叻币百元，太隆重了，只得领谢，想不日可收到。）刘杰民先生嘱画，今草奉黄山百丈泉图一幅（弟前年曾游其地，乃写实也），即乞转致可也。前旬日寄上德宽先生嘱二

画，想已收到。

　　承示"护生画"第五集已与印刷家订定价格，甚好。阳历年内，弟务必完成此集。今尚有二十余首诗词要作，作满九十首后，即动手作画，作完画后，即寄北京托虞愚居士（厦门书法家兼教授，现在北京中国佛学院任职，前年曾与弟约，愿写第五集字）书写。写毕即可寄奉也。

　　朱北海居士因屡受法师资助，无以为报，今为法师绘肖像一帧（根据弥陀学校纪念册中照片），嘱弟寄奉，弟已加题字，附此信内寄奉，乞哂纳之。此君善绘菩萨像，又善绘人像。尊照形容肖似，笔法亦古雅可喜，故弟乐为题字也。朱君言，高朋清友中，见此像者，倘欲求画，尽请将照片寄来，彼甚愿为效劳也。余后陈，顺颂

清祺

弟 丰子恺 合十
〔1965年〕四月十二日〔上海〕

一百五十一

广洽法师净座：

　　来示并汇款二支（杰民居士叻币百元，稚农德宽居士人民币百元）均已收到。区区拙作，乃蒙诸居士惠赠巨款，实深惭愧。今已收领，望代为道谢。朱北海居士蒙赠港币四十元，今日已交苏慧纯居士转去，彼当另有谢书。小儿女一吟新枚得法师所惠印尼文书籍，近日进步甚速，皆因书册良好易于入门之故。有辞典，即可久用，目下不需再购书籍，承念至深感谢。

江南春光明媚，弟定于明晨赴杭州扫弘一大师墓（全家三人同行），并游览访问，约住旬日返沪。承汇款项，无异助我旅游之费，亦妙缘也。

"护生"第五集已订约以防印费涨价，甚善。弟当屏除一切杂事，专心为此，求其早日完成。该画集本文画九十幅，字九十幅外，只有序文一页，别无其他文字，请台洽可也。顺颂

德祺

弟 丰子恺 合十

六五年四月廿八日〔上海〕

一百五十二

广洽法师禅座：

示奉到。弟于前日从杭州转绍兴，由绍兴返沪。出门共十三四日，春光明媚，游兴甚佳，到杭次日即偕旧同学共六人，去虎跑拜扫弘一大师墓塔。墓上一切建设皆无恙，盖有园林管理处照顾周到也。又访马一浮老居士，今年八十有三，身体甚健，每日睡眠十三小时。惟眼患白内障，不能作书，不久可施手术，当可复明。虎跑山上诸墓皆他迁，独留弘一大师一墓，已成胜迹矣。

达明老和尚嘱书"圆明"冠首长联，及立幅画，自当遵嘱，稍缓写奉。承赐汇叻币贰百元，笔润太隆重，受之有愧也。款想不日可到，请代为致谢。

蔡普净居士所记述之事实，颇可供我题材，当为修改文字，编入九十幅中。此九十幅现已得诗歌七十六首，再得十四首（除

蔡居士两题，只少十二题），即完成，可开始作画矣。倘能顺利进行，夏秋间即可全部脱稿。比来常蒙尊处汇寄款项，使弟生活充裕，可谢绝其他工作而专心于此。故其速成当归功于法师也。

拜扫墓塔时，于塔旁采得冬青一叶，今加以题字，附此信内寄上。法师对此冬青叶，如对大师墓塔，无异于亲来虎跑祭扫也。顺颂

净祺

弟 丰子恺 合十
六五年五月十一日〔上海〕

马老居士嘱笔，感谢屡次惠赠。朱北海居士款已送去，其谢柬附上。

一百五十三

广洽法师座下：

示奉到，"护生集"合同副本已看过，尊处不需，暂代保存，有用时当寄上。

第五集诗文已于上周完成九十篇，寄北京虞愚居士书写，待其写毕，弟当逐篇作画，估计夏秋间定可完成。惟上海夏季苦热，且事冗，不宜作画，拟携赴莫干山避暑地闭户为之，尚未定也。

序文已写好，甚简单，不识当否？法师倘另写一篇尤佳，是否请考虑之。

阅合同，此事需款甚巨，鼎力玉成，功德无量，即祝

长健

弟 丰子恺 合十

〔1965年〕六月八日〔上海〕

一百五十四

广洽法师净鉴：

六月八日示奉到。又蒙赐款（港币百元），亦已收到。如此惠爱，令人歉愧，领谢领谢。

第五集序言前已寄上，今蒙提及原稿集中之事[1]，此事实属奇迹，大可宣扬。弟意由法师写一"后记"详述此事，较为妥当。今拟一草稿附上，请法师修改补充。（原稿是否藏在薝蔔院，弟不确悉，倘是别处，请即改正。）忆第四集乃由法师写序，由弟写后记者，今次互易，亦甚妥当。来示云朱居士文，弟意不必附载，尊见如何？

附下文画样张，印刷甚好。弟意亦主张四周有线圈者美观，且排印时画可以正确，不致歪斜。（以前第一集初版时，无线圈，手民不知画如何是正，往往排成歪斜。因此第二集加线圈也。）

第五集文稿早已寄虞居士。待其写好寄回，弟当即携往莫干山绘画。力求其从速完成，勿念。匆上，即颂

夏祺

弟 丰子恺 合十

〔1965年〕六月十六日晨〔上海〕

---

[1] 指朱南田(1916—1988)以卖沙发款买得《护生画集》第二集散失之原稿等事。

一百五十五

广洽法师净鉴：

示及汇款港币百元，今已收到。弟正欲于明后日动身赴杭转莫干山。来款壮我行囊，如有天意。惟屡次承汇，受之有愧，今已照领，望勿再惠。此"护生画"功德，当回向法师，永保安康。

虞愚居士尚未写完，但不日想可完工。弟有副稿，故作画可以单独进行。

序言嘱手写，甚好，可与第四集相同。代法师写之后记，弟当初也想：最好五集中每集都刊登。但念印刷费已订约，恐超出不便，故未曾提议。今法师有此意，弟甚赞善。能于每集后面均附此文，使读者知原稿齐集之奇迹，功德甚大也。朱居士文可以不刊，因后记中已叙及大概也。

今年上海奇热，近日已达九十三度。弟上山住若干日未定，总之，画完九十幅即下山。大约需一个月余也，立秋前定可完成寄上。草复，顺颂

法胜

弟 丰子恺 合十

〔1965年〕七月二日〔上海〕

弟在莫干山时，有信可仍寄上海寓中（小女在家代为妥收），因此间转信甚便，上海发出，次日即到山上。

一百五十六

广洽法师座下：

得上海家中来信，知又承汇款叻币佰元，已收领。屡次惠赠，

受之其愧，奈何！弟入山已旬日余，作画工作顺利。因气候凉爽，经常只七十度（华氏）左右。而招待所住室甚佳，非常清静。膳食亦佳，素菜颇精美。膳费每人每日人民币一元五角（约合叻币贰元），亦不甚贵。惟山中避暑者，新朋旧友甚多（马一浮老先生亦在此），故应酬亦较费时，不能全日作画，大约上午可以安心作画，下午即有客人访问，或同游山水。故原定一个月画完，恐须延期。总之秋季中一定可以全部完成。

杭州航空机，因台风之故，班次减少，故此信托人带上海付邮。九十幅完成之日，当再函告。尊处如有来信，仍寄上海为妥，小女一吟在家代收。顺颂
夏祺

弟 丰子恺 于莫干山招待所

〔1965年7月〕

一百五十七

广洽法师净座：

　　正欲致书，忽接来函。秋间飞锡返国观光，不胜欢迎。弟于昨日下山返沪。"护生"五集画九十幅，原来预料白露完成，今已提早竣工，并于昨日（八月廿五日）付邮寄奉。计画九十幅，目次一纸。惟非航空，乃普通挂号。并非惜邮费，实因近来海关出口检查加严，而对航空邮件尤注目。弟曾被留难，以故付普通挂号。到达日期，当比航空迟约十日。倘顺利进行，则此信到后约旬日即可收到。万一有问题，弟当请机关证明，改用航空挂号付邮。总之，法师定可收到此稿，然后启程返国观光。

此次之九十幅，字画皆描长方框，并注定页码次序，故付印较易，就此制版即可。只须在首尾加排序文目次及后记。收到之后，功德可云圆满。

数年前法师有返国观光之意，而终未实行。此次务望如愿。相别十六七年矣，能在沪再晤，幸何如之！承又汇港币伍拾元，谨受领道谢。余面陈。敬颂

道安

俗弟 丰子恺 合十
〔1965年〕八月廿六下午〔上海〕

一百五十八

广洽法师座下：

"护生画"第五集原稿一包，内画九十张，字九十张，目次一张，于八月廿五日付邮（非航空，挂号），至今已二星期，并未留难，想已顺利上道。此信到时，或许可以收到。收到后务请立刻复示，以免悬念。弟付邮后常不放心。时时悬念，恐其失误，故又作此书。但念过去数年来误邮绝无，则又觉放心矣。

上海已入秋凉，弟因暑中事烦，秋后反而略感不适，已在附近医院疗养。但并无大病，只为避烦琐而入院也。国庆前必然出院。

飞锡何日起程返国？最好在国庆（十月一日）前到北京或上海，可以瞻观庆祝游行盛况。盼切盼切。余续陈。敬请

法安

弟 丰子恺 合十
〔1965年〕九月七日下午〔上海〕

一百五十九

广洽法师座下：

八日信，今（十四日）收到。知"护生画"已妥收，至为欣慰，晚上多喝了一杯绍兴酒。因弟此次特别挂念此稿，深恐二三年来之心血付之洪乔，竟致眠食不安。今闻妥收，且已付梓，大为安心。私念冥冥之中自有佛力呵护，深可庆也。法师募足印刷款项，实甚不易，此鼎力之功不可磨灭。又将供养费分送我，使我心甚不安。星币百元，想不日可收到。只得照领道谢。

返国观光，已申请出境手续，不知此信到时已动身否？弟全无需要，请勿买物。因近来国内供应丰富，应有尽有，不须求之外邦也。法师屡次惠我款项，等于送我物品矣。弟在附近医院休息，此信即在院中写。不日即将返家。法师来沪后，弟当首先奉陪赴杭州谒墓，游览，再赴苏州参观林园，此外待驾到后再定游地。别来近二十年矣，且喜彼此皆老健。此次重逢，不可不游览尽兴也。匆复，即颂

行安

弟 丰子恺 合十

〔1965年〕九月十四日〔上海〕

一百六十

广洽法师座下：

启程前四日（廿三）所发函，今日（廿九）奉到，知已成行，至深欣盼。所携艺术品三件，皆甚珍贵，弟意：弘一大师

油画像宜赠泉州大师纪念馆。(法师到厦后,想必赴泉州?弟曾将所藏大师照片放大者二十余幅寄该馆,油画亦归该馆为宜。)印光大师雕像供养在苏州灵岩山最妥。悲鸿画马宜赠北京(闻有悲鸿纪念室)。待会面后再定办法。苏州灵岩山妙莲法师(今年七十左右),与弟相稔,其人酷爱艺术,在山办有文物馆,内藏书画雕刻千百件之多,弟当奉陪上山参观也。

黄大樑居士索画,当遵嘱寄弥陀学校吕依莲居士转交,承彼赠润笔,实太郑重也。相见在即,余言面罄。顺颂
客安

弟 丰子恺 合十
〔1965年〕九月廿九下午〔上海〕

一百六十一

广洽法师旅座:

握别后想安抵故里。此次得在江南追随一十九日,实难得之胜缘,回味至乐。但愿人寿河清,三年后再在塔影山光下相叙,则幸甚矣。此次承惠赐珍品甚多,无可报谢,心甚感愧。

丽英当日送别后即来舍间便午饭,二时前往工作,昨日(星期日)又来此休息。弟等约其每星期假日来此休息,视同自家一样,一切可请释念。但愿明年毕业后工作地点派在上海,则尽善矣。其次福建亦佳,当争取之。

当归昨已先寄一斤,今日当续寄。分三次寄出,并无阻碍。寄费每包只一元四角。前蒙留十元,当有余款,后再处置。

书二包亦已寄出,邮费只数角耳。

旅安

弟 子恺 合十

〔1965年〕十二月十二日〔上海〕

"儿童节"之画，不日当写一大幅寄星洲供弥陀学校补壁。

一百六十二

广洽法师惠鉴：

清驾离沪后，此间天气骤寒，十六日降下大雪，积厚二寸许。此乃瑞雪，明年定有更大丰收。侨居南洋，想已久不见雪，若迟行六日，却可一赏雪景。然寒气甚烈，恐难禁受，毕竟南行为宜。厦门泉州想必冬暖。此间近日亦已转暖，弟近日闲暇无事，披览此次所摄照片，回想最近三星期间叙首之乐，不禁心驰神往，但愿三年之后，依旧河清人寿，再在江南相见也。

"邀请公公列席，祝他返老还童"[1]之大画，现已起稿，不日邮寄星洲。当归分三包付邮，隔数日寄出一包，故收到时亦有先后。书二包亦已寄出。北京庄希泉先生所嘱之画，日内亦当寄去。清驾返抵星洲后，请即来信，以慰悬念。顺颂

旅安

弟 丰子恺 合十

〔1965年〕十二月二十一日〔上海〕

---

[1] 即前信中所谓"儿童节"画，画名《返老还童图》。

一百六十三

广洽法师慈鉴：

此信到时，遥想飞锡早已安抵蕾蔔院。闽中来信照收，藉悉一切，甚慰。回忆江南叙晤之乐，时深向往也。虎丘石上合摄之影甚佳，弟近正据此作画，藉留永念。但尚未成就。因弟拙于画像，除弘一大师外，迄未为他人作肖像画，故动笔较迟也。（当归三包，书二包，大画一幅，想均收到。）

上海已入隆冬，天气严寒。但再过一月，即是立春，又将转暖矣。

丽英尚在实习，每星期日下午必来此。春节有数日假，将来此三层楼小室住宿数日。珍珍（林家），文涛亦常来探询尊况。

附陈者：前蒙赐新式打火机，非常得用，其油至今不曾用完。但请勿由邮寄油，因闻油乃惹火之物，不可邮寄。弟待油用完后即保藏，待他日有便人返国时，托为购取，是为至妥。赠我香烟，亦至今未吸完也。顺颂

春釐

弟 丰子恺 合十

〔丙午〕农历十二月十七日〔1966年1月8日，上海〕

一百六十四

广洽法师净座：

得去岁农历十二月廿三示，知飞锡安抵星洲，至为欣慰。大画一幅乃阳历除日付邮，非航空，当可缓到。书两包与当归

同时付邮，不知何故未到，念念。附下与苏居士、朱居士等书，及汇款港币百元，亦均收到，并照来示分送。诸人皆十分感激。苏居士及小女一吟并有函附呈，弟亦领受，致谢。

附上照片二张，乃用法师所赠之照相机摄影，十分清楚。足见机器甚佳。前承惠之打火机，油至今尚未用完，且闻国内已有此种制品（形状稍小，定价六元云），目下产量不多，尚未公开销售，不日当可上市。如此，则所用之油，不须尊处购寄，不久自可在国内购求也。美意至深感谢。

春节已过，此间来客众多，弟日日应酬，不免劳倦。但今已恢复健康矣。年前曾试将虎丘合摄之影改作肖像画，但未成就，不久当可完成。此照相甚佳，背景亦佳，作肖像画甚适宜。唯弟画技薄弱，难得成功耳。后再奉达。顺颂

春祺

俗弟 丰子恺 叩

〔1966年1月28日〕农历正月初八〔上海〕

一百六十五

广洽法师净鉴：

一星期前（二月七日）挂号（非航空）寄奉大幅画像一帧，此信到时，想即将递达。此像乃弟平生第二次画像（第一次是弘一大师像）。因是线画，不施阴影及色彩，故甚难肖似，只求传神而已。吾师"佛顶童颜"（见像上题赞句），特相甚著。弟背摹五六次，方能略略传神，但亦只几分肖似耳。先作此大像，近正再作小像，以苏州虎丘为背影，正在起稿，尚未完成，完

成后当再寄奉。大像穿袈裟，似太严肃；今此小像作旅行装，以塔为背影，较有趣致。

上海渐见春暖。弟一切如常，稍暖当携眷赴附近作小旅，以调济生活。四月间恐又须赴北京参与人代大会也。丽英仍在实习，每星期日必来此。不久将派赴闵行实习云。听说不久将派定工作，希望其能留上海也。

"护生画"前三册因与"除四害"（蚊、蝇、鼠、蟑）有冲突，故有人劝弟勿多送人。因此此间只收香港第五集九十册，余均寄新加坡，请多多在海外侨胞中宣传。此意想觉星师已与法师谈及。今有至友二人欲得一至五各一册，请尊处寄下一至四各二册（第五此间已有）。勿多寄。以后续需时当再函索。少数保藏在家，当无问题也。顺颂

道祺

弟 丰子恺 合十

〔1966年〕二月十四日〔上海〕

一百六十六

广洽法师座下：

两示均奉到。今挂号寄上"苏台怀古图"二帧（非航空，比此信迟到），内较短之一帧是初稿，不甚称意，而弃之可惜，因此一并寄奉，请择其较长者存之，将较短者送熟人可也。前寄袈裟装大像（弟曾与诸老居士商酌，决定取此衣装也），法师谦抑，谓不敢承当，其实今世宏大乘者寥若晨星，舍法师谁能当之？今兹不用，暂请保存，他日必受供养。

弟作画奉赠，乃聊以报答年来受赐之重情。乃蒙汇款相赠，反使弟于心不安。今所汇港币百元谨收领，以后请勿再赐，免增羞愧。

苏居士港币二十元已转交，彼另有便条附呈。

打火机用油蒙购赐（尚未收到），甚感。国内亦有新产此种汽体打火机（数量少，尚未公开发售）。弟曾访得其汽体油，但不适用于惠赐之机，不知何故。今蒙遥寄，当可应用，谢谢。

丽英事蒙赞善，甚慰，见时当以来示所言告之。顺颂
春祺

弟 丰子恺 合十

〔1966年〕三月十三日〔上海〕

一百六十七

广洽法师座下：

来示并汇款人民币壹仟元零贰分，先后收到。法师节缩财资，为此千秋供养之计，实甚感佩！今已遵命将款壹仟元存入银行，户名写"广洽"，由小女一吟经管，将每年所得利息陆拾贰元分三次（清明、冬至、大师忌辰）寄与黄鸣祥居士，由彼约齐在杭旧友及其子辈，前往祭扫，以此款（每次二十元）供香烛、蔬果、车费之用。再过五日便是清明，弟已将去年所余拾壹元余（亦是尊处汇来）汇与黄居士。今秋九月初四起，即可按每次贰拾元汇付。黄居士一手包办此塔之建造工事，又每年春秋必约齐旧友及其子辈前往祭扫。彼经济不裕，今得此规定之祭扫费用，自当欢喜感谢也。此间存款利息普通只三厘九，

侨汇则可得六厘。至于其他投资事业，此间绝无其例。想法师必了然也。前所惠赐汽体打火机，制造极精，其油不妨日后托便带下。不须急办，因所赐另一打火机亦甚灵便，足供日用也。费神至感。顺颂

净祺

弟 丰子恺 合十

〔1966年〕三月卅一日〔上海〕

一百六十八

广洽法师座下：

四月七日示，早收到。汇款叻币二百五十元亦早收到。因欲等陈光别先生到沪后奉复，故延至今。陈先生前日到沪，来电话后，弟即先去拜访。给丽英之手表、听筒及赠弟与朱幼兰之洋参，皆已取得。唯陈先生明日欲赴苏州，转北京等地，须五月下旬返沪。因此弟来不及招待，约定北京回上海后再图叙晤。弟已预邀七八老友（大都是弘一大师弟子）奉陪，在功德林小叙。后再奉告。承汇下费用，真可谓"体贴入微"，令人受之甚感甚愧。

普陀寺新殿楹联，弟已写成一副，于四月廿八日挂号付邮（非航空）。此信到时，想不久即可收到。其他一联，弟百思不得其人。因友人中善写大字者，未必与佛有缘；与佛有缘者，未必能写大字。为此至今尚未托人。拟请马一浮老先生写。但其眼正将用手术，目前未便请托。（大字不宜"瞑目书"。）此事请暂从缓，容物色相当人物写奉可也。所惠笔资，弟已领受叻币百元。其他百元暂存弟处，找到书家后当代为送赠。

入春以来，弟因血压骤降（上八十五，下六十，太低），常感头晕眼花。所赐洋参，正可滋补营养。衷心感谢！血压太低，毛笔写小字时手指发抖，故用钢笔作复耳。顺颂
道安

^弟 丰子恺 合十

〔1966年〕五月六日〔上海〕

一百六十九

广洽法师上座：

十一日示奉到。又承惠赠港币五十元（日内必可收到），收到后当以购补血剂，谢谢。弟因血压过低而手指发抖，今已渐愈。此信能用毛笔，即其证明。遥念之情深感。前寄下"护生集"共八册，早经收到，勿念。此集能在国外畅行，甚善。前蒙托友带下打火机油三瓶，亦早收到。打火机已放光明。最近国内已有自造，此三瓶用完后，即可就近购用矣。四月廿八日挂号（非航空）寄上普陀寺联一副（乃弟所书），想可收到。另一副弟已托此间林梦生老居士写就，于五月十九日付邮，此信到后，不久想可收到。林梦生乃弘一大师弟子，幼时与弟同学，共向大师学美术书法，工魏碑，信佛茹素，今年七十，尚健。弟认为最适于为名山写楹联。（马一浮老先生眼病正在医治。）除马老外，此人最宜，故已托其撰并书，并将前赠叻币百元代为致送，林老嘱笔道谢。

陈光别先生于前日从北京返上海，即偕其老兄来访，次日弟在功德林备素筵招待，主客十人，饮谈十分欢畅。（陈氏兄弟、

及陈夫人、岳老太太,陪客除弟外,有朱幼兰、苏慧纯、吴梦非、邱祖铭、周元祥。〔林老因病,未能奉陪。〕后三人皆弘一大师弟子,曾出国贸易者。)至七时半散,因陈先生欲看夜戏,故早散也。(弟预写对联一副,临别奉赠留念。)次日清晨六时火车,陈先生即赴福州。虽相见只二三次,深知其人温良和蔼,可谓益友。此次"护生画集"重印,此居士捐资独多,足见其对佛法信念之深也。惜相见匆匆,未能多多请教,但望一二年后再度归国,且与法师联袂偕来,则更佳矣。请与陈居士言之。丽英尚在闵行实习,工作地点尚未派定,想不久可决定。陈居士带来手表及听筒,前已交彼。彼每星期日有半天休息,来此一转,或便一餐,即匆匆返闵行,忙极。顺颂

道祺

弟 子恺 合十

〔1966年〕五月廿五日〔上海〕

幼兰有笋干一小包,陈先生带上奉赠,因南方无此物也。

一百七十

广洽法师座下:

来示奉到。嘱书"圆觉庐"三字,稍缓当即寄奉,勿念。汇下港币贰佰元,想不日可收到。其壹佰领谢,另壹佰当转交丽英不误。丽英已返校,每星期日必来此。余后陈,顺颂

道安

弟 子恺 叩

〔1966年〕七月三日〔上海〕

一百七十一

广洽法师座下：

今有要事奉告：护生画第五集871页上之画（月子弯弯），乃弟二十年前（一九四六）在重庆时旧作。被编者误配在此诗上，实甚不妥。今特奉告：倘有人问法师，请告以："此书实系此间编辑。此画乃二十年前丰居士送我的旧稿。此间编辑者不小心，误配在此诗上。今已加盖1946年图章，以表明此是旧作。"

再者，接此信后，请即刻一木图章1946，盖在所剩之书中此画之左下角。已送出者，不必追补了。顺颂

道安

弟 子恺 上
〔1966年，上海〕

一百七十二

广洽法师惠鉴：

护生画第五集倒数第二幅画《月子弯弯……》，原系二十年前弟从重庆寄赠法师保存者。弟应星洲华侨要求，编绘第五集时，因诗画不足九十之数，曾函请法师将从前刊第三、四集时所余剩在法师处之旧画中选取适当者加入，凑足九十之数。而以"作罢护生画……"之诗作为跋诗。不料尊处编刊人不小心，误将此旧画配在跋诗上，实甚不妥。（弟将犯诋毁新中国之罪。）弟前早已奉告，请将此画切去，或刻1946图章，加盖在此旧画左下角上，表明此乃二十年前旧作。前法师来信，谓此画早已

切去。但其信弟已纷失,遍觅不得。故今请法师再来一信,以证明此事实。信中大意谓"月子弯弯之画,原系居士二十年前从重庆惠赠者。因此间编刊人不小心,误将此旧画配在跋诗上。但发觉时,书尚未送出,故早已将此画一一切去。请释念可也。"此信请即日寄出,是为至要。

前嘱书"圆觉庐"额,弟因公忙,尚未写好,容稍缓寄奉。

附信一纸,乞转交陈光别先生。此请

道安

弟 子恺 上
〔1966年〕十二日〔上海〕

一百七十三

广洽法师：

前寄来港币五十元,及七月三十日来信,早已收到。因公忙,迟复为歉。法师对弟如此关怀,不胜感谢。五集之事,虽系尊处编刊人之误,但决非有意。法师能及时处理,使此画确实不在国外流传,弟十分感激。盖此书虽只流通于佛徒之间,但内有误刊,终究不妥。尤其是香港一地,四方杂处,人口复杂,因此,不使此画流传,尤为重要。故能如法师前信所述,全部切去,弟即放心。又,此画既系廿年前所赠,现已过时,故其原稿亦请勿保存。

贵友所嘱"圆觉庐"三字,弟因公忙,尚未写就,请婉言说明,稍缓写寄。

弟秋来身体尚健,虽有小恙,尚能支持,想系佛力加庇

故也，问
安

弟 恺 叩
〔1966年〕十月十二日〔上海〕

一百七十四

广洽法师座下：

承赐港币伍拾元，已收领，专此道谢。回忆前年在沪叙首，同游苏杭，匆匆已隔年余，令人痛感无常之迅速也。

弟近每日全天办公，比过去忙碌。而人事纷烦，尤为劳心。革命运动大约夏季以前总可结束。结束以后，弟决心辞职，或受撤职处分。生活简化，可由子女供给，但得安居养老，足矣。前承光别先生汇赐，今又蒙法师惠款，皆雪中送炭也。不尽，敬颂
道祺

弟 恺 叩
〔1967年〕二月廿五日〔上海〕

敝寓楼下客堂已退租，现促居二楼，因弟薪水已折半，故生活须紧缩也。

一百七十五

洽公惠鉴：

来示奉到。前日丽英来，言公近患清恙，弟正思修函问候，今得示知玉体康泰，至以为慰。来书拳拳之意，弟甚感激。弟

早思退休，奈革命运动中不能申请，故不得不天天到画院办公。将来运动结束，弟自当申请退职，或许受撤职处分（现尚未定案），亦不可知。总之，尽可能退出，以便养老。情况后再奉告。

　　承关念弟之生活，许以惠助，使弟精神上大为宽慰。但目下尚有半薪可支，开支紧缩，尚可维持，不烦遥惠。将来如有需要，自当求助。盛情铭感五中。弟每日六时半出门办公，十二时回家午饭，下午一时半再去办公，五时半散出。路上大都步行（十七八分钟可到）。每日定时运动，身体倒比前健康。可以告慰故人。小女一吟亦每日去办公，早上八时出门，将其幼女小明（两岁多）送到托儿所，然后到编译所办公。彼乃群众，不犯罪过，故精神上愉快，身体也好。多蒙遥注，甚感盛情。彼向来只受四十元津贴，稿费归自己收用。但在革命运动期间，稿费绝无，全靠过去积蓄补贴，生活亦尚可维持也。朱幼兰亦因写《护生画集》文字之故，犯有罪过，至今尚未雪清，但身体亦尚健康。丽英尚未分派工作，听说须在运动结束后派定，地点何处，现不得而知。苏州妙真师闻已逝世，但不知确否。杭州黄鸣祥无恙。以上琐屑奉陈，聊代晤谈。遥祈

珍摄

弟　恺　上言

〔1967 年〕四月八日〔上海〕

承惠港币四十元，已收到，谢谢。

一百七十六 [1]

广洽法师座下：

赐汇港币陆拾元，收到道谢。法师近患咯血，深为悬念。佛力加庇，想必早占勿药。弟托庇粗健，惟开会学习，早出晚归，生涯忙迫而已。法驾返国，甚深盼企。但时间以延迟为宜，最好届时弟已退休，则可以从容奉陪观光也。小女一吟及其幼女东明皆健好。小儿新枚已赴石家庄制药厂任职。丽英毕业后分配到江西上饶工作，久无来信，想必顺利。前托转陈光别先生一信，想早收到。余后详，专此奉复，即颂

道安

弟 丰子恺 叩
〔1969年〕一月廿九日〔上海〕

一百七十七

广洽法师：

来信收到。前承汇肆拾元亦早收到。谢谢。

弟近患肺结核病，住医院已将近两月。何日出院，尚无定期。此间各种药物齐备，请勿惠寄。想不久可望复健，勿劳远念。

法师近来身体好否，念念。请多多保重。

病中不能执笔，托人代写[2]此信。即请

---

[1] 此信用钢笔写，信封反面有九字："附言：希望来此过端阳。"

[2] 此信系作者幼女一吟代写。

道安

弟 丰子恺 上

〔1970年〕三月廿五日〔上海〕

此信地址写错，退回原处。今再封寄上，必可收到。弟在医院住两个月，今已出院，但仍卧床，不能行动。法师以前屡次劝我辞职，今后真可实行，在家赋闲养老矣。

亲笔

一百七十八

广洽法师道鉴：

上次汇下人民币伍拾元，此次叁拾元，均收到。蒙故人于万里外时时关怀，深为感荷。祗申谢忱，敬祝年釐。弟去冬患肺病，曾住院数月，后返家静养，现已好转，惟步行困难，终日卧床，颇感岑寂耳。昔年法师常劝弟辞职，今已实行，惟生涯不免困窘，赖有子女扶助耳。小女一吟与其幼女小明相依，生活尚佳，但极忙碌，难得还家[1]。丽英久未通信，不知近况如何。病中回忆往事，时多感慨。弘一法师曾约画"护生"集六册，已成其五，尚缺其一，弟近来梦中常念此事，不知将来能否完成也。弟今年七十有二[2]，除肺病外并无他疾。法师年少于弟，愿久久住世，多多宏法，为众生造福。陈光别先生想必康泰，见时乞为道候。顺颂

---

[1] 时一吟在奉贤县"五七"干校。

[2] 指实足年龄（七十二岁余）。

道安

^弟 子恺 叩

〔1971年〕一月十一日〔上海〕

一百七十九

广洽法师左右：

前日承赐人民币三十元，已收到，并具函道谢，想亦收到。兹启者，弟有一事商询：昔年有新加坡侨胞马骏者，承法师介绍，向弟从师。云是黄曼士先生友人，以电影为业。（其家地址，弟已忘记。）不久，此马骏君返国观光。归新加坡时，旅费缺乏，向弟借人民币叁佰伍拾元，云返新加坡后即汇还。但久不汇还，直至数月前，汇来144元，并未信札。弟意余款贰佰元当可续汇，而迄今音信杳然。弟因近来需用，且此款内一部分是小女一吟所有。一吟与其幼女小明二人，月入只40元，常不敷用。因此念及此款。倘马骏君能归还，亦不无补益也。为此，弟拟托法师就近探询，促其归还。但倘无法查询，或此君确系困难，则决不强索，听其自然可也。以上琐屑尘俗之事，有渎清听，至感抱歉，还望曲宥。今日腊月廿三，此间过年景象颇为热闹，想海外侨胞亦必同然也。承颂

道祺。

^弟 丰子恺 叩

〔1971年〕一月十九日〔上海〕

一百八十

广洽法师道席：

示并人民币叁拾元，均收，深感厚惠。前信询及马骏欠款之事，实甚唐突。此等琐屑之事，不宜烦渎清神，务请置之。读来示知海外春节甚为热闹，至深欣慰。法师主持大乘，定多贤劳。务请及时保重，是为至要。小女一吟每月返家四天，朱幼兰居士难得来访，均嘱笔请安。余续陈。顺祝

法安

弟 丰子恺 叩
七一年二月廿三日〔上海〕

陈光别先生惠赐伍拾元，已去信道谢，受之有愧耳。

一百八十一

广洽法师道鉴：

前日承汇下人民币肆拾元，已如数收到。来示昨日奉到。承万里外嘉惠锦注，实深感荷。弟去春患肺疾，至今一年半，已入吸收好转期，可望痊愈。年来病假在家，不须出门，故便于静养也。余续陈。敬颂

净安

弟 丰子恺 上
〔1971年〕七月廿四日〔上海〕

小女小儿等嘱笔叩安。

一百八十二

广洽法师道席：

　　昨收到人民币贰拾元，已拜领，特函道谢。久未通音，遥想法体康泰，定符私颂。弟患肺病已一年半，已入吸收好转期，全赖国内医药周全之力也。今在家休养，不须出门办公，故可充分疗养。小女一吟在此从事翻译工作，母女（女已六岁）二人托庇安好。女名东明，弟将所惠之款，分五元给东明买月饼吃，"谢谢法师"云。朱幼兰君年已六十有三，正在申请退休，大约不久可以批准。彼每星期日必来此闲谈，谈时每注念法师。多望保重法体，久住娑婆，利乐众生。陈光别先生想必安好，见时乞为道候。余续陈，即请

净安

弟 丰子恺 叩

〔1971年10月4日〕中秋前半月〔上海〕

一百八十三

广洽法师座下：

　　承赐人民币叁拾元，已收到，道谢。收到之日，正是弟七十四岁生辰，故倍感庆喜也。朱幼兰居士常来晤谈，怀念法师，嘱笔问候。但愿大家健康，久住娑婆，宏法利生也。余后陈，顺颂

道安

弟 子恺 合十

〔1971年〕十一月五日〔上海〕

一百八十四

广洽法师座下：

　　昨得陈光别先生由广州寄下包裹一个，内有法师所惠西洋参一包，又承光别先生惠赐燕窝一匣。均已领受，专此道谢。光别先生处弟亦已去信道谢。光别先生此次返国,大约不到上海,故将包裹寄来。弟未得谋面，至深遗憾也。余后陈，即颂

道安

弟 丰子恺 叩

〔1971年〕十一月七日〔上海〕

一百八十五

广洽法师座下：

　　承汇人民币叁拾元，已于昨日收到，多承嘉惠，不胜感谢。弟托庇粗健，朱幼兰居士已退休，在家纳福，常来闲谈。遥祝法师玉体长康，久住娑婆，宏法利生，即颂

道安

弟 丰子恺 合十

〔1972年〕二月十九日〔上海〕

一百八十六

广洽法师座下：

　　承汇下人民币叁拾元，已于前日收到。嘉惠至深感谢。弟写一小联，欲赠与陈光别先生，请转交为感。此联本当于陈先

生来时面赠,后陈先生到广州即回,不来上海,故至今未送也。
顺颂

道安

弟 子恺 叩

〔约1972年〕七月廿三日〔上海〕

一百八十七

广洽法师：

二月廿八日示昨日奉到。去年腊月初汇下人民币肆拾元,早经收到,并有信道谢。弟托周颖南先生带上《大乘起信论》译稿,想早收到,未见赐示,念念。周先生乃京华有限公司董事,住华登岭律五十八号,此君虔信佛法,去年底返国观光,曾来此与弟晤谈也。

周君来信,言彼亲到菖蒲院,见法师身体健康,至为欣慰也。

盼复示为荷。即颂

清安

弟 子恺 合十

七三年三月七日〔上海〕

一百八十八

广洽法师清鉴：

来示奉到。"菖蒲院印行"字样,今写奉请收。承惠人民币叁拾元,想日内即可收到。屡受厚赐,甚不敢当,只得道谢。

贵体违和,今已痊愈,至深欣慰。茹素奉佛,定蒙佛佑,

可得长寿康乐。弟今七十六岁，亦尚粗健，最近曾游杭州，昨日方归来也。法师何日再度归国观光，甚盼甚盼，此请
道安

弟 子恺 合十
七三年清明后一日〔4月6日，上海〕

一百八十九

广洽法师清鉴：

周颖南居士寄来"欢迎谭云山教授"照片，见法师道貌如昔，想见玉体康健，至深欣慰。最近印尼李荣坤居士来访，弟曾托彼致书问候，想可见及。弟托庇粗健，闲居养老，事事如意。政府待我，实甚优厚，不胜感激也。《大乘起信论新释》不知何日出版，函便请示。顺颂
道安

弟 丰子恺 合十
〔1973年〕六月廿九日〔上海〕

一百九十

广洽法师：

八月十日大示，于今日（八月十七）收。《大乘起信论新释》已蒙刊行，费坡币壹万有余，足见尊处信善勇于宏法，深可感佩。我国规例，对宗教信仰可以自由，但不宜宣传。弟今乃私下在海外宣传，故不敢具名，而用"无名氏"也。因此弟不便自写序文。若由别人作序，说出此"无名氏"为谁，则无

不可。因毕竟无大罪过也。弟自幼受弘一大师指示，对佛法信仰极深，至老不能变心。今日与法师二人合得一百五十岁，而刊行此书，亦一大胜缘也。书出版后，只须寄弟两册，一册自存，一册送朱幼兰居士。因在此不宜宣传也。小儿新枚以手表琐事奉烦，深感不安，请择便为之，不可强求也。李荣坤居士上月来访，嘱弟写经。此君似是一善知识，甚可敬佩。周颖南居士于数月前来访，以后屡次通信，其人爱好书画，乃一风雅商人，但对佛法亦甚热心，常有《南洋商报》所载关于佛法之文件（如谭云山居士访新加坡等）寄与弟看。总之，能关心佛法，皆是胜缘。

最后，愿法师保重玉体，久住娑婆，宏法利生。弟长年素食，惟烟酒不能戒除，近日日饮啤酒二瓶，吸上等香烟一包。素食三餐，主要是豆浆与面条，饭极少吃。每日早上饮盐汤一大杯，通便清火，甚有效用。琐屑奉闻，即颂
道安

弟 子恺 合十

〔1973年〕八月十七日〔上海〕

承汇贰拾元，想不日可收到，先此道谢。

一百九十一

广洽法师座下：

郑月娇女士带下珍品，昨已收到，至深感谢。小儿新枚近在沧州，为外宾当翻译员。待其归来，当具函道谢。弟近病足，步行困难，故未曾亲去招待郑女士，嘱女儿代为往国际饭店邀请，

以时间局促,未曾招待为憾。上海已入新秋,弟托庇平安。顺颂
道安

弟 丰子恺 合十
七三年十月十四日〔上海〕

一百九十二

广洽法师道鉴:

十月廿三示奉到,槟城广余法师所嘱大雄宝殿长联,及黄西京居士嘱联,今已写就,附此信内。请收转。承汇人民币柒拾元,已收到,谢谢。但来示言郑月娇女士来时亦汇出贰拾元,则并未收到。其实已蒙赐表,何劳再汇款项?惠赐太多,令人受之有愧也。妙香林落成,定有壮观,请广余法师将来寄照片来供我瞻仰。顺颂
清祺

弟 丰子恺 合十
〔1973年〕十一月二日〔上海〕

一百九十三

广洽法师座下:

冬至将近,想海外四时皆春。最近得丽英信,知彼在福州省立医院任事,工作积极,热心为人民服务。彼与母亲同住,且已生一女孩,天伦之乐,深可欣慰。

弟退休以来,蒙政府优待,在家纳福,与儿女同居,生活有人照顾,且很热闹,自觉晚年幸福。

昨得周颖南先生信，知《大乘起信论》已付印，即将出版。此稿系弟廿余年前旧译，今法师在海外出版，原望不署我姓名，而写"无名氏"。发行范围亦请局限于宗教界，并勿在报刊上宣传。再者：国内不需要此种宣传唯心之书，故出版后请勿寄来。专此奉告。顺请

道安

弟 丰子恺 顿首
〔1973年〕十二月廿一日〔上海〕

前寄妙香林对联，想早收到。

一百九十四

广洽法师座下：

惠寄人民币柒拾元，已如数收到，并抽出二十元送朱幼兰居士，彼不久另有函复。

弥陀学校建校廿周年特刊封面，及陈光别公子远才君嘱画，亦已写成，另附一画，请转赠郑月娇女士。

天寒手冻，恕不详陈。即颂

道安

弟 丰子恺 叩
〔1973年〕十二月廿七日〔上海〕

一百九十五

广洽法师：

今乘李荣坤居士之便，谨问安好。弟一向如常，余后函达。

即颂

道安

弟 丰子恺 叩

〔1973年,上海〕

一百九十六

广洽法师座下:

　　来示奉悉。弥陀学校二十周年,值寅年。但虎形残暴,不宜庆祝。故弟另画双莲图一幅,附上以答雅嘱。承汇人民币陆拾元,已于昨日收到,盛情至深感谢。时入三月,此间春光明媚。遥想南国亦多美景。顺颂

道安

弟 子恺 合十

〔1974年〕清明日〔上海〕

一百九十七

广洽法师座下:

　　广州华侨大厦寄来包裹,昨已收到。内衣料二码,可可粉二罐,云是法师所赠,弟已收领,专此道谢。近来久不通信,遥想法体康泰,至深欣慰。上海已入秋季,天气凉爽,弟亦托庇粗健,每日素食饮酒,不知老之将至也。朱幼兰上月丧母,其母享年八十六岁,患脑炎而寿终。其人素强健,若非患此病,可活百岁也。便笔奉闻,即颂

道安

弟 丰子恺 上

〔1974年9月19日〕中秋前二日〔上海〕

一百九十八

广洽法师道席：

　　四日示，今收到。承惠伍拾元，亦妥收，至深感谢。弟所患是风湿[1]，右手右足动作不灵。右手不能握毛笔，只能执钢笔。右足行步不便，须要人扶。近正在治疗，料想天气暖和之后，必能复健。法师前信言欲返国观光，不知定于何日。初夏天气暖和，旅行方便。届时弟亦必复健，可以奉迎。至深盼切。顺颂

法安

俗弟 丰子恺 上

〔1975年〕四月十二日〔上海〕

一百九十九

广洽法师清鉴：

　　久不得信，想必安好。见信务请赐复，以免悬念。弟托庇安好。朱幼兰居士及小女一吟亦嘱笔问候。此请

---

[1] 丰子恺于同年9月15日因肺癌逝世。当时所患实系肺癌（转移到脑），尚未查出，误为风湿。

道安

弟 丰子恺 叩

〔年代不详〕三月廿六日〔上海〕

二百

洽公惠鉴：

又承汇赐港币四十元，已于今日与来信一同收到，遵嘱以拾元给一吟。同此道谢。天气渐入夏季，想贵体必然康泰。弟托庇安好，堪以告慰。朱幼兰君亦安好勿念。此请

居安

弟 恺 叩

〔年代不详〕六月八日〔上海〕

第三辑　致师友

子愷

致汪馥泉[1]（三通）

一[2]

馥泉兄：

前日承枉驾，适外出，失迎为歉。今由方光焘[3]兄转达尊意，知兄已许我译述《现代人生活与音乐》，又嘱再编《音乐读本》，本可如命，惟后者系章雪村[4]兄所指定，彼因向开明购《音乐入门》者常要求比"入门"更深一步之音乐书，故特嘱编译《音乐四十讲》，以日本之音乐读本为蓝本，因此之故，未能如命。他日待《现代人生活与音乐》译竟后，如有所命，当再效劳可也。惟有所请者，弟拟于下月起动手译《现代人生活与音乐》，预计两个月脱稿。然近来不任教课，生活无着，可否尊处预借我此两月之生活费约二百元（于十一月初及十二月初分送），倘有妨

---

[1] 汪馥泉（1900—1959），字浚，浙江杭州人。作家，与陈望道合办大江书铺，出版社会科学书籍颇多，当时系大江书铺编辑。

[2] 初收上海生活书店1936年5月初版《现代作家书简》（孔另境编）。

[3] 方光焘（1898—1964），浙江衢县人。语言学家、作家、文艺理论家、文学翻译家。曾赴日、赴法留学。1931年回国参加抗日活动。曾任安徽大学、复旦大学、上海暨南大学、中山大学、中央大学、南京大学教授等职。

[4] 章雪村，即章锡琛（1889—1969），上海开明书店负责人。

大江书铺版税办法之规约，则弟愿将此版权让与大江，版权费另定。未知可否？此事本不该向兄提出，惟因弟过去所亏欠之债达千余元，目下已非设计归还不可。又要还债，又要顾生活，经济上实甚窘迫。（历年常向开明透支，幸蒙章君补助。）故不得已而提及之耳。大江新立基业之际，弟无所帮助，而先开口要生活费，实不情之甚！幸属相知，当蒙原宥。可否尚祈赐教。

  即请

秋安

弟 子恺 顿首

〔1928年〕十月十七日〔上海〕

一 [1]

泉兄：

  《音乐解说》（门马直卫著）一书，昨已购得，体裁固比田边尚雄之《音乐概论》为稳妥（田边之"概论"似觉散漫），叙述亦简洁。遵命改译此书可也。（田边之"概论"体裁不佳，字数又太多，约十万余言，拟不译矣。）惟书名似欠妥当。愚意可改《西洋音乐的听法》（据其序文第一句），或《西洋音乐的知识》。译毕后再拟定可也。此书弟拟在阴历年假开始译之。大约阳历三月中可以交稿（分量比前书得多二分之一）。此复，即颂

---

[1] 载1945年3月15日《文艺春秋丛刊》之三《春雷》（上海沦陷时期范泉所编）。

大安

弟 丰子恺 顿首
十二月初二日〔上海〕[1]

二 [2]

馥泉兄惠鉴：

弟于废历十二月底因母病专返乡里，不幸于正月初五日即遭母丧。现在后事未曾了结，尚须延一二周到申。惟病费丧用，所需甚急，不得不函请吾兄鼎力援助，如蒙劳驾代为支取北新所允付之款，以济急用，感谢不尽。倘彼肯改买稿，则尤为感激。价格尽请吾兄代定，患难之际，当无不满足也。弟另备信直接函请李小峰先生。但玉成此事，全赖吾兄居间措置之力。幸垂惠焉。即请
大安

弟 子恺 顿首上言
〔1930年〕二月九日〔浙江石门湾〕

---

[1] 信中提到的门马直卫《音乐的听法》（即信中的《音乐解说》译名）译著出版于1930年5月。据此，此信约写于1930年1月1日，即农历己巳年十二月初二日。

[2] 初收上海生活书店1936年5月初版《现代作家书简》（孔另境编）。

致唐正方[1]

正方弟惠鉴：

承代购药一木箱，已如数收到。信亦收到。厂中星期不停，吾弟特为请假去买，并为寄邮，周折甚多，感谢无已！江南之洋，明年交去亦属不妨，不必特为走交。废历年关已届。厂中明春之事如何？家母病有增无减，甚为心焦。因此未克亲为设法帮忙，抱歉奚如？草此，即问

刻安

小兄 子恺 上

〔1930年〕一月廿八日〔浙江石门湾〕

---

[1] 唐正方，丰子恺妻方之亲戚。

致于石泉、于梦全[1]（十二通）

一

石泉先生大鉴：

　　日前得聆大教，至深欣幸。恺以事匆匆离乡，今得便带奉《护生画集》五册，至祈随缘流通，功德无量。他日返里，容再叩谒。

　　专此即颂

大安

丰子恺 稽首

〔约1930年〕二月七日〔上海〕

二

石泉先生：

　　久不晤，接示甚喜。先生八秩大庆，遵命为题小景额，并画仙桃八枚，奉祝遐龄。即请收存永念。回忆二十余年前，日寇炸吾乡前数日，先生曾以药草（疗饥）见赐。后仓卒西窜，未及携带药草，到后方时时谈及。颠沛流离，幸得生还也。此

---

[1] 于石泉，丰子恺幼时塾师于云芝之侄。于梦全（1923—2007）为于石泉之子，一生从事教育工作。

事如在目前，而匆匆二十余年矣。匆复，即祝

健康

弟 子恺 顿首

〔1960年〕一月十日〔上海〕

三

梦全乡兄：

来示奉悉。仆离乡多年，诸方疏阔。犹忆抗战前居石门湾时，曾与令尊石泉先生交往，屈指已三十余年矣。仆年登七六，幸得健在。回忆往昔，恍如一梦也。尊处藏有先父书扇，此甚难得。来示云愿以相让，但不知邮寄便否，又不知何以为酬，请酌示可也。顺问

时安

子恺 顿首

〔1973年10月23日〕癸丑霜降〔上海〕

四

梦全贤弟：

令亲送来锅巴、菊花，外加鲫鱼两条，均收到。盛情至感。"产户执照"[1]乃一古董，我看过，奉还。今晨冬暖，回想幼时放爆竹情形作小画一幅奉赠，请收。顺问

---

[1] 清政府没收吕留良家产后给买主的凭证。

时安

子恺 启

〔1973年〕十二月三日〔上海〕

五

梦全仁弟：

芝琳[1]带来食油、豆腐皮等物，皆我素食者爱用，美意实深感谢。我近中暑（上海室内三十三度连续七八天），患气喘症，服各种药，现已大体好全。承示灵芝草，我亦闻此药方，但未曾服用。吾弟代为访求，不须急急，因现已平静，渐渐想吃酒（七八天不饮）了。

芝琳年幼而办事能干，乃新时代积极分子，前程远大。石泉先生克昌厥后也。暂不多写，顺问

秋安！

小兄 子恺 顿首

〔1974年〕八月十三日〔上海〕

再：上次来信关念我受批判，乃谣传[2]，可请放心。我自一九七〇年起，即退休在家[3]，平安无事也。

---

[1] 芝琳，于梦全之长女。

[2] 实为安慰对方而佯称"谣传"。

[3] 实为病休在家。

六

梦全贤弟：

寄来灵芝草及郑彬刻章等，今已妥收，先函道谢。灵芝草形似美术品，容与医师商酌后服用。余后详，顺问

秋安

小兄 子恺 顿首
〔1974年〕八月廿日〔上海〕

七

梦全贤侄：

前所惠灵芝草，据识者言，此野生之物，比人工培植者高贵。此物寄到时，我气喘已愈，故珍藏在抽斗中，尚未服食。我时时取出嗅其香气，觉呼吸畅快。足证其为灵草。回忆三十余年前，日寇侵华之时，我将率眷避难之时，令尊石泉先生送我一包仙草，言服一撮，可以一天不饿。我珍藏行囊中，匆匆握别。幸而一路可得饮食，未曾服用仙草，但令尊一番美意，深可感谢，至今不忘也。近日秋高气爽，晨间写辛稼轩词一曲，附呈清赏。

子恺 启
〔1974年〕九月十一日〔上海〕

又，石印[1]甚佳，乞代道谢。后有所需，当请代求。

---

[1] 石印系崇福金石家郑彬所刻。

八

梦全贤棣：

　　来示收到，多承关念，深感美意。我茹素，近且断酒（非戒酒，乃自然不想吃），所需简单，故无所缺乏。他日如有需要，当请相助。今日清明，写清代法家龚定盦诗一首，附赠留念。即问近安

子恺 启
七五年一月廿三日〔上海〕

九

梦全贤棣：

　　芝琳送来年糕、油、酒、锅巴，均收到，至深感谢。所属画，今已写就，其中二幅赠足下及芝琳留念。待天气暖和，拟返故乡，当可面晤。不尽，问
好

〔1975年〕子恺 三月十日

十

梦全：

　　"少少离家"及沙君[1]"种瓜得瓜"，今已写好，附上，请收。

---

[1] 沙君，即沙孟海（1900—1992），书法家，篆刻家，学者。

砚铭亦写好，请便人来取可也。昌泉带来豌豆腐衣及图章，均妥收。好意甚感，不尽。

〔1975年〕子恺 五月五日

十一[1]

梦全：

来信收到。"种瓜"之画重复，就送你。研台[2]我不需要，请勿送来。蚕豆上海已有卖，也不须送来。

〔1975年〕子恺 五月十一日

你的研台，我已写铭，有便可来取。

十二

有人送我吴昌硕石鼓文[3]，确是真迹。我不爱收藏，移赠梦全。

〔1975年〕子恺 六月九日

沙先生[4]写得很好。我看过了，今寄还你。

---

[1] 此信为明信片。
[2] "研台"与"砚台"通。
[3] 吴昌硕（1844—1927），诗、书、画、篆刻皆精，尤擅长摹写石鼓文。
[4] 指沙孟海。

致舒新城[1]（五通）

一

新城先生：

　　惠示前由开明转来。属画十三幅，今挂号寄奉，乞收。弟因病后身体未健，一时不能到申。以后惠示，请寄

"嘉兴杨柳湾金明寺弄四号"

为荷。又此画十三幅之润资，亦拟请邮汇，未知可否？专此即颂

著安

^弟 丰子恺 顿首

〔1930年〕十一月廿五日〔浙江嘉兴〕

二

新城先生：

　　示悉。承嘱总辑音乐，至感厚意。惟对于高中音乐编辑，弟乃实不胜任，决非推托。务祈愿鉴是幸。又，弟在事前未曾

---

[1] 舒新城（1893—1960），原名玉山，学名维周，字心怡，号畅吾庐，湖南溆浦人。学者、出版家、辞书编纂家。1930年任上海中华书局编辑所所长兼图书馆馆长。

想到书局新年停止办公，久不接尊示，以为尊嘱已告决定，故已接受他项定期事件。预计最近只能为贵局作《艺术纲要》一册。故《洋画入门》拟请另托人撰，免致延期。况一人著作同样二书，由两书店同时出版，在著作者及发行者均感乏味，不如另请人撰为妥便也。未知尊意以为如何？专此奉复，即颂
大安

弟 丰子恺 顿首

〔1931年〕一月十二日〔浙江嘉兴〕

三

新城先生：

　　两次惠示均收到。弟极愿允命写稿，奈事实上不能完全如愿。所嘱作四书，惟《艺术纲要》一书可以遵命，不久当开列内容要目呈阅，并于三月内交稿。其余三书，(1)高中师范科《音乐教科书》及（2）小学《教员应用音乐教科书》，材料不易搜集，无论选曲作歌或自作歌曲，均非一时可以速成。若不含乐曲而仅有音乐理论，则较易也。开明屡嘱编中学音乐教科书，弟迄未答允。故今对于中华之嘱，亦无法奉命。(3)《洋画入门》本可如命。奈在前已约开明《图画入门》（与该店所已出之拙著《音乐入门》为姊妹版也），二书内容范围虽不全同，而名目上三字冲突，对于两方均不适宜。以是亦不克奉命。（若《洋画入门》能改名为《洋画初步》，则名目上可多示分别，但弟不敢要求贵局改换书名也。）以上（1）（2）两书系弟能力上不可能。(3)一书系题材冲突。均属事实。至祈原谅为幸。

专此即颂

新禧

弟 丰子恺 顿首上

〔1931年2月16日〕除夕〔浙江嘉兴〕

四

新城先生：

前曾函催《艺术纲要》，此书现将脱稿，三月底当可寄奉。今又接尊函，系关于音乐者，此书当初曾承嘱作，弟因不能编辑，早已辞谢，想系发函时笔误之故。今将原函附还，乞即检收。

专此即颂

大安

弟 丰子恺 顿首上

〔1931年〕三月廿五日〔浙江嘉兴〕

以后通信处请写"嘉兴金明寺弄四号"。勿寄开明，因弟常住嘉兴，邮件转递多费时也。

子恺 又启

五

新城先生：

《艺术纲要》脱稿后，回顾"百科全书编辑通则"及"艺术纲要"的题名，殊觉不合，奈何？但约期已到，不得不姑将稿件呈阅。倘其性质不能参与百科丛书之列，（不能依照通则而作问题，提要，索引等，恐与丛书体例不能一致也。）祗请退回，

只得将来另觅效劳之机矣。专此即请

大安

弟 丰子恺 顿首上

〔1931年〕三月卅一日〔浙江嘉兴〕

致钱歌川[1]（二通）

一

歌川兄：

　　承寄书两包已收。前兄宴客时，贵局编辑所所长舒先生曾在席上嘱我为中华写些稿子。后来我长不在申，亦未谈起。现在我想售些稿子了，便想起舒先生的话。我恐他已不需，故未见嘱。直接询问，将使彼难于答复。故拟托兄便中代为一询。如尚有所嘱，乞示可也。上海 XMAS〔指圣诞节〕的空气想已渐浓了？此间一味岑寂，极感沉闷。病后生怕电车汽车，又不敢来申，苦矣。

弟 丰子恺 顿首

〔1930年12月，浙江嘉兴〕

老黄[2]兴高采烈，一如昔日。

---

[1] 钱歌川（1903—1990），原名慕祖，笔名歌川、味橄等。湖南湘潭人。散文家、翻译家。丰子恺之友，当时为中华书局编辑。

[2] 疑为黄涵秋。黄涵秋，上海崇明县人，作者在日本游学时结识的留学生。

一 [1]

示欣悉。文驾来杭，弟甚欢迎。关于时期，宜在今后一月余中，大约五月底前，不寒不暖，西湖正是游玩季节。过后即太热矣。关于住处，若不嫌简陋，可住敝处。若敝处进出不便，可介绍居招贤寺，有明窗净几，且在风景中心区域。若嫌招贤寺饮食太淡（荤不进门的），则湖上旅馆可住者甚多，若萃英，清泰，皆善招待上海游客而价亦不奢者。若蝶来，西泠，则最摩登而阔气者。惟兄所择。何日命驾，希先示，以便相候。因近常出门，深恐相左也。

子恺 叩

〔约1936年4月，杭州〕[2]

---

[1] 此信为明信片。

[2] 此明信片原未署写信时间，据片上模糊的邮戳，疑为1936年4月10日所寄。

致弘一法师[1]（五通）

一

弘一法师慈鉴：

接夏先生转来尊示敬悉。今将日本来信一束检出，挂号寄奉，乞收。弟子今秋患伤寒病，病中得夏先生示，知法体亦曾欠安。想近来早已复元。贱躯因病势太重，至今尚未复元，现在犹服药饵，以故蛰居嘉兴（上海各职均已辞去。以后通信乞直寄此间。通信址：嘉兴杨柳湾缘缘堂），半年间未曾远出。此间范古农[2]居士热心提倡佛法，近曾两度延请谛闲[3]等法师讲经。家姊及小儿辈均得时闻佛法，居之甚安。肃请

崇安

弟子 丰仁 顿首

〔1930年〕十二月廿四日

---

[1] 弘一法师（1880—1942），原名李叔同，法名演音，号弘一，晚号晚晴老人。精通绘画、音乐、戏剧、书法、篆刻和诗词，丰子恺在浙江省立第一师范求学时的老师，出家后又收丰子恺为弟子，对丰子恺一生影响深广。

[2] 范古农（1881—1951），浙江嘉兴人，清末秀才。曾东渡日本留学，归国后致力办学，辛亥革命后转向佛学研究。1927年去上海，任佛学书局总编辑，此后渐成为国内佛学界权威。

[3] 谛闲（1858—1932），浙江黄岩人，号卓三。法师毕生辛勤弘法，教通三藏，为天台泰斗，对近代佛教有扶衰起弊之功。一生著述宏丰，有《大佛顶首楞严经序指昧疏》等。

二

弘一法师座下：

久不奉候，不谓今日在此寄书也。厦门近况如何？寺中能否安居？至深切念。恺于石门湾失守前一日率家族老幼十人逃出战区，至桐庐，与马一浮先生同居桐庐乡间，凡三星期，寇又犯杭，富，恺力劝马先生同行，未蒙允许，遂先率眷南行；阴历年底始抵江西萍乡，依旧友萧君[1]居一个月，前日又离萍乡，乘舟赴湘，拟令眷属卜居于湘潭，自赴长沙开明书店。今日舟次醴陵，遥念东土，遂作此书。收到后无祈赐示一二，"寄长沙南阳街开明书店"可也。前日得马先生书，谓富阳失守，桐庐不可存留，故已迁居开化，其通信处为"开化城内□[2]德寿堂药号转"，自浙至此，行路甚难，恺与马先生皆幸免，今战讯转佳，胜利和平恐已在即，惟上海新闻报载缘缘堂已全部被焚，故恺已断回乡之念，拟即在湘作客，且邀马先生同来也，夏先生仍居上海租界，未有来信。开明沪厂被焚，残局移在汉口，但营业停顿，战期中未能发展耳。草此肃请

崇安

弟子 丰子恺 叩上

〔1938年〕三月五日夜船中

---

[1] 萧而化，江西萍乡人，上海立达学园的学生，民国音乐家。作者一家经萧而化夫妇挽留，暂住在暇鸭塘萧氏宗祠。

[2] □，原件此字漫漶不清。

三

弘一法师座下：

旧七月廿八示并墨宝二幅，敬收，谢谢。闻吴敬生[1]君言，漳州农民银行吴仲升君曾索墨宝，吴敬生所索墨宝亦已收到，均深感谢。承许秋后续赐法书，不敢多请。惟缘缘堂被毁，前赐书均损失，内《大智度论·十喻赞》大屏六条，及狭长对一副（真观清静观广大智慧观，梵音海潮音胜彼世间音）为恺所宝爱，竟未取出（因敌寇取迂回战，不期而至，仓皇出奔，全家十人仅以身免，一切衣物器什皆从新购置，书籍字画全毁），他日乞于宏法之暇，重写见赐。《十喻赞》但写小屏或横直幅即可，对亦不须长大，因今无屋可供，但得法书该文，即可到处供养，没有迁居，可卷而怀之也。今有三事奉陈：

一、夏先生来信，云护法款虽略损失，当由同人填补，今后如有需用，乞随时示知，当即汇送。夏亦有信寄奉。

二、马一浮先生已于国历八月底到桂林，率眷属（姊之子媳等）十余人，从江西泰和南行，过大庾岭，走韶州，由西江泛苍梧，经柳州以至桂林，在途二十五天，正值炎暑，幸皆康适。今卜居桂林城东，（通信由恺转）其藏书一部分在桐庐被焚，余一部在杭，一部在赣，一部分随身带桂，路上幸无损失。近时相过从，谈言中每念及法踪，深为关念。

三、广西十年前曾有毁佛像之举，故宗教空气甚薄，但迩

---

[1] 吴敬生，当时在桂林农民银行工作。

来文化西行，广西人吸收不遗余力，此亦可嘉之现象。闻当地最致力于宏法之万少石居士言，因彼之努力，广西已有《大藏经》三部（桂林，梧州，南宁），且不复有辟佛之妄举，今马先生到桂，教诲所及，当如草上之风。今后之广西，当不复为佛法难闻之边地矣。沿海诸省，每多烽火，今后恐一时难靖，鄙意拟请法驾西行来桂，特先征请尊意，如蒙许可，当设法派人（或即请郑健瑰居士）来迎。走海道由香港到此，较为便捷。若行李不多，则陆路或亦可通也。"桂林山水甲天下"，所谓甲，徒奇突耳，远不如吾杭之秀，然山间大可住居。因其土人以质胜文，且当局治理颇有秩序，故盗匪几于绝无，真可谓"山无盗贼"也。至祈酌复为感。

恺下月任新办之桂林师范课，当迁城外五十里之乡间，但通信仍由开明转可也。顺请

慈安

弟子 丰子恺 拜具

〔1938年〕九月十四日〔桂林〕

四

弘一法师座下：

两示均拜领。嘱绘佛像，日内当即多画几幅挂号寄上，勿念。漳州宏法事忙，未能来桂，殊深怅惘，只得他日再觅胜缘。马一浮先生本定同住桂林，现亦欲迁居宜州[1]（离此二日旅程），

---

[1] 宜州，即广西宜山。

因浙江大学在宜州开学也。恺因桂林师范在离此六十里之乡间，故不日亦将迁乡。以后通信，仍寄开明亦可。或寄"桂林两江泮塘岭四十号"，则可直接收到。前一师[1]同学傅彬然[2]君，在此与恺同事。欲求墨宝。彼之友人洪纠甡君，亦有同愿。彬然前曾得赐，但未赐呼。今次拟乞赐题上款。上二幅（彬然，纠甡）乞于便时书寄，不胜感谢。来示捧读后甚深感慨。豺虎逼人，使吾师友东分西散，不得时亲侍奉，怅何如之。但愿玉体日健，久住此世，长为群生渡苦，则幸甚也。今日函上海夏先生[3]，请其汇款供养，大约即可寄到。有所需要，尚请随时见示。敬请

法安

弟子 丰子恺 叩上

〔1938年〕十月十四日〔桂林〕

此十一年前避寇广西时上弘一法师书。法师阅后以贻人希先生[4]。胜利后三年余游闽南，法师已往生极乐。人希先生来晤，出示此书。余阅后冥想前尘，欣慨交心，遂为加题，藉留遗念。

戊子〔1948年〕长至[5] 丰子恺客厦门

---

[1] 一师，指浙江省立第一师范学校。

[2] 傅彬然（1899—1978）。作者浙江省立第一师范学校同学，当时亦在桂林师范任教，也是上海开明书店老同事。

[3] 夏先生，指夏丏尊。

[4] 人希先生，指张人希（1918—2008），画家、书法家、篆刻家。

[5] 长至，指夏至，亦可指冬至，按丰子恺客厦门是从11月23日始，故此处应指冬至，即公历1948年12月22日。

五[1]

弘一法师座下：

今日为法师六十寿辰。弟子敬绘续《护生画集》一册计六十幅，于今日起草完竣。正在请师友批评删改，明日起用宣纸正式描绘，预计九月廿六日（即弟子生日）可以付邮寄奉，敬乞指教，并加题词，交李居士[2]付印。先此奉禀。忆十余年前在江湾寓楼得侍左右，欣逢法师寿辰，越六日为弟子生日。于楼下披霞娜〔钢琴〕（piano）旁归依佛法，多蒙开示。情景憬然在目。十余年来，奔走衣食，德业无成。思之不胜惶悚。所幸法体康健，慈光远被，使弟子在颠沛流离之中，不失其所仿仰也。敬祝

无量寿

弟子 丰婴行[3] 顶礼

〔1939年11月1日〕民国廿八年古历九月二十日

〔广西宜山〕

---

[1] 曾收入开明书店1940年11月初版《护生画续集》，又载1949年3月1日《觉讯》第3卷第3期。

[2] 李居士，指佛教徒李圆净，本名李荣祥，法名圆净，广东三水人。

[3] 婴行，弘一法师为丰子恺取的法名。

致赵景深[1]（七通）

一[2]

景深兄：

　　弟病后羸弱，蛰居此间，到申极少，以致久未拜晤。遥想起居佳胜。敬启者，儿童时报社近欲迁沪，以图发展，其干事人田惜庵君系弟旧时同学，近来信云，社人敬慕吾兄，拟邀请入社，嘱弟介绍。今附奉社章一份，请阅。如蒙慨允，乞惠示以便转复。弟亦最近被邀入社，惟缴纳社费一股（五元），其他亦无一定任务也。

弟 子恺 顿首

〔1931年〕八月三日〔浙江嘉兴〕

通信处：嘉兴金明寺弄四号

---

[1] 赵景深（1902—1985），曾名旭初，笔名邹啸，出生于浙江丽水，祖籍四川宜宾。中国戏曲研究家、文学史家、教育家、作家、翻译家。

[2] 曾收入上海生活书店1936年5月初版《现代作家书简》(孔另境编)。又载1945年3月15日《文艺春秋》丛刊之三《春雷》(上海沦陷期间范泉所编)。

二 [1]

景深兄：

　　承慨允入社，弟感同身受。已函告该社，将来迁沪后再行直接前来道谢。弟去秋病后至今不振，写作读书均极荒怠，实负吾兄来示之殷望。承为《青年界》征稿，愧无以报命。只待将来努力振作，以求不负来示之雅意也。此颂
暑祺

弟 丰子恺 顿首

〔1931 年〕八月七日〔浙江嘉兴〕

三

景深兄：

　　示悉。《车厢社会》皆应酬之作，不足观，故未奉呈。函索，即寄一册，请教。《人间相》多社会丑态，令郎易林观之，得毋生恶感？弟颇思写如《小弟弟的出殡》之类之画，惜力不足耳，承嘱为《青年界》写稿，容计虑之。如有可陈，当即写呈。介绍拙作，已在《人间世》读，谬奖之处，实深惭赧。即请
著安

弟 丰子恺 叩

〔1935 年〕九月五日〔杭州〕

---

[1] 曾收入大日本图书株式会社 1939 年 10 月 14 日初版《时文读本》。

四

景深兄：

　　示由上海转到。弟在杭养病，约须再过月余返沪。小女之译稿，弟离沪时（一个月前）闻说尚未脱稿，正在寄北京《新民报》及上海《亦报》发表。不知近日有否完成。当即去信询问，并劝其交贵处出版。料彼尚未有约定也。至于条件，弟意当由贵处开示，征彼同意，是为妥便。据弟所知，此原书乃美国一九四九年版，译文共约八万余言云。便请再示，以便转达。"儿童丛书"此名词包含广大，料必风行。即颂

大安

弟 丰子恺 叩
〔1950 年〕十月二十日〔杭州〕

五

景深兄：

　　正欲作书，忽接二示。缘上海小女来信，言《团体游戏》一稿，早已与钱君匋（是她的结婚介绍人）万叶书店约定，以故未能遵命，甚为抱歉。君匋条件与来函相同。只得以后有机缘时，再效微劳矣。小儿丰华瞻在旧金山，前月已函嘱其在美物色关于儿童之读物，如有寄到，或可再译若干也，顺颂

大安

弟 丰子恺 叩
〔1950 年〕十月廿七日〔杭州〕

六

景深兄：

前由小儿交来赐赠大作，拜领未曾道谢为歉！今有关于戏曲史事请教：最近北京中央宣传部要弟翻译苏联百科全书中"中国音乐"一章。其中古代音乐家之姓名，都是用俄文拼音的，翻译很伤脑筋。弟幸已大部查出，只除一位元代剧艺者的姓名查不出。猜想王国维的《宋元戏曲史》中或许可以查得。今日走遍图书馆及旧书店，访不到此书。因念吾兄精通此道，或家藏此类书，故来请教。今将原文之译语摘录于下：

在蒙古人统治的时代，中国音乐进入了新的发展阶段。在这时期出现了一位献身于声乐艺术的歌人 ЧЖи Янь（注音字母：ㄓ丨ㄢ。发音略似"治延"）的宝贵的创作。他认明了唱歌表演中的缺陷，又指出了矫正这种缺陷的方法。（下略，以下与此人无关。）

倘蒙代为查出，请在附片上写示为幸。费神谢谢！

此致

敬礼

弟 丰子恺 上

〔1954年〕七月十二日〔上海〕

七

景深兄：

示奉到。承示"芝庵"，已填写，明日可寄北京中宣部缴卷矣，谢谢！您送我的大作，我也查过，想不到是"芝庵"。真是舍近就远矣！足见必须专家方济事也。一则我以为第一字一定是姓，所以单注意于姓。二则苏联百科全书译音错误：庵应为ань，非янь，因此不注意于"芝庵先生论唱"。然终是我不精细之故。苏联百科全书"中国音乐"一条，约万宇，我个人看来有许多地方不中肯，也许外国查考失实，也许我观点不对。即如论元曲一节，只举关汉卿与芝庵二人。其他贯、马等皆不提。不知是否适当耳。谢谢，此致

敬礼

弟 丰子恺 叩

〔1954年〕七月十三日〔上海〕

致尤其彬[1]（二通）

一

其彬吾友：

　　承示大作《苓英》，已拜读，文字流丽，趣味隽永，弟甚为爱读。闻大著将结集出版，如已约定，弟当代为书画封面，以表爱读之忱也。专此奉达，顺颂

著祺

弟 子恺 叩

〔1932 年〕十一月廿四日〔上海〕

二

其彬仁兄：

　　寄下英文字印大作，已拜领道谢，此印在中国数千年金石界，可谓别开生面。泥古不化之金石家，见此或将摇首，但弟谓此乃金石之时代精神表现，具足艺术真价，百年后必有多人认识吾兄之革命精神也。即颂

---

[1] 尤其彬，生于 1909 年。毕业于复旦大学，24 岁出版小说集《苓英》（上海开华书局 1933 年 8 月初版），由导师赵景深作序，丰子恺先生为其作封面。

秋祺

弟 丰子恺 顿首

〔年代不详〕九月四日

致钱普容[1]（三通）

一

普容弟：

别后匆匆已旬余。脚疾如旧，虽春至，未能出野外散步为憾。思早睹"芥子园"，暇请即购寄为盼。元旦在府饮茶四种，此事难忘矣，即请

客安。

子恺 叩

〔1934年〕二月二十七日〔浙江石门湾〕

二

普容弟：

画集及信，今日妥收。选购，包扎，寄送，费神不少，特别感谢你！

我看了三画集，觉得一二两集可爱。第三集印工固精极美极，但不合我所好。现在想再劳你走一遭，向他调换别的书。

---

[1] 三封信均见于上海生活书店1936年5月初版《现代作家书简》（孔另境编）。

钱普容，丰子恺之同乡，曾在开明书店工作。

不要他找还，宁再补他数元。此办法我想是通行，他大约肯的。但这全是我自己未看目录或广告，不知第三册是花卉之故，并非你给我买错。我又并未告诉你"我不爱花卉"之说，只说托你买"芥子园"全部，全是我的疏忽，土话所谓"弄你头颈"[1]了。只得再请你破费时间，五时后去走一遭。万一此种书出门不退换，请作罢，给我垫付邮票二角三分，仍旧寄来。——因为当作藏书，是应该买的，我并不一定要丢弃它。不过为打算，此集值二十五元余，宁愿先买他书，将来有要求时再买未迟。请你勿拘可也。第三集一包挂号另寄。此信内附书单一张，发票一张。

  书单上开着调换之书四十八种，值码洋四十五元三角。据目录上说"满四十种打七折，送赠木箱"。则七折实价为三十一元七角一分。退还"芥子园"三集值实价二十五元六角，应补找六元余。但内中必有缺书，不会齐全，则数目相近。假如齐全，请你在书单末后任意删去数种，使总数与二十五元六角相近（或补找他一二元）。假如缺书太多，不满此数，则下列二种可作预备补充。

《吴昌硕集》《扇面集》

  为此给我垫付了若干钱及邮票，请示，即设法寄奉。若真有木箱，不便付邮，请将箱暂存尊处可也。

  日内寄上莫志恒字号纸。又二纸，上写好诗若干首，是送你贴座右阅读的。

子恺 奉托

〔约1934年3月，浙江石门湾〕

---

[1] 弄你头颈，家乡一带方言，意即捉弄你。

三

普容仁弟：

　　号件及信送到时，我客居练市，回家又值石湾盛灯，来客满座，无暇作复，今始书答。你的"唐诗"和"白香谱"要我作插画，我实不能遵命。因古人诗词我自在《子恺漫画》中试描数幅之后，未曾再写。为的是古代人情风物，不能空想。杜造往往有误（《子恺漫画》古诗句部，曾以此点受人批评）。若认真要画，非费数年穷考古代器物图谱不可。此事在极忙的我不能胜任。如你所说，大东、世界皆有石印本，此书销场有把握，或者所见不错。但无插画亦可，成本反而更轻。倘你与开明接洽好了，我为你画一封面可也。

　　今将原写稿二册挂号寄返，请检收。蒙汇寄二十三元余，并转信件，费心。履善女士索书，稍缓写寄。

　　我近来极忙，顶早允人之稿件，堆积心中。为作客和看灯，又旷费多日，甚憾。你手写如许原稿，努力实在可佩。草草，余后谈。

祝你进步。

小兄 子恺 上

〔1934年〕六月十七日〔浙江石门湾〕

致张院西[1]（四通）

一

院西仁弟：

示奉到。施君横幅二件，前恐未决定，故尚未动笔。今当于双十前后写寄。

吾弟欲得"儿童相"而藏之，此事仆自己亦感兴味。盖仆一向喜写儿童也。待笔债还清，（因双十润笔加倍，故近笔债堆积，大约双十前后可还清。附寄改订润例，供传观。）当将漫画儿童相中可爱诸相，汇集为一图（画面必甚闹热矣），同时仆自己亦绘一张自藏也。惟此事费时，请略缓报命。兴味之作，不收润笔，请勿客气。

众友向尊处索画，此乃仆使吾弟为难。后当作小幅多张寄赠，以餍众望，亦翰墨缘也。

承赐味精，先此道谢。顺颂

秋祺

小兄 丰子恺 叩

〔1934年〕十月六日〔浙江石门湾〕

---

[1] 张院西，丰子恺漫画爱好者。

二

院西仁弟：

 订画至今全清。足下大批订件，八件又二件，共十件，今邮奉。八件中并未题上款，因当时未曾奉询明白，恐有不需要者。今先将画寄奉，哪几帧要题上款，乞再寄示题奉可也。即颂
时安

小兄 子恺 叩
〔1934年〕十一月廿九日〔浙江石门湾〕

三

院西仁弟：

 示奉到。贵友（嵩云、持中二君）属画二横幅（各二方尺），属减润为各贰十四万，遵命可也，即祈转达为荷。元旦又要改订润例（加倍），正在印新例，暂用蓝印预告。（附上一张。）

 近正构图一儿童画，是开明中学生什志（元旦用）印彩色立幅赠读者用。构成后当重绘一张奉赠吾弟。因前所言"儿童相"规模太大，一时无暇构图，先作一小规模之儿童相耳。顺颂
年安

小兄 子恺 叩
〔1934年〕十二月十六日〔浙江石门湾〕

四

院西仁弟：

　　示奉到。白糖及麻油有办法，甚为欣慰，即请代购：

　　白糖廿斤

　　麻油尽尊处限量，多多益善。

　　买定后，乞示知数量、价值，当即派工人持器及货款，前来化龙桥领取，费神至感。仆明日赴遂宁，约十余日返沙坪，容图晤谈。即颂

近安

小兄 丰子恺 叩

〔1945年〕六月廿七午〔重庆沙坪坝〕

　　仆赴遂宁期间，来示有小儿华瞻代理，糖及麻油，彼自能派工人前来领取。

致谢颂羔[1]（七通）

一

颂羔尊兄：

孟子新君仰慕"以文字为基督发光"之颂羔先生，实具诚意。其嘱画弟自当应命，于旬日后写含有宗教意味者数枚寄奉请转。弟近以所作西湖十二景托敝同乡（美术学校毕业生）张逸心君付印。张君意欲加印英文画题。此事弟拟奉恳一译。共十二题，费心良多。印成后当奉赠该书若干册以酬好意。想不见却。

杭州春色正好，何日驾游，当图快晤。尊寓迁庄家阁，自比居城内清静。时局似已安定，想不致殃及池鱼也。草此即请春安

弟 丰子恺 叩
〔1935年〕三月十四日〔杭州〕

孟君原函附璧。

---

[1] 谢颂羔（1896—1972），毕业于苏州东吴大学，次年赴美国修读神学，虔诚基督教徒。为丰子恺之友。

二

颂羔兄：

片悉。《人间相》承谬许甚愧。今午派人去地产公司毛君（弟之友人）问何日看地，据说接洽人在申尚未归，再缓数日来约我。（附回片，请看。）弟急急想看地，究竟地位及价格如何？并想探听平屋建筑价如何？如下半年弟之生活不受影响，颇想买地建屋，与兄为邻。（即使生活受影响，地仍想买，不过造屋是问题耳。）荣祥[1]居士深居简出，积虑深远，弟看不像宗教徒模样。前来片云劝其注重平民生活，可谓对症发药。弟已转述，但恐无甚效果。其实，处彼之地位（有些儿钱在手）大可做些利他事业，庶不负彼苍之厚。岂知彼愁水愁风，大有一日风波十二时之忧，以致自顾不暇，其生活比我等更不舒服。亦大可惜。秋凉来杭，弟甚欢迎。最好等弟看地之后，邀兄来杭复看。可以商量取舍。草草即颂

秋安

弟 子恺 叩

〔1935年〕八月十七日〔杭州〕

三

颂羔吾兄：

片敬悉。RADIO〔收音机〕承代处置，甚费心。其款如

---

[1] 荣祥居士，即李圆净。

便，请大华代为汇杭州（汇费内扣）。不便他日来领亦可。弟以十五元代价，换得RADIO所有权半年，亦云幸矣。旅苏想快适。明春定当邀请文驾赴敝乡参观。昨夜读书，见二句写平民生活者，甚可喜，因绘图附赠《平民》，乞登载之。泰华药房毛君来信，云"中天竺附近有地三十三亩（与中天竺寺同方向），卖价约二千元。地上杂木及竹丛生，价不算贵（每亩六十元也）"。约弟去看。弟尚未去过，明日或后日当去一观。如条件满意，再奉告。所谓中天竺，离灵隐约二三里，（照公共汽车方向直进。想兄熟悉。）交通不及灵隐便利。然价不贵。据他人云，如合意，不妨合购存之。弟因未看过，尚未决。后再告。弟阴年底当返乡过年。石门湾田，待彼时去接洽，如有可者，定当写告。余言后上，顺颂

年安

弟 子恺 叩

〔1935年〕十二月廿三日〔杭州〕

　　写完前信后，未发，晨见天气佳，即邀毛君到天竺看地。现将所见情形奉告。乞下取舍。

　　该地是山地（斜坡），位在上天竺与中天竺之间。大路之旁，隔一溪涧，即山坡，直至山顶。如图所示：

　　地上皆杂木毛竹。无一块平地，皆斜坡。

　　毛君言，此系彼自己之物，三年前买进的。因年边有需，故欲求让耳。又云，开山并不难，因非石山。然弟对此不甚满意。因与莫干山大类，恐开垦工作浩繁。

　　君意如何？倘觉有可取，或倘能来一看，最好。否则

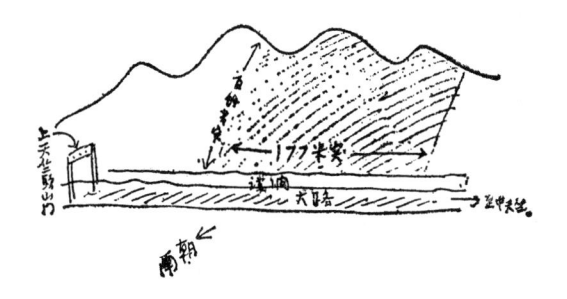

我们谢绝他，说山地不要可也。

子恺　又启

四

颂羔兄：

久未奉候。遥想安善。弟暑期在石门湾度送。大约八月底到杭寓。杭寓已另迁，新址为"马市街一五六"，交通较前便利。秋间来杭，尚请惠临。今有奉询者：闻兄曾养外国羊。此间有友人预备资本，拟从事此道。（闻尊处之羊系取羊乳者，彼则意在取羊毛。）因欲探听各方有经验者，藉资参考。知尊处有外国羊，因嘱函叩。未知此种羊何处出售？可否剪羊毛？每对价若干？（有人介绍，上好毛羊每对五百元，运费〔欧洲来〕五百元，彼不嫌贵，但求羊可靠。因不详悉，故未买耳。）关于此事兄如有可调查处，敬请费神告知一二，他日如有成，当深感谢。前在杭会见之张君[1]，决于秋间独办书屋，弟不过供给些书稿，且

---

[1] 张君，张逸心，后改名张心逸。作者在石门缘缘堂时期私授（日文等）弟子。

让他一试如何。顺请

大安

弟 丰子恺 叩

〔1936年〕七月二十一日〔浙江石门湾〕

五

颂羔兄：

赠阅《字林西报》，已收到。至感谢。但不必每周寄赠，因小女为学英文，看一二份已见一斑，前日托订阅，本无此必要也。且近闻杭州亦有零售，故请以后勿寄，以免操心。弟近重订画例，比前仅增大洋一元（第一项）[1]，始终以贱卖艺术品为今日画家之义务。盖艺术品犹米麦医药，米麦贱卖可使大众皆得疗饥，医药贱卖可使大众皆得疗疾，艺术品贱卖亦可使大众皆得欣赏。米麦与医药决不因贱卖而失却其营养与治疗之效能，艺术品亦决不因贱卖而降低其艺术的价值。盖"艺术的价值"与"艺术品价值"原是两件事也。国人墨守旧习，且以欺骗为心，每将画价定为数十元乃至数百元，实则其作品所费工作仅半小时。假定每日作画四五小时，每月作画二十天，而所作皆以每幅五十元卖脱，则此画家之收入每月五千元，每年六万元，如此敛财，罪大恶极，岂艺术界所能容？弟深为若辈叹息。实则若辈之画，百中不能售脱其一，余九十九皆白送，或白送无人要也。弟持此见，故拟坚持廉价。此广告已由各志登载，今

---

[1] 1936年11月重订的润例第一项为："册页或扇面四元。"

附奉数枚，非请兄兜揽生意。若兄所编刊物有广告页，乞为登载一次，俾基督教社会亦知弟之卖画。其中如有欲得者，亦可自然推广弟之"营业"，使弟多得些"工资"也。若贵刊无广告页，则作罢。倘登，乞示，弟当照纳广告费不误。另附小画一页，赠兄为纪念。但此亦"白送无人要"之流欤？惭愧惭愧！夜静人闲，信笔乱书，有渎听闻矣。

弟 子恺 叩

〔1936年〕十一月十六日〔杭州〕

何日来申，无定。但以后到申总当图晤。上次风鹤声中，属例外也。杭州秋深景色尚佳，欢迎来游。

再：以后倘有尊嘱或贵友嘱画，自属例外，"不取分文"。只要不是"白送无人要"。特此声明。

又启

六

颂羔尊兄：

杭州转来尊示，惊闻吾兄近遭大故，不胜嗟悼。但四大无常，精灵不灭，吾兄道心坚定，想能节哀顺变，足慰下情也。弟上月中又居新亚，电广学会，知文驾南徂，未获晤言为憾。今在乡逭暑，约须初秋赴杭也。敬请

苫安

弟 丰子恺 顿首上

〔1937年〕七月十九日〔浙江石门湾〕

七[1]

颂羔吾兄：

弟因宜山空袭太多，率眷于八月中迁思恩，地在宜山西北120里山中，甚安全，但弟因逃警报伤筋，腿上淋巴腺炎，卧床二月，至今始来宜山上课，家眷仍居思恩。久未奉书，得片欣甚。所言"国事有希望，我等也许不久可以相见"，闻之雀跃。查此片发于十月廿五日，今已十一月十四，宜山消息沉闷，一点也不知道，不知"有希望"至如何程度。近来舍下小儿们天天谈杭州，大家希望早日胜利和平，仍归杭州，弟亦渴望已久。然倘条件不佳，则情愿在此听炸弹逃山洞也。承询近况，弟腿病不能行步，手腕却健，最近又作《护生画续集》一册，共六十幅，为弘一法师六十祝寿（法师今年六十，阴历九月二十生日，弟之画于是日完成寄出，请其题字，寄上海李荣祥刊印），大约出版须在半年之后。春间又绘《阿Q正传》一部，现已由开明出版。但宜山至今尚未运到，运到后，当寄赠一册，此外并无作品，但每日用小品文体写日记，以练习文章耳。宜山生活比昆明贵阳低廉，米百斤约十元，惟洋货甚贵，纱袜每双一元二角，自来火每包七分半，普通热水瓶每个五元（以前上海买只费六七角）。府上小孩想都康健，倘有照片，送弟作纪念。舍下小儿因思恩无照相，未曾拍得，他日有时亦当寄奉，顺祝

---

[1] 载1940年3月《明灯》月刊第274期，置于"来函"栏，题名为"漫画家近况"，署名子恺。

道安

弟 丰子恺 叩

〔1939年〕十一月十四日

致钟器 [1]（二通）

一

钟器先生大鉴：

　　前属画惠赠隆酬，已由杭州敝寓收领，敬谢。尊处搜集晚成庐书画集锦，好艺之心良深，钦佩。仆偶以绘事游戏，信手涂鸦，不成章率。猥蒙眷爱，实深惭悚。尊属页数较多，至今尚未满数。恐劳盼待，故先奉达。大约本月内当可全部呈教也。稽延之处，尚请曲谅。拙传前为中国辞典馆专撰一篇，尚未出版。其副稿留杭州，旅行归杭，当属记室抄呈一份，或与画一并寄上可也。承询前明片上钢笔字，已问过，系小女陈宝（即前之阿宝）代笔者，非记室所书。附闻，近逆旅暂居新亚，不日返杭也。即请
艺安

〔1937年〕六月三日

弟 子恺 草复于上海新亚五一一号

---

[1] 钟器，号晚成庐主人，又号怀柔。三十年代活跃在京津地区的学者、书画家、篆刻家，丰子恺之好友。

二

怀柔先生：

　　九月六日所惠函至今日始送到。在程计半月矣。幸方地皆无恙，今日犹得通信也。所属册页字画五十帧，附自传两纸，封面二页，封裹待寄久矣。专盼尊示方敢付邮。今依来示作印刷品快递寄上。收到后，幸乞先生见示，以慰下念。此间久苦飞机炸弹，惟今日战事偏向京沪路上，此间稍得安宁。闻天津兵火甚烈，不知尊庐"推真室""践善亭"皆无恙否？尊藏艺术品皆无恙否？至引为念也。匆复，即颂

台安

弟 丰子恺 顿首

〔1937年〕九月廿三日〔浙江石门湾〕

　　杭州敝寓已取消，以后通讯地址如封旁上所刊。

致陶亢德[1]（二通）

一 [2]

亢德先生：

旬余不通音信，不谓天地变色也。廿二所发示至廿六始收到，读之竦然，石门湾现尚可居，尊眷如欲避居，可从南站上车，到长安下车，于站旁雇小舟，三小时可抵敝庐，当辟室扫榻相迎，并共安危可也。此间十二里外乡镇，曾被炸，长安站旁民房亦被炸，石门湾幸未吃炸弹，惟飞机时过，缘缘堂屋顶，凤鹤日夜不绝一耳，弟十三日以来，日日刻印作画，惟准备转平沟壑而已。

弟 丰子恺 叩

〔1937年〕八月廿六晚〔浙江石门湾〕

---

[1] 陶亢德（1908—1983），笔名徒然、哲庵、室暗等。作家，作者之友，当时系《宇宙风》杂志编辑者之一。

[2] 载1937年9月20日《宇宙风》《逸经》《西风》三刊合编之《非常时期联合旬刊》第3期，题为《乱离通讯（三）》。

一 [1]

前日寄上画件，想蒙收到。今又得一画，《战地之狗》，景象太惨，恐伤士气。姑寄奉，刊否不计也。近日上海闻略安些，不知确否？嘉兴吃炸弹，死伤甚惨。一女打去屁股。一母打脱头，手中犹紧抱襁褓。敝族人自禾来，目击其状云。匆匆。

弟 子恺 顿首

〔1937年〕九月廿四日〔浙江石门湾〕

---

[1] 曾收入《作家书简》(上海万象图书馆1949年2月中央书店版)。原信未署受信人，据考，系致陶亢德。信末所具日期是指阴历，阳历则为10月27日。

致覃恒谦[1]

恒谦学友：

久未通信，不料江南惨遭大劫，天地变色也。仆于去年十一月廿一日（即故乡失守之前二日）挈眷属老幼十人离乡，辗转流徙，备尝艰苦，于月前始抵长沙[2]，现居"长沙天鹅塘旭鸣里附一号"萧宅（宅主即前上海艺师大[3]同学萧而化之叔）。今抗战胜利，敌机来袭甚少，即来亦不过在飞机场投弹，或未投弹即被我空军逐退，故市内尚可安居。惟浙江石门湾故乡，房屋已全部焚毁（友人自失地赴申，由申来信）。书籍数万册及一家十口之衣物，尽付丙丁。仅逃出十人及被头两担，冬衣各人一套而已。幸长沙开明书店尚可支持。目前生活不成问题，且家人均健好，堪告慰也。寇之所向，殊不可测，武汉我国命脉所在，当不致轻易放弃（近日甚安定）。仆将来拟令家眷再入内地，如云南贵州广西等处。倘来广西，当烦指示路径，代觅栖止。故今先行函询，以便将来投奔。得信请即示复，告以自

---

[1] 覃恒谦，广西人，丰子恺在上海专科师范学校时的学生。
[2] 3月13日抵长沙。
[3] 上海艺师大，应为立达学园。

长沙至贵处之路径,及贵处生活状况。固不限于柳州,但择足下所熟悉者可也。昔日校友,今四散分离,行方不明,良可叹息。

专此即颂

教祺

小兄 丰子恺 顿首

〔1938年〕三月廿一日〔长沙〕

致徐一帆[1]

××贤表：

得示至慰。

仆等于去年十一月二十一日去乡，经杭州时已满城风雨，换船到桐庐，住二十天；杭州失守，又换船西南行，经兰溪、衢州、常山、上饶、南昌、以至萍乡，已旧历年底。在萍乡住一月，又西行至长沙、汉口；在长沙住三个月，最近又西南行来桂林，因广西省政府相聘，来此担任教职也。

途中惟去冬备受风霜之苦，萍乡以后皆旅行，非逃难矣。今离乡已四千里，气候饮食，均多乖异，幸全家十人皆健康，堪以告慰。诸儿皆已在此入学[2]。

故乡房屋虽遭焚毁，然仆等过去惯于浮家泛宅，尚能到处为家，惟书籍损失为可惜耳。

桂林山水甲天下，环城风景绝胜，为战争所迫，得率全家遨游名山大川，亦可谓因祸得福；江浙来者甚多，皆文化界人，盖武化东流，文化西流也。

〔1938年〕七月十九日〔桂林〕

---

[1] 载1938年8月9日《文汇报·世纪风》。徐一帆，丰子恺姑母之孙。

[2] 指在家中自学，由父亲、姑母执教。

致夏丏尊[1]

尊老师：

赐书早拜收，人事粟六，久未问候，罪甚。弘一法师前来函，略云福建宏法事忙，且年高怕行动，故不能来桂。前曾将原函抄奉，不知收到否？尊眷在沪安好，甚慰。敝眷居两江（离桂林七十里）山乡已两月，托庇粗安。内子十年不育，近产一男。幸大小平安。流亡之群已增大为十一人。来示以敝眷人多安否为念，雅爱之诚，令人感激。流离之初，亦曾引为苦事；连日叫苦，而苦终不去，反因忧能伤人而元气颇丧。于是心机一变，逆来顺受，尽人力以听天命。不作其他远虑，一年来尚能自得其乐，而身体因此转健也。两江师范开课已两月，一切从新做起，形似春晖、立达。精神则非昔比。盖时地不同，不可同年而语也。彬然兄[2]在此共事，我等尸位而已，于教育愧未能有所贡献耳。

---

[1] 夏丏尊（1886—1946），浙江上虞松厦人，中国近代教育家、散文家。1905年赴日留学，1907年归国。后任杭州浙江官立两级师范学堂国文教员、浙江上虞春晖中学教员等职。1923年翻译意大利作家亚米契斯的名著《爱的教育》。1930年主编《中学生》杂志。

[2] 彬然兄，指昔年浙江省立第一师范学校同学傅彬然。

子渊先生[1]逝世，五千里外未能致奠，心甚慊然。惟默祝其能往生乐土。南方动乱又起，此间能安居否，全无把握。浙大在宜山，马一浮先生来书，云郑晓沧有相邀之意，然桂师未便遽去，宜山地点并不胜于桂林，一时无意他迁也。附告。敬请

崇安

学生 丰子恺 叩上

〔1938年〕十二月十二日〔桂林两江〕

---

[1] 子渊先生，指经子渊（经亨颐，1877—1938），教育家、书画家，丰子恺在浙江省立第一师范学校求学时的校长。

致柯灵[1]（二通）

一[2]

××先生：

十月十二日示，不久以前才收到，另封长示，昨日才收到。交通阻滞，一至于此。昔年在杭得见，印象尚在，今蒙赐书，欣慨交心。上海有人非难圣陶[3]及弟，日前友人来函亦曾谈及，但寥寥一二说耳。今得尊示，始悉其详，一帆[4]亦未有说述及此事。此辈见解，诚是奇怪。然吹毛太甚，弟疑其别有用意，可付一笑。乃蒙再度答辩，词意周详公正，反使弟惭愧无似。圣陶实受无妄之灾，弟则自念缺德必多，故有以招致讥毁。惟有自反而已，不为怨天尤人之语也。近任桂林师范教师，校务在身，文笔画笔遂致荒废，不写稿者将四月矣。尊嘱一时未能应命，然略缓必当投呈若干，请赐教正，承询直接寄址，

---

[1] 柯灵（1909—2000），原名高季琳，笔名朱梵、宋约。原籍浙江绍兴，生于广州。电影理论家、剧作家、评论家。

[2] 载1939年2月8日《鲁迅风》第5期，原题《乱离中的作家书简——给××先生信》。

[3] 圣陶，指叶圣陶。

[4] 一帆，指徐一帆。

欲赐贵报，诚甚感谢，如蒙赐阅，乞写：桂林两江桂林师范弟收，则可直接收到，该地在桂林城外七十里之山间，交通不便，以故前惠示延搁更久也。上海言论尚称自由，至可欣慰，黎庵[1]先生久不通信矣，今始知其在沪，甚慰，见时乞代为道候，即请

客安

弟 丰子恺 顿首
〔1938年〕十二月廿六日〔桂林两江〕

二 [2]

示欣悉。虽遭颠沛，幸全家康健，尚可到处为家。承垂念，感谢不尽。日内弟将率眷赴宜山，就浙江大学聘。以后通讯住址为"广西宜山浙江大学"。承示沪上情状，甚慰。××与××两先生见时乞为道候，并告以新址。《申报》有画署"次恺"者，弟亦闻之，但未识其人，附告。

弟 子恺 上
〔1939年〕二月二十八日〔桂林两江〕

---

[1] 黎庵，本名周劭，当时为《宇宙风》编辑。
[2] 载1939年3月24日《文汇报·世纪风》。

致竺摩法师[1]

竺摩法师：

　　惠书读悉。恺比来教务画务俱忙，嘱画维摩居士示疾图，颇难落笔。浊世茫茫，危机遍地，举目尽是修罗，何处尚存净土？师能于海之一隅，广布六觉之音，诚为希有！匆颂

撰安！

丰子恺
〔约1940年〕七月一日

---

[1] 此信具体写作年份待考。竺摩法师（1913—2002），俗姓陈，浙江乐清人，太虚大师的高足，擅长诗词、散文、书法。晚年居马来西亚，曾任马来西亚佛教总会会长。

致刘模良[1]

刘模良君：

　　来函要我介绍"关于国画的书及画本"。画本我只能介绍一部《芥子园画谱》。因为中国画向来少有为初学者编的画本，只有"芥子园"，可说是惟一的中国画教科书。但你用的时候，须注意一事：此画谱分类汇集各种东西的画法。例如石头，亭台，人物，梅，兰，竹，菊等，都把古来各大家所画的汇在一起，给你参考。但只供参考而已。不是教你学会各种画法，拿来拼凑图画。你自己作图画，仍须依照实际风景而写者，不可就用古人的东西来拼凑，是为至要。我介绍你看"芥子园"，不过使你知道古人如何把实际化成纸上的图画而已。你要活用他们的方法，不可死板板地模仿他们。是为至要。

　　至于"关于国画的书"，那范围很广。最初你须得多看古人名作。有正书局有许多古人画集刊行。不能看到真本，印本看看也好。其次，须读中国美术史。（商务《万有文库》中有日本人著中国人翻译的，可读。）又次，须读古人的画论。神州国光

---

[1] 载 1940 年 12 月 5 日《中学生》战时半月刊第 36 期，题名为《中国画的书和画本》。刘模良，丰子恺作品爱好者。

社所刊印的美术丛书,收罗得很多(共有一百多册)。向这丛书中选读,比访购单行本便利。

总之,学中国画务须以写生为本,看画谱,读画论,不过供参考而已。专此奉复。

丰子恺

〔1940〕廿九年十一月十二日〔遵义〕

致姜丹书、姜书梅[1]（五通）

一

敬庐业师左右：

　　九月卅示今奉到。抗战以来，屡询尊址不得，正以为念，得示殊欣。承赠诗，满纸谐兴，足见近况佳胜，至慰。恺自廿六年冬空手去乡（时甚紧急，全家十人，皆空手逃出），家业尽成灰烬，幸一路平安，由江西、湖南、广西，直窜贵州，匆匆已三足年矣。回忆缘缘堂中光降之时，恍如一梦。不知湖上丹枫红叶室今无恙否？承惠润例，嬉笑滑稽，如亲謦欬，想见"生意"甚佳。后方不乏收藏鉴赏之专家，曾有人询及尊址，他日逢缘，当为介绍。恺流亡后曾为广西师范教师，近又在浙大授艺术教育，已二年矣。课暇亦研究绘事，但乏善可陈耳。丐师长子逝世，心绪想多不宁，晤时乞有以慰之。顺祝
居安

学生 丰子恺 顿首

〔约1940年11月，遵义〕

---

[1] 姜丹书（1885—1962），字敬庐，美术教育家，是丰子恺在浙江省立第一师范学校求学时的图画老师。姜书梅，姜丹书之子。

再，阅赠诗，有"闻子已开荤"句，确有其事，流亡后饮食稍稍变通，赴宴或与人共食，吃三净肉随喜，不似以前之固执吃素耳。但素食已久，早成习惯，开荤亦勉强耳。但家居照旧素食，近且有《护生画续集》与弘师合作，正在上海（丏师经募）付印。

各地小报多谣言，并不全然属实。附告。

再，临发又读来示，见有"摸摸光下颚"一语，恐又是小报谣言所传，恺胡须并未剃脱，一向保留，不知何来此谣传，甚奇。（廿七年春，浙地小报即有此谣传，可笑。）大约办报者缺乏材料，借口乱造，以引观听耳。以上皆小事，故向不声明。

二

敬庐老师：

承示大作《三友传》，已拜读，甚是钦佩。此稿凡明远旧友，必多爱读。惟目下国家急务尚多，无人顾及；他日承平，必被欢迎出版也。今由邮挂号寄璧，即请查收珍藏为荷。此致
敬礼

学生 丰子恺 上

〔1951年〕九月廿四日〔上海〕

三

敬庐老师：

来示奉到。弘一法师石刻像，曾经有人将石刻拓本或印刷品寄来，但都已纷失。现在只得将留稿寄上。阅后请便中寄还，

以便保存。尊著将出版，美术工作者幸甚。谨此奉贺。即致
敬礼

学生 丰子恺 叩
〔1956年〕十二月十三日〔上海〕

四

姜老师：

　　画像你条改细，很好很好，而且很像。不过直书"丰子恺敬绘"，恐不符实。因为我不会画细线，读者要怀疑的。鄙见请加"姜△△改作"字样，较为符实。不知尊意如何？

　　况且，您画的比我画的更像，所以我不敢掠美也。致敬。

学生 丰子恺 上
〔1956年〕十二月廿七日〔上海〕

五

书梅师兄大鉴：

　　弟旅游浙南，前日始返上海。拜读来片，惊悉敬庐老师已于六月八日仙逝，深为悼惜，但念老师服务美术界数十年之久，著述宏富，桃李盈门，此功绩自当永垂不朽。我客他方，未能亲奠，至深歉憾，尚祈节哀珍摄为要。此请
礼安

弟 丰子恺 顿首
〔1962年〕六月廿二日〔上海〕

诸师弟妹均此不另。

致《黄埔》周刊编辑 [1]

（上略）避寇日记，二三日内即续奉。今复加一"选"字，因见有许多篇，与贵刊不甚宜，故挑选其适于军界读者，以付贵刊，或较相宜也。（下略）

〔1940年，遵义〕

---

[1] 载1940年6月30日《黄埔》第4卷第16、17期合刊,题名为《附丰先生来信》。

致蔡慧诚[1]

慧诚居士道席：

一月间赐示早到。事冗久不复，至歉。画佛千尊今已满愿。但四方求者，已达千三百余尊，来函尚源源不绝。不得已，已在佛学半月刊启事，请额外求者延迟至秋间应嘱。宏法事业不嫌多，惟弟尚有世俗事务，为生活所必需，故不得已暂停。至秋间再宏佛法可也。藏香已蒙见赐，不当再受。今邮寄不便，逾觉难得。弟处尚余一匣，珍藏书箱中，不敢滥用矣。佛化家庭一书，诚近世家庭实典。来函谓近世所谓佛教家庭极少绝对奉佛者，大都与神鬼教互混。此言甚是。此乃未曾认明佛教真相之故。因此误认佛法为迷信一类之事。其实世间最不迷信者，无过于佛法。（连人生都不信。何况神鬼。）但世间能懂此语者，恐寥寥无几。足下致力于净业，今后如有出版，希望将"佛教最不迷信"一题多作说明，使一般似是而非之佛教家庭，知所感悟。弟常在自己家庭中向儿女解释此点，家人都能了解此旨，

---

[1] 载 1941 年 8 月 1 日《觉有情》第 44、45 期合刊，题为《复蔡慧诚居士信》。蔡慧诚，佛教徒，曾任《人间觉》半月刊《佛化新青年》(后改名《佛音月刊》) 编辑。

不做一切迷信事件。可见解释良有效果也。专此奉达，顺祝
净安

弟 丰子恺 和南

〔1941年〕三十年五月廿六日〔遵义〕

致性常法师 [1]

性常法师道席：

弘一法师生西电到，仆正束装上车，将迁居重庆。得电后即发愿重庆后，先画法师遗像百帧，广赠海内信善，托为勒石、立碑，以垂永久。今到渝已旬日，舍馆未定，尚未动笔，将来画就拟函告各地友好，请代为宣传。如有发愿刻石立碑者，即寄赠一帧。（或在福建、浙江、江苏、四川等处登报征求愿勒石者，必易满百帧，届时再定。）仆远居川中，未能得法师最后一见，至引为恸，但读与质平[2]居士最后一书："华枝春满，天心月圆"，则知法师往生，必异常安详，至为慰也。遗愿护生画集四册（法师曾欲刊护生画集六册，已出二册，尚有四册未出），仆但世寿稍长，必为续成。承寄示报纸，得知详情，甚感。质平居士寓址仆亦不知。最后墨宝暂为保藏，容后寄去。

---

[1] 载 1943 年 4 月 1 日《觉有情》第 4 卷第 15、16 号（第 87、88 期）"弘一大师纪念号之三"，题为《与性常法师书》。性常法师，福建南安人，弘一法师赠别号丰德，系弘一法师之律学学生。

[2] 质平居士，指弘一大师弟子刘质平（1894—1978），浙江省立第一师范学校李叔同的得意门生，音乐教育家，曾与丰子恺、吴梦非共同筹办上海专科师范学校。

匆匆未尽,即颂

净安。

丰子恺 和南

〔1942年〕十一月十七日〔重庆沙坪坝〕

致王质平[1]（二通）

一

质平仁弟：

信收到。仆于十一月六日安抵重庆，现居沙坪填正街二十七号。多蒙关念，殊深感谢。学校正在建筑中，诸事未上轨道，故甚烦忙。开年大约可以就绪。吾弟今冬毕业后，不知前程作何计划？仆有眷属留丙潮[2]兄处，吾弟有便，尚请随时照拂为幸。余后述。

即问

近好

小兄 子恺 顿首

〔1942年〕十二月五日〔重庆沙坪坝〕

二

质平仁弟：

观画得见新筑景象，至喜。他日有缘，定当一到，藉仰轮

---

[1] 王质平，生于1919年，丰子恺在遵义时的学生。

[2] 丙潮，指周丙潮，作者的表弟，他随作者一起从家乡逃难至内地。

奂也。画[1]已为代题，可随身带赴大学。孝思纯切，至可嘉许。余亦在此自建茅庐[2]，聊可容膝，但极狭陋，明年胜利将至，当弃此茅庐尚返上海也。即问近好。

小兄 子恺

〔1943年〕癸未八月〔重庆沙坪坝〕

---

[1] 指王质平所画的一幅家园景象图。

[2] 茅庐，指"沙坪小屋"。

致汪子豆[1]

汪林先生：

　　来书收到。承询各点，略复如下：一、中国纸均可，宣纸最佳。二、用狼毫。三、三十二开或十六开本。四、可。五、可。六、多作木炭石膏型写生。七、学字有助，但不必学我，可学章草。八、作画态度。九、二种修养：（一）学习石膏写生，（二）修养人生观。专此奉复，即颂

文安

弟 丰子恺 顿首

〔1943年4月，重庆沙坪坝〕[2]

---

[1] 此信为家人代笔，本人签字。汪子豆，即汪林，当时为一初中生，丰子恺作品爱好者。

[2] 信封上发信邮戳为4月18日发，寄达浙西开化县邮戳为4月20日。

致刘以鬯[1]（二通）

一

以鬯先生：

　　嘱写报题，今日邮奉，乞收。弟近来久不写文，因身体和眼力均不胜任。尊编副刊，弟暂未能投稿。以后如有所作，当再报命可也。即颂

近安

弟 丰子恺 顿首

〔1943年〕十月十六下午〔重庆沙坪坝〕

二

以鬯先生：

　　屡示，并蒙为拙展作文宣扬，深感美意。弟渝展闭幕后即去北碚，昨日始返沙坪。尊嘱为《和平日报》作稿，定当如命。惟此次订画者太多（两处达二百余件），故月内非埋头作画还债

---

[1] 刘以鬯，生于1918年，祖籍浙江镇海。当时任《国民公报》副刊主笔，此信中所述"写报题"即为该报题写报名。后任《扫荡报》(抗战胜利后改名《和平日报》)副刊编辑。

不可。十二月初，即得空闲，届时必有以报命，尚乞原谅。先此奉达。即颂

时安

弟 丰子恺 叩

〔1945年〕十一月十九日〔重庆沙坪坝〕

舍亲杨如深弟已抵浙，昨有来信。附及。

致黎丁、谢琇年[1]（七通）

一[2]

黎丁仁弟：

柳州信[3]收到。昨发一航平至桂，想亦收到。缘缘堂丛书已承开始刊印，好意甚感。但恐此"丛"不大，因旧稿不多也。今检点结果，目前可寄者只二种：

（一）《教师日记》。

（二）《艺术丛话》。

（一）是向未出版的，一小部分曾登昔年《宇宙风》，大部分未发表。此书一出，预料读者必多。因近年相见的人，识与不识，皆言"读过你的日记"。但须选校（及抄）一遍，大约费一二星期。（二）是良友（昔年）印的。（抗战后久已停刊。）良友赵家璧，昔年索去《车厢社会》及《艺术丛话》二书。今赵在桂复兴（懋业大厦），月前来此面洽，说《车厢》仍刊，《丛话》因分量太多暂不刊。其实此书内有很可观之文（如《大众音乐》、

---

[1] 黎丁，又名黄恢复，生于1917年，《光明日报》高级编辑。谢琇年，黎丁之妻。
[2] 载人民日报出版社1986年9月出版的"万叶散文丛刊"第3辑《霞》。
[3] 黎丁当时居桂林，因事去柳州，此信在柳州发。

《将来的绘画》《商业艺术》《艺术最近趋势》等文,颇有流传价值。)惟其中关于中国画论诸篇,太深,读者不懂,可删。可删分量约有全书三分之一强。一删之后,分量即不太多。赵家璧无诚意,我亦不谈删事。原来预备收回给仁弟刊印。此书我有一册,删改亦需时日,如健康,大约十二月中,上二稿均可寄你。先此奉告,以慰热忱。

此外,拉稿甚难。因写稿者都忙,且不可靠。刘薰宇[1]先生当校长甚忙,写稿无望。以后留意,如有机缘,当尽力代拉。

沙坪坝互生书店(朗西[2]太太柳静所开)今已收业,改开合作社。其余书店熟的没有。我意你有书运来,可交章桂[3]。或者由他代售,或者由他托别的书店代售,均可。章桂生长我家,犹似子侄,对我甚是忠诚,最可靠也。

元旦或元旦后,我要在桂举行展览卖画,画九十件,已有六十件寄联棠[4],托他代办。明知桂地卖画不利。然有作品余多,拟来一试,想总不致贴本。吾弟在桂年久,画展方面情形知否?如有忠告甚为盼感。即颂

---

[1] 刘薰宇(1896—1967),贵州贵阳人。曾留学法国研究数学。回国后历任上海大学附中、浙江春晖中学、立达学园等教员,并兼课暨南大学、大夏大学、同济大学。抗战期间于贵阳高中、西南联大任教。1950年起任人民教育出版社副总编辑。

[2] 朗西,指吴朗西,编辑家、出版家、翻译家。其妻柳静为丰子恺在立达学园时的学生。

[3] 章桂,为丰子恺祖上丰同裕染坊雇工,随丰家一同逃难至大后方。

[4] 联棠,指陆联棠,时任开明书店经理。

近佳

小兄 丰子恺 顿首
〔1943年〕十一月廿一日〔重庆沙坪坝〕

章桂尚未到。

朗西日内将来桂云。朗西与我为邻居。

二 [1]

黎丁仁弟：

五月十七信，至廿七收到，奇哉。嘱买游泳裤，昨到宝元渝，国货公司，华华公司，均没有。只得向旧货店搜求。现已托开明事务员代办，买得即用包裹寄上。崑水[2]去自贡否，未定（昨来信云如此）。

广州飞机，我托《商务日报》记者去探听，说已登记至八百八十号，每日送出平均十余人，你倘决定要走，立刻登记，二三个月可走。我行事亦受阻，亦想去登记飞机，因船舶极难得且多苦也。战事大约无甚阻碍，我仍思赴北平。

子恺 叩
〔1946年〕五月卅日〔重庆〕

---

[1] 载人民日报出版社1986年9月出版的"万叶散文丛刊"第3辑《霞》。

[2] 崑水，指刘崑水（1914—2000），当时在四川省立教育学院任职。

三

黎丁、琇年：

多年乖隔，得信甚喜。藉悉你家诸儿情况，至慰。……我数年来一向安好，只是上了三年八个月班，早出晚归。幸酒量颇好，回家一饮，万虑俱消。两年前忽患肺病。于是遵医嘱在家静养，直至今日，已入吸收好转期矣。陈宝与厦门人杨民望结婚，生一女一男。女在上海工厂当汽车司机，男赴黑龙江。陈宝编法文词典，民望整理唱片。一吟在五七干校已三年，离沪数十里，奉贤，听说不久即可上来，分派工作。华瞻在复旦大学，编英文词典。二女一男皆住我家。故家中颇不寂寞。新枚在石家庄华北制药厂，其妻在该厂小学当教师。丰师母曾到石家庄住数月，新枚自己租屋，颇自由。一吟的女儿小明，一向随母在奉贤五七干校，今已七岁，即将来上海入小学，书包已买好了。……我长期病假已两年余，天天在家，吃两顿酒，（仍是基本吃素，惟秋天必吃蟹。）只是患半边疯，右腿动作不便，行动困难。幸右手尚能写作，家居不患寂寞也。余后陈。即问近好

子恺 启

〔1972年〕二月二十日〔上海〕

再启：我今年七十四岁，除半边疯外，百体康健。丰师母七十六，眼病不断服药。耳稍聋。天天吃蹄髈。肚子吃得很大。其实不好。

四

黎丁：

以前信都收到。一吟已上来，在"人民出版社翻译组"工作，离此只十分钟步行，早出晚归。我们都好。我年登七四，而茶甘饭软，酒美烟香，不知老之将至也。在家养病已有三年，工资照领，受之有愧。

宋步云[1]是陈之佛[2]当艺专校长时的教授，我认识他，但久不通问。他的儿子我不认识。傅彬然年纪与我相仿佛，或许小一二岁，身体如此不好，真想不到。开明书店的创办人章雪村，三年多前已死了。两个儿子也死了。我的老朋友，现存者寥寥，虞愚久不通信。宋云彬，叶圣陶，不知如何，也久无消息。你倘知道，他日函便告我。昨今上海大冷，室外零下七度。我室内零上五度。手伸不出来，懒得多写了。问好

琇年均此。

子恺

〔1972年〕十二月十三日〔上海〕

附告：我的画集，已在上海发卖。《猎人笔记》[3]已在北京

---

[1] 宋步云（1910—1992），国画家、水彩画家和油画家。曾任中央美术学院教授、中央文史研究馆馆员等职。

[2] 陈之佛（1896—1962），美术教育家、工艺美术家、画家。曾任中国美术家协会理事、江苏省文联副主席等职。

[3] 《猎人笔记》，是丰子恺从俄文翻译的屠格涅夫著作，文化生活出版社1953年4月初版，人民文学出版社1955年11月再版。

再版。"毒草"似乎已消毒了。

五

黎丁：

　　他们把抄家物资发还我，非但没有缺少，反而多了些想不到的东西。其中有一扇面，是五九年写给你的，不知为什么也在内。现在寄给你，夏天可用。

　　近日求画者甚多，大约毒草已变香花了？我很奇怪。

子恺
〔1973年〕二月十六日〔上海〕

六

黎丁：

　　久不通音，大家安好。我足不出户，每日只是浅醉闲眠。全靠来客告诉我些时事消息。今天写信，希望你能在公余告诉我些新事：宋云彬、傅彬然等不知怎样。新疆的夏景凡[1]，久无消息，你也许知道。此外京中情况、国家大事，我也盼望知道些。

　　上海即将开书法展览会，我也出品，写了一副联："横眉冷对千夫指，俯首甘为孺子牛。"已在昨天的预展中挂出。

---

[1] 夏景凡（1921—1995），即夏宗禹，河南禹县人，丰子恺之晚辈好友。曾任《商务日报》《石家庄日报》《人民日报》《新疆日报》《新疆画报》等报社记者、编辑及主编。

老友极大多数死了。我七十五岁还是健在，可谓天宠。我经常吃素。奉劝你们也多吃素，少吃荤，可得长寿健康。丰师母眼睛不好，成了独眼龙，耳朵也重听。肉少吃，肚皮也小些。她比我大二岁，总算健康。顺问琇年及诸儿都好

子恺
〔1973年〕六月十五日〔上海〕

七

黎丁：

　　久不通音，不知你回北京否？你家诸子女都好否？念念。我一直安好，家人也都无恙。一吟是"积极分子"，在文学社[1]工作甚忙（搞日本文教科书）。我虽"长病假"，亦颇笔忙，各处要我写字，新疆国际飞机场的大幅中堂，前日才写成。我颇想知道北京诸人的情况。宋云彬、傅彬然、华君武[2]、王朝闻[3]、叶浅予[4]、朱光潜[5]、沈雁冰[6]等等，你能告诉我些，甚好。余后谈，顺问

---

[1] 文学社，应作出版社。

[2] 华君武（1915—2010），漫画家。曾任中国美协副主席等职。

[3] 王朝闻（1909—2004），雕塑家、文艺理论家、美学家、艺术教育家。

[4] 叶浅予（1907—1995），画家，擅人物、花鸟、插图、舞蹈和戏剧人物的速写等。曾任中国美协副主席、中国文联委员、中央美院教授。

[5] 朱光潜（1897—1986），美学家、文艺理论家、教育家、翻译家。北京大学教授、中国社会科学院学部委员。

[6] 沈雁冰（1896—1981），即茅盾。

你和琇年都好。

子恺

〔约 1973 年〕十一月廿六日〔上海〕

致熊佛西[1]

××先生：

屡蒙不弃，来示索稿，实因无文可作，屡负盛意，歉甚。今又蒙擢为《当代文艺》特约撰稿人，勉成一稿[2]，随函附上，即乞教正。弟已辞艺专职，一如抗战以前，闲居在家，通信址如信面上。新年弟集拙作在桂展览。由开明书店代办，届时尚请莅临指教为幸，即颂

大安

弟 丰子恺 叩

〔1943〕十一月卅日〔重庆沙坪坝〕

---

[1] 载1944年4月1日《当代文艺》第1卷第4期。熊佛西当时为《当代文艺》主编。熊佛西（1900—1965），戏剧教育家、剧作家。

[2] 指1944年1月1日《当代文艺》创刊号上所载《我所见的艺术与艺术家》，此文后改名为《艺术与艺术家》，收入《率真集》。

致华开进[1]（五通）

一

开进吾友：

示欣悉展览得好评，至可庆慰，今年尚望于写实方面及读书方面多用功夫，则二次展时，当得更好之结果也。仆病久，近始能作书，闻吾友将任教长寿中学，可得晤谈，甚喜。桂泉在此生活繁忙，闻吾友来，亦甚喜慰。叩问

近好

子恺 顿首

〔1944年〕一月十九日

二

开进：

第一画集寄到时，置余案头，友朋来访者，展卷观之，必终卷而后释手，甚至再展三展，或探询购求之处。因此，余函请开进寄书数百册来，代为托书店销售，以为友朋购求之便。今开进又出第二画集，予为作序，但望其多印多寄，以享我之

---

[1] 华开进，又名华退之，国画家。

友朋，别无他意也。

甲申〔1944年〕子恺

三

退之仁弟：

示欣悉。胜利来临，欢喜无极。但仆之归计，尚属渺茫。一则交通未畅，沪杭秩序未复。二则子女皆供职或就学，均须跟机关或学校同走。能随时动身者，只有愚夫妇及七岁幼儿三人。假使三人先走，故乡旧业荡然，（廿六年即毁）到沪到杭，须重新创家，倒不如沙坪之有一小屋可庇风雨。因此归期未决。然迟早必须回去，大约明春有希望耳。吾弟拟出蜀漫游，甚善。本学期总得教完？倘凑巧，或可同行。我邀你先游沪杭，尽地主之谊，亦乐事也。画件不知笨重否？倘可带，异日吾弟离嘉时乞便中带渝交开明可也。旧物无足深惜，视方便可也。

〔1945年〕九月十八日 子恺 叩

四

开进仁弟：

示奉到，内乱不止，交通困难，我东归暂缓，大约须春夏间可走耳。下期拟迁渝任教，当代为留意机会。惟冬假学校变动较少，不知有否机会，目下尚难预料。为妥当计，乐山方面暂不告辞为是。余后述，即颂新禧。

小兄 子恺叩 卅五年元旦

一月十一日，在渝开漫画展，不卖画，收门票作开销而已，附及。

五

开进弟：

　　信悉。梓翁前日已来渝，并到沙坪酒叙。彼对弟极好感，盼能来渝，此间如有聘美术或国文教师者，自当留意介绍。承代售一画，得四千元，此款当尊嘱由章桂代付，勿念。（章桂久不来，不知你托他卖的书，款都交付你否？倘太久不交，请去函催问。因我近来与他少来往，不明白他的事。深恐他拖欠你不付。因他近来生意不好，最近又好些了。）我最近无事，只等候早日返上海。大约明春可以回去了。即问
时安

子恺 叩
〔1946年〕五月十七日

　　再：前函收到，画三件被骗，乃是一件风雅佳话。倘捉住此骗子，我还想同他题上款奉送也。一笑。

致孙音[1]

孙音先生：

　　前嘱公开讲演，经弟再三考虑，似觉未可急行，拟请延缓时日。因弟来涪[2]不久，尚未熟悉当地人情，说话恐难中听。弟在此须留半月以上，请稍缓再定为荷。即请
原鉴

　　　　　　　　　　　　弟 丰子恺 顿首
　　　　　　　　　〔1944年〕三月一日晨〔四川涪陵〕

---

[1] 孙音，又名罗泗，丰子恺作品爱好者。
[2] 涪，指四川省涪陵县。

致夏宗禹[1]（三十四通）

一

宗禹兄：

今托裘经理送上洋四千二百五十元（850×5＝4250），乞代办棉絮五条，并乞代送粮食局邓局长，托其代运，俾早日到舍，藉御严冬。费神归时面谢。

此棉絮本拟将来亲自带回。忽忆邓局长常有便船，且曾面许随时代运物件，遂于午夜起草此书，嘱裘经理附送。另附一笺，可与棉絮同交邓局长。即颂

公祺

弟 丰子恺 叩

〔1944年〕十二月廿日午夜〔川北南充〕

二

宗禹兄：

弟今晨早发，刻已抵毛家坝投宿。今晨托裘经理送上一信，

---

[1] 夏宗禹（1921—1995），又名夏景凡，河南禹县人，丰子恺之晚辈好友，当时在四川南充花纱布管制局工作。后任《商务日报》《石家庄日报》《人民日报》《新疆日报》《新疆画报》等报社记者、编辑及主编。

并国币四千二百五十元，托买棉絮五条，并恳代送粮食局邓雨甘先生，托其觅粮船运送沙坪坝，想此刻早经送到，费神至感。弟明日可抵南部，后日可抵阆中。有兵队同路，约有数百人，皆武装，不啻弟之卫队，一路可保无虞。

再者：裘君年轻且寡学。今后或来相扰。望勿过于轻信，因弟亦不详悉其性行，深恐有渎也。专此奉洽。即颂

冬祺

弟 丰子恺 于途中

〔1944年〕十二月廿一下午六时〔川北毛家坝〕[1]

三

宗禹兄：

霜晨握别后，弟在蓬溪逗留旬日，前日始返沙坪。到家三日，即遭家岳母之丧。此老人年七十五，向住贵州。独山告急时仓皇来奔，不胜路途风霜之苦，到舍即病，前日在舍病逝，此亦间接死于炮火者。近为丧葬甚忙。今已安顿。心身甚疲。草草执笔道候。在南充时多蒙厚谊，铭感不宣，余后再陈。嘱画亦日后报命不误。即颂

时祺

弟 丰子恺 叩

〔1945年〕一月廿七日〔重庆沙坪坝〕

---

[1] 毛家坝，在四川西充县与南部县之间。

太夫人[1]均此问好。

四

宗禹兄：

　　今后我们通信，请用白话，好否？原因是：(一)我一向主张白话文，惟写信时仍旧用文言，常常觉得不该，而始终不改，请从今改。(二)写信用文言，是为了对方生疏客气，不便"你你我我"，必须用"先生"，"足下"，"弟"，"仆"一套。现在我与你已很亲熟，将来或许关系还要亲密起来，所以应该用白话通信，比文言亲切些。(三)你原是新文学时代的青年，只因如你所说，在南充住了三年，与老成人交往，学了老成气，故写信用了文言。我表面虽是老人，心还同青年一样，所以请你当我是青年朋友，率直地用白话通信。(四)还有一个更重大的原因，我希望你更加用功文学，而用功的必须是白话文学，(古书当然要多读，但须拿研究的态度去读，不可死板模仿古人，开倒车。)白话文学注重内容思想，不重字面装饰。(反之，文言往往内容虚空，而字句琳琅华丽。)这才真是有骨子的文章。我们就用这种文字来写信，岂不痛快？因上述四个原因，我主张和你以后用白话通信。不知你赞成否？

　　别后已经二旬，不知你南充的事有否结束？哪一天奉母迁北碚履新？重庆天气已正式入夏，今天寒暑表上九十度。前几天曾经到过九十五度。我前日入城，为了开明书店开设计会。

----

[1]　太夫人，指夏宗禹母亲。

叶绍钧由成都来到会,巴金、茅盾也到。外客一共就是我们四个,其他都是本店人。开会,无非是商量些"生意经",我很不感兴趣,乘此机会同叶君见见而已。

傅先生[1]又同我谈起王鲁彦[2]遗著问题,他的意思,要顾到两方面互利,才肯介绍。我的意思,终嫌此书成本太大(连买纸版,须费一百五十万),不应教新开小书店出版。这件事后日再谈,目下可以不复。

我六月十日后拟出门一次,到隆昌(汽车,青木关去一天)。为了立达学园(昔在上海,我是创办人,现在我是校董)二十周[3]纪念,要我到到。同时,我带些画去,想在隆昌开一画展,收些回老家用的旅费。天这样热,出门相当苦,但不可避免,也只得去走一遭。至多出门一个月,于七月十日左右回家。或者不消一个月。你来信,只管寄沙坪,华瞻能按时转递。倘寄隆昌,恐反而收不到,因为日期不定,且我或许再到荣昌逗留,在路上行止没有预定。

我忽然想到,说不定我没有还家,你先到重庆来,到沙坪看我。那时我家里的人自会招待你,因为他们对你,不比对普通来客,就同主人在家一样招待你。请你也不要见外,就同到自家一样,最好。你的文选,和武经理[4]的书法,我用纸包好,

---

[1]　傅先生,指傅彬然。

[2]　王鲁彦(1901—1944),乡土小说家。丰子恺之好友。

[3]　二十周,指二十周年。

[4]　武经理,名子章,书法家,当时任中央银行南充分行经理。

放在你曾经睡过的小床上面的板上,纸包上写"宗禹寄存文选"字样。

我出门以前,还要写一篇文章,是良友公司托我的,题目叫做"我的良友"(他们用这题目,请国内各文人大家作文,集拢来出一本书,真是会做生意)。我本想老老实实,写几个好朋友。左思右想,觉得难于下笔,因为良友虽有,选择也很难。况且人是多变的动物,没有盖棺,就难得定论。我不便写真的人物,我想出一个调皮办法,写四个"良友":烟、酒、茶、留声机。虽然玩世不恭(有看不起世人的嫌疑),但也别无办法。前天我问茅盾,他说他写了一个已死的好友。他问我,我说预备写烟、酒、茶、唱机,四良友,他羡慕我的办法好,说是"取巧"。老实说,我的确看不起世人。古人有"科头箕踞长松下,白眼看他世上人"的,我有时也常以白眼看人,我笑世人都很浅薄,大都为名利恭敬虚度一生。能看到人生真谛的,少有其人。我所崇拜的,是像弘一法师的人。本来可以写弘一法师,但他是我老师,不便称为"良友",因此索性不写真人了。

出门以前,还有约十天之闲居,阿宝、软软(就是在浙大毕业的三女)、华瞻,找饭碗,都还未定。但也顾不得许多,只得听其自然。听说他们的先生很器重他们,他们已经托先生留意饭碗。想来不致毕业后赋闲。就是我范围太严,要他们在沙坪(至多重庆)供职。因此事体难找些。若是外埠,就很容易找。我为何如此?因为流亡八年,为子女费了许多心,长了许多白发。今已大学毕业,而胜利已经在望。我希望大家团聚,多得相见,也是一种安慰。虽然明知这是一种痴想，但不能避免。古人诗云："满眼儿孙身外事，闲梳白发对斜阳。"只有白发是自己的，爱怜子孙，实是痴态，可笑。手酸了，日后再谈。

子恺
〔1945年〕六月三日〔重庆沙坪坝〕

代我望望老太太

五

宗禹兄：

六月六日信，今日收到。我患牙痛，吃了两天苦，决心去拔，拔了三个，痛就停止。现在饮食照旧。不过少了三个大牙，咀嚼能力差一点。好在我不吃肉，不吃鸡，只吃豆腐鸡蛋，本来用不到许多大牙。内人因见友人之妻从贵州远道来此装牙（拔去十余个，装全口），她本来牙齿无多，就也发心拔牙装牙。今已完全拔光（也拔了十三个），过二十天，可以装一口义牙。那牙科医院就在沙坪坝横街，是美国经费办的，相当有名。其中两位技术最高的牙医，是我的读者，要我画，就非常巴结。因此愚夫妇拔牙经过，均极安好。而且出费极廉，拔费均不收，装全口只花四万元。你来信想象我家二人苦牙患，情形一定暗淡，其实并不，还是唱戏，吃酒，同平常一样。我牙痛二天，常开留声机，精神集中在音乐，便可暂时忘了牙痛。此乃关云长下棋刮骨疗毒之法。拔牙的一天，停止饮酒，第二天就照旧。多蒙你挂念，心甚感谢。

南充画展近讯，甚是奇怪。怎么竟有百比一，七十万比八千之结果？我闻此消息，更加深信，今日展览、卖画，全是畸形怪状。此事与艺术其实全无关系。为"利用"或为"交情"而定他一幅，岂不与画全无关系？老先生[1]行年七十有五，尚须与人争长，而碰此钉子，我对他非常同情！但此于老先生之艺术价值全无损害。画价与艺术价值，完全是两件事，毫无关系，在今日尤甚。此老笔力遒劲，其作品在艺苑自有价值，可垂不朽。见时望以此言慰之。（我究竟不会写白话信了。写到这里，忽然变了文言，哈哈。）

我也告诉你一件笑话：前日（六月九号？）《中央日报》集纳版载："全国大学国文考试丰子恺令媛得冠军"，题下又云："名画家丰子恺之令媛丰华瞻得冠军奖……"他们认为华瞻是女。报纸到时，大家哗笑。次日华瞻去信《中央日报》更正。其信中有云："鄙人乃丰子恺先生之子，并非'令媛'。贵报所载，想系传误。特请更正。此事本无必要，惟恐迷离扑朔，引人误会，或将使男同学投情书于我，而女同学与我绝交，故奉渎耳……"倘此信登出来，又要引人发笑。此考试乃三年前事，我家只华瞻一人参加。侥幸获得冠军，得教育部长奖状一纸，及奖金六百元（三年前有用，今日已只能买糖果半斤）。考的文题，听说是关于青年十二守则的。此题我想做不出好文章来。华瞻的冠军，完全是偶尔侥幸而已。姐弟们要他请客，他把这六百元去买了十个烧饼，一大碗酒酿（土名醪糟）。一下子吃

---

[1] 老先生，指戴石樵，精工山水画，开画展时订购少，仅卖八千元（伪法币）。同时有一个不很高明的画家，到处拉关系订画，却卖了七十万元。

完了。

　　我定于六月十五日（端午后一天）出门。由此坐滑竿上歌乐山，到青木关。到青木关农民银行友人处小住。此友人名俞友清（江苏人），平生爱收集"红豆"（即相思子）。国内各地红豆，彼均收集，自号"红豆室主人"。战前当教师，即与我通信，要我画关于红豆之题材。战后改行，做了银行主任，但红豆癖不改，亦难得。此次他知我到隆昌参加廿周纪念，又开画展，要我到他行中小住，即在行中预展，已准备一切，我也欣然从命。青木关预展是意外之事。可见世事随缘。

　　立达学园廿周纪念是六月廿四日。我返家当在七月初。但亦未能预定。不知我与你谁先到渝？也只得随缘了。

子恺 上

〔1945年〕六月十一日下午〔重庆沙坪坝〕

六

宗禹兄：

　　信由华瞻转寄到此。欣悉种种。我终于到了隆昌，是六月十五离家，坐滑竿到青木关，友人（汽车老板）送我上车，半天安抵隆昌，路上没有吃苦。炎夏旅行，你信上为我担心，我自己也非出本愿。只因立达廿周纪念，其校长拿"包办画展"来诱我走。结果我真被诱走了。（倘无画展，我决不来。没有一个校董冒暑到校，除我一人而外。）幸而一路安适，且画展确由学校包办，我毫不操心。定六月廿三至廿六，展览四天。成绩如何虽未可知，但有人包办，总不会太坏。展毕，廿周纪念会毕，我就同这校长（廿年前一同办立达的老朋友[1]）一同到成都（约七月初），去参加国际救济会的手工艺讨论会，同时总算到一到成都，明年返江南就可无憾。回家约在七月二十左右，至迟七月底。此后可在家悠然度岁，秋凉就可到北碚来望你。（想雇木船，多来几个人。）此信到时你或者即将离南充赴北碚了。关于书店，我意思还是不办。《大公报》所载，确是实情，（纸张、印工飞涨，而书价不能提高。）同业均叫苦连天。你又何必自讨苦吃？我日内去信，当把我劝你作罢之意告诉傅彬然先生。那么，王鲁彦遗著出版之事，就可推却了。纠本倡办事业，我也赞成。但办书店，不是这当口，应该作罢了。

你有鹅送我，很好。但携带不便，不如就近转送武经理，他可效王羲之"书成换白鹅"也。我想你夏天搬家，也是一件苦事，还要带鹅，毋乃太苦。

你祝愿我的白发可以转黑，使我心中感激。虽然实际上不能转黑，有人如此祝愿，就比转黑更慰安了。"谁道人生无再少，君看流水尚能西"（东坡句），古人也曾作此自慰之语。可见人生真是可悲的事！人情如此绵长，而人寿如此短促，天公真是恶作剧！这话对青年人讲，好比向炭火上浇一桶冷水，实在不应该。好在你是对人生早有深切理解的人，想不致因此消沉也。你迁定后，给我一信，交华瞻转，或直寄"成都祠堂街开明书店"。

---

[1] 老朋友，指陶载良，生于1898年，江苏无锡人。一生从事教育事业，曾与丰子恺等人同在浙江上虞春晖中学任教。1925年与匡互生、丰子恺、朱光潜、刘薰宇在上海创办立达学园，后期任校长。

(但以七月十五前发为限。)即问

行安

子恺 上

〔1945年〕六月廿一夜于隆昌

代我望望老太太

蜀游途中得双红豆寄赠宗禹

相隔云山相见难,寄将红豆报平安。愿君不识相思苦,常作玲珑骰子看。

〔1945年〕乙酉六月

子恺 于隆昌

七

宗禹贤弟:

读来信欣悉你们已安抵北碚。我于七月十二到成都,老友新朋,应酬甚忙。今日返店,忽见武子章留名片,他住四川旅行社,我明晨定去访他。我未到上二天,《新民报》上已登"欢迎丰子恺先生"的文章,到后又发消息,因此访客甚多。此间沃野千里,灯火万家,大类上海南京,几不知有战事。我约七月底返渝,正在办飞机票,如成功,八月二日飞渝,但无把握耳。忙中匆匆具复。"诗婢家"册页,我原欲多买回家,白纸扇亦要买。到家再寄送或面送你。祝你们新居安适。

小兄 子恺 启

〔1945年〕七月十四夜〔四川成都〕

"诗婢家",非诗百家,乃汉儒郑康成古典。(郑家有婢皆能诗,成都"诗婢家"主人姓郑,故取此名也。)

八

宗禹仁弟:

你的病,莫不是在我家受了两夜蚊攻而起的?其实有小方蚊帐,临时装设甚便。主母不在家,一切无头绪。他们拿圆帐给你用,使你受了蚊攻。病或因此而起?好在你本钱大,小折亏不在乎此。现在想早已复健。新枚于前五六日下山,骨瘦如柴,而热已全退。此病[1]死里逃生,可怕可怕。现下努力营养,一日吃八九餐。昨天已能作小步行。想再过五六天可以复健。鲍先生[2]于你去后一日来告别。我托他到上海,先给我租屋。(并给他介绍信,请上海开明代我付租屋费用。)因故乡已成焦土,无家可归,只有暂作海上寓公再说。中共[3]纠纷,讨厌之至!但我料不致用武,对我们归计,不会妨碍。

你有何准备?局停止后,任职如何?离川先赴何处?如能与我们同赴上海,至好。陆先生[4](拉胡琴的)决定与我同走。他八月底辞金陵春餐馆,将赋闲,直至返乡。(他说已有十六万积蓄,独身者不怕赋闲,正可练习写字拉琴,此人清高之至!)

---

[1] 丰子恺幼子新枚(时七岁)患乙型脑炎,去歌乐山治疗。
[2] 鲍先生,指鲍慧和,作者抗战之前蜗居嘉兴时所收的学画弟子。
[3] 中共,指国共,即国民党与共产党。
[4] 陆先生,指陆剑南,当时常来丰家为丰子恺女儿唱京戏时操琴。

华瞻"因福（胜利）得祸（新闻处停办）"，现正向盟军善后救济会谋事。大约不日可定。我的意思，索性不找事，直至"双十"左右（沪渝交通妥便之时）我同他先返，即上海觅职（反比现在觅职自由），觅屋。然后我再返渝，同眷东归。日后再行决定。

昨天，陈宝生日。晚上在院子里"打牙祭"。外客只有陆先生及匡小姐（我的老友[1]之女）二人。果然是"新秋月正圆"。大家兴趣很好。黄昏附近小朋友来集会，一吟教她们唱歌跳舞，直到十时余始散。慕法正在招考，此次没有来。沙坪小屋，寿命已不久。临去秋波，格外可爱，反觉依依不忍去了。余后谈。即问

近好

小兄 子恺 叩

〔1945年〕八月廿三日〔重庆沙坪坝〕

老太太均此问候。

附赠近作一张。

九[2]

……

是完全没有趣味的，你"旁观者清"。热中的人反而有偏见。

---

[1] 老友，指匡互生（1891—1933），五四运动天安门大会和会后游行的三位主要组织者之一。1924年受聘于浙江上虞春晖中学任训育主任，后到上海与丰子恺、朱光潜等创办立达学园。

[2] 此信为残简。

我觉得，要取演戏的态度去参加，才是有价值的行为。真正变成了一个"官"，实在是堕落。不知你意以为然否？

中秋将近，炎热未退。今天93度，我腹泻到今未愈，且胃口坏极，全不思食。有人说，此病流行，无以名之，名之曰"重庆病"。

华瞻觅职事仍未定。华侨银行款44万，仍未付（据说迟早要还，但不可信）。这总算是胜利带给我的两点小小的损失。漫画200，草稿已完，明日起可以涂墨，大约月底可完成，十月上旬可裱好。展览如何，以后再定了，顺祝

近好，并欢迎老太太游渝。

小兄 子恺 叩
〔1945年〕九一八〔重庆沙坪坝〕

十

宗禹仁弟：

此刻想早安抵碚寓。附上成都来信，乞收。吴朗西今日来此，言在碚访吾弟不遇，盖文驾正在渝也。吴即日赴蓉转阆中为文化合作社集股云。我画上色彩已成一半，约十月七日可完成。渝展日期地点则未定也。后再告。顺祝

时安

小兄 恺 叩
〔1945年〕十月四日夜〔重庆沙坪坝〕

太夫人均此。

十一

宗禹仁弟：

昨转寄快信，想已收到。你家的鹅也遭殃，真是同命之禽！不知医疗后能否活命，以后来信告我。

江苏同乡会的确不成样，今日欧阳君来，他也不赞成，他要为我到精诚堡垒[1]一带（商店或银行）设法（最后，取励志社）。我已把全权交他，此人很热心。可见你的见解与我们相合。

画已成百分之九十五，明天一天即可完工。"双十"付裱，已与裱家约定。我何日到北碚，现在尚谈不到。

你将来奉母游历沿海，此真是孝心。你的母亲也真是一个慈母。人生幸福，无过于此。我是抱风木之悲的人，对你感到嫉妒。

即问

近好

小兄 丰子恺 叩
〔1945年〕十月七日〔重庆沙坪坝〕

十二

宗禹弟：

正欲写信给你，忽得来书。你将乔迁职务，确定后望见告。能到重庆，最好。家仍北碚为是。因城中近来房屋还是拥挤，有人说比前更挤。

---

[1] 精诚堡垒，重庆一著名街头雕塑，即今解放碑。

我画展事，已由友人代定两路口社会服务处客厅，（地点不及都邮街好，但也算了。）七天一万八千元，不贵。不过地点不及励志社。但别人已为我决定，我就随缘了。日子决定十一月一日至七日。（十月卅一日登报。）我自己就在该服务处租二个房间，住在里面。励志社本月底移交新运会，故下月初之事，暂不接受，不得已而找两路口也。来信言不出租金的地方不好，我也如此想，将来报谢，反而麻烦。

　　华瞻的老师（中大文学院长）要他到北平图书馆供职（当对外国文牍，在两路口，将来回平），正在接洽中。我已决定十二月内要他陪赴下江旅行[1]，他近日正在埋头翻译，心思已定。忽然得此消息，心思又不定起来。本来可以谢绝。但一则老师的好意不便辜负，二则华瞻虽已心定，究竟"服务欲"强烈，又为动心，故去接洽。我想成功也好，不成功也好。一切随缘。近日颇沉寂，因绘事已毕，（画精选二百，已付裱。）无书可读，天又降雨。昨日到慕法家去玩玩，吃了夜酒，坐车回来。看见小龙坎车水马龙，不禁回想起上海来，渴望早归。但我家恐迁北平的可能性多。不过上海一定要先到一到的。余后述。即问时安。

　　老太太均此问好。

小兄 子恺 叩

〔1945年〕十月十六日〔重庆沙坪坝〕

---

[1] 此行后未果。

十三

宗禹弟：

　　昨发奉一信，今又接来信。鲍夫人[1]已东返，甚好，因我家何日走尚渺茫，深恐不能带她们。劳你远送，足见推爱之诚。可人[2]兄所还之画，乃昔年为西安展而作，笨重难带，将来我到碚取回可也。倘你欢喜，就存你处，免得我带了。励志社十月底移交新运会，故十一月初不能做主租与我。而我所托的人，去问新运会，他们因初接收，未定办法，亦不成。因此改定了社会服务处。我想一日至七日在社服处展览，毕后再迁"精诚堡垒"一带，那时励志社肯租最好。来信言都君在碚展览颇拥挤，那么十一月后半月我来碚，也不致冷落。惟两路口地点不好，渝展恐成绩不会好耳。余后述。

小兄 恺 叩
〔1945年〕十月十七日〔重庆沙坪坝〕

十四

宗禹：

　　廿一夜信，今日（廿四上午）收到。款等你来再作道理无妨。我这四天，做了一架"造画机"，上午八时至下午五时，埋头作画，一日产生四十余张。（但未上彩，上彩亦需一倍时间，故只

---

[1] 鲍夫人，指鲍慧和之妻。
[2] 可人，指鲍慧和的连襟钱可人。

能说每日成二十余张。）写此信时，已将所订画一百五十件（共一百六十余，有十余已取去。）墨稿画完。明天（星期）休息一天，后天起再工作三四天（上彩），即可完成，交开明待领。做"造画机"味道真不好。但无可奈何。唯一的慰劳是"吃鸦片"。（外人看到此信，请勿误会为真鸦片，乃横躺床中看书之谓。）不知你近来"吃"不"吃"。这行为有些腐化，不振作，像你的青年，大约不会"上瘾"，前日陪我吃吃而已。

你来信要我们安心，说了许多痛快的话。我读后对于你的人生观，愈加赞佩。安心却不容易。（尤其是老妻，她对你十分抱歉，而想不出赎罪之方。[1]）你"提得起，放得下"，而我们都有些放不下。比较的，我能放下。因为你的人生观（临事镇静，不颓丧，不失望）与我有些相同。八年前家破人亡（出亡也），率老幼十余人飘零数千里，我非但不曾发愁，而且每天饮酒取乐，以慰老幼（《教师日记》上曾记载一部分）。这点精神，你我是共通的。这叫做"大丈夫气"。我前信用此语赠你，并没有不妥。然我始终相信"缘"的神秘。所以堂也取名"缘缘"。人生的事是复杂的，便是因为"缘"神秘之故。速成未必可喜，磨折未必可悲，也是因为有"缘"在当间活动之故。此语意味深长，倘一时不信，时间会证实它的可靠。

出洋之事从缓，先向中国实业圈一走，也是办法。十二月初到渝，家暂不迁，甚好。待在渝觅得相当住屋，再接老太太迁来。是为至当。我也想离沙坪入城过几个月，如能合居，共数晨夕，

---

[1] 指作伐未成之事。

真是大愿！十二月初，我当扫榻相待。

邵恒秋[1]先生能得扬名，也算此行不虚。邓义舫宜其失败。"君子可欺以其方，不可惑以道。"我虽受欺，吃亏的还是他自己。吉林路十八号[2]竟有人来借结婚礼堂，真是笑话。柳先生、尹君书画展[3]不知情况如何，函便见告。柳已迁入城中，住神仙洞街一四一号（即尹瘦石处）待船返沪。

交大下月迁沪转平。走的人还是有。内战可恶，我近日不管，免得受气。城中续展，拟待元旦，沙坪会场不空，亦需元旦后举行。有一个月休息。傅先生还未走成。红豆室主人俞友清先生亦未走成。行路真难！顺祝时安。

老太太均此问好。

小兄 子恺 叩

〔1945年〕十一月廿四午〔重庆沙坪坝〕

十五

宗禹：

昨别后到保安路吃冰琪琳，恩狗说："夏先生太苦了，没得吃冰琪琳，还要坐电影院。"五时半安抵沙坪。你信今晨收到。太慢了。陆先生今日回来，言无线电[4]有人要，但问卖价若干。

---

[1] 邵恒秋（1916—2006），当时为青年画家，丰子恺曾为他题画。
[2] 吉林路十八号，指北碚夏宗禹住宅。
[3] 指柳亚子与画家尹瘦石在重庆联合举办书画展览事。
[4] 无线电，即收音机。

我不能答。他叫我写信问你。你看如何答复，便中告我。《战地钟声》摄影技术甚佳，内容我未看完，不能批评。你在城如觉烦乱，而无事可办，不妨随时来沙坪休息。小榻一具，明灯一盏，随时在等待你。余九日上午十时在李兄[1]处面谈。即问
近好

子恺

〔1945年〕十二月五日午〔重庆沙坪坝〕

十六

宗禹：

你连日游玩，告别北碚，并大卖家具，整装迁居，想必甚劳，但不知何日动身。姑且寄此信，同时又寄开明一信。两者之中，必有一信可收到也。（你到开明，请向章雪山、赏祥麟[2]二君领取邮信。我已托二人代收也。）

我十四日入城，接收蔡先生[3]屋，甚满意。住了三天，昨日返沙。（租金送五万元一季，强而后可。）并托蔡先生，你母子二人到时，如凯旋路未空，则暂住我室。（门有二钥，一在我处，一在蔡太太处。你向蔡太太取钥可也。）蔡夫妇均贤能，必极诚招待。（屋内用水，即向楼下厨房内找老瞿取。此厨房是潘

---

[1] 李兄，指李铁华，木刻家，当时在中苏文化协会工作。

[2] 章雪山当时为开明书店协理，赏祥麟为开明书店重庆分店经理。

[3] 蔡先生，名蔡绍怀（1913—2007），号介如。致力于国学研究，曾任圣约翰大学、沪江大学、大夏大学等教授、教务长。上海文史馆馆员，是丰子恺的至交。

鼎新家的。但蔡与潘约定——租约之一,凡屋内用水,均归潘供给。故我们有用水之权。我已买一便桶在房中,有人天天倒,你们可使用之。)

凯旋路屋租,章雪山来信,说全部二幢三层,(共六间,上二间最好,下面四间无窗,只作栈房。)每月四万八千元。你住上二间,房金如何分派,叫我第三者代定。他说"本店不在这上面打算,故多少不拘",如此,只得等你迁入后我们再议一公平数目。

续展已决定如下:一月五、六日沙坪展。两天。一月十一至二十,江苏同乡会展,共十天。房金已付清。不再改变。(江苏同乡会每日三千元,十天三万元。沙坪每日四千元,两日八千元,均已付清。)今后尚有半月余之闲暇也。到渝盼告我。即问行安

子恺 启

〔1945年〕十二月十七上午〔重庆沙坪坝〕

同样一信寄开明。

十七

宗禹:

我有同样一信寄北碚。想你已走,故此信寄开明。

我十四日入城接收蔡先生屋,付租金五万元(一季)。屋甚满意,我住了三天,昨日返沙。我托蔡先生去扫,你母子来时,倘凯旋路未定,请先住我屋。(我至多每周用一二天而已,平时均空关。)门有二钥,一在我处,一在蔡太太处,你向她取钥可也。

蔡夫妇均贤能，必极诚招待。热水可向楼下老瞿（工人，江苏人）取用。我已买一便桶，放在房中。并托人每日来倒。你与老太太即可使用。凯旋路屋，章雪山先生来信，言全部（三层二幢，共六间）月租四万八千。上二间较好，你用上二间，租金多少，叫我"第三者"代定。又说"本店不在此打算，故请随意决定，不计多少"。如此，只得等你住入后，我们看一看公平定价可也。

续展已决定如下：一月五、六日沙坪二天。一月十一到廿日，江苏同乡会十天。租金已付清（沙坪每日四千元，共八千元。江苏同乡会每日三千元，十天共三万元），故不再改。今后尚有半月余空暇。你到渝来信告我。

子恺
〔1945年〕十二月十七上午

十八

宗禹仁弟：

小杜[1]带来信、南充麻油及冬菜，及存折，妥收。存折无须拿来，只得见面时交还你，暂存我处。小杜来得正好，沙展即交陆与小杜二人，我可在家烤火了。陆先生比小杜迟一小时到，说到你家去了好几回。讲了些蔡先生怕老婆[2]的情形（陆即宿在来龙巷，故知）。然后提及，"精诚堡垒"觅屋之事失败。正如你信所说，多是"关系"得来。此事决定作罢，决照原定

---

[1] 小杜，名杜世贵，夏宗禹介绍到丰家的工友。

[2] 指怕已离婚之前妻。

在江苏同乡会。我对画展,十分消极,不得已而为之耳。故入城奔走找求"关系",认为一大苦事。因为消极,故对成绩好坏,也只得不计较。好在有陆和小杜经常住在七星岗,我自己不到场也无妨。尽可在来龙巷或凯旋路或开明闲玩闲谈。我不承认为开画展而入城,只当作入城闲玩十天。

陆先生说,陈时言"造反"[1]。看你的信,似也不久。这样,七号我一定派小杜到你家。不过十一号起还要他帮。我们想有二个工人,故倘你不需要他(小杜),我很想长留他在此。(以前陆先生宿在此,就不便用二工人。今陆已迁住中渡口华西造纸厂了。)不过你如缺人,我不强留他,用一个老唐也行。

你离南充已久,我们还得吃南充东西,真是胜缘不断。此物代价,七号我交还小杜。这该是我托他买的,因为你并不住在南充。

写到这里,《新民报》的总务主任李性良(此人很可友,我早认识的)来访,拉稿子,(我一定给他。此报甚好,以前因无人来拉,我不自动投稿耳。)并许代登广告打八折。他说,"江苏同乡会地点很好"。(他说晚上有电灯,故无碍。)这样一说,我就安心听命了。

今晚陆来布置,一切已准备好了。

华瞻看见之佛[2],听说成都画展很好,卖了三百多万。但是四年心血结晶品都卖光了。他很俭朴,有了这笔钱,复员费就

---

[1] 当时在夏宗禹家帮工的人不干了,陆先生戏言"造反"。

[2] 之佛,指陈之佛。

够了。也划得来。

子恺 启

〔1946年〕一月四日晨〔重庆沙坪坝〕

十九

宗禹仁弟：

兹有浙大校友钟、张、昌、宋四君（另附履历），因原任萃文中学迁回安徽不带走教师，故欲在渝另觅教职。范中阳先生为潼南县中物色教师，如未有定，此四君均可推荐。今特请其持函前来面晤。乞转请范先生谈洽可也。顺颂

冬祺

小兄 子恺 叩

〔1946年〕一月廿五日〔重庆沙坪坝〕

在城十余日，归来甚疲，今日始恢复。之佛册子已送来，今托来人带奉。鹅前日起生蛋，隔日一个，已生三个。你前所谈事结果如何？念念。内子等游南温泉，时在阴历正月初，阴年前不再有人入城矣。

二十

宗禹：

今夜我们吃旧年夜饭。慕法一家冒雨来到。我料你也许会来，更加闹热。正午接到你快信，知你已约阆仙[1]，年前不会来了。

---

[1] 阆仙，指蒋阆仙，从事新闻文教工作，曾协助丰子恺在四川阆中开画展。

写告诸事如下：

（一）官家事总免不了官气，忍受些，利用他们一下，也是"枉尺直寻"之计。不求必成，且静候其答复，听其自然可也。

（二）太夫人暂返西安，等你到得下江，事业有头绪后，再接请来。也是办法。令兄嫂皆孝顺，你可放心。老太太为你前程计，亦必欣然就道。行期迟早，我以为无甚关系。你不须顾虑太周到。我想，不会有人笑你因赋闲而抛弃母亲的。因为有兄嫂来接。照普通家庭办法，老太太跟兄嫂是常例，跟你是特例呀。

（三）二工人既日常在店中，（工资亦不给，我到城再说。）你自任"工人"，毕竟太辛苦且不便。年初叫小杜到城，如何？小杜前日，实因画展时饿了十天之故，并非全然不能吃面，况你短期，我自对他说妥，叫他暂来帮你。我这里很得用他。他暂去几时无问题。

（四）送张纯一[1]老翁画，我想向蔡介如先生处箱中寄存画（共有字画十余件）中取一幅"唯有君家老松树"（裱好的）较为好看。因近来为还画债，笔已画腻，强画不好看。不过该画须等我入城题款。

淫雨送岁，日伏小屋中还画债，无聊之至，反有一种"荒村苦雨"之诗趣，他日回想，当更美化。昨日欧阳来，送来国币廿五万。（共四十四万，前收五万，今收廿五万，尚欠

---

[1] 张纯一（1871—1955），清末秀才，哲学研究者，先秦诸子、佛教、基督教研究专家。

十四万）虎口余生，倘来之物。不知你的损失有否捞回若干？我们可谓"同病相怜"[1]。余后述。即问

年安

子恺 顿首

〔1946 年 1 月 31 日〕旧历廿九日

〔重庆沙坪坝〕

二十一

宗禹：

　　今日七人入城，他们各人各志，看戏的看戏，游玩的游玩。听其自动，你不须招待。铺盖由小杜担走（小杜即在城帮忙数天），已够用，你家多客，不须分借亦可矣。我与老唐二人在此守家。我乘此机会，还清画展笔债（上彩，付邮），亦是各得其所。前晚有话未完：万一你此次所谋不成，我们大家把家庭安顿（你送回老母，我将诸人分别交托），我与你二人以重庆为起点，漫游中国，直至京沪平津。教画展担负旅费，必绰然有余。到京沪或平津后，你可从容选择职务，安定后再接老母出来。我亦可觅得卜居之所，实为两便。途中多看社会、人物与风景，增我们的见闻，却是一大收获也。——此为你的最后退步。有此退步，你近日不必心焦。万事听其自然。总之，我是你永久的同情者，我确信你前途光明。不过，在另一方面，我劝你理想不可太高，处事不可太认真。因为社会总是这么一个社会。理

---

[1] 指当时中国银行因货币贬值而使客户大受损失一事。

想太高，处事太认真，徒然多碰钉子，自讨苦吃。这社会直是教人冷酷，教人虚伪。但我们不得不勉为其难。我怕此难（不肯二重人格），所以战前十年闲居，战时亦已赋闲三年。但此不足为法。决不愿别人效我。愿你勉为其难，对社会"沉着应战"，必有伟大成功。以上他们出发时乱写，未尽我意。

子恺 泐

〔1946年〕二月七日晨〔重庆沙坪坝〕

二十二

宗禹：

小杜今入城，听用可也。我嘱他空时到来龙巷取回字画。取到后请代为收存。送张老的，我已另画一幅，今托杜送上，便中乞转。

旧唱机我叫小杜去平民拍卖行求售。不拘多少，卖脱算了。你的无用收音机如何？

子恺

〔1946年〕二月十三日〔重庆沙坪坝〕

二十三

宗禹：

昨内子归来，悉你送老太太去后，有友人马君看家。那么，我就不进城相送了。请代向老太太致意，后会当不远也。

你的书，小杜说已卖去十三本，仅得一千四百余元。果然犯不着卖。但好在小杜常在摆地摊，为我家及慕法家卖物，你的书是带便放在地摊上而已,就让他去卖吧。你既不要了,就任他去。我早知道不是你的本意。脚上毛病,听说已好,可以出门了,甚慰。但望早去早回。我迁城(铁定四月二十日)时,料你或已回来。你回来仍住原室,即在我家吃饭,就好比我们来代替了你家老太太。如此,老太太可放心离渝也。

昨日快函与雪山先生,正式约定租屋,免得有人抢住。老太太原室作灶间及工人室,我们住二层,即很妥便了。

朗西来信,告诉我莫宗[1]画已刊登。今见你附来近作,甚佳,以后可续寄朗西。祝

一路顺风

子恺

〔1946年〕三月廿八晨〔重庆沙坪坝〕

二十四

宗禹:

我们出发已十天,因在绵阳候渡,住了四天,故今日方抵广元。一路不见令弟,不知是否先走?一路很平安。有周先生[2]同行,趣味更丰富。剑阁山川雄壮,名不虚传。我们在大雨中经过剑阁,更有严肃恐怖气象。车顶铺盖湿透,竟不能用。大家取出卖与本地人,所得之资,竟有一张车票之数。盖此地棉花缺乏,虽湿被,亦值钱也。大约明日换车到宝鸡。如有暇,

---

[1] 莫宗,指尚莫宗,生于1908年,三十年代木刻家,后从事美术教育工作。
[2] 周先生,名周元瑞。

必访令兄及老太太。想凯旋路特七号已成梦境？你住报馆安否？何日到沪再见？有信寄上海福州路开明转。

子恺 叩

〔1946年〕七月十四日于广元

蒋老先生[1]暨阆仙兄乞代候。

二十五

宗禹：

　　除夕来信，至今日（十五）方收到，可见飞机也不可靠。去年此日，你曾在我家于半夜交年时共写一首诗，此诗至今还保存也。我终于不就浙大聘，乃在沪时答允，到杭"临阵逃脱"。原因，我闲散惯常，一时不能振作起来按时上课，况且还要开会等等。只是生活无着，仍是闲居，以卖画卖文为生，终不是久长之计；但也得过且过。报上屡载我的描写，使得江南人误认我为"伟人"或"发国难财者"，此事很伤脑筋！语云："人怕出名猪怕肥"，我就同肥猪一样了！深恐不久要被人吃脱呢！杭州山水秀美如昔，我走遍中国，觉得杭州住家最好，可惜房子难找。我已租得小屋五间，在西湖边，开门见放鹤亭（即孤山林和靖放鹤处），地点很好，正在修理，大约一个月后可进屋。来信可常寄招贤寺，因小屋即在寺旁也。此屋租修约三百万元，连家具布置，共花五百万左右。上海画展所得，就用空了。阴正月廿七，又将在上海续展，但是立达学园主办，所得画润半

---

[1] 蒋老先生，指蒋阆仙之父。

数捐赠学校。这学校二十年前是我创办的,今江湾房屋尽毁,无法复员,我竭尽绵力,希望它下半年(今年秋)在杭州复校,但不知能否如愿也。我现暂住招贤寺(即弘伞师寺)僧房,饭由和尚代烧,我恢复素食了。大约须正月底,才有家可归。余后述。即问

冬安

子恺 叩

〔1947年〕一月十五日〔杭州〕

阆仙兄均此。

二十六

宗禹:

信及副刊今收到。读后至慰至慰。今寄上简笔画(近来爱作简笔画)三,副刊题签一,卖得稿费,替我买糖代送你吃。但恐没有几粒糖。我于三月十一日由寺迁入自租房屋内。今日电灯装好,后天放光。自去年四月二十沙坪坝卖屋至今,约近一年,生活不得安定。再过二三天电灯放光后,方可称为"复家"完成。可见复员真比逃难更难。此屋花修理费三百余万,每月租六斗,五年定期。家具一切新买新做,也花了三四百万。一共花了七八百万,总算得了一个栖息之所。有房间四个,客堂一个,厨房一个,工人房一个。比沙坪稍像样些,但每室不过比沙坪每室大半倍或一倍。此外有一个天井,可以种些花木。开门对着孤山放鹤亭(西湖风景中心点)。我最初看屋时,脱口而出:"门对孤山放鹤亭",正好是一副对的下联。我想找一句

上联，写一副对挂起来，至今找不出。现用工人一男一女，一切生活比沙坪略舒服些。费用大约每月一百二三十万。写稿，卖画，抽版税，马马虎虎也可过去。因此就懒得教书了。反正教书也养不活我。（教授只五六十万。）你久不吃糖，是忙的缘故，还是穷的缘故？料是前者。重庆生活低，你理财有办法，必不致连糖都吃不起的吧。慕法正在编教本（初中英文），忙得很，编后倘能审定，倒可名利双收。是我介绍给万叶书店刊印的。且看出版后成绩如何？

　　昨日报载，太虚法师圆寂了。我在上海见最后一面。弘伞师即在招贤寺，与我常常谈起你。他在杭为僧界权威。清心寡欲，尽规蹈矩，是个真和尚。杭州西湖上寺庙数十，只有一个和尚——他。

　　道溥一向编报销刊物，（抗战前）我一向投稿。故此次未刊行时，我已先知道是怎么一回事了。我向来是柳下惠，亦无所谓。余后陈。

子恺　启
〔1947年〕三月十九日下午〔杭州〕

老太太及令兄近况如何，以后告我。

二十七

宗禹：

　　今又寄画三张，请交《商务日报》。如得稿费，买糖给你吃，聊表我怀念之心而已。我当然知道你上次索糖，是为了拉稿。但这次，真的是给你吃糖。杭州香时，闹得不堪，我家每日来客，不下十班。送迎甚苦。宿夜客不断，有时客堂里设行军床。丰师母好像开了包饭作,每天忙于招待酒食。我倒欢喜闹热,来客一概招待。写一副对:"酒贱常愁客少,月明都被云妨"(东坡句),因此客来更多。今香时已过,四乡忙耕田养蚕,西湖上也冷清起来了。方有工夫写信给你。

子恺 启
〔1947年〕五一〔杭州〕

二十八

宗禹:

我已迁居"上海(十二)南昌路四十三弄七十六号",以后来信寄此址。(为的是六月三十匪机投一炸弹,在我寓一里之处,我防再来,故迁居旧法租界。)你八月十五发的信,内附剪报的,昨(廿四)日收到。(是旧址转来的。)

我六月下旬中有一长信寄你,你来信没有说起收到否。后来我看见你信中说"丰师母之病"云云,料想已经收到了。石家庄到此,通信要十天左右,太慢了!你的文章我读过了,比前有力得多。你母亲如此兴奋,真是女界模范。你说我解放后动起来了,我自己也觉得如此。我觉得现在参加人群,比以前自由得多,放心得多。以前社会上那些人鬼鬼祟祟,装腔作势,趋奉富贵,欺凌贫贱……那些丑态我看不惯,受不了,所以闭门不参加一切团体。(你记得么?南充开画展时,那姓奚的资本家……我真厌恶!)现在出门,大家老老实实,坦白率真,衣服穿得破些也无妨。(以前我最讨厌此事,因为我不爱穿好衣,而社会上"只问衣衫不问人"。)说话讲得率直些也无妨,实在比从前合理得多,放心得多。所以我的私生活也已"解放"了。

你热衷于照相,此物上海很便宜。我当托内行人去探问自动对光照相机的价格。此物以前甚贵,近来当作奢侈品,就大跌价了。据说再迟一二月(中秋)还要便宜。我探听实情后再复你。我近来正在替书店编音乐及唯物史艺术论。卖画已洗手了。收入当然比前少,但担负亦轻。老夫妇外,只二男孩(元草、新枚),一吟也已当教师了,她参加各种美术会,在上海颇活跃。只是元草去年患病后,至今精神不振,尚在杭州养病。现在好得多了,曾经去考政经训练班……现住在杭另候机会。华瞻在美国,音信不通。其实不必去"镀金",也是自讨苦吃。慕法正在受训,八月底止。上海中学九月十日开学。你的信我转寄他看。

章锡琛(雪村,即雪山之兄,开明创办人)已到北平,此间开明由范洗人及雪山主操。生意寥寥,大有不能维持之势。且看过了秋销如何。今年秋天甚热,写此信时,汗流满背。即问
时安

子恺 复

〔1949年〕八月廿五日〔上海〕

二十九

宗禹:

久不通信,得示及照片甚喜。你全家为人民服务,而且都这样热心,我们甚是企慕。丰师母尤其记念你们,她首先问你有没有结婚。我看你信上没有说起,大约是尚未。我们最挂念

的你的哥哥，现在他也服务人民，你家已没有阶级，我们甚是欣慰。我家近来也很快活。慕法（信已转交）现任教育局视察，因为局离家（在虹口）甚远，所以晚上宿在我家。林先同两个男孩住在虹口。林先虽不教书，也当了里弄居民组长，常常开会游行。陈宝在厦门中学任课（解放前）。去年此日，同了一个厦门人（同事）来，就在上海结婚。其间略有小小风波，因为那人是基督教徒，要牧师证婚，而丰师母不赞成，我不加可否。最后，为了迁就丰师母，仍用旧式结婚（牧师证婚），由家长出面，（我是不赞成的，但也马虎。）便是你所看到的广告。我在结婚式上讲话，表示我半是主婚人，半是来宾。又表示此为我家最后一次旧式结婚。——这些小风波过去之后，大家感情倒也融洽起来。杨民望（陈宝之夫）是研究音乐的，在上海文化局音乐室工作，陈宝也改行，在国立音专编译所[1]工作。前一个月，生了一个女孩，外公取名，叫作"朝婴"。他们一家住在沪西。……宁馨同我的老姐住在杭州湖边的屋子里，更少往来。这样，我家中现在经常只有四个人，老夫妇，一吟，新枚。丰师母没有像你母亲那样热心社会工作，只是管家务有兴味，对新社会处处赞美。（那篇人代发言中的土白，便是丰师母的妹妹说的崇德土话）。一吟很前进，去年夏天，为了加入青年团太辛苦了，生了一场大病，是肺病，几乎死了。后来到杭州疗养了四个月，现在痊愈了（花了四五百万元药费），但是不能担任劳苦工作。她入了俄专，专门读俄文，进步甚快，几乎把我追出。（我

---

[1] 国立音专编译所，应作国立音专（上海音乐学院前身）研究室。

近日每天读俄文三四小时,再过半年可成功了。)新枚在四马路一个小学读六年级,下半年考初中了。人很长,但是傻头傻脑的,还是一个小孩子。元草生了一场病,半年才好,好后上海解放,他便参军,现在沈阳人民解放军三七三部,担任宣传工作,很高兴,很快活。前些时交大的人告诉我,他病前在北京交大做地下工作,几乎被捕,逃回杭州,就生病。这事我不知道。看他现在高兴,大约是真的。因此,我家变了"荣属",过节有市政府来拜节。华瞻已于二月间返上海。他在美国读俄文,被大学当局所注目,要停止他的供给,因此他就回国了。他现在北京,同他的未婚妻协商婚事。这几天到沈阳去看元草了,不久听说要到兰州兰大当教授[1](政府优待留学生,到处聘他,他自己选定兰大。)——你看了以上的话,大约可以想见我家最近的情况了。

我读了你的稿件,觉得你不但思想工作都进步,文字也进步了。在沙坪坝时,我常发见你文字上有毛病,教人看不懂,现在一点也没有了。我现在身体比前稍差,每日工作超过八小时,便觉吃力。但是在八小时内是不吃力的。我一半时间学俄文(开会太多,每星期至少有三四次),一半时间翻译音乐稿(最近正在译苏联写实主义音乐)。我对画失却了兴味,对文学也少有兴味,对音乐最爱好。——这不是从前的"任情而动",却是有计划的:我以前七搭八搭,文学,绘画,音乐,宗教,教育……什么都弄,像马浪荡一样,结果一事无成。解放后,我来一次

---

[1] 后未果。

检点，结果，我认为中国最需要的是苏联文化和音乐。前者为文化交流，后者为鼓舞民气。因此我摒绝其他，而专攻俄文及音乐，想好好地利用我的残年来为新中国人民服务。三月廿五《人民日报》有人批评我的漫画，你看见否？他们曾二次来信要我经常投画稿，但我都谢绝。他们登出这篇批评文，并且送我画稿费（是作者借用我的旧稿的）十六万元，也许是想引诱我投画稿的兴味，但我坚决不画，把十六万送给志愿军了。一画，要妨碍我的俄文学习工作及音乐工作也。

开明的《进步青年》（傅彬然编）近常有我的苏联音乐介绍，你见过否？此信乱谈，也好比从前同你躺在榻上"吃鸦片"。（别人看到此信，请勿误以为我们真吃鸦片，那是说笑的，即对卧长谈之意。）学俄文的时间到了，以后再谈。

子恺 启

〔1951年〕五月三日上午八时〔上海〕

三十

宗禹：

你的信，昨日由中图公司转来。惊悉你的慈母逝世，全家为之悼惜！这真是新中国的大损失！难得有这样的老人家能为人民这样热心地服务！这些照相和祭文，你该永远保留，好给后人榜样。我没有法子表示钦敬，想替她画一遗像，在像上厝叙她生前的革命精神与生活。只是没有照片根据（你寄来那张太小，且不大清楚），你如有单独的稍大的照片，请寄我一张，我很希望替她画像，不仅是为你，却是为人民与国家。

你母亲虽然照年龄不应该辞世，但她已尽了她的大力，发挥了很大的爱国精神，她虽死犹生，你应该节哀顺变，善自珍摄。你爱护自己，便是爱护国家与人民。

我在上海解放后，已经三迁。你的信被退回的那地方，是第一处。现在第三处地址见信壳上。你抄下来，以后勿再寄旧址。开明，上海早已没有了。你的信送到中图公司（即中国图书发行公司），由该公司转到。开明门市部已合并入中图公司。其编辑部在北京，最近亦并入青年出版社，故开明已不单独存在。雪山（锡珊）等皆住北京。范洗人（重庆的总经理）老先生已过世了。我的老朋友们，大半都到北京了。我杭州租的小房子（你住过的）已让给政府改造工人疗养院。我现在无一定住屋，朋友离上海了，他的屋空了，我就去住。现在住的，便是雪山的哥哥（雪村，即开明创办人）的房子，地在四马路，振华旅馆对面（你到过那旅馆的）。雪村到北京出版总署任科长，全家去了，其屋借给我住了。此地进出甚便。你哪天来上海，欢迎你住在我处。

我家现在人很少，经常只四人——我，老妻，一吟，新枚——客人也少，因为大家忙。我还是不担任工作，因为学习俄文甚忙。而且开会也甚忙。（特邀代表，文教委员，抗美援朝委员——这三个单位，每周或数周有一次会。）我的生活照旧。虽然有许多书因为观点不对，已停刊了，但有好几本（屠格涅夫小说，鲁迅小说漫画，音乐入门，子恺漫画选等）旧作，现在还好卖，版税收入可以维持简单生活。因为家庭已很简单，一吟入俄文专校，从事翻译，生活独立。我担负的就是老夫妇及新枚，三个人。因此我还是经常家居,除开会外,专门读俄文。近日正在读托尔斯泰《战争与和平》。我还不敢翻译,明年大约可以译点书,以助中苏文化交流了。

慕法担任教育局视导。(本来任中学教务主任,近改了。)他的办公地点在霞飞路[1],他的家在虹口,很远。所以他平日宿在我家,星期六回虹口家去。你的信,他都看到了。但他工作极忙(每天六时起,晚九时多回来),恐一时不能写信给你。

我房子的周围,本来都是妓女窟。最近肃清了。这是数千年来没有的大好事。上海是人民的上海了。你有机会再来么?我很盼望!即祝

近好

子恺 具

〔1952年〕一月十一日〔上海〕

三十一

宗禹:

我患风痛月余了,坐立不能,躺卧在床,竟成废人!近得日本医生按摩,略略见愈,能起坐写此信,甚喜。……我右臂因风痛之故,动作不灵,书画绝缘了。(普通钢笔字勉强可写,但不能多。)病中看了不少俄文书,马林科夫报告,斯大林经济论等,我都是从俄文直接读的。所以人的能力总会发展。不能行动及书画了,就能更集中精力地读书,失彼得此。如此看来,

---

[1] 霞飞路,即今淮海中路。

我还不会残废。医言,过冬会好。但愿如此。

你工作专业化,的确重要。我过去数十年,七搭八搭,一事无成(我对各种艺术都染指,但一种也不精)。可作你的鉴戒。我今后也要专业化,大约专门于苏联古典文学介绍,是最近的路。我译《猎人日记》[1],病前未了,今后每日可工作若干小时,不久一定完成它。此问
双安

子恺

五三年一月四日〔上海〕

三十二

宗禹仁弟:

信早收到。重伤风发热,卧病数天,以致迟复。文代大会,此间推举我去北京,但我的身体还不能胜任长途旅行及长期开会,所以辞谢了。脑贫血症近来略好些,然而一多用脑便眼黑头晕,(最近血压九十度,应该有一百四十度。)要求躺下来。(春间曾晕厥二次,夏来不曾有过,足证好些。)医生说我学俄文用脑过度之故。但我不能放弃俄文,疗养期中每天早上也必温习若干时,怕忘记了。幸而没有忘记。近来停止工作,只是看看轻便的苏联童话而已。华瞻在此间复旦大学教俄文(新近从广州调来的),一吟在新音乐出版社当俄文编辑,新枚已是初三学生。——三人都常常见面,(只有元草在沈阳文工团。最近他到

---

[1]《猎人日记》,后改译书名为《猎人笔记》。

北京表演,但他不知道你址,不会看你。)但三人都忙,早出晚归(初三的学生也如此)。哪里有到北京游玩的时间?白天,我家中只有两老及一女工友。我常住楼上,丰师母常住楼下或出门去,女工友常住灶间里。所以,今春我在楼上晕厥了,没有人得知,直到半个钟头之后,女工友偶然上来,才把我救起。——这是我近来生活的一斑。最近我家闹热些,因为我当了文史馆委员。(我是不受薪俸的[1],因为我生活无问题,不需政府帮助,替馆中省了些。)文史馆的老人们常常来谈话。或者我到馆中去同他们谈话。然而也多麻烦,无资格入馆的人要来请托,我着实对付不了。美协,我等于脱离了。(他们还是常来邀我开会,我总是不到的。)因为二三年不作书画,与美术绝交了。华君武同志常常希望我再弄美术工作,看来不可能了!因为我手足眼都不及昔年,手因风痛动作不灵,脚不耐多走或多站,眼老花三百五十度了,如何弄画呢?(现在作画必须跑去写实,不能在房间中空想出来。)现在只对文学有浓厚兴味,爱读苏联小说。可是贫血症不给我多读。读了一二小时便头晕。

你结婚后,生活一定圆满,有了孩子没有?大约明年我可以到北京来看你。我平生没有到过北京呢。

慕法仍旧忙。林先从去年秋天起,已担任复兴中学国语英语教师。他们已有三个孩子,全靠保姆管,白天两人都出门办公。

子恺 具复
〔1953年〕九月十七下午〔上海〕

---

[1] 后勉强接受。

三十三

宗禹：

　　莫合烟两包，今日收到，并已服用。我近来每日吸香烟五六支，决不超出。但吸此烟，只消二三烟斗，便已够瘾。故此二包可供一二年之粮矣。

　　我不会照你那办法自己造香烟，故用 🖋 吸莫合，倒觉便当。普通板烟丝不易着火，往往要烧好几根火柴，很讨厌。此莫合甚易着火，且彻底变灰，吸完容易将灰倒出，烟斗不致闭塞也。你有烟斗么？不妨一试。

　　孩子想必不带走的？……你独身在乌[1]，工作可以专心，也是一得。日后需要买书，可函知，当叫儿女去买付邮。

　　上海秋色已甚浓，室内八十三四度。工作适宜。开会不甚多。学习放暑假未开学，重阳拟赴杭，参加西泠印社成立六十年纪念会。余后述，问
好

子恺

〔1961年〕八月二十一日〔上海〕

三十四

宗禹仁弟：

　　信及参观券收到。你如此奔忙，成绩斐然，亦自可喜。我

---

[1] 乌，指乌鲁木齐。

亦人事栗六。最近又患神经痛,背屈不伸。近已痊愈,照常起居了。听说北京全国大会,不久即将召开[1]。我自当前往参与。但日子未定耳。

你多忙,不须来看我,免得费时。电话、通信皆便也。我每周星二星五下午必去开会,其余不定。顺问

旅安

子恺 启
〔1965年〕十一月五日〔上海〕

赠券已将一部分转送里弄中子女赴新疆的人家。

---

[1] 指全国政协大会,后未果。

致蔡介如[1]

介如兄：

  我要端午后一日（六月十五）动身（在青木关小住数日），大约要七月中回来，我们再谈了。（你的画，我尽力代展，决不使你失望。一星期前，已将你画寄隆昌先裱。）

  今有一事相托：我三个留声机，一个新的自用，二个旧的，一个已托拍卖行发卖，另一个旧的，我舍不得卖掉，因为是双发条，摇紧了，可以连唱两面。（现在新买的，只能唱一面勉强，因是单发条，我们不敢摇得太紧。）所以虽然是很旧的，样子也很难看，但发条之长，实在可取。所以我舍不得卖。

  不幸此双发条机，有了小毛病：即调节器的齿轮坏了。有一朋友，送我一齿轮，也是三十三齿的，但是手工做的，不精确。我出一千元托沙坪坝钟表店人把旧轮取下，新轮装上。可是走起来，快慢不匀，唱起来全无听头。因为快慢不匀，唱的声音忽高忽低，难听得很！这好比一个人身体很健（双发条），而头脑不清（走得不匀），变成疯子一般，真是可惜。

---

[1] 蔡介如（1913—2007），字绍怀。上海文史馆员，上海书画院顾问。蔡介如和丰子恺是至交，在书画、做学问等各方面都受丰子恺很大影响。

上月，陆先生[1]为我到重庆打听，据说有许多店能修，另换一个好的齿轮，使它走起来快慢均匀。但要五千块钱。如果修好，五千元也并不贵。

可是陆先生做了金陵春菜馆的账房，无有空暇入城。今天我叫章桂把机送给你，想费你心，代为一修。旧齿轮（已坏了）附上，以供参考。修费在五千元至一万之间，我是不惜的。请你暂为代付。后再面璧。至于时间，不妨缓缓。等我回来，派人来取。因我家已有一新机，此机不用。因我近来爱听戏，成了癖，就同鸦片成瘾一样，故留声机须有二只，一正一副，毛病时可有补充，不致寂寞。所以这一架也要修好它。其实并非急用也。

今日天雨，气候凉爽，前日此间九十九度。即问
近好

弟 子恺 叩

〔1945 年〕六月十一日〔重庆沙坪坝〕

---

[1] 陆先生，指陆剑南。

致《导报》编者[1]（四通）

一[2]

一别九年，得示甚喜。嘱稿，兹寄上漫画数帧，可缩小用之，稿酬请由银行或邮局寄来可也。贵志二册亦收到，后续惠甚欢迎。弟须明年春间返沪，因交通奇艰，而弟故乡旧业尽毁，无家可归，故亦不急急也；然常思归，故喜得沪上刊物读之，聊可当归耳。顺颂
时祺

弟 丰子恺 叩

〔1945年〕十二月七日〔重庆沙坪坝〕

二[3]

示均收到，稿费收到后，当即将收条填寄，先此道谢。弟

---

[1] 《导报》系当时上海的杂志。据悉，"一""二"两信乃致郑振铎，郑交《导报》主编李念忱。
[2] 此信曾以"来鸿"为题，载1945年12月25日《导报》半月刊第4期。
[3] 此信曾以"陪都来鸿"为题，载1946年1月15日《导报》半月刊第5期。信末的"编者按"为《导报》编者所加。

久疏时事漫画，今承屡函催督，居然又逼出四题（其中"落红"一题弟最得意，樱花象征日本）。龚定庵诗，题字含意深远宽大，最宜以吊慰今日之日本，随函附上。前示云，将来把画结集，用意甚好，但不知此种画，能逼得出多少，自无把握耳。

念忱先生弟在《导报》已久仰，来示云欲缔神交，自甚欣幸，尚乞先为致候，他日到沪，当图良晤也。承询润例，最近甚简单："漫画四千元半方尺左右（即壹万贰千元）"，两言决耳。如有贵友嗜痂，可请随时介绍（不必寄纸，欲题上款者可注明）。上述润格已比战时减低，因胜利之初，蜀人以为弟将出川，纷纷求画，且请结缘减润，弟以为物价不日大跌，即允其请，减定如上，故此润例在今日重庆，乃最低之一种（因太低，故十月画展时，重订者达三百六十人之多，闭会后闭门造画，身如机器，苦极）。惟既宣布，即不再改，吾画毕竟不能与物价赛跑也。惟上例漫画四千元，原为对个人索漫画者而定，若报志，则又作别论，盖报志亦有稿费定例，弟既为友人之命而投稿，即不便无视别人之例而固执自己之例，而不使友人为难，即多送亦不辞，若报志清苦，则无稿费弟亦为友人之情而作画也，来示所提，彼此老友，可勿介怀。顺颂
年安

丰子恺 叩

卅四〔1945〕年十二月卅一日〔重庆沙坪坝〕

编者按：读者中如欲得丰子恺先生墨宝者，可由本报转求，润资先惠，约期取件。

三[1]

　　两示及汇款均收到，谢谢。兹寄上画十幅，乃最近数周积得，内请以五幅转邓君，余五幅右上角有铅笔〇者，投《导报》，但仍可由先生任意选定，不过有伊吕波歌文句之数幅，以登《导报》为宜。贵刊已收到五期，每期弟必详读，甚感兴味，对各文宗旨，亦均赞佩，给暴徒以斥惩，予良民以吊慰，甚合"导"字本意，足见编辑有方也。近闻上海物价竟比重庆更高，弟奄留山城，须今夏可赋归来，不知归来后情状又如何，念之甚惆怅。余后陈。即颂
公安

丰子恺 叩

〔1946年〕三月十日〔重庆沙坪坝〕

四[2]

××先生：

　　来示盼弟返沪，美意甚感！早归固所愿也。但事实上阻碍甚多，故乡（浙江石门湾）缘缘堂及老屋早为日本兵改成焦土，片瓦不留。沪杭租屋，听说必须金条。弟无此物，何以为家？一也。

---

[1] 此信曾以"陪都来鸿"为题，载1946年3月15日《导报》半月刊第9期。

[2] 此信曾以"山居"为题，载1946年4月5日《导报》半月刊第11期。信末的"编者按"为《导报》编者所加。

江南物价高过重庆二倍，公教人员均踟躇不敢遽返，况弟不事公教，在家闲居者？二也。交通阻塞，凯归窘于逃难，又何苦来！此其三也。因此三难，弟惟有"迟迟吾行"耳。此间三年前自建小屋，前日已卖脱。弟自签"卖绝房屋契"。此平生难得之事，亦日本侵略者所赐予！兹定于四月十日出屋，迁居城中。此屋原为开明书店栈房，作为寓所。弟在山居若干时，再定归计。忆胜利前一年中秋，弟酒后戏填《贺新凉》词一阕，后段有云：

来日盟机千万架，扫荡中原暴寇。便还我河山依旧。漫卷诗书归去也，问群儿恋此山城否？言未毕，齐摇手。

此词中预言胜利，居然实现，亦一快事。但最后数语（问群儿恋此山城否？言未毕，齐摇手。），却使我难以为情。盖事实上今日问我群儿，都说上海杭州生活更苦，犯不着早归，不如在此山城再住一会。早知如此，当日应填"言未毕，齐点首"也！一笑。近得故乡亲友来信，言弟尚有书一箱，当年逃难时从缘缘堂取出，寄存农家，得不遭焚，今日依然完好，正在农家羊棚顶上等我归去相见。该亲友将箱中之书抄一目录寄来，见内有日本老漫画家竹久梦二全集，亦在目录之中，甚为欣喜。此乃弟昔年宝藏书之一。此书在战前早已绝版，乃弟亲自在东京神田区一带旧书店中费了许多心血而搜得者，在今日此书当更难得。弟于故乡已无可牵恋，除非此"梦二全集"等书耳。因念竹久梦二先生，具有芬芳悱恻的胸怀、明慧的眼光、与遒劲的脑力。其作品比后来驰誉的柳濑正梦等高超深远得多，真是最可亲爱的日本画家。不知此老画家今日尚在人间否？若在，当是七十余岁，非不可能，只恐这位心地和平美丽的最艺术的艺术家，（谷崎润一郎前年发表《读〈缘缘堂随笔〉》一文，内称我是中国最艺术的艺术家。我今把此语移赠给竹久梦二先生。）已为其周围的杀气戾气所窒息而辞世了亦未可知！弟颇想知道竹久老先生的消息，贵处如有熟悉日本艺术家状况的人，尚乞代为探听……

〔1946年〕四月一日〔重庆沙坪坝〕

（编者按：竹久梦二先生已在探听中，一有音讯，立即奉告，勿念。）

致周天籁[1]（二通）

一

天籁先生：

　　弟于七月四日离渝，八月二日方抵开封。三日即患病，腹泻兼发热，昏睡数日，幸当地旧友新知，多所爱拂，诊疗至今日（十二日），已能起床作书。大约再事休息数日，即可返沪图晤矣。复员难于逃难，今始确信。盖自陕州至开封一段，或铁路桥断，山洞坍圮，或渡河困难，使行客受尽辛苦，车皆无顶篷。弟曾在车中露宿一宵，日晒两天。此即病之所由生也。幸眷属一行五人皆健安，客中得不孤寂。前在宝鸡，弟被留住，欲发画箧展览，同行诸人恐耽误行期，力劝弗可，终于婉谢。今到开封，又逢此请，情不可却，日内将作画展。且以门券所得，尽数捐赠灾区难民。此间城内甚繁荣，而城外百里之泛区，则哀鸣遍野，日食树皮草根而已。余面谈，顺颂

---

[1] 此二信载 1946 年 12 月 7 日《礼拜六》复刊第 54 期之《礼拜六·副刊》第 1 号"通讯"栏，周天籁系《礼拜六·副刊》主编。周天籁（1906—1983），安徽休宁人，小说家。丰子恺曾为其《梅花接哥哥》（上海文光书局 1937 年 1 月初版）题签并绘插图。

秋安

弟 丰子恺 叩
〔1946年〕八月十二日〔开封〕

昨日此间戒严，火车亦停驶。因兰封（开封之东）有战事。小儿在此买得《亭子间嫂嫂》一部，二厚册五千元，正在阅读。

二

天籁先生：

开封寄上一信，不知到否？弟在开封患病十日，病愈而战乱忽起，徐州火车断绝，城郊三面被围，几乎逃不出来。且城中粮食恐慌，物价飞涨，几有孔子在陈之叹。幸友朋众多，护送我老幼五人及行李七八件，西返郑州，乘平汉车，于本月二十日安抵汉口。现在此休息，正觅船返沪。但当地人士坚请举行画展，情不可却，则归期又须延迟，大约中秋前必可到沪也。

弟 丰子恺 叩
〔1946年〕八月二十七日〔武汉〕

致郑蔚文[1]

蔚文学长兄：

　　两示皆奉到。灵隐之屋，弟嫌距城太远，拟不租赁。蒙兄操心。盛情心感。近曹辛汉[2]学长为弟介绍城中房屋，正在接洽中。弟约十一月中到杭，暂住功德林，届时当走访面谢，顺颂

大安

弟 丰子恺 叩
〔1946年〕十月廿五日〔上海〕

---

[1] 郑蔚文，曾任世界书局杭州分局经理。

[2] 曹辛汉(1892—1973)，浙江桐乡人。从教四十余年，编著有《汉书刑法志讲疏》《古代法学文选》《实用公文示范》《五行说》等。

致福善法师[1]

福善法师：

  前嘱制封面，因展览会事冗，至今未报，实深抱歉。今诸事结束，又因杭州方面事迫，即须匆匆返杭。觉群之意，绘图甚为困难，与其勉强涂画，反而有伤佛法尊严，故不如从简朴也。另奉漫图[2]可以代稿，到杭安定后，当写文稿投登。顺颂

法安

子恺 叩

〔1946年〕十一月三日〔上海〕

---

[1] 载1946年11月12日《觉群周报》第20期"一周佛教"专栏，题为《漫画家从简朴》。福善法师（1915—1947），江苏泰兴人，时为《觉群周报》编辑部主任。

[2] 漫图，即漫画《石火光中寄此生》，被用作1946年11月12日《觉群周报》第20期封面画。

致阮毅成[1]（三通）

一

毅成学长兄：

在京合摄影甚佳，想已见及。兹启者：蒙许设法谦让地藏庵，至感美意。今已商得弘伞法师同意，警察让出后，即归弟租住。唯陶先生[2]在四川尚有农产科学生一班（十余人）即将复员，在校舍未定前，亦拟暂借地藏庵开学，故警察能全部让出，最为公私两便。特属代请鼎力玉成，至深盼感。弟与陶先生阳历年初（一月五日前）必返杭州，届时当走访领教。今特先奉函，求其早日谦让耳。即颂

公安

弟 丰子恺 叩

〔1946年〕十二月廿五日于苏州旅次

---

[1] 阮毅成（1904—1988），浙江余姚人，阮性存（1874—1928，法学家）之子。五四时期便活跃于历史舞台，1931年毕业于法国巴黎大学。历任国立中央大学法学院教授、《时代公论》主编等。抗战初期任浙江省政府委员兼民政厅厅长。抗战胜利后任浙江大学法学院院长。1949年去台湾后历任行政院计院委员、总统府秘书等职。

[2] 陶先生，即陶载良。

载良附候,恕不另函

二

毅成学长厅长勋鉴:

敬启者,兹有事奉恳:缘省立嘉兴师范(在平湖)校长因事辞职,弟有老同学黄庆瑞兄(现任教厅省视察,前与弟同班毕业于第一师范,后与钟伯庸兄同在上海大学毕业)于当地当校颇有人望,拟承其乏,欲借重鼎力,向李厅长推荐,恳其委任。闻今夏杭嘉视导团中,黄兄曾久聆教益,并多蒙青眼,其为人想早蒙俯察,用敢代为奉恳,乞赐拔擢,如荷玉成,则弟亦感同身受也,专此奉恳,即颂

公祺

弟 丰子恺 叩
〔1946年〕十二月廿七日

三

毅成学兄厅长勋鉴:

蜀中作小画一张,附呈教正。招贤寺僧欲请屈驾,嘱弟代呈请柬,务恳赏光。即颂

大安

弟 丰子恺 叩
〔1947年〕一月卅一日

致常君实[1]（十五通）

一

君实仁兄：

示奉到，贵恙已痊，甚慰。前嘱书，今寄奉，乞收。

近体弱多病，每日不能多写，而求者纷纷，实难应付，故订书画润例，以示限制，附上二纸，如有见者索写，可藉此限制耳。

顺问

时安

子恺

〔1947年〕二月十三日〔杭州〕

二

君实仁弟：

十二月十二示早奉到。仆游泉州、漳州，故迟迟未报，现因遵弘一法师遗嘱，绘制"护生画"第三集，故已在厦门暂租一屋，租期四个月。期满时画集必已完成，可携返上海或香港付印也。

---

[1] 常君实，笔名石桥、黄河、南海，生于1920年，河南原阳人。1942年肄业于西北联大师范学院。曾任人民出版社三联编辑室编辑等职。

在作"护生画"期间，暂不收件，润例亦不发表。故来示欲为登载，即请暂为作罢。好意谢谢。

近和平空气甚浓。上海多分不致遭战祸。杭州敝寓仍在，(内人前日[1]来厦。但尚有人留杭。)希望四月底仍能返沪,则当在沪再晤。

即颂

时安

小兄 丰子恺

〔1949年〕一月二十一日〔厦门〕

三

君实仁弟：

得在沪再晤，至慰至快。此间旧主人已全部迁出，昨今布置房室，已草草就绪。

战事似无剧变。吾弟消息灵通，如有所闻，尚乞随时见示，藉开茅塞。敝寓[2]今日正请泥工修理。炮声中小兴土木，可谓悖时；亦可谓"人心安定"之象征也，一笑。

顺问

时安

小兄 丰子恺 叩

〔1949年〕五月十六日〔上海〕

---

[1] 丰子恺之妻、子系1月5日赴厦门。

[2] 丰子恺于四月间返沪后,初住西宝兴路汉兴里弟子张逸心(后改名张心逸)家，后在同一弄内租得一屋迁入。

四

君实仁弟：

"五爱"画[1]至今始完成。共四十幅，附文四十段，每一爱，图八幅，今另挂号寄上，请吾弟审阅，是否合用。倘合用，鄙意即照吾弟所示办法，先由《新民报》发表，后出单行本。唯出单行本时，图四十幅原稿须请《新民报》发还，（文四十段，此间有留稿，不须索还。画无留稿。）以便另交书店制版。

吾弟对北京新华书店，是否相熟？如能代为在京交付出版，最好。决定后，另绘封面寄上。否则，《新民报》用过后，请将图四十幅寄还，由仆在沪设法出版亦可。

近列席华东军政委员会第二次会议，每日下午三时至九时，连续八九天。气候炎热，会场情绪亦甚热烈。即问

近佳

小兄 丰子恺 叩

〔1950年〕七月十七日〔上海〕

五

君实仁弟：

时序匆匆，今日已届年底。近我甚忙，以致无暇修改旧作寄上出版。一吟近译俄文童话一篇，我代为拉来，随函寄上，请看可否登用。我家门口即国际书店，买俄文书甚便。此书乃

---

[1] "五爱"画，曾在北京《新民报》副刊"新儿童"连载。

最近购得,由一吟译出并改绘。经我将文字及画略加修改,觉得尚可用耳。一吟因养病多暇,将俄文学得差不多,也是因祸得福。但尚须进修耳。

小兄 子恺 叩
一九五〇除日〔上海〕

六

君实仁弟:

今有事相烦:我近编一《笔顺习字帖》(此乃创意,过去似未见有此办法。其性状见另纸),送交开明,傅彬然先生来复云,"开明同人均认为此帖可出,但开明正在与青年出版社合并,出版事须互商决定,因此须延搁若干时决定"云云。我念此书乃工农学校及小学中学用,最好争取春销时间,不便延搁。因此想移交别家出版。但傅先生正患病,恐未能代为介绍。拟请吾弟代为设法,文供社,或其他相宜之出版机关均可(但求条件稍优者)。今日我已函告傅先生,托他将稿送尊处。请洽。能蒙去电话(东总布胡同出版总署)问询,尤感。此致
敬礼!

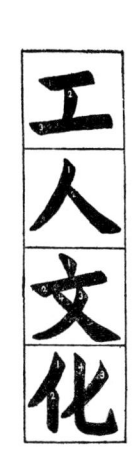

小兄 丰子恺 叩
〔1951年〕十二月二十六日〔上海〕

再:一吟译童话《新朋友》稿费,闻须于排好后致送。不知现在是否可付?亦请代询。

附：《笔顺习字帖》（帮助工农或小学初中学生习字之用）上册：初学写字者用。根据人民出版社《常用字表》，取笔画最简之字，编成文句。每句四字，共百句，分五十页。每字注明笔顺先后如右：

下册：比上册程度稍高，笔画较繁，根据"共同纲领"而造句，亦每句四字，共百句，分五十页。

工农，小学生，初中学生，写字，不讲笔顺，往往不能写得正确明了。此书能给他们助力。此笔顺办法，以前似乎尚未有人实行。今试编之，且看是否适用耳。

七

君实仁弟：

字帖蒙介绍与宝文堂，甚好！谢谢你。稿酬如何，还望拨冗早为说成，至感。

年来由于埋头学习俄文，新收入毫无。同时旧书许多停刊，版税收入大减。因此生活颇有青黄不接之状。但得度过半年，俄文学成，即无虑矣。

一吟托你介绍的《新朋友》童话册，能有千字十六单位[1]，她甚满意。前示排好后付款，今已四个月，不知排好否？便中还请向文供社一询，俾早得收入。年来，她是我家维持者。故我代她相托也。多多费神，感荷感荷。

---

[1] 单位，指"折实单位"。因当时物价不稳定，故设"折实单位"以计算工资、稿酬等。

此致

敬礼

小兄 丰子恺 叩

〔1952年〕一月十六日〔上海〕

八

君实仁弟：

示奉到。各款有汇出希望，甚好。劳你催问，费心！

你送我两张照片，都很好。还是同两三年前一样，可见你身体和精神都很健康。我只有小照片，也送你一张，贴在此纸角上。照片上看不出，我实际上比二三年前老了不少，不过精神也还好。为了学俄文，白了不少头发！总算没有徒劳，终于被我学会了。（不能说学"成"，只是"会"看书了而已。）

你读那册书，是很适当的。最近中华《俄语教学》月刊二卷四期上，有两篇自学俄文者的经验谈，你有便可看一看。（我因是借来看的，所以未便撕下寄上。）他们中有一人也用你那册书。我的经验，只有一句话："全靠熟读。"与其贪多而不熟，不如少学些而读熟。因为读熟可以体会俄语的腔调。文法与腔调关系密切，复杂的变化，腔调中自然分明。倘死记了文法规则而看书，实有事倍功半之苦。反之，熟读某几课（选自己所爱好的），即使起初不明白文法规则，后来自然体会，可谓事半功倍。

我们最近请到了一位俄国女子，做翻译顾问，其人富有文艺常识，能说英语，所以很便当。我们（我与一吟）送她每月

三十单位学费,每星期去谈二个半天。我想长期请她,这样,翻译可以妥当无误。余后谈。即问
近好

小兄 子恺 叩

〔1953年〕四月九日〔上海〕

九

君实仁弟:

此次在京,多蒙厚谊,甚深感荷。车站握别后,次日安抵上海。在京贪游,返家后十分疲劳,至今始渐复常。回思在京近一个月,宛如一热闹之梦,事迹多不胜收。其中与新朋旧友之会晤,尤为印象深刻。(车厢中同座者有两读者,已成新朋友矣。)在京二十八天,几乎不曾下雨。返上海始知江南春雨连绵,至今日犹时晴时雨也。离沪近月,人事猬集,今始能着手处理。先作此书,并附天坛所摄近影,用达怀念之意。即问
时安

小兄 丰子恺 具

〔1959年〕五月二十日〔上海〕

十

君实贤棣:

来示奉悉,足下已与魏女士合卺,至深欣贺,今写小画一帧寄奉,以为洞房补壁,即请检收。

北京一别,匆匆半年有余。仆比来多病,冬季较安。不久

恐又将到京莅会[1],但望不再患病耳。足下热心写作,定多佳绩,至堪欣慰。匆此即问

俪安

子恺 启
六〇年二月一日〔上海〕

十一

君实仁弟：

你们要在国外重刊《古诗新画》,我完全同意。查旧刊本共八十四幅,我想再加新作及未发表者十六幅,凑成一百幅,在国外好好地刊印,以应侨胞之需要,如何?

今先寄新作及未发表者十幅,(先在各报逐一发表,日后结集出书,亦可。)请收。重刊百幅本时,我准备将旧刊八十四幅重新画过,以求完善。你们同意的话,我稍缓当即准备重画。(此十幅原稿请妥为保存,将来出书时可用。)

专问

春祺

子恺 启
〔1963年〕四月二十五日〔上海〕

十二

君实仁弟：

久不通信,彼此都好。

---

[1] 指中国人民政治协商会议。

今有一事奉托：我的四岁幼孙，住在石家庄，爱吃巧克力。而当地难买，上海很多但不能邮寄。知道北京是可以邮寄的。(数月前曾托人寄过一次。)

现在附上十元，烦你买了，用包裹邮寄：

> 石家庄华北制药厂学校沈纶（幼孙之母）收

懒得开汇票，免得你去领款，所以将钞票附在此信内，并将三张四分邮票划掉，代汇费。

费心费心，多谢多谢。

近况如何？眼疾如何？念念。

子恺 启

〔1963年〕11月17日。

魏恩从辽宁来信，送我开酒瓶的刀。

十三

君实仁弟：

长信奉到。承贤伉俪为元草介绍友人，甚感美意。此事成否须看本人，与介绍人无涉。我前年相托，你们如此用心，真乃信义之友，不胜赞佩。元草探亲二星期，周前已返北京。今后仍可与君等联系。我去冬患病，气管痉挛与脑贫血并发，卧病月余，至今始渐复健。因此不能参与北京全国政协大会，甚为憾事。往年每年在京与贤伉俪相见一次，甚是喜慰。此次缺席，当在今冬再图相见矣。

承告文学选集事，甚慰。所选拙作，我均同意。将来又有整套送我，更佳。前香港有人送我《子恺漫画全集》一厚册，系香港某书店翻版刊行。此店并不与我打招呼，我亦听之。听说在外侨中销数甚多。足见侨胞怀念祖国，喜读国内文艺，你所选刊，实甚需要也。有《新晚报》，是党办的，常来索画，我有时亦寄稿去。余后述。顺问
春安

子恺 启
〔1964年〕三月八日〔上海〕

十四

君实仁弟：

来信内容充实，增加我不少知闻。你左眼只见光，恐是"青光眼"？内人前年亦患此症，入医院动手术，住院数天，现在已能写信及缝纫，足下亦可在京求医，必有效果，年纪轻轻，眼睛不便，对工作大有阻碍也。承示某人等已解放，我大约不久亦可解放。上海市革委传出可靠消息，谓是"意识形态问题，无政历问题"。但属于中央级，须待中央宣布，才后正式解放，如此，可谓已定性而未定案。近来凡事拖延，不知何日可以实行耳。幸我精神生活丰富，故静候不觉厌烦。来信言我可再执画笔，此事只能待来世为之。因绘画本非我主要业务，我主要业务是外文。目今日本文需要，但数十年无日本留学生。大学外文系毕业者都很浅陋，不足供用。我虽行年七四，而身心尚健，将来倘有用我日本文处，定当为人民服务也。草复，言不

尽意。

　　顺祝

健康

子恺 手启

〔1971年〕八月二十六日〔上海〕

十五

君实仁弟：

　　惠赠胡桃一大包，今日收到，此物不易多得，下酒最宜，盛情深可感谢。足下眼疾如何？只眼出门出行，必须当心。仆托庇粗健，近日食蟹饮酒。

子恺 启

〔1974年〕九月二十七日〔上海〕

致郑晓沧[1]（三通）

一

晓沧先生：

　　昨夜湖楼畅饮，以诗佐酒，共入酩酊，为西湖增光不少！今晨弟本思走访，恐先生尚有宿醒，未便相扰，即着小女一吟持柬代候。即祝晨安！

　　"相逢意气为君饮，醉倒西湖垂柳边。"戏改唐诗，以博一粲。

弟　子恺　叩
〔1947年〕三月六日晨〔杭州〕

二

晓沧吾兄：

　　久违得示甚喜，附赐月历二枚，且有诗词，观兄笔致，遒健如昔，当得期颐之年。弟今年七四，亦幸茶甘饭软，酒美烟香，可堪告慰。常思到杭，苦时机未到，盖弟属中央级，虽已定性（内部矛盾）（市革委传出消息）但未定案，人在罗网，身

---

[1] 郑晓沧（1892—1979），名郑宗海，字晓沧，浙江海宁县人。丰子恺浙江省立第一师范学校的同学，教育学家，曾在浙江大学（宜山）、中央大学任职。

无羽翼,日唯引领南望耳。三年前患肺病,自此即在家休养(长病假)。今已入吸收好转期,可保全性命,国家为我耗费医药无算,深可感谢。敬祝毛主席万寿无疆!来信言受严重蹉跌,是否失足跌跤?弟亦患半边疯,右腿行步不便,出门须人扶持,一吟在奉贤五七干校,每月回家四五天,大儿华瞻同居,晨出晚归,亦无闲暇,弟无人扶持,故经常幽居小楼,足不出户。学习之余,唯读古籍,聊供消遣。自制玩具一种,左翻右翻,形象不同。附赠一枚,聊供清赏。来信言薪水八折,自是优遇。弟原为二百二十,获罪后减为六十。但据云所扣他日一概补还,不知确否。(单位人言,已算清数目,专等定案后付还,则是代为积蓄,实太宽大。)劳动人民尽日辛勤,亦只得五六十元,故弟已十分满足也。弟子女众多,供养丰足,故生活全无影响也。弟近日饮啤酒二瓶,吸高级烟十余支。医嘱戒烟,苦难从命。吾兄吸烟否,不吸最好。"人生七十古来稀",已是陈言。目今七十乃小弟弟耳。但昔年宾朋,确已寥若晨星,深可扼腕。书不尽意,即请

珍重

弟 子恺 顿首上

〔1971年〕七月廿八日〔上海〕

三

晓沧尊兄:

示奉到。刘公诚君虽系误传,可使弟提高警惕,保养身体,使过隙之白驹稍稍缓步。承示谷维素片,当购服之。弟近常食

蜂乳。人言"药补不如食补",医云蟹营养丰富,不知确否。但弟以为老年最宜食素。素菜容易消化,胃不吃力。可怪者,古人主张老者衣帛"食肉",又云"七十非肉不饱"。大约孔孟皆饕餮也。闲居无事之时,戏集古人诗词句。例如春字:

春来遍是桃花水
一春长费买花钱
五原春色旧来迟
着意寻春懒便回
洛阳城里春光好
一帘风雨卷春归
尽日寻春不见春

风花雪月春秋酒花等字,最易凑成。此亦一种无聊消遣耳。无聊中书以奉告。顺颂
秋祺
弟 子恺 叩
十一月四日〔上海〕

致王伯祥[1]

伯祥尊兄：

示及惠赠《史记》一册，先后收到。此书注解精详，乃今日青年学习古文之良书，已收领道谢。近十年阔别，此次得在沪共饮，洵为良会，惜匆促未及多叙耳。上海已到"百花过尽绿阴成"之候，京城想亦已入夏。匆匆致
敬

弟 丰子恺 叩
〔1947年〕五月卅一日〔杭州〕

注：引陆放翁句，纯指天候，非有所比喻。一笑。

---

[1] 王伯祥（1890—1975），原名王钟麒，江苏苏州人。历史学家，曾任开明书店编辑。

致朱镜宙[1]

镜宙先生：

　　蜀中一别，匆匆数载。今大法轮书局转下大札，读之深为惶恐。律主不应蓄须，弟甚赞善。惟当时画像百尊，根据各种照片，有蓄须者，有无须者。（据生西前最近肖像。）前者题"弘一法师遗像"，后者遵闽僧之属，题"南山律宗……"字样。《觉有情》所载，来示谓有须而题"南山律宗……"，必是当时误题。异日刊法师全集时，当为文更正也。来示保存，异日一并刊出，以明先生对于佛法之精严，及对于弘一法师之厚爱。专此奉复，即颂
时祺

弟 丰子恺 叩
〔1947年〕十一月一日〔杭州〕

---

[1] 载1947年12月1日《觉有情》第8卷12月号，与朱镜宙致丰子恺信合题为《关于弘一大师造像》。朱镜宙（1889—1985），字铎民，浙江乐清人。辛亥志士、南洋华侨史专家、民国报人。

致陈无我[1]

无我先生：

  示奉到。朱先生[2]原信附上。乞即将两信刊出，以代声明，则弟可不须另作声明矣。专此奉复，即颂

道安

弟 丰子恺 叩

〔1947年11月初，杭州〕

---

[1] 载1947年12月1日《觉有情》第8卷12月号。陈无我（1884—1967），居士，号法香。原籍钱塘，久居上海。时任《觉有情》半月刊编辑。

[2] 朱先生，指朱镜宙。

致堵申父[1]

申父老师：

　　弘师纪念物，今送还，乞点收。生近拔牙，有一二个月不便出门，故今派专差送上。即颂
崇安

学生 丰子恺 叩
〔1947年〕十一月廿一日〔杭州〕

---

[1] 堵申父（1884—1961），又作堵申甫，名福诜。丰子恺在浙江省立第一师范求学时的教师。